Ariadnes Spezialität ist spannender Lesestoff mit literarischem und aufrührerischem Anspruch. Für uns muss ein Krimi folgende Kriterien erfüllen: Der Suspense soll auf mehreren Ebenen stattfinden. Also nicht nur: Wer hat gekillt bzw. wird er oder sie überführt?, sondern zusätzliche Rätsel, Fragen, Unklarheiten, Gefahren, Ängste und Nöte. Der Erzählkosmos darf keine heile Welt sein, die mit der Lösung des Falls wieder blitzsauber wird – vielmehr zieht ein guter Krimi seine Spannung auch aus den Lücken, Grauzonen und Fehlern herrschender Moral. Hier sehen wir die Herausforderung einer zeitgemäßen Krimikultur: eingängig und spannend Geschichten zu erzählen, die gesellschaftliche Widersprüche und Ungerechtigkeiten ausleuchten, Zweifel an kulturellen, moralischen, sozialen Selbstverständlichkeiten wecken, kritischen Argwohn gegenüber den gängigen Glücks-, Erfolgs- und Wohlstandsversprechungen schüren, zum Misstrauen gegen blinde Ideologien, Dogmen und Normen anregen.

Ariadne Krimis neigen zum Subversiven. Dass Frauen darin die Hauptrollen besetzen, war vor 15 Jahren ein Skandal, heute stehen wir längst nicht mehr allein. Dass etliche unserer Protagonistinnen Sex mit Frauen bevorzugen, ist schon weniger gängig und entspricht dem Off-Mainstream-Anspruch. Viele Figuren in Ariadne Krimis rütteln an Rollenmustern und versuchen neue Wege zu gehen. Auch bei den deutschen Autorinnen suchen wir die, die mit dem Genre experimentieren, über den Tellerrand spähen, sich auf neues Terrain wagen. Krimis sind für uns eine Widerstandskultur. Das muss man natürlich nicht genauso sehen, man kann auch einfach die spannenden Bücher genießen.

Zu diesem Buch

Kriminalpolizistin Bettina Boll bekommt mitten in der Nacht einen seltsamen Anruf. Eine Ärztin, deren Freundin beim Wandern im Pfälzer Winterwald verschwand, hat im Wildschweingehege einen verdächtigen Knochen gefunden. Stammt er von einem Menschen? Bettina Boll, deren Vorgesetzter sie mal wieder schikaniert, wittert eine heiße Spur …

Mit ihrem unfehlbaren Sinn für Pointen und ihrem hintergründigen Humor verdichtet Monika Geier Alltagsszenen zu filigranen Sittengemälden und noch jede kleinste Nebenfigur zur leibhaftigen Type.

Monika Geier, Jahrgang 1970, wurde in Ludwigshafen geboren. Nach dem Abitur folgte eine Ausbildung zur Bauzeichnerin. Für ihr Krimi-Debüt wurde Geier mit dem *Marlowe* geehrt. Inzwischen ist sie Diplomingenieurin für Architektur, freie Künstlerin und Schriftstellerin.

Monika Geier

Schwarzwild

Ariadne Krimi 1174
Argument Verlag

Ariadne Krimis
Herausgegeben von Else Laudan
www.ariadnekrimis.de

Lektorat: Ulrike Wand

Von Monika Geier bei Ariadne erschienen:

Wie könnt ihr schlafen *(Ariadne Krimi 1110)*
Neapel sehen *(Ariadne Krimi 1136)*
Stein sei ewig *(Ariadne Krimi 1150)*
Schwarzwild *(Ariadne Krimi 1174)*

Deutsche Originalausgabe

Glashüttenstraße 28, 20357 Hamburg
Telefon 040/4018000 – Fax 040/40180020
www.argument.de
Umschlaggestaltung: Martin Grundmann, Hamburg
Fotomotiv: Foto Twerp
Satz: Iris Konopik
Druck und Bindung: CPI Moravia Books, Pohorelice,
Printed in Czech Republic
ISBN 978-3-86754-174-9
Erste Auflage 2007

Ich habe aus Versehen Mike Tysons Gebiss verschluckt.
David Sedaris, aus: *Fuselfieber*

Marie

Marie saß auf dem Beifahrersitz ihres Wagens und dachte Dinge, die sie sonst nicht denken würde. Rosa Dinge. Mit Blümchenmuster. Nichts, was leicht in Worte zu fassen war. Eigentlich schaute sie nur zufrieden und völlig regungslos auf einen verregneten Wanderparkplatz mitten im grauen Winterwald.

Dann ging es ans Aussteigen, und sofort fühlte sie sich schwer und kurzatmig. Kalt war ihr auch. Tommy beugte sich nach hinten und kramte unter den Rücksitzen nach seinen Stiefeln. Marie sah die feinen gelockten Haare in seinem Nacken und fragte sich, ob die erblich waren. Das würde ihr gefallen, ein Kind mit Löckchen. »Ich glaube«, sagte sie träumerisch, »ich komm nicht mit.«

Sofort blickten sie zwei wache braune Augen prüfend an. »Aber die Hardenburg war deine Idee.«

»Ich weiß.«

»Norbert und Claudi sind extra aus Frankfurt gekommen.«

»Ja.«

Tommy ließ sich in den Sitz zurücksinken. »Geht's dir gut, Schatz?«

»Oh ja. Nur bisschen müde.«

»Wirklich?«

»Sehr müde«, sagte Marie mit schlechtem Gewissen, denn natürlich war sie augenblicklich nicht mehr müde. Eine Dreiviertelstunde rüber zur Hardenburg, das war ein Spaziergang, das konnte man nicht mal Wanderung nennen, es war schon reichlich affektiert, dafür auch nur festere Schuhe anzuziehen. Und Norbert und Claudi warteten. »Nein, ich bin natürlich dabei.«

In dem Moment klopfte es ans Fenster, und gleichzeitig wurde Maries Tür aufgerissen. »Hi«, rief Norbert in die Runde, und sein Lächeln überstrahlte noch seinen neongelben Anorak. »Wanderwetter!«

Marie lächelte zurück. Auf Norberts grauen Haaren saßen

kleine Tröpfchen, die in der Hitze der Wanderfreude sicher gleich verdampfen würden.

»Marie! Gut siehst du aus! Steht dir, der Bauch! Hey, Tom.« Der neongelbe Freund blickte sich um, hob die Arme, als wollte er die wunderschöne Welt kurz mal herzlich drücken. »Ja, da haben die Mädels sich wieder einen super Tag ausgesucht, um uns rumzujagen, was?« Er zwinkerte Marie zu. »Auf geht's, Marie, das letzte Mal ohne plärrendes Balg. Das müsst ihr genießen.«

Norberts Energie war ansteckend genug, um Marie über den Parkplatz zu dem kleinen fahlen Haus zu bringen, das leicht erhöht über den glänzenden Autos wachte. Doch kaum hatten sie den Gasthof passiert, fielen die beiden Männer in ihren gewohnten Laufschritt und ließen Marie und Claudi hinter sich zurück. Claudi aber war nicht Maries Lieblingsfreundin. Sie war dünn und stolz drauf und redete oft übers Abnehmen. Außerdem kannte sie jede Menge Geschichten über schlimme Krankheiten, die böse ausgegangen waren. Immerhin besaß Claudi aber eine angenehm dunkle Stimme, und daher ließ Marie sich gewöhnlich einfach von ihren heiseren Worten umgeben, nickte ab und zu freundlich und dachte sonst an etwas völlig anderes. Jede Ärztin muss ausblenden können, zumindest in ihrer Freizeit. Sonst wird sie mit den Malaisen dieser Welt geradezu totgeschlagen.

Heute jedoch fühlte Marie gleich zu Beginn des Ausflugs, dass ihr Panzer mächtige Risse hatte und wahrscheinlich nicht einmal die nächste Stunde überstehen würde, denn Claudi erzählte eben, was sie vom Hörensagen übers Kinderkriegen wusste. Das konnte Marie nicht ignorieren, auch wenn sie ahnte, dass es klüger wäre. Bei Claudi würde es Komplikationen geben. Vielleicht sogar tote Babys. Im Moment war sie gottlob noch bei den Atemtechniken.

»... Lamaze. Oder so heißt das, und diese Freundin meiner Mutter hat das wirklich jeden Tag gemacht, ich meine, mit Disziplin, weißt du, jeden Tag.«

»Oh«, schnaufte Marie. Der Weg war steiler, als sie ihn in Erinnerung hatte.

»Ja, und sie hatte bei der Geburt keine Schmerzen, stell dir vor. Überhaupt keine. Aber sie hatte ja auch schon seit dem dritten Monat geübt.« Claudi sprang leichtfüßig über eine riesige glitschige Wurzel, die Marie wie ein unüberwindliches Hindernis erschien, dann blieb sie stehen und musterte ihre Wandergefährtin zweifelnd. »Du bist im achten, nicht?«

»Ja.«

Zu spät für disziplinlastige Wunderkuren. Claudi nickte befriedigt, schmerzfrei würde Maries Niederkunft jedenfalls nicht werden. »Na, es kommt auch auf die Hebamme an, hab ich gehört.«

»Genau.« Marie blieb stehen und hielt sich am Zaun des angrenzenden Wildschweingeheges fest. Es war ein weitläufiges, schmutziges Gehege, die Äste, die den Zaun bildeten, waren schwarz und schmierig vor Nässe. Dafür fühlten sie sich überraschend stabil an.

Claudis Gesicht war plötzlich misstrauisch. »Geht's? Ist ein bisschen steil hier.«

»Sicher«, keuchte Marie. »Kein Problem.«

Nun hatten die Wildschweine sie bemerkt und kamen auf sie zugaloppiert. Eine ganze Rotte, die wild grunzte. Claudi musterte nervös Maries Bauch. Hilfesuchend blickte sie dann den Männern hinterher, doch die waren längst um die nächste Kehre verschwunden. »Brauchst du was? Willst du dich mal hinsetzen?«

»Nein.« Marie hievte ihren gespannten Körper über die gewaltige Wurzel, machte dann noch ein paar Schritte und betrachtete die Schweine, deren schwarze Borsten voll feuchten Lehms waren. Eisiger Wind kam auf und fand die Lücken in Maries Kleidung. Trotz ihres Körperumfangs fröstelte sie.

»Vielleicht solltest du was trinken.« Claudi hob lahm die Arme. »Aber die Rucksäcke haben jetzt die Jungs.«

»Ach, muss nur mal zu Luft kommen, es drückt gegen die Lunge, bin ein bisschen kurzatmig.« Marie atmete heftig. Das

Reden sollte sie eigentlich lassen. »Ganz normal«, brachte sie trotzdem heraus. Und blickte auf die kahlen, lehmgetränkten Aststücke, die hinter dem Zaun bei den Schweinen lagen. Sie sahen aus wie ein Haufen uralter Knochen.

»Okay«, sagte sie dann nach einer Weile, in der Claudi sie nur ängstlich beobachtet hatte. »Es geht weiter.« Und schaffte noch genau zwanzig Meter. Dann war eine kleine Felsstufe zu erklimmen, nichts Schwieriges, aber sie war mit feuchtem Laub bedeckt. Claudi kam mit drei großen Hüpfern drüber, Marie hingegen geriet ins Rutschen und erschrak, leicht nur, aber sofort spürte sie dieses warnende Ziehen im Bauch. Von der Seite grunzten sie die Schweine an.

»Was ich eigentlich erzählen wollte«, sagte Claudi, die wieder in ihren rauen Redefluss verfiel, »mit dem Termin musst du aufpassen. Die Schwägerin meiner Tante, na ja …«

Das Ziehen war hartnäckig. Marie hielt an und holte tiefer Luft. Aus, ein, aus, ein.

Claudi blieb ebenfalls stehen, blickte vielsagend und senkte vertraulich die Stimme. »Ich würd's dir nicht sagen, wenn du nicht Doktorin wärst und sowieso wüsstest, was alles passieren kann.«

Jetzt kamen die Komplikationen. Marie hielt sich wieder am Zaun fest. Die Wildsäue waren ihnen gefolgt, und da sie kein Futter erhalten hatten, war ihr Quieken inzwischen ärgerlich. Einer der Äste im Gehege war wirklich ein Knochen, fiel Marie auf. Ein breites, etwas schaufelförmiges Hüftbein. Lag einfach so da, am Zaun, wo jedermann vorbeispazierte. »Schau mal«, sagte sie, hauptsächlich um die Wandergefährtin von ihren Schreckensgeschichten abzulenken. »Ein Knochen. Ist der nicht unheimlich?«

Claudi hing sofort am Zaun. »Ach Gott. Tatsächlich. Der ist ja riesig. Sieht aus wie von 'nem Menschen.«

»Quatsch«, machte Marie unwirsch.

»Doch, findest du nicht? Frau Doktor?«

Claudi arbeitete als Verkäuferin in einem Modehaus. Von Hüftknochen wusste sie höchstens, wie weit sie vorstehen mussten, um echt hipp zu sein. Doch auch Marie mit ihrem Staatsexamen in Medizin konnte nicht auf Anhieb Menschen- von Tiergebein unterscheiden. Ihr Gebiet waren die Herzen anderer Menschen. Sie war Kardiologin, und Knochen hatten sie noch nie interessiert. »Nein, finde ich nicht«, sagte sie, bedauerte allerdings ein wenig, dass sie damals in Anatomie so oft geschwänzt hatte.

Claudi überlegte einen Moment. »Schweine sind ja Kannibalen«, sagte sie dann.

Wie um zu nicken, senkte die große graue Wildsau ihren Rüssel.

»In Gefangenschaft werden sie zu Raubtieren und fressen sich gegenseitig.«

»Hm.« Marie hielt ihren Bauch. Über Schweine wusste sie wenig. Gemeinsam blickten sie den Tieren nach, die sich jetzt trollten und im eisgrauen Bodendunst über dunkle Schlammpfützen jagten. Das andere Ende der Einzäunung war nicht auszumachen.

»Da ist wohl das Gehege zu eng«, sagte Claudi ernst.

»So furchtbar klein sieht's gar nicht aus.«

»Im Vergleich zur Freiheit ist jedes Gehege eng«, sprach Claudi weise und wandte sich ab. »Drei Tage«, setzte sie dann rätselhaft hinzu, die Nase nun hübsch längs des Weges ausgerichtet.

»Werden wir brauchen, um die Jungs einzuholen?« Marie hätte nicht drauf eingehen sollen. Sie war verdammt selbst schuld.

Claudi schüttelte den Kopf und blickte feierlich. »Nein. Die Freundin meiner Tante. Die war drei Tage über dem Geburtstermin. Obwohl der Arzt sie gewarnt hatte.«

Der Bauch zog mächtig. »Sag's mir nicht«, bat Marie.

»Es war tot«, versetzte Claudi sanft. »Das Kind. Übertragen. – Denk dran, dass du vorsichtig bist«, fügte sie dann scheinheilig hinzu.

Marie bat Claudi, alleine weiterzugehen, wozu die aber wenig Lust hatte, denn ihr gefiel die neue Rolle als Kassandra überaus gut. Dass die Frau Doktorin ihr wirklich zuhörte, dass sie irgendwie dieses eine Thema zu fassen bekommen hatte, bei dem Marie nicht abschalten konnte, das fand Claudi – na ja, fast lustig. Und dass sie mal die Sportlichere von ihnen beiden war, auch.

Gewöhnlich zogen die drei Studienfreunde Norbert, Tommy und Marie voraus und überließen Claudi die Nachhut, nicht verächtlich, sondern schlicht taub gegenüber allem, was nichts mit der Tour zu tun hatte. Claudi trug einen umwerfenden Anorak? Wurde nicht bemerkt. Claudi verstauchte sich in ihren neuen Schuhen den Knöchel? Der Marsch fand trotzdem statt. Claudi machte eine Diät und fühlte sich geschwächt? Man drängte ihr kiloweise Traubenzucker auf. Und dann der ständige Regen. Der wurde natürlich ignoriert. Als könnte man diesen schleimig tropfenden, eisigen Wald mittels funktionaler Ausrüstung in ein Sommerparadies verwandeln. Als wäre die Natur beherrschbar. Schlechtes Wetter gibt es nicht und so weiter. Diesen Mist musste man wohl glauben, wenn man Arzt geworden war. Auch um der rechten Einstellung zum Beruf willen.

Gelassen betrachtete Claudi ihre schwer atmende, hochschwangere Wanderfreundin Marie, die einen unsäglichen, dick wattierten rosa Anorak über dem ohnehin schon ausladenden Bauch trug, dazu Latzhosen und uralte braune Lederstiefel. Eine Frau, die sich so ausstaffierte, schwanger oder nicht, konnte eigentlich nur blind sein. Die rosa Kapuze war mit einem grellen Blümchenmuster gefüttert, das in seiner Scheußlichkeit fast schon wieder gut war. »Du solltest jetzt nicht allein bleiben«, sagte Claudi ziemlich gleichgültig. Absicht war das Scheußliche bestimmt nicht. Marie hatte viel zu wenig Stil, um ironische Modeakzente überhaupt zu erkennen. Sie sah bloß unfreiwillig komisch aus.

Nun blickte sie herüber, die hellen Augen aufmerksam wie selten. »Toller Schal«, sagte sie und wies auf Claudis Hals.

Na so was! Claudi zupfte überrascht das wunderschöne warmbraune Stück zurecht. »Danke.« Winzige türkisfarbene Wollfäden leuchteten darin. »Aus London.«

Marie atmete immer noch viel zu heftig.

»Du wirst jetzt nicht gleich hier auf der Stelle entbinden, oder? Das ist wirklich alles normal?«

»Ja.« Marie reckte ihr Kinn und atmete durch. »Ich setz mich da vorn in das Haus und warte auf euch.«

»Echt? – Also ich weiß nicht, ich finde, das sieht aus, als würden sie da drin kleine Kinder fressen. – Entschuldigung.« Das Gehöft – der *Wilde Mann* – war bestimmt historisch interessant, sonst hätten sie es kaum zum Ausgangspunkt ihrer Wanderung erwählt. Doch Claudi fand es nur unappetitlich. In den Fensterkästen ankerten verwitterte Kunstblumen, der graue Putz war voller großer Wasserflecke, und der Schornstein stieß ganz erstaunliche Mengen Rauch aus.

Marie verzog gequält das Gesicht. »Es gibt ein Dach und drinnen wird sich ein Stuhl für eine hochschwangere Frau finden.«

»Blöd, dass die Jungs jetzt schon so weit sind«, sagte Claudi. »Bis ich die erreiche, kann es ewig dauern. Willst du wirklich die ganze Zeit allein dasitzen?«

»Ja«, erwiderte Marie sofort. »Einsam werde ich nicht sein«, fügte sie hinzu. »Da unten ist alles voll besetzt. «

Marie wollte sie loswerden, was Claudi sehr verständlich fand, umgekehrt wäre es ihr genauso ergangen. Doch sie spielte besorgt. »Es ist sicher besser, ich komme mit.« Als kleine Rache für den vielen überfreundlich verabreichten Traubenzucker. Und diese widerlichen Isodrinks. Und Müsliriegel. Und überhaupt all die guten Ratschläge. Für die heimlichen Blicke, wenn sie mal keine Wanderschuhe trug. Oder neue. Für diesen ganzen vernünftigen Scheiß, den Claudi einfach hasste.

»Ach bitte«, wehrte Marie ab. »Ich möchte dich nicht von unserer Tour abhalten.«

Claudi verschränkte die Arme. »Du willst mich nicht dabeihaben«, stellte sie nüchtern fest.

Marie blickte herüber, wieder mit diesen aufmerksamen Augen. »Aber das ist doch Blödsinn«, entgegnete sie lahm. Und blinzelte, als wäre Claudi eine Zeitung, die zu eng bedruckt war. Oder nein, keine Zeitung, dachte Claudi. Ein Werbeblatt. Für Marie wäre sie höchstens ein Werbeblatt.

»Wir können uns natürlich auch zusammen absetzen. Wie wär's, Kakao trinken und Sahnetorte essen? Ich glaube, dort unten am Lokal stand so was auf der Tafel.« Marie gab sich einen sichtlichen Ruck. Sie lächelte sogar ein bisschen verschwörerisch. »Na los, komm. Wer will schon im Januarregen wandern? Wie sind wir überhaupt auf diese völlig irre Idee gekommen?«

Das war nun so entwaffnend hellsichtig, dass Claudi einen Moment ganz still stehen und die Gefährtin anstarren musste. »Aber das ist doch fantastisches Wanderwetter«, sagte sie endlich. Und setzte lahm hinzu: »Wir sind schließlich nicht aus Zucker.«

Claudi hatte nie vorgehabt, den Nachmittag mit Marie in einem schmutzigen Gasthof über kalorienreicher Hausmannskost zu verbringen, das wussten sie beide. Im Grunde stand es auch gar nicht zur Debatte, dass sich beide Frauen um die Wanderung drückten, eine zumindest musste den Männern hinterher und Bescheid geben. Welche von beiden das allein sein konnte, war ebenfalls klar. Doch die vielen Schnörkel, die nötig waren, um Claudi loszuwerden, stressten Marie mehr, als sie je zugegeben hätte. Erst als die Wanderfreundin endlich um die nächste Kehre verschwunden war, hörten Maries Wehen auf. Sofort. Eine Weile blickte sie noch auf den Weg und lauschte in ihren Körper, der sich nur langsam entspannte. Dann drehte sie sich um und stapfte auf das graue Waldlokal zu.

Das Tal war erfüllt von aufsteigendem Frost und alter Feuchtigkeit. Kalter Dunst lag über dem Boden, Eisränder umzackten die Pfützen, schmutzige Schneereste erhellten kleine Punkte weit oben am Hang. Keine Menschenseele weit und breit, die bunten Autoreihen vor dem Haus schimmerten unwirklich wie auf einem kolorierten Foto, nichts bewegte sich außer den Schweinen und dem Rauch, der stetig aus dem schmutzigen Schornstein quoll. Der Nieselregen drückte die Schwaden herab, sodass die schmale Wirtschaft sich langsam selbst mit ihren Ausdünstungen umhüllte. Es sah gespenstisch aus. Und plötzlich dachte Marie, dass der Hüftknochen weiter oben im Gehege vielleicht doch wie Menschengebein ausgesehen hatte.

Im Inneren des kleinen Hauses war es nicht wesentlich trockener als draußen, nur dass einem hier die Feuchtigkeit wie mit einem Spüllappen ins Gesicht geschlagen wurde. Der Raum war voll und lärmig, die Gesichter der Gäste gerötet, und überall lagen und hingen nasse Jacken herum. Es roch durchdringend nach säuerlicher Weinsoße. Marie setzte sich an einen Holztisch, auf dem noch ein kleines Weihnachtsgesteck stand, schälte sich aus ihrem rosa Anorak und bestellte einen Tee.

»Alles in Ordnung?«, fragte der dunkelhäutige junge Mann, der ihr die Tasse brachte, in barschem Ton. Er blickte auf ihren Bauch und musterte dann spöttisch die kissenartige Menge rosa Stoff über ihrer Stuhllehne.

»Danke, kein Problem«, erwiderte Marie mit einem Lächeln. Der Junge ging nicht darauf ein. Er wandte sich brüsk ab und verschwand hinter der Theke. Ernüchtert starrte Marie ihm hinterher. Eigentlich wollte sie mit jemandem reden und ihren exzentrischen Verdacht loswerden. Doch so saß sie nur stumm über ihrem Tee.

Es war still. Und dunkel. Die Wolken hingen tief; das ganze Waldstück bestand aus eng gepflanzten Nadelbäumen. Zu Claudis Linker fiel die Erde steil ab und verschwamm mit den feuchten Baumstämmen zu schweigender Finsternis. Rechterhand war es kaum heller, dort bildeten größere Felsbrocken Lücken in der Bepflanzung, doch es waren schmale, unwirtliche Lücken. Schwerfällig kroch das Wasser über die schwarzen Felsen, selbst die kleinen rotsandigen Stellen unter den Überhängen, die gewöhnlich fein und weich und trocken waren, hatten sich voll Feuchte gesogen und boten wohl keinem noch so winzigen Tierchen mehr Schutz.

Claudi war zum ersten Mal allein im Wald.

Die Erfahrung war eigenartig, etwa so, wie wenn man dreißig

Jahre an der Küste gelebt hat und plötzlich feststellt, dass man gar nicht schwimmen kann. Allein war alles ganz anders. Da lag ein Lauschen über den Felsen und zwischen den Bäumen, ein feuchtes Rascheln, da wurde atemlos Luft angehalten, Quäntchen nur, kleine Häuche, angehalten von Mäusen und Spinnen und vielleicht einem Fuchs, aber man spürte das viele Innehalten rundherum. Und dass da Augen sein mussten, überall, hinter jedem Ast und jedem matschigen Pflänzchen und in jedem Loch, viele verborgene Augen, die ängstlich und gebannt den Tritten der jungen Frau folgten, bis deren große störende Füße endlich außer Sichtweite waren. Es war ein schwarzer, hässlicher kalter Wald, der sich eng um Claudi schloss und gleichzeitig riesig und weit wirkte, ein Labyrinth, ein Meer von Bäumen. Es gibt fast nichts, was so aufdringlich distanzlos ist wie ein Wald. Im Wald existiert nur das Innen.

Und der eine oder andere schmierig rote Fliegenpilz.

Eine gute Stunde verbrachte Marie auf ihrem unbequemen Stuhl im *Wilden Mann*. Langsam kündigte sich der Nachmittag an. Hinten in der Küche räumten zwei Frauen unter großem Geklapper die schmutzigen Teller vom Mittagessen in eine Spülmaschine. Erste Kaffees wurden bestellt. Der junge Mann, der bediente, vermied es nach wie vor, Marie anzusehen, so sorgfältig, dass sie Schwierigkeiten hatte, eine zweite Tasse Tee zu bekommen. Es liegt an mir selbst, dachte sie da auf einmal, ich muss abweisend wirken. Niemand in dem sonst übervollen Raum setzte sich zu ihr an den langen freien Tisch. Tatsächlich war ihr das aber inzwischen auch recht. Sie konnte nicht aufhören zu grübeln. Das Bild von dem Knochen in ihrem Kopf mochte einfach nicht verblassen. Es hatte sich festgesetzt, wie eine dieser kleinen, harmlos aussehenden Zeitungsmeldungen über Familiendramen in der Rubrik *Vermischtes*.

Der dunkelhäutige Junge hinter der Theke hatte nun einen Moment Ruhe. Er war sehr kräftig, stand massig mit verschränkten Armen da und schaute über den Raum. Marie nutzte die Gelegenheit. »Hallo!«, rief sie laut, setzte wieder ein freundliches Lächeln auf und hob die Hand, um ihn herzuwinken. Vielleicht brauchte sie einfach was Handfestes im Magen. Er jedoch sah schnell fort, griff nach einem Lappen und putzte an einem Zapfhahn herum.

Verdrossen sank Marie auf ihrem Stuhl zurück. Hatte dieser Kerl etwa ein Problem mit ihrem Bauch? War er verlegen, weil sie fruchtbar war? Oder ahnte er am Ende, dass sie ernsthaft über ihn und dieses Anwesen nachdachte? Durstig sah sie in ihre leere Tasse und überlegte weiter, wie wahrscheinlich es war, dass dort an dem Gehege, das jedes Wochenende von mehreren Hundert Leuten besucht wurde, öffentlich ein Menschenknochen zur Besichtigung auslag.

Ganz und gar nicht wahrscheinlich.

Andererseits: Das Teil hatte alt ausgesehen. Vielleicht rechnete niemand jetzt noch mit seinem Auftauchen. Vielleicht ging längst keiner mehr ängstlich jeden Tag die Zäune ab, um verräterische Spuren zu entfernen. Und ganz offensichtlich tat der Besitzer nur noch das, was zum Erhalt des Anwesens unbedingt nötig war. Genau so, dachte Marie, sah es hier nämlich aus. Wo würde also – kaum vorstellbar, aber doch möglich – am ehesten etwas übersehen werden? Welchen Weg benutzten die Betreiber der Anlage selbst am seltensten?

Den öffentlichen Wanderweg am Haus vorbei.

Oder?

Marie erhob sich. Jetzt sollte der junge Mann kommen, falls er seine Zeche wollte, andernfalls würde sie einfach gehen. Es ließ ihr keine Ruhe. Sie musste dieses Ding noch mal ansehen. Am besten ganz aus der Nähe. Es war bestimmt ein Schweineknochen. Und wenn nicht, dann –

Nun, dann würde sie weitersehen.

Es war ungefähr die fünfte bis zehnte Wegkreuzung, und da war auch eine Markierung, ein weißer Punkt an einem etwas versteckten Bäumchen, doch der nutzte Claudi nichts, denn sie wusste nicht, wohin er sie bringen würde. Ein dummer Fehler, ganz blöd, eigentlich eine Winzigkeit: Claudi hatte versäumt, sich unten am Gasthaus über die Route zu informieren. Dort waren Schilder an den Bäumen gewesen, das wusste sie, und eine öffentliche hölzerne Wanderkarte, und davon abgesehen auch Marie, die wahrscheinlich jede Markierung im gesamten Pfälzerwald kannte. Sie hätte nur Marie fragen müssen, welcher dieser Striche und Punkte und Kringel zur Hardenburg führte. Sie hätte einmal auf den Wegweiser schauen müssen.

Claudi zog ihr letztes frisches Tempo hervor und schnäuzte sich. Weshalb stürmte ihr bescheuerter wanderverrückter Gatte auch jedes Mal los, als sei dort oben am Ziel ein Preis zu holen. Wieso hatte nicht wenigstens Tommy aus Rücksicht auf seine hochschwangere Frau ein bisschen warten können.

Warum hatte sie bloß ihr Handy im Auto vergessen?

Sie blinzelte über ihr Taschentuch, es war das hellste Ding weit und breit, heller noch als der schmutzig weiße Punkt an dem kleinen Baum. Ansonsten gab es nur schweigenden grauen Wald und schweigenden grauen Himmel und die Geräusche, die das Wasser beim Fallen und Rinnen und Durchdringen machte. Da war kein Rascheln mehr und kein Wolfsschatten hinter den Felsen. Sie fühlte sich nicht länger beobachtet. Was sie spürte, war nur noch Verlassenheit. Und die war echt schlimm. Wenn da nichts war, nicht einmal ein böser Wille, wozu sollte sie dann weitergehen?

Und wohin? Wie konnte dieser verdammte Wald nur so menschenleer sein? Wo doch dort unten auf dem Wanderparkplatz selbst die Pfützen und Grasnarben belegt waren? Was war denn mit den ganzen Bikern und Nordic Walkern, wo steckten die, wenn man sie einmal brauchte?

Claudi hatte jetzt richtig Angst. Die Nacht, das spürte sie deutlich, war nicht mehr weit. Die Bäume rückten näher zusammen und die Kälte zog an. Sie steckte das Taschentuch weg. Sie brauchte einen Plan.

Anfangs war sie etwas zynisch der Maßgabe gefolgt, dass der Weg, je unbequemer er aussah und je steiler er nach oben führte, desto richtiger sein musste, gewöhnlich konnte man bei ihren Touren damit nicht falsch liegen. Aber irgendwo hatte sie eben doch den falschen Abzweig erwischt. Das merkte sie, als die verschiedenen Markierungen ausblieben, der Weg breit und befahrbar wurde und sachte abwärts führte. Daraufhin hatte Claudi versucht zurückzufinden, was ihr nicht gelungen war, dann war sie ein wenig herumgeirrt und endlich einem Wirtschaftsweg gefolgt, der fast keine Steigung hatte und sich in weiten Zügen um die Ausläufer der Berge wand. So war sie eine ganze Weile gegangen, eine Stunde vielleicht oder zwei, ihre Uhr hatte Claudi natürlich auch nicht dabei. Sie wusste aber eins: dass sie wegmusste von dieser hübschen, geschotterten kleinen Straße, die einfach nicht aufhörte. Denn solche Fahrwege, das hatten die anderen ihr mehrfach erklärt, waren manchmal Sackgassen, sie wirkten einladend und bequem, dienten aber nur der Holzwirtschaft und brachten einen schlimmstenfalls mitten in die Wildnis, um dort plötzlich einfach zu enden.

Was sie brauchte, das war ein kleiner Stich, ein markiertes Pfädchen, das sie sicher runter ins Tal geleitete. Je schmaler der Weg, desto eher führte er zu einem nahen Ziel. Und wenn es dann noch abwärts ging, kam man fast automatisch zu einem Parkplatz, einer Hütte oder sonst einem Vorposten der Zivilisation.

Nun stand aber kein kleiner Pfad zur Auswahl, sondern nur Claudis breit ausgefahrener Wirtschaftsweg und dann dieser andere mit dem weißen Punkt. Der war nur wenig schmaler und besaß ebenfalls keine Steigung, die bei der Entscheidung hätte helfen können. Er führte aus einem dunklen Fichtengehölz in einen etwas lichteren Buchenwald, und genau dort war das Zeichen, an einem kleinen, aber knorrigen Baum, es war sorgfältig genug aufgemalt, um als Wandermarkierung durchzugehen, aber andererseits auch schon sehr verblichen. Claudi dachte kurz daran, eine Münze zu werfen. Dann ließ sie es bleiben. Aberglaube brachte sie auch nicht weiter.

Zögerlich, doch überzeugt, das einzig Vernünftige zu tun, verließ Claudi die Schotterstraße und folgte jener uralten Wandermarkierung, einem elenden fahlen Stern.

Um die Tür zur Gaststube hing ein roter Filzvorhang, der so alt und steif war, dass man sich unwillkürlich fragte, ob er eventuell schon vor dem Haus da gewesen war. Als dieser Vorhang nun ganz besonders energisch nach vorn gestoßen wurde, wusste Marie, die längst wieder im Warmen saß: Dies konnte nur Norbert sein. Und da schimmerte es auch schon gelb von der Wanderkluft, und ein tropfender, breitbeiniger Norbert mit entsetzlich gefurchter Stirn stand mitten in der Stube. Er warf ihr einen kurzen, schwer deutbaren Blick zu und rief nach hinten: »Da sind sie.«

Dann kam er auf Marie zu, füllte sofort den Raum mit seinem Neongelb und seiner Regennässe und seinen Schultern und der frischen Luft, die er mitbrachte, und den Funken, die er schlug. Das Lokal wirkte gleich um einiges kleiner. »Herrgott, Marie!«, polterte er los. »Wo wart ihr denn?!«

»Ihr seid auch ganz schön losgerannt«, erwiderte sie. »Ich bin schwanger, da kann man nicht so schnell.«

»Seid ihr umgekehrt?«, fragte Norbert unwirsch. »Wo?!«

Tommy schob sich hinter ihm ins Blickfeld. Er triefte ebenfalls. Und wirkte mitgenommen. »Schatz.« Er küsste sie aufatmend. »Da bist du ja. Ihr hättet Bescheid sagen müssen. Wir haben uns Sorgen gemacht.«

»Wir sind drei Mal die ganze Strecke rauf und runter«, präzisierte Norbert grimmig. »Und wir haben ungefähr hundert Mal auf Claudis Handy angerufen, und vier, fünf Mal hatten wir auch Empfang, aber da seid ihr nicht drangegangen.«

Marie schüttelte den Kopf, ihr ging das alles zu fix. »Wieso wir?«, fragte sie.

Dass es dunkel wurde, und zwar schnell, steigerte Claudis Angst beträchtlich. Es wurde immer schwieriger, sie niederzukämpfen. Claudi weinte. Es war entsetzlich kalt, und sie war überall nass, selbst die Lederjacke gab langsam nach. Am unangenehmsten aber waren ihre tropfenden Haare, die fielen ihr ständig in die Augen, sodass sie kaum die Lider heben konnte. Claudis Blickfeld beschränkte sich auf das kleine Stück Weg direkt vor ihren

Füßen, und wenn es irgendwo noch mehr weiße Punkte an den Bäumen längs dieses Pfades gab, dann hatte sie die jedenfalls nicht gesehen. Tatsächlich war es ein Glück, dass da überhaupt noch ein Weg war, denn zuweilen schien der Pfad sich einfach aufzulösen. Er war breit, aber ziemlich verwachsen und offenbar selten begangen. Bergab führte er auch nicht. Und nun begann sie außerdem noch zu rutschen. In dem feuchten Laub, das ihr unter den Füßen gefror, bildeten sich kleine, gemeine Eisnester. Die Hoffnung, zufällig einem anderen Menschen zu begegnen, ob Wanderer, Biker, Walker oder Jäger, hatte sie begraben. Blieb nur, dass die anderen sie suchen kamen. Norbert. Claudi dachte an Norbert. Ihr Herz. Es war verrückt, sie konnte doch hier nicht einfach so verrecken, höchstens zwanzig Kilometer zur nächsten Ortschaft und fünf zur nächsten Straße, es musste einen Ausweg geben.

Und den sah Claudi dann auch. Zuerst meinte sie, es sei eine Halluzination. Sie erschrak. Als sie genauer hinsah, erkannte sie in fast unmittelbarer Nähe eine Mauer vor sich. Eine ziemlich hohe und lange Mauer. Sie gehörte nicht zu einer Wanderhütte oder einem Wasserwerk oder was es sonst im Wald an Unbewohntem gab. Obenauf meinte sie ein kleines Dach wahrzunehmen. Ohne auch nur einen Gedanken an eine Münze oder den Weg zu verschwenden, den sie gerade verließ, bog Claudi in das Gehölz zu ihrer Seite und stolperte bergwärts, dem Gebäude zu.

Die Steine fühlten sich rau und feucht und kühl an, da war so wenig Wärme, dass Claudi schon wieder daran zweifelte, dass sie das Richtige tat, aber Weglaufen ging natürlich erst recht nicht, diese Steine waren die Rettung. Hier war ein Außen, zu dem es ein Innen geben musste, und wenn sie drinnen war, dann wäre sie im Trockenen und in Sicherheit. Sie folgte der Mauer, stieß an eine Gebäudekante, quälte sich durch einen Busch, nur um in der finsteren Dämmerung nicht den Kontakt zu dem Bauwerk zu verlieren, und gelangte schließlich zu einem Zaun. Nein, einem Tor. Ein hohes Tor aus Brettern, mit Maschendraht bespannt, und dahinter lag ein Gehöft, ein kleines Haus mit Nebengebäuden mitten im Wald. Zwischen den einzelnen Bauten befand sich ein offener Hof, dessen Pflaster sich einladend von der nassen Trübnis des Waldes abhob. Mondbeschienen konnte man es nicht nennen, aber überschaubar. Claudi steckte ihre Finger durch die eisigen Drahtmaschen und sagte: »Hallo!« Das klang aber so kläglich und fremd, dass sie nicht weiter versuchte, jemanden anzurufen, der da ganz offensichtlich nicht war: Der Hof lag so verlassen, wie es irgend ging, da stand kein Auto, da brannte kein Licht, die meisten Läden waren zugeklappt und die wenigen sichtbaren Fenster starrten sie blind und schwarz an. Bei Tageslicht war es sicher ein freundliches Haus. Es hatte etwas Sommerliches, die Formen waren angenehm, das Dach niedrig, Türen und Fenster in Sandstein eingefasst, man konnte sich vorstellen, wie Wanderer sich hier erfrischten. Claudi stieg über das Tor. Sie war nicht sehr geschickt, dafür aber leicht, daher konnte sie das wackelige Hindernis mit einiger Mühe überwinden. Dann stand sie im Hof, betrachtete die dunklen Scheunen zur Linken, hörte ein Rascheln und grauste sich. Da unter den schwarzen Dächern standen komische dunkle Sachen, denen sie nicht zu nahe kommen wollte. Sie beschloss, sich rechterhand an das Haupthaus mit dem kleinen Altan zu halten, dort vorn waren Fenster mit geöffneten Läden, eins davon konnte sie zur Not einschlagen. Allerdings erwiesen sich die Sandsteinreliefs um die Tür, die von unten nur dunkel ausgesehen hatten, bei direkter Anschauung als lebensgroße menschliche Figuren. Es sah furchterregend aus. Claudi atmete durch. Sie wagte einen Blick auf die Tür. Da musste sie jetzt rein. Ein Kauz schrie, eher unterdrückt, um nicht zu sagen: gurgelnd, abgesoffen, etwas bewegte sich, sie fuhr herum: nichts. Wenn es hier nur keinen Hund gab! Ein heftiger, plötzlicher Fluchtreflex packte sie, weg, nur fort von diesem schaurigen Platz! Die tropfende Klinke der Tür drückte sie aber noch herab. Und die gab nach.

Dahinter war natürlich alles schwarz. Claudi stieß das Holzblatt mit dem Fuß an und entdeckte etwas, das ihr fast den

Glauben an das Gute wiedergab: Dort stand auf dem Boden direkt neben der Tür eine große Maglite. Eine dicke, fette Taschenlampe.

Das Innere des Hauses war auch beklemmend, aber längst nicht so sehr wie der Wald draußen. Das erste Zimmer schien unbewohnt. Es war feucht und dreckig. Bis auf eine alte Leiter, einen Bierkasten mit leeren Flaschen, ein paar schmutzige Eimer und etwas Plunder und Laub in den Ecken war nichts darin. Nur ein dickes rotkariertes Flanellhemd, das nicht sonderlich gut roch, hing über die Leiter geworfen und erschien Claudi wie ein Geschenk des Himmels. Sie rieb sich Haare und Gesicht damit trocken und zog ihre quietschnasse Lederjacke aus. In dem Hemd waren sogar ein steinaltes zerdrücktes Päckchen Zigaretten und ein Feuerzeug, und Claudi zündete sich sofort und gänzlich automatisch eine Zigarette an, obwohl sie schon seit über zehn Jahren nicht mehr geraucht hatte, damals war sie noch ein Teenager gewesen. Es schmeckte verdammt gut. Und war irgendwie warm. Sie rieb sich die klammen Hände, legte das Hemd um und betrat einen kleineren Raum, in dem ein altertümlicher Kochherd stand. Das war wohl mal die Küche gewesen. Ein Ofen, jubilierte sie innerlich. Sie untersuchte das vorsintflutliche Ding. Die große Kochplatte obenauf war reichlich verbogen. Mehrere metallene Einsätze saßen schief und wackelig darin, aber sie wollte ja nicht kochen. Direkt neben dem Herd stand ein Stuhl, ein morscher, den konnte sie verfeuern, wenn es sonst nichts gab. Sie öffnete das Feuerloch und leuchtete hinein. Die Steine, die den Herd innen auskleideten, waren allesamt geborsten, doch immerhin roch der Ofen durchdringend nach feuchter Asche, allzu lang konnte der letzte Betrieb also nicht her sein. Auf dem Rost lag etwas verkohltes Zeug. Sie suchte die gesamte Apparatur ab, wobei sie die große Klappe für das Backrohr kaum aufbekam, so sehr war sie verzogen. Doch nirgendwo waren Holz oder Kohle zu finden. Claudi klapperte mit den Zähnen. Sie fror entsetzlich in ihren nassen Klamotten. Sie brauchte Feuer. Entschlossen ergriff sie den Stuhl und knallte ihn kräftig gegen die Wand. Er zerbarst laut. Einen Moment hielt sie die Luft an und erwartete – nun ja, irgendwas, dass das Haus einstürzte, dass ein Höllenhund sie schnappte, dass ein Geist durch die Wand kam. Dann beruhigte sie sich wieder und pflückte die Reste des Möbels auf, um sie weiter zu zerbrechen. Vorsichtig schichtete sie ein Häufchen Kleinholz in das Feuerloch, doch es war kalt und feucht und brannte nicht. Sie zerriss das Zigarettenpäckchen und stopfte das Papier unters Holz, das aber war zu wenig, oder sie war zu ungeschickt, jedenfalls verglühte es, ohne das Holz anzubrennen. Das Feuerzeug war auch nicht mehr gerade voll, es spuckte hauptsächlich Funken. Sie rauchte noch eine Zigarette (zumindest die brannte) und ging ins vordere Zimmer, um dort ein bisschen zu suchen, denn sie wusste, dass sie viel mehr Zunder brauchte, um die mangelnde Erfahrung im Feuermachen auszugleichen. Leider, leider hatte sie keine Handtasche mitgenommen. An Brennbarem besaß sie nur ein Taschentuch, drei Zigaretten, etwas feuchtes Papier, das auf dem Fußboden gelegen hatte, und dann noch ihren schönen Schal, der war dünn und leicht zu reißen und noch einigermaßen trocken, zumindest an der einen Stelle, die an ihrer Kehle gesessen hatte. Ihn aber wollte sie nur zur größten Not opfern. Vielleicht befand sich ja auf dem Feuerrost oder im Aschekasten noch ein Rest trockener Kohle.

Mit diesem Gedanken ging sie zurück in die Küche und räumte das Feuerloch wieder aus. Angeekelt fischte sie in der undefinierbaren schwarzen Masse auf dem Rost herum. Kohle fand sie dabei nicht, zumindest keine trockene. Nur ein langes, schwarzes, biegsames Ding, das sich kühl anfühlte. Sie legte es beiseite. Anschließend untersuchte sie den Aschekasten. Er saß fest in dem verzogenen Ofen und konnte keinen Millimeter mehr herausgezogen werden. Doch es schien etwas darin zu liegen, und daher fasste Claudi sich ein Herz, nahm den Rost heraus und krempelte ihren ohnehin schon schmutzigen Ärmel hoch, um mit der bloßen Rechten von oben in den Kasten hineinzugreifen. Sie bekam ein paar feste Stücke zu fassen, sie waren schwarz und sehr hart, das war wohl Kohle, die durch den Rost gefallen war. Ob so etwas gleich brannte? Sie musste es hoffen. Sorgfältig tastete sie in alle Ecken und fischte heraus, was da war. Schließlich hockte sie sich auf den Fußboden vor den Ofen und breitete ihre magere Beute vor sich aus. Da waren das Tempo, die Zigaretten, das Fitzelchen Zeitungspapier und sieben Stückchen Kohle. Nein, sechs. Eins der Stücke war zwar hart und schwarz, doch es hatte eine merkwürdige Form, an einer Seite zumindest, da war es gebogen wie – ja, wie ein Ring. Sie nahm das Ding, leuchtete es mit der Maglite an und rieb mit ihrem schönen Schal ein bisschen daran herum, auf ein bisschen Asche kam es nun auch nicht mehr an. Plötzlich glänzte es golden in ihrer Hand.

Ein halber Ring, tatsächlich.

Claudi spürte den kalten Boden unter ihrem Hintern und merkte, dass sie sich hingesetzt hatte. Was war das für ein seltsamer Fund? Das Material war echtes Gold, davon war sie überzeugt, andernfalls hätte es nicht so hübsch geglänzt, nicht nach einer längeren Lagerung in diesem feuchten Aschekasten. Die eine Seite war vermutlich in große Hitze geraten, denn von dem Goldreif war nur noch ein c-förmiges Stück übrig, und die offenen Stellen waren klumpig und spröde und nicht ganz blank zu reiben, die runde Seite jedoch war eindeutig ein Ring. Ein Herrenring, schätzte Claudi anhand der Größe. Ein Ehering. Mit ihren schmutzigen Fingern rieb sie daran herum, um etwa eine Gravur zu finden, und tatsächlich: Da war eine kleine undeutliche 555 und nebendran ein paar Zeichen. Die Claudi allerdings nicht lesen konnte. Sie waren griechisch. Oder kyrillisch. Oder einfach verzogen. Etwas Kaltes griff nach ihrem Herzen. Dieser Ring war vermutlich zufällig durch den Rost gefallen. Er hatte hier vernichtet werden sollen. In einem Feuer, das so heiß war, dass Gold verbrannte und der Ofen sich verbog. Claudi klapperte mit den Zähnen. Geh weg hier, sagte plötzlich eine eindringliche innere Stimme, die sie an ihre Oma erinnerte, obwohl die lange tot war. Weg hier, Claudi. Es ist schmutzig da.

Claudi blieb. Es ging nicht anders, draußen war der Wald.

Entschlossen riss sie von ihrem ohnehin ruinierten Schal ein Stück ab, das trockenste, stopfte es mit dem Holz in den Ofen, zündete es an, und es brannte.

Als sie endlich erschöpft neben dem langsam wärmer werdenden Herd hockte und in Riesengeschwindigkeit die Einzelteile des Stuhls verfeuerte, da leuchtete sie irgendwann wieder den merkwürdig verformten Ring an und gruselte sich. Nach einer Weile fiel ihr dann das biegsame Teil wieder ein, das sie vom Rost geklaubt hatte, und sie betrachtete auch das. Es war ein Reißverschluss. Was Claudi noch mehr beunruhigte. Ein Reißverschluss bedeutete, dass irgendwer hier Klamotten verbrannt hatte. Doch wieso? Ein Stück Wolle, das gut glomm, okay, das verstand sie, hatte sie ja auch gemacht, aber ein Kleidungsstück mit Reißverschluss? Eine Hose?

Weiter aber kam sie nicht mit ihren Folgerungen, jedenfalls nicht sofort. Denn in dem Moment hörte sie draußen das verheißungsvolle Geräusch eines sich nähernden Autos und sah einen Lichtschein und hörte eine Tür klappen und vernahm ein langes Quietschen und Schritte und jemand rief ihren Namen. Claudi sprang auf. Ihr fiel ein riesengroßer Stein vom Herzen. Endlich. Das war die Suchmannschaft.

Sie war gefunden.

* * *

Am Abend des vierzehnten Januar, einem Tag, der so dunkel und kalt gewesen war, dass ein neuer Sommer gänzlich unwahrscheinlich schien, erhielt Kriminalkommissarin Boll einen merkwürdigen Anruf.

»Ist da Boll? Barbara Boll?«, fragte eine unbekannte Frauenstimme.

»Nein, Bettina Boll am Apparat. Wer spricht denn?«

»Oh. – Dr. Glaser. Aber ich bin doch richtig, oder, es gibt bei Ihnen eine Barbara?«

Bettina blickte zum Fernseher, sie war eben im Begriff gewesen, *Casablanca* anzuschauen und sich mit Rotwein volllaufen zu lassen, die Flasche stand bereits geöffnet auf dem Couchtisch, auf dem Bildschirm zitterte ein ziemlich unelegantes Standbild von Ingrid Bergmann, die Augen halb geschlossen, die Nasenflügel gebläht.

»Hallo?«, sagte der Hörer.

»Tut mir leid«, antwortete Bettina und drückte auf die Off-Taste der Fernbedienung, »Barbara ist nicht da.«

»Könnten Sie –«

Bettina holte tief Luft und die Anruferin verstummte. Eigentlich mussten es doch alle wissen. Sie hatte es in der Zeitung annonciert und außerdem jedem, wirklich jedem alten Bekannten von Barba persönlich mitgeteilt, um von solchen Anrufen verschont zu bleiben. »Sie lebt nicht mehr.«

»Oh«, machte es am anderen Ende verwirrt. »Ach Gott, ich – das tut mir leid. Aufrichtig leid. – Wie …?«

»Krebs«, sagte Bettina.

»Ach herrje.«

»Ja.«

»Verzeihen Sie. Ich habe Sie gestört. – Wann – wann –«

»Im vorletzten Sommer«, sagte Bettina, griff mit der freien linken Hand nach der Weinflasche und goss sich ihr Glas voll. Aus diesem Abend würde eh nichts mehr werden, da konnte sie genauso gut mit einer alten Freundin ihrer Schwester schmerzhafte Erinnerungen austauschen. Zur größten Not hatte sie noch Barbas Whiskey im Schrank. »Woher kannten Sie Barbara?«

»Ich – also wissen Sie, falls es Ihnen gerade jetzt nicht passt, ich –«

»Doch, es passt mir ausgezeichnet«, sagte Bettina etwas spitz. Sie schwenkte ihr Glas und prostete der unbekannten Gesprächspartnerin damit zu. Du hast angerufen, Schätzchen. Du wirst jetzt mit mir reden.

»Barbara – sie war damals Sprechstundenhilfe in der Praxis bei Dr. Mock. Der Kardiologe, wissen Sie. In Mundenheim. Ich war dort auch angestellt. Meine erste Ärztinnenstelle. Lieber Himmel! Barbara war doch so – so lebendig! Und war sie nicht schwanger?«

»Ja. Die Kinder hab jetzt ich.« Bettina zündete sich eine Zigarette an. Vielleicht war dieses Gespräch doch keine gute Idee. Eine kleine Pause entstand.

Dann sagte die Anruferin plötzlich in einem etwas anderen, geschäftsmäßigeren Ton: »Hören Sie, ich möchte Ihnen wirklich nicht zu nahe treten, und ich habe vollstes Verständnis, wenn Sie mich aufdringlich finden und einfach auflegen – aber sind Sie vielleicht zufällig Barbaras Schwester? Die Polizistin?«

»In der Tat«, sagte Bettina überrascht und fast gerührt. Sollte Barba sie tatsächlich bei ihren Kollegen erwähnt haben? Und so ausführlich, dass die sich nach Jahren noch daran erinnerten?

»Es ist nämlich so, eigentlich wollte ich Sie sprechen. Nun finde ich es aber selbst unverschämt, Sie privat zu stören, gerade, wo doch Barbara –«

»Na, jetzt können Sie's auch nicht mehr ändern«, sagte Bettina fast ein wenig schnippisch und hatte sofort ein mieses Gefühl.

»Tja. Ich möchte Sie wirklich nicht –«

»Sagen Sie schon. Was wollten Sie wissen?«

»Also«, das kam sehr zögerlich, »es ist, weil – Sie sind doch noch Polizistin, oder?«

»Ja.«

»Und was – bearbeiten Sie so, wenn ich fragen darf?«

»Kapitalverbrechen«, antwortete Bettina ruhig. Und hörte, wie ihre Gesprächspartnerin am anderen Ende der Leitung Luft ausstieß. Erleichtert, wie es schien. Was Bettina vage alarmierte. Sie stellte ihr Glas hin, paffte schnell an ihrer Zigarette, legte auch die fort und griff neben sich in die Schale mit dem Krimskrams. Da musste noch irgendwo ein Kuli sein. Und ein Block.

»Das passt ausgezeichnet«, sagte die Anruferin entschlossen, fast übertrieben, als müsste sie sich selbst überzeugen. Ihre Stimme war weich, registrierte Bettina, und sie klang gebildet und freundlich und sehr jung. Doch die Frau musste mindestens Mitte dreißig sein, wenn sie schon als Ärztin gearbeitet hatte, als Barba noch bei Dr. Mock gewesen war.

»Wissen Sie, es ist makaber und sogar irgendwie albern. Vor allem gerade jetzt, wo ...«

»Könnten Sie mir noch mal Ihren Namen sagen?«, bat Bettina.

Wieder entstand eine Pause. Dann sagte die Frau sachlich: »Natürlich. Dr. Marie Glaser.«

Bettina schrieb den Namen auf. »Was ist also passiert, Frau Dr. Glaser?« Auf der Dienststelle hatte Bettina gelernt, dieser Frage einen bestimmten Ton zu verleihen, freundlich, knapp, aber nicht übermäßig interessiert. Um von vornherein klarzustellen, dass man keine kompletten Lebensbeichten samt schlimmer Kindheit und verpfuschten Ehen abzunehmen gedachte. An diesem Abend in ihrem Wohnzimmer fiel es ihr allerdings nicht ganz so leicht. Weil die Anruferin sie wieder an die lustigen alten Zeiten mit ihrer Schwester erinnert hatte.

»Tja, wissen Sie«, sagte Dr. Glaser nun mit ihrer weichen Stimme, die sich so anhörte, wie Barba ausgesehen hatte, lebensfroh und mit diesem winzigen Schlag ins Alberne, der Bettina damals bei ihrer Schwester rasend gemacht hatte und sie jetzt umso schlimmer traf, »es ist so: Wir hatten schon einige Tage mit Ihren Kollegen zu tun. Ich weiß nicht, ob Sie da informiert sind, aber es stand auch in der Zeitung: die vermisste Claudia Kirchheimer.«

»Oh«, machte Bettina. »Ja, hab ich mitbekommen. Bei Bad Dürkheim im Wald, nicht? Oberhalb der Hardenburg. – Die Suche musste erfolglos abgebrochen werden.«

»Claudi war meine Freundin.« Das hörte sich hart und fest an. Und endgültig. Die Vergangenheitsform ging der Frau ziemlich leicht über die Lippen. Bettina war sehr hellhörig und kritzelte wild Pfeile auf ihren Block. »Ihre Freundin, sagen Sie? Gehören Sie zu der Wandergruppe, der Frau Kirchheimer verloren ging?«

»Ja.«

»Aha.« Bettina bemühte sich um den sachlichsten Tonfall, den sie draufhatte. »Frau Dr. Glaser, gibt es denn etwas, das Sie den Kollegen vor Ort nicht erzählt haben?«

Eine Pause entstand. Bettina war inzwischen auf alles gefasst. Beichte, Zusammenbruch, wilde haltlose Selbstanklagen, unwichtige Details. Es gab kaum etwas, das die Angehörigen mehr aufwühlte als ein Vermisstenfall. Doch was jetzt kam, hatte sie nicht erwartet.

Dr. Glaser räusperte sich. »Na, so kann man das nicht sagen. Mit Claudia hat es eigentlich nichts zu tun. Das ist es ja. Ich habe etwas gefunden, das, ja, bizarr ist, und ich konnte damit nicht mitten in diese Suche platzen, verstehen Sie, da sind Menschen, die verzweifelt sind. Die hätten das mitbekommen und geschmacklos gefunden. Claudis Familie. Leute, die trauern. Denn, ich meine, wir haben Minusgrade und Claudi ist jetzt schon eine Woche fort.«

»Okay«, sagte Bettina und nahm wieder ihr Glas zur Hand. »Sie haben etwas Bizarres entdeckt, und möchten damit nicht die Familie einer Vermissten behelligen. – Oder die Kollegen, die den Fall bearbeiten«, fügte sie hinzu und machte eine kleine Pause. Dr. Glaser ging auf die unausgesprochene Frage nicht ein. »Aber es scheint doch ernst zu sein, sonst hätten Sie mich nicht ausgegraben, so mitten in der Nacht.«

»Ihre Kollegen«, sagte Dr. Glaser fein, »sind sehr bemüht um effiziente Arbeit.«

»Mit wem haben Sie denn gesprochen?«

»Schwanck hieß der eine, glaube ich.«

»Dr. Schwanck.« Ein lehrerhafter Typ, dem Bettina höchstens mal im Flur über den Weg gelaufen war. Sein Spezialgebiet waren Vermisstenfälle, denn er besaß außerordentlich gute Geographiekenntnisse.

»Wissen Sie«, Dr. Glaser holte Luft, »ich möchte nicht sagen, dass man gerade Ihnen mit kruden Vermutungen kommen könnte, im Gegensatz zu Ihren Kollegen, wirklich nicht, aber Sie sind Barbaras Schwester. Und wenn Sie nur einen Funken Ähnlichkeit besitzen –«

»Ich bin die Vernünftige in der Familie«, unterbrach Bettina. »Und genauso Polizistin wie Dr. Schwanck.«

»Schon«, sagte Dr. Glaser unbeirrt. »Aber Sie sind auch eine Frau.«

* * *

»Pünktlich, Bolle«, rief Willenbacher am nächsten Morgen mit einem Blick aufs Handgelenk. Er stand am Kaffeeautomaten im Gang der Dienststelle, direkt neben dem Kollegen Ackermann. Der klimperte mit Kleingeld. »Noch einen Kaffee vorher? Du hast ja alle Zeit der Welt.«

Bettina wand sich aus ihrem Schal. »Ich bin doch pünktlich. Genau halb neun.«

»Mach«, sagte Ackermann. »Er ist heute nicht gut drauf.« Und grinste Willenbacher zu.

»Hat seinen Frauenhassertag«, ergänzte der. Er war so was wie Bettinas inoffizieller Partner und von etwas geringerer Körpergröße als sie. Neuerdings trug er die Haare recht kurz. Die grelle lila und gelbe Farbe seines Norwegerpullis vertrug sein Teint nicht allzu gut. Aber Willenbacher stand eben auf kräftige Töne.

»Danke«, sagte Bettina. »Danke, Jungs. Baut mich doch auf.«

Sie zog auch noch die Jacke aus. Da gab der schrankhohe Automat an der Wand ein hässliches Geräusch von sich und spuckte den Kaffee an Willenbachers Tasse vorbei auf den Fußboden. Bettina grinste. Die Resopalwände des Geräts vibrierten boshaft. Es war ein echter Oldtimer, massig, brummend, mit allen möglichen vielversprechenden Tasten, sogar für Bouillon. Jeder hatte Respekt vor dem Ding. Es hatte schlechte Tage, aber sein Timing stimmte.

»Fängt das wieder an.« Ackermann wandte sich ab.

»Ich hab's mir überlegt«, sagte Bettina, während sie den Schal in den Jackenärmel stopfte. »Ich will doch nichts trinken.«

»Warte nur«, sagte Willenbacher. »Ich kenn das Baby.« Er versetzte dem Automaten einen kräftigen Schlag auf die Seite und dann einen Tritt. Tatsächlich wackelte nun die ganze vorsintflutliche Apparatur, irgendetwas in ihrem Inneren stöhnte auf, und dann fiel Willenbachers Tasse aus dem Ausgabeschacht und zerbrach.

Es war seine grüne Tasse. Mit den roten Punkten, dickwandig und hoch, ein Geschenk seiner Freundin Annette. Niemand im

Büro kannte ihn ohne diese Tasse. Fassungslos starrte Bettinas Kollege die Scherben an.

»Das Baby kennt dich aber auch ganz gut«, bemerkte Ackermann über die Schulter.

Bettina drückte dem unglücklichen Willenbacher ihre Jacke in die Arme. »Da. Ich hab's eilig.«

»Du kochst, Will«, hörte sie Ackermann noch befehlen. »Ihr seid dran. Ich hab eigentlich längst Urlaub.«

Und dann war sie schon beim Chef.

Es dauerte nicht allzu lange bei Hauptkommissar Härting. Bettina hatte nämlich gute Nachrichten, für den Hauptkommissar zumindest: »Ich möchte beruflich etwas kürzertreten. Darüber wollte ich mit Ihnen sprechen.«

Härting, der sich mit einer leicht angegilbten Akte, vermutlich Bettina zu Ehren aus dem nächstbesten Ordner gezogen, weit hinter seinem Schreibtisch verschanzt hatte, blickte überrascht auf. »Endlich nehmen Sie Vernunft an«, sagte er. Erleichterung schwang in seiner Stimme mit.

Was hast du denn geglaubt, was ich will, dachte Bettina. Eine Beförderung? Verdient hätte sie die längst. Es mangelte ihr nur an generellem Wohlverhalten.

»Sie haben einen schweren Schicksalsschlag erlitten«, hub Härting nun an, saß da mit seinem grauen Gesicht über seinem steifen Anzug hinter dem Schreibtisch und hielt immer noch die einsame Akte hoch, aus dem Fall Lohmeier, erkannte Bettina, der war schon fünfzehn Jahre alt. »Mit dem Tod Ihrer Schwester. So etwas muss man auch erst mal verkraften.« Härtings Polizistenaugen blickten trotz seines ungewohnt freundlichen Tons kalt und aufmerksam wie immer. Dieses ausdruckslose Lauern, das konnte man vielleicht irgendwann einfach nicht mehr ablegen. Sicher betrachteten einige altgediente Kollegen auch zu Hause ihre Familien so. Vermutlich wurden darum so viele Polizistenehen geschieden. Und eines Tages würde Bettina womöglich selbst so gucken.

»Wobei wir alle hier die größte Hochachtung vor Ihrem

Schritt haben, Frau Boll. Sie haben vorbildlich die Verantwortung für zwei Waisen übernommen. In einer Zeit, die für Sie ohnehin nicht gerade leicht war.«

Bettina betrachtete ihre spitzen Knie in den abgeschabten Jeans und bekam ungeheure Lust auf eine Zigarette.

»Sie haben sich einfach zu viel zugemutet. Manchmal merkt man das selbst nicht.«

»Missverstehen Sie mich nicht«, sagte Bettina da schnell in Härtings Atempause. »Ich habe nicht gekündigt. Keineswegs. Ich möchte weiter arbeiten, und ich muss das auch, denn ich habe eine Familie zu ernähren.«

Härting starrte sie an, ließ die Lohmeier'sche Akte sinken und seufzte kaum hörbar.

»Und ich will hier bei Ihnen im K11 bleiben«, fuhr Bettina fort, um auch das zu klären. »Das ist die Arbeit, die ich am besten kann.«

»Sie haben eine gewisse Spürnase«, gab Härting widerwillig zu.

»Danke«, sagte Bettina überrascht.

Der Chef schoss einen schnellen Blick auf sie ab. »Aber wie stellen Sie sich das vor?«, fragte er unwirsch. »Wollen Sie halbtags Kapitalverbrechen aufklären? Von neun bis zwölf? Und dann heim zu den Kindern? Ist das Ihr Vorschlag?«

Tatsächlich stellte Bettina es sich ungefähr so vor. Aber das Härting gegenüber in Worte zu fassen, war wieder eine andere Sache, obwohl sie zu Hause vor dem Spiegel redlich geübt hatte.

Der Hauptkommissar war inzwischen wieder in seinem Fahrwasser: »Ich brauche Ihnen doch nicht zu erklären, Frau Boll, wie unsere Einsätze aussehen. Und was für ein Einzugsgebiet wir haben. Nehmen wir an, Sie haben fünf fixe Stunden pro Tag und wir kriegen einen Fall irgendwo an der französischen Grenze, da brauchen Sie sich erst gar nicht ins Auto zu setzen.«

»Andererseits«, sagte Bettina rasch, »sind wir ein Team. Keine Einzelgänger, die ihre Fälle ganz alleine lösen. Nicht wie im Fernsehen.« Sie blickte ihren Vorgesetzten an, ohne rot zu werden.

Der betrachtete sie stirnrunzelnd. »Frau Boll. Jetzt sag ich

Ihnen mal was. Wir beide, Sie und ich, wir wissen doch genau, was mit Ihnen los ist.«

Bettina starrte ihren Chef an. »Ach ja?«

»Sie sind eine talentierte junge Beamtin, aber in der Schreibstube sind Sie fehl am Platz. Ihre Aktenführung ist miserabel. Sie sind nicht halbtags einsetzbar. Gut sind Sie nur«, hier machte Härting eine unwillige kleine Pause, »draußen.«

»Danke«, sagte Bettina spontan.

Härting funkelte sie an, bilde dir ja nichts ein, hieß das. »Aber das allein ist keine Polizeiarbeit. Denn die Arbeit, liebe Kollegin, gehört auch dazu. Wie das Wort schon sagt. Was Sie tun, sind riskante Detektivspiele.« Härting ließ sich in seinen Stuhl zurücksinken und seufzte leise. »Wissen Sie, Frau Boll, was Ihr Problem ist?«

Bettina verschränkte die Arme. »Welches meinen Sie?«

Härting schnaubte trocken durch die Nase, das Geräusch, das bei ihm am ehesten einem Lachen gleichkam. »Da. Sehen Sie. Das ist es. – Sie machen sehr wohl Alleingänge, Frau Boll, das wissen Sie genau. Und Sie tun es gern. Sie haben unseren Ermittlungen ein, zwei Mal die richtigen Impulse gegeben. Jetzt glauben Sie, es wird immer so weitergehen. Sie werden mit diesen Allüren auf die Nase fallen. Ich sage das nicht aus Bosheit, Frau Boll.«

Bettina kannte diese Ansprache und schwieg. Besser gesagt, sie riss sich innerlich am Riemen, um sich nicht zu äußern, denn alles, was sie darauf hätte sagen können, wäre ganz und gar nicht sachdienlich gewesen.

»Sie sind eine kleine Diva, und Sie spielen Abenteuer. Das ist in unserem Beruf gefährlich. Dabei haben Sie eine Familie. Und vor allem Kollegen. – Normalerweise lernen das schon die Kadetten in ihrem ersten halben Jahr auf der Polizeischule!« Die sonst so blassen Wangen des Hauptkommissars hatten sich eine Spur rosa gefärbt. Ohne überhaupt hinzusehen, blätterte er erregt in der Lohmeier-Akte.

Bettina lächelte, möglicherweise ein wenig boshaft. »Ich bin halt irgendwie durchs System gerutscht.«

»Sie haben mit den falschen Sachen Erfolg gehabt.«

Sie blickten sich an. Härtings Augen, die eben kurz so leidenschaftlich geblitzt hatten, waren wieder grau und lauernd. Und doch wusste Bettina augenblicklich, dass er sie nicht rausschmeißen würde. Nicht sofort. Sie werden auf die Nase fallen, hatte er gesagt, und nicht: Sie werden keine Gelegenheit mehr dazu haben. Sie war jetzt eine feste Größe im Team, nicht mehr die Quotenfrau von damals, die ihren Zweck schon erfüllt hatte, bevor sie überhaupt den Dienst antrat. Härting würde nicht wieder versuchen, sie in irgendeiner Aktenkammer ruhigzustellen und zu vergessen. Mit einem Schwung warf Bettina ihre langen roten Haare zurück und sagte: »Also was sagen Sie? Wäre eine halbe Stelle in Ordnung? Wir können es doch mal im Februar probieren. Dann sehen wir ja, ob es klappt.«

Wieder blickten sie sich an. Härting, wusste Bettina, brauchte seine Arbeit auch, sie war das Einzige, was einen Funken Leben in ihm entfachen konnte. Und so saßen sie einen Moment, zwei störrische Bullen an einem abgestoßenen Behördenschreibtisch, in Leidenschaft verbunden gewissermaßen. Dann presste Härting kurz die schmalen Lippen zusammen. »Aber ich sag Ihnen eins, wenn ich die allerkleinste Beschwerde kriege –«

Bettinas Herz hüpfte. »Danke.«

»Und Sie machen Überstunden, wenn ich es für nötig halte. Ohne Diskussionen. Wann immer wir Sie brauchen.«

Ich und Gott und das Vaterland. »Natürlich.«

»Und Sie werden Ihre Bereitschaften einhalten, das überprüfe ich persönlich.«

»Alles klar.«

»Keine Alleingänge, keine Allüren.«

»Nein.«

»Also dann ab Februar. – Und Sie bringen mal Ordnung in Ihre Ablage, und dann fangen Sie an«, Härting warf ihr die gelbliche Akte herüber, »den Lohmeier zu überarbeiten. Gründlich.«

»Jawohl«, sagte Bettina. Sie zögerte. »Aber ich glaube, wir

kriegen heute noch einen Fall auf den Tisch. Es hat mit dieser Sache bei Bad Dürkheim zu tun. Die Vermisste Kirchheimer.«

Härting verschränkte die Arme.

»Eine Frau aus dieser Wandergruppe ist zufällig eine Bekannte von mir. Sie hat gestern Abend angerufen. Möglicherweise hat sie ein Leichenteil entdeckt.«

Ich hätte es wissen müssen, sagte die finstere Miene des Hauptkommissars. Bettina hingegen sah triumphierend auf ihre Uhr.

»Ich hab sie herbestellt. Gegen zehn.«

»Weiß der Schwanck, dass seine Vermisste tot ist?«, fragte Härting bissig.

»Es ist komplizierter«, sagte Bettina. »Das Leichenteil haben meine Bekannte und Frau Kirchheimer gemeinsam entdeckt. Verschwunden ist sie erst später. Oder besser gesagt, unmittelbar darauf.«

Sie sahen sich an. Dann senkte Härting den Blick und zog die Akte Lohmeier wieder zu sich heran. Er schlug sie auf und blätterte darin mit gefurchter Stirn.

»Herr Hauptkommissar?«, fragte Bettina vorsichtig.

Er blätterte weiter. »Na los«, knurrte er in das Papier, »worauf warten Sie noch? – An die Arbeit!«

Als Bettina Frau Dr. Glaser dann zum ersten Mal persönlich gegenübertrat, bekam ihre gute Laune einen Dämpfer, denn die Frau sah völlig anders aus, als Bettina sie sich vorgestellt hatte. Nicht hübsch und klein und zierlich, nicht einmal ärztlichkompetent. Um es geradeheraus zu sagen, wirkte Dr. Glaser aufgedunsen und weltfern, als würde sie Drogen nehmen. Sie trug ein dunkles Flatterkleid und hatte so ein Schweben im Gesicht. Kollege Willenbacher, der die Dame in Empfang genommen hatte, warf Bettina einen nicht besonders gut versteckten sinnigen Blick zu, als sie in ihr Büro trat. Er schwenkte eine Kanne. »Kaffee?« Die Frage war an die Ärztin gerichtet und schien sie bereits zu überfordern.

»Oh. Ist da Koffein drin?«

»Ohne das würde unser Kommissariat zusammenbrechen«, sagte Bettina und ging auf ihren Gast zu. »Hallo. Sie müssen Dr. Glaser sein.«

Die Frau lächelte, müde, aber strahlend. Es wirkte leicht übertrieben, als würde es Kraft kosten. »Und Sie sind Frau Boll. Hallo. Sie sehen Ihrer Schwester wirklich ähnlich.«

Bettina blickte an sich hinab und rollte verlegen mit der Linken die Haare im Nacken zusammen. Sie hatte wieder ihre ältesten Jeans an und wusste genau, was Barba zu diesem Aufzug gesagt hätte. Barba war nicht nur innerlich hübsch gewesen, und jedes Mal, wenn jemand Vergleiche zog, wurde Bettina sich gewisser Unterschiede deutlich bewusst. »Tja. Danke.«

Willenbacher stand immer noch mit der Kanne herum. »Ich würde Koffeinfreien am Automaten draußen ziehen, aber das Scheißding hat wieder seine fünf Minuten.« Automatisch nahm er Bettinas Tasse, schaufelte Zucker hinein, goss Kaffee drauf und stellte sie vor sie hin. Dann hielt er ein paar verstaubte Plastikdöschen mit Sahne hoch. »Wir hätten höchstens was zum Verdünnen.«

»Oh«, sagte Dr. Glaser wieder. »Also dann ... ja dann ...«

Willenbacher goss auch ihr eine Tasse voll Kaffee und stellte ein paar Sahnedöschen dazu. »Zucker?«

»Nein danke.« Sie musterte unschlüssig ihren Humpen, er war aus dickem blau glasiertem Steingut, und drauf stand: *Quiet, please*. »Danke.«

Bettina, die inzwischen noch ein paar von Ennos Haferflocken auf ihrem Pulli entdeckt hatte, setzte sich rasch an ihren Tisch und schaltete den Computer an. Dann legte sie Stift und Papier zurecht und nahm einen Schluck Kaffee, und erst als Dr. Glaser zur Sahne griff und Willenbacher ihr noch einen Löffel reichte, merkte Bettina, was los war. Die Ärztin stand nicht unter Drogen, jedenfalls keinen künstlichen. Sie war nur hochschwanger.

»Tja«, sagte Willenbacher etwas später mit sehr zweifelnder Miene zu dem Fundstück, das die Ärztin aus einer Plastiktüte geholt hatte, »das ist merkwürdig.« Er ekelte sich, sah Bettina. Blut und faules Fleisch am Tatort, das machte ihm wenig aus, aber einen einzelnen schmutzigen Knochen auf seinem Schreibtisch mochte der Kollege nicht. Vorsichtig schob er ihn mit einem sehr spitzen Bleistift etwas von sich fort. »Und der lag einfach so da. An diesem Forsthaus.«

»Beim *Wilden Mann*«, präzisierte Dr. Glaser.

»Das ist am Drachenfels, nicht?«, fragte Willenbacher.

»Nein, weiter Richtung Dürkheim. In der Nähe der Hardenburg. Was Sie meinen, ist der *Saupferch*. – Da kann man gut essen«, fügte sie etwas zerstreut hinzu.

»Okay«, sagte Bettina. »Und wo genau war nun der Knochen?«

»Im Gehege hinterm *Wilden Mann*.« Dr. Glaser blickte erst Willenbacher an, dann Bettina. »Ich hab fast eine halbe Stunde gebraucht, um das Ding hinter dem Zaun vorzuangeln.« Sie lächelte vage. Wie sie so dasaß, aufrecht und breitbeinig und gleichzeitig unsicher, wirkte sie nicht sehr überzeugend, nur der Knochen hatte eine gewisse Präsenz. Er war grau, stumpf und ein wenig sandig, ein rechtes Hüftbein, so viel war klar zu erkennen, mit der typischen gebogenen Pfannenform. Schwein oder Mensch, war die entscheidende Frage.

»Das Problem ist, ich weiß nicht mehr allzu viel über Anatomie. Ich bin Kardiologin. Es ist mir theoretisch klar, dass die Hüften von aufrecht gehenden Lebewesen anders aussehen müssen als die von Vierfüßern, und ich habe das alles vor Jahren mal lernen müssen, aber damals hat man uns keine Wildschweinhüften zum Vergleich vorgelegt, wenn Sie verstehen.« Dr. Glaser zuckte die Achseln, nahm den Knochen in beide Hände und drehte ihn herum, sodass die Gelenkpfanne sichtbar wurde. Die nicht besonders sauber war. Nachdenklich kratzte die Ärztin mit einem makellos manikürten Fingernagel darin herum.

Willenbachers Nase zuckte.

»Er kommt mir nur so vor wie ein Menschenknochen, wissen Sie.« Hilfesuchend blickte Dr. Glaser zu Bettina auf. »Rein gefühlsmäßig.«

Rein gefühlsmäßig würde Bettina sagen, dass es voreilig gewesen war, Härting einen frischen Fall in Aussicht zu stellen. Am Abend zuvor auf Barbas alter Couch in Barbas ehemaliger Wohnung über einer Flasche Rotwein hatte sich das alles viel geheimnisvoller und echter angehört. Abenteuerlich. Härting hat Recht, dachte Bettina. Mit allem. Sie vernachlässigte die Kinder, sie mutete sich zu viel zu, und ihre Polizistinnenlaufbahn war nicht viel mehr als die Fortsetzung der Abenteuerspiele ihrer Kindheit. Die rote Zora. Und nun saß sie hier vor einem mutmaßlichen Wildschweinknochen und einer hormonvernebelten Schwangeren. Die wahrscheinlich aus gutem Grund den Kollegen Schwanck nicht mit ihrer Geschichte behelligt hatte. »Tja«, sagte sie resigniert, »genau wissen wir es alle drei nicht. Keiner von uns kann einzelne Knochen identifizieren. Wir bräuchten so was wie einen forensischen Zoologen. Und da wir den nicht haben, würde ich sagen, bevor wir weiter spekulieren –«

»Der Müller von unten«, sagte Willenbacher sofort. Und hatte die Hand schon am Telefon. »Weißt du, wen ich meine? Diesen verrückten Spurensicherer aus dem ersten. Der mit seiner Leichenkartei. Der könnte uns sagen, ob die weitere Untersuchung lohnt.«

»Oder der Finkenbeiner«, sagte Bettina, die Müller unheimlich fand. Doch Willenbacher war bereits verbunden. Er hob die Hand. »Hallo? Erik? Ja, Willenbacher. Aus dem dritten. Wir brauchen dich mal eben hier oben für eine Begutachtung, wenn du's einrichten kannst. Es geht um einen Knochenfund.«

Dr. Glaser legte ihre Hand auf den Bauch und sah Bettina an. »Ich möchte Sie nicht aufhalten«, sagte sie leise, »und Ihnen die Zeit stehlen. Wirklich nicht.«

»Ich weiß«, antwortete Bettina verbindlich.

Die Ärztin tastete auf ihrem Bauch herum. »Es ist nur«, sprach sie weiter, »Ihre Kollegen, die meine Freundin Claudia suchen, bemühen sich so sehr, keinen makabren Ton aufkommen zu lassen.« Sie blickte ins Leere. »Wofür wir ja auch im Grunde dankbar sind.«

»Nö, liegt bei uns auf dem Tisch«, sprach Willenbacher ins Telefon. »Du musst nur hochkommen.«

»Jetzt ist natürlich schon über eine Woche vergangen seit ihrem Verlorengehen«, rechnete Bettina. »Wir haben Montag. Acht Tage.«

»Und es ist kalt«, setzte Dr. Glaser nüchtern hinzu.

Sie zog ein ernstes Gesicht, doch das innere Strahlen konnte sie nicht abschalten. Ihre Miene wirkte unverändert heiter. Angesichts der traurigen und merkwürdigen Ereignisse, die sie zusammengeführt hatten, fand Bettina das befremdlich. Wenn Claudia Kirchheimer noch länger verschwunden blieb, würden sie hier vielleicht auch ihren Fall auf den Tisch bekommen. Obwohl ein Kapitalverbrechen angesichts der Umstände tatsächlich unwahrscheinlich schien. »Ihre Freundin war gesund, wandererfahren und lebte in einer intakten Beziehung.« Das wusste Bettina aus den internen Meldungen. »Suizid oder so –«

»Schließen wir völlig aus«, versicherte Dr. Glaser nachdrücklich. »Sie hat sich verirrt. Das mit der Wandererfahrung stimmt nicht ganz. Claudia hat niemals eine Karte gelesen. Orientierungsmäßig war sie eine Null. Sie ist immer nur mitgelaufen.«

»Eine Hüfte«, tönte Willenbacher dazwischen. »Hüften sind doch gut, oder? Charakteristisch. Jetzt mach schon, ich weiß, dass du's weißt.«

Die Ärztin blickte Bettinas kleinen Kollegen kurz an und stellte die blaue Kaffeetasse auf ihrem Bauch ab. Das Geschirr begann ein wenig zu wackeln. »Es tritt da so gern dran«, verkündete sie stolz. Dann fand sie wohl ihre Heiterkeit selbst eigenartig. »Schwanger sein macht ein bisschen blöd«, sagte sie entschuldigend. »Das stimmt. Aber ich wäre nicht hierher zu Ihnen gekommen, wenn mir dieser Knochen nicht wirklich verdächtig vorkäme.«

Bettina fühlte sich unbehaglich. »Natürlich nicht.«

Willenbacher steckte das Telefon zurück in seine Station. »So.

Schon unterwegs.« Er grinste die Ärztin unbefangen an und sah ihr Kunststück mit der Tasse. »Wahnsinn. Können Sie da nachts überhaupt schlafen?«

Und Dr. Glaser bejahte lächelnd und verlegen und wirkte so harmlos wie je. Und fachsimpelte mit Willenbacher über gynäkologische Details, bis Kollege Müller die Tür öffnete, seinen Kopf vorsichtig hereinstreckte und sich wand und zierte, wie es seine Art war, bis er den Knochen sah. Da stand er plötzlich mit drei großen Schritten mitten im Raum und berührte das Fundstück behutsam mit seinen langen Fingern.

»Wo ist das denn her?!«, fragte er alarmiert.

* * *

»Da oben«, sagte Dr. Glaser und wies auf das fahle Haus, »da, sehen Sie? Dort aus dem Wildschweingehege hab ich ihn geholt.«

Sie standen am Ende eines kurzen Talausläufers, an dessen steilen Flanken sich schon der Abend ankündigte, obwohl es erst halb ein Uhr mittags war. Weißlicher Dunst hing über den kahlen Bäumen, und der Boden war matschig mit hellen frostigen Eiskrusten über schwarzem Laub. Es war ein einsamer Ort, an dem eine merkwürdige schwebende Stille herrschte. »*Wilder Mann*« stand in ein aufgesprungenes hölzernes Schild eingebrannt über dem Eingang, und tatsächlich sah das Ganze sehr nach Räuberhöhle im tiefsten Forst aus, obwohl es noch fast in Hörweite der Bundesstraße lag. Mit ihr war das Haus durch ein winziges Sträßchen und ein paar düstere Baumgruppen verbunden, und nur die erstaunliche Größe des verwaisten Parkplatzes und ein paar schmutzige zusammengeklappte Sonnenschirme vor dem Gasthof zeugten von dem regen Wanderbetrieb, der hier an den Wochenenden herrschte.

»Es ist verrückt«, sagte Dr. Glaser ein wenig atemlos und hielt sich den Bauch, »am Sonntag war's hier knallvoll, und jetzt fühlt man sich wie der erste Mensch.«

Ihre Schritte knirschten laut auf dem feuchten Splitt des Parkplatzes und hörten sich an, als stünden irgendwo ganz in der Nähe unsichtbare Wände, die das Geräusch zurückwarfen, als wäre die ganze spärliche Szenerie bloß Kulisse und in Wahrheit noch viel enger. Dann quiekte weit hinter dem Haus ein Schwein, und der Eindruck der Unwirklichkeit ließ etwas nach. Doch nicht viel, fand Bettina. Sie zog ihren Schal fester. »Ob jemand daheim ist?«

Willenbacher warf einen abschätzigen Blick auf das graue Haus. Den einzigen Farbfleck weit und breit bildete eine blauweißrote bemooste *Langnese*-Eisfahne, die mehrere Jahrzehnte alt sein mochte. Kein Auto stand da, alle Läden waren geschlossen, der Schornstein nicht in Betrieb. »Das Lokal ist wahrscheinlich nur am Wochenende bewirtschaftet.«

Sie marschierten am Haus vorbei über einen betonierten schäbigen Hof direkt auf das Wildschweingehege zu. Links wand sich der Weg zur Hardenburg in den Wald, rechts senkte sich das Gelände zum Talgrund, wo ein kleines Bächlein zwischen erfrorenen, matschigen Gewächsen versumpfte. Rund um den Hof lagerte uralter Bauschutt. Ein mannshoher Haufen Sand hatte eine ganz eigene Vegetation entwickelt, der schwarzfeuchte Bretterstapel nebendran war im Laufe der Jahre zu einer einzigen morschen Masse zusammengesunken, und unter verwitterten Planen lagerte noch eine ganze Menge anderer sperriger Dinge, die sicher längst keines Regenschutzes mehr bedurften. Die Luft roch nach Schweinen und aufgewühltem Waldboden und ganz schwach nach Holzfeuer. Das Schwarzwild begrüßte seine Besucher mit einer aufgeregten Parade hinter dem Zaun und aufforderndem Quieken.

»Ziemlich verlottert, das alles hier«, sagte Willenbacher naserümpfend und rüttelte probeweise an einem Zaunpfosten. »Aber stabiler als es aussieht«, gab er dann zu. »Und schön groß.« Das Wildschweingehege nahm fast den gesamten rückwärtigen Talgrund ein und reichte bis in die steil aufsteigenden Waldhänge. Die Schweine hatten einen hölzernen Verschlag, eine Suhle und jede Menge Bäume ringsum. Es mochten vier oder fünf große Tiere sein und noch einmal mindestens ebenso viele Junge.

»Wie groß schätzt du das Gehege?«, fragte Bettina, die im Geiste ihre Einsatztruppe zusammenstellte.

»Tausend Quadratmeter könnte es haben«, antwortete Willenbacher nach kurzem Überlegen.

Bettina nickte. »Leichenhunde«, sagte sie. »Und ein paar Kollegen aus Enkenbach werden wir zum Suchen brauchen, aber erst müssen die Schweine da weg. Die Besitzer sollen sie einsperren.« Nachdenklich schaute sie zum Haus zurück, dessen holzverkleidete Rückseite sie nun hoch überragte. Aus dieser Perspektive wirkte das Gebäude gar nicht mehr verloren, sondern trutzig und eigen. Ein rostiger, aber offensichtlich funktionstüchtiger Galgen ragte von der Seitenwand in den Hof, der Haken war vorn noch fast blank, auf dem Hinweisschild am Parkplatz hatte was von Hausschlachtung gestanden. Auf dem Zementboden ringsum ahnte Bettina verwaschene Blutspuren. Direkt neben dem Galgen führte eine von breiten Dehnungsrissen zerfurchte Betontreppe in ein viel zu steiles Kellerloch und bewies, dass den Besitzer weder die Gesetze der Physik noch irgendwelche Bauvorschriften sonderlich interessierten.

Willenbacher drückte auf seinem Handy herum. »Wen soll ich zuerst anrufen?«

»Erst mal wollen wir den Inhaber erreichen«, sagte Bettina und blies in ihre kalten Hände. »Allein wegen der warmen Getränke.«

»Okay«, sagte Willenbacher. »Ich geh mal rund, da muss ja irgendwo ein Schild sein.«

»Schön. – Wo genau lag denn nun der Knochen?«, wandte Bettina sich an ihre schwangere Zeugin. Doch in diesem Moment hörten sie ein tiefes Brummen, dann die Räder eines Autos auf feuchtem Splitt und schließlich raste ein großer kastiger Mercedes G mit einem Affenzahn in den engen Hof und füllte ihn sofort mit Geräusch und Dieselruß und einer schwarz glänzenden Aura von Wohlstand, die in völligem Gegensatz zu dem ärmlichen Waldgehöft stand. Dann erstarb der Motor, und vom Fahrersitz aus starrte sie ein junger Mann feindselig an.

»Ah«, machte Dr. Glaser sofort. »Den kenne ich. Der hat hier am Wochenende bedient.«

Thilo Achtkapp hieß der junge Mann, und sein Kaffee, fand Bettina, war zu dünn. Inzwischen hatte sie Leichenhunde, Spurensicherer und ein paar Helfer von der Polizeischule in Enkenbach bestellt und Achtkapp genötigt, seine Schweine in einem provisorischen Pferch unterzubringen, was eine recht dreckige Angelegenheit gewesen war. Der Junge hatte es nicht gern getan. Nun saß er mit Bettina und Dr. Glaser in der düsteren Schankstube an einem saubergewischten langen Holztisch mit spitzenartig durchbrochenen Plastikdeckchen drauf und ließ seine schlechte Laune an der schwangeren Ärztin aus. »Wieso haben Sie uns nichts von dem Knochen gesagt, als Sie am Sonntag da waren?«, fuhr er sie an. »Stattdessen schleichen Sie allein draußen rum und holen einfach unbefugt Sachen aus dem Gehege!«

Dr. Glaser zog nur die Augenbrauen hoch.

»Glauben Sie, wir bringen Leute um und entsorgen die dann bei den Wildsäuen?!«

»Tja«, sagte die Ärztin, »irgendwie ist dieser Knochen auf Ihr Grundstück gelangt, nicht wahr.«

Wütend zupfte Achtkapp an seiner weiten und völlig verdreckten Hose herum. Seine Kleidung hatte gelitten. Und dass nun plötzlich ein ganzer Tross Uniformierter, Hundeführer und Spurensicherer sein Gehöft durchsuchte, fand er auch nicht gerade toll. »Das hat uns einer reingeschmissen«, sagte er finster. »Wissen Sie, wie viele hundert Leute hier jede Woche vorbeikommen?«

»Lassen Sie uns erst mal das Allgemeine klären«, wiegelte Bettina ab. Willenbacher redete noch draußen mit den Kollegen, und sie fühlte sich unwohl in dem engen Raum. Die Fensterläden waren zugezogen, das Licht stammte aus zwei langen Röhren an der Decke und ließ die Gesichter kränklich weiß erscheinen. Unappetitlich gelbe Farbe zierte die Wände, in einer Ecke gammelte ein ausgestopfter Auerhahn vor sich hin, und oberhalb der Einbautheke aus angedunkeltem Nadelholz hing ein kleiner Fernseher, der auf den Raum wirkte wie ein schwarzes Loch: Obwohl er ausgeschaltet war, zog er unaufhörlich Blicke und Energien auf sich. Fast wünschte man, der Junge würde sich erbarmen und das Ding anstellen.

»Sie sind Thilo Achtkapp, dreiundzwanzig Jahre alt, Gastwirt. Ist das richtig?«

»Glauben Sie mir etwa nicht?« Sein Ton war aggressiv.

Bettina ließ sich nicht reizen. »Es geht nur um Ihre Personalien«, sagte sie freundlich und sah von ihren Notizen auf. »Sie betreiben das Lokal an den Wochenenden und sind Sohn der Besitzerin. Ihre Mutter heißt Marta Achtkapp, wohnhaft in Bad Dürkheim; sie hat außerdem ein Weingut. Ist das richtig so?«

»Ja«, knirschte Achtkapp. Er betrachtete die schwangere Ärztin feindselig. »Darf sie das eigentlich mithören?«

Bettina blickte wachsam. »Haben Sie ein Geständnis abzulegen?«

Der junge Mann fuhr sich mit der rechten Hand über die Haare. »Nein, aber das ist doch alles privates Zeug. Darf die das hören?«

»Im Grunde genommen schon«, sagte Bettina. »Aber wenn Sie Wert drauf legen …«

»Ich wollte sowieso nach Hause«, sagte Dr. Glaser und erhob sich schwerfällig. »Was kriegen Sie für den Tee?«

»Zwei fuffzig.«

Sie legte drei Euro auf den Tisch. »Stimmt so.«

Der junge Mann machte eine verächtliche Handbewegung, am liebsten, dachte Bettina, hätte er ihr das Geld hinterhergeschmissen. Sein Blick folgte der Schwangeren, bis sie die Tür zur Schankstube leise hinter sich schloss.

»So«, sagte Bettina verbindlich. »Jetzt können wir reden.«

Achtkapp sah zu Boden, verschränkte die Arme und schwieg.

»Wissen Sie«, sagte Bettina und verschob die weiteren Routinefragen kurz entschlossen auf später, »es ist doch gut, dass Sie Frau Dr. Glaser gebeten haben zu gehen, denn der nächste Punkt ist wirklich etwas heikel. Ich kann mir nämlich schlecht vorstellen, dass jemand eine Leiche in Ihr Schweinegehege legt und Sie merken nichts davon.«

»Wir verbringen nicht viel Zeit mit den Tieren«, sagte Achtkapp. »Die werden gefüttert und gut.«

»Wie oft werden sie gefüttert? Täglich?«

»Ja. – Na ja, manchmal auch alle zwei Tage. Das halten die aus. Die kriegen so viel Zeugs reingeworfen von den Wanderern.«

»Was ist mit dem Gehege? Wird es nicht ab und zu gereinigt?«

Achtkapp blickte ironisch. »Wovon?«

»Tja«, sagte Bettina, »ich kenne mich nicht aus. Erklären Sie es mir. So wie ich es verstanden habe, fahren Sie einmal am Tag hier heraus, kippen etwas Futter in die Krippe und das war's. Ansonsten sind sich die Schweine völlig selbst überlassen.«

»Ja genau«, sagte Achtkapp.

»Dafür sind Sie aber sehr geschickt mit den Viechern.«

Der junge Mann warf ihr einen abschätzigen Blick aus dunkelbraunen Augen zu. »Wir gehen jedenfalls nicht täglich das Gelände nach Leichen ab.«

»Wer ist ›wir‹?«

Er stockte. »Ich. Na ja, meine Mutter und ich.«

»Sonst kümmert sich niemand um die Schweine?«

»Was soll das heißen?!«

»Das soll heißen, dass ich wissen möchte, wer sich alles um diese Wildschweine kümmert«, sagte Bettina ruhig.

»Nur ich«, gab Achtkapp widerstrebend zu. »Na ja, wenn's gar nicht anders geht, bitte ich den Herrn Franz, einen Arbeiter rauszuschicken. Das kommt aber selten vor.«

»Wer ist Herr Franz?«

»Unser Verwalter. – Im Sommer, als mein Stiefvater gestorben ist, hat er das ein paarmal organisiert«, sagte der Junge flach. »Da hatte ich keinen Nerv zum Schweinefüttern.«

Bettina sah von ihrem Notizblock auf, den sie schon gezückt hatte. Sie dachte an den vermoderten Holzstapel draußen auf dem Hof. Der lag schon länger als ein halbes Jahr in Trauer. »Woran ist Ihr Stiefvater gestorben?«, fragte sie.

»Schlaganfall.« Achtkapps zuvor zorniges Gesicht sah nun ganz blank aus.

»Haben Sie seine Aufgaben hier übernommen?«, fragte Bettina sanft.

»Bitte?«

»Hat Ihr Stiefvater vorher diese Kneipe geführt?«

»Nein.« Achtkapp wirkte erstaunt. »Er ist höchstens mal zum Essen gekommen. Mein Vater hat das ganze Gut geleitet. Ich organisiere die Wirtschaft, seit ich vom Zivildienst zurück bin.«

»Wann waren Sie mit dem Zivildienst fertig?«, fragte Bettina.

»Vor anderthalb Jahren ungefähr«, rechnete Achtkapp. »Im vorletzten Oktober war ich durch.«

»Und machen Sie sonst noch was?«, fragte Bettina mit einem Blick über die abgestoßenen Bänke. Diese heruntergekommene Gaststätte wirkte nicht wie das hoffnungsvolle Projekt eines jungen Wirts. Sie sah aus, als würde sie nur noch von ein paar äußerst morschen Gewohnheiten zusammengehalten. Sie sah aus wie eine Ausrede.

»Reicht das nicht?«, fuhr er sie an.

Dir nicht, dachte Bettina. Du bist nicht dumm. »Sie machen keine Ausbildung? Kein Studium? Nicht mal eine Lehre?«

»Doch, ich –« Achtkapp brach ab und sah plötzlich wieder sehr feindselig aus. »Nein.«

»Okay. Wir brauchen die Adressen von allen, die hier arbeiten.«

Diese einfache Aufgabe war für Thilo Achtkapp nicht zu bewältigen. Er knurrte und brummte und weigerte sich. Schließlich holte er einen mageren Einsatzplan aus einer Schublade. Die Namen darauf und ein paar Telefonnummern waren alles, was er hatte, und der Koch war der Einzige, an dessen vollständigen Namen sich Achtkapp spontan erinnern konnte. Also nahm Bettina sich selbst den Plan vor und studierte ihn. »Insgesamt arbeiten sechs Leute bei Ihnen«, sagte sie dann. »Das sind ganz schön viele für so ein kleines Haus.«

»Es sind mehr als sechs. Sie wechseln. Hier ist am Wochenende ein Riesenbetrieb«, entgegnete Achtkapp mürrisch. »Die Belegschaft wechselt, es arbeiten immer reihum Leute aus unseren beiden anderen Gaststätten. Nur ich bin immer da.«

»Scheint recht einträglich zu sein, so ein Wandergasthof«,

bemerkte Bettina, während sie die Namen von dem Plan abschrieb.

»Stress pur. Im Sommer haben wir hier drei-, vierhundert Essen pro Tag, und glauben Sie bloß nicht, dass wir diesen ständigen Personalwechsel wollen. Man kriegt nur nirgendwo Angestellte dafür. Die wollen alle Vollzeitjobs, keine Saisonarbeit, keine Wochenenden. Sowie die was Besseres haben, sind die weg. Wir haben hier schon zu zweit gestanden, sonntags im August, weil die Leute einfach nicht beigekommen sind. Und das ist spaßmäßig, aber voll. Da wollen Sie Ihr Leben lang nichts anderes mehr machen als einen Wandergasthof betreiben.«

Bettina blickte von ihren Notizen auf. »Wieso tun Sie's dann, wenn es Ihnen so wenig Spaß macht?« Achtkapp sah ziemlich kaputt aus, fand sie. Er war sehr dick für einen Jungen von dreiundzwanzig, und sein breiter Körper schien unter einer höchst ungesunden Spannung zu stehen. Zudem war da noch ein recht zorniger Zug in seinem Gesicht.

»Familienbetrieb«, sagte er achselzuckend.

Deine Familie, dachte Bettina, will bestimmt nicht, dass du hier ohne Ausbildung versauerst. Wenn sie wirklich so reich ist. Sie lehnte sich zurück. »Was ist da bei Ihren Schweinen passiert?«, fragte sie unvermittelt. »Wie konnte ein Menschenknochen ins Gehege gelangen?«

Achtkapp blickte finster. Er scharrte ein wenig mit den Füßen und fuhr sich wieder mit der Hand über die kurzgeschnittenen Haare. »Ich glaube, da wollte jemand echt peinlichen Sondermüll loswerden«, sagte er. »Irgendein schräges Andenken. Was weiß ich, fremdenlegionmäßig. Oder aus dem Irakkrieg, bei den vielen Amis hier.« Er rollte die Augen. »Sie können sich nicht vorstellen, was wir schon Sachen in den Mägen gefunden haben. Regenschirme. Fußbälle.«

»Fressen sie sich auch gegenseitig?«, fragte Bettina.

»Na, die Frischlinge pferchen wir vorsichtshalber mit ihrer Mutter ein, damit die Bache sich auf den Nachwuchs konzentrieren kann. Sonst hat sie zu viel Stress und lässt die Schwächeren verkümmern, die werden gefressen, wenn sie tot sind. – Allerdings sind uns auf die Art nachts schon viele Schweinchen von den Leuten aus dem Pferch geklaut worden.«

»Frischlinge?«, fragte Bettina, einen Moment verständnislos. »Von Leuten?«

»Ja«, knurrte ihr Gegenüber. »Die sind lecker.«

»Oh«, machte Bettina. »Ach so. – Da werden lebende Schweine gestohlen?«

Achtkapp schaute sie nur an.

»Unglaublich. – Tja, ist denn auch schon mal ein ausgewachsenes Schwein von seinen Gefährten – hm, aufgefressen worden?«

»Ja«, sagte Achtkapp. »Das ist schon vorgekommen.«

»Und Sie haben es bemerkt, obwohl Sie hier nur das Futter abladen.«

»Wenn ein Tier fehlt, merke ich das schon irgendwann«, erklärte Achtkapp unwirsch. »Davon abgesehen sind Schweine friedlich, wenn sie genug Platz haben. Und zu eng ist es hier wirklich nicht. Aber sie werden ebenso krank wie wir Menschen. Manche sterben einfach. Und die werden eben auf Schweineart beerdigt.«

»Aufgefressen.«

»Genau.«

»Haben Sie Reste gefunden?«

»Knochen.«

»Ein zusammenhängendes Skelett?«

»Nein.« Achtkapp grinste kurz und böse.

»Wie lange brauchen Ihre Schweine, um einen erwachsenen Artgenossen zu fressen?«

»Tja, es hat eine Weile gedauert, bis ich geschnallt habe, was passiert ist. Vierzehn Tage vielleicht. Aber dann war auch nichts mehr übrig.«

»Kein Kopf, keine – Borsten oder so was?«

»Nein«, versetzte Achtkapp. »Die waren gründlich.«

Das fahle Haus gewann nicht, wenn man Tageslicht hereinließ, im Gegenteil, es wirkte mit seinen Plastikblumen und ausgestopften Tieren nur armseliger, wie eine ohnehin hässliche Frau, deren billiges Make-up sie im natürlichen Licht vollends entstellt. Doch die Spurensicherung konnte auf solcherlei kosmetische Befindlichkeiten keine Rücksicht nehmen. Sie rissen die Fenster auf und die Läden gleich mit, ließen die Winterluft in das Haus hinein und durchsuchten alles. Als ob man da noch etwas finden konnte, wo doch die Schweine schon den Schweinkram erledigt hatten. Aber Vorschrift war Vorschrift, und so suchte sich der in weiße Overalls gehüllte Trupp von Küche zu Gaststube und durch die Toiletten und schließlich die außen liegende Treppe hoch in eine kleine unbewohnte Wohnung.

Bettina folgte ihren Kollegen die knarrende Stiege nach oben, sie war glitschig und baufällig und führte auf eine winzige offene Galerie, die auf eine sehr vage und ebenso rührende Weise an die Galerien in den Höfen altenglischer Wirtshäuser erinnerte. Von hier aus war der Wald in die rechte Dimension für ein derbes Schauspiel gerückt, eine lockere, geheimnisvolle Kulisse. Man blickte über die Parkplätze wie über eine Bühne. Bach und Schweinegehege grenzten alles wohlgefällig ein. Es war ein Katzenplatz. Einer mit Rückendeckung, von dem man alles Wichtige im Blick hatte. Bettina trat nahe an die baufällige Brüstung heran und befühlte das hölzerne Geländer. Es war feucht und splittrig. Beim Gehen schwang der Balkon sacht mit, die Bretter unter ihr stöhnten leise. Innen hörte Bettina die Spurensicherer mit ihren Koffern klappern, unten im Schweinegehege fluchten die Kadetten aus Enkenbach, die ihre warme Polizeischule verlassen hatten, um im Schweinekot nach Knochen zu suchen. Sie sah, wie Willenbacher sie scheuchte, und bemerkte Thilo Achtkapp, der mit finsterem Gesicht vor die Küchentür getreten war, um zu rauchen. Von hier oben wirkte der dicke Junge gebeugt. Ernst hielt er sich an seiner Zigarette fest. Bettina sah ihm zu, ohne das geringste Bedürfnis, sich ebenfalls eine anzustecken. Ob sie selbst auch so aussah, wenn sie rauchte, so nach vorn gekippt? Als wäre die

Zigarette ein mächtiges Gegengewicht, das sogar den Schwerpunkt des Körpers verschob?

Als Achtkapp fertig war, zertrat er die Kippe und blickte hoch zu ihr, worauf sich sein Gesicht noch mehr verfinsterte. Bettina sah ihn weiter nachdenklich an, bis er sich abwandte. Und gerade als sie auch wieder reingehen und hören wollte, was dort etwa gefunden worden war, da sah sie es. Es hatte sich fast gänzlich seiner schäbigen Umgebung angepasst, war schwärzlich verfärbt, klein und unscheinbar, und Bettina hätte nie sagen können, weshalb sie ausgerechnet dieses winzige Ding nun plötzlich erkannte. Es lag in einem der Brüstung vorgeschnallten Blumenkasten. Dort steckten künstliche rote Begonien in einer schwarzen und matschigen Pampe, von grauen Blättern bedeckt. Bettina hob das Laub mit einem Kuli und barg eine Patronenhülse. Dann drehte sie sich aufgeregt zurück. »Hey, Müller!«, rief sie. »Komm mal her, mit Tüte! Ich hab da was!«

».22er Kaliber«, sagte Müller. »Kleines Mickeferzje. – Sie hat eine Macke von der Auszieherkralle. Guck, Frau Boll.« Er zeigte ihr eine winzige Rille, die sie selbst nicht gesehen hätte. »Irgendeine schicke Pistole mit Auswurf, würde ich sagen.«

Auf dem engen Balkon hatte sich eine kleine Gruppe um den Blumenkasten gebildet, ein Kollege fotografierte. Willenbacher stand im Hof und blickte neugierig hoch, neben ihm der junge Thilo Achtkapp.

»Sie ist korrodiert«, sagte Bettina. Sie hatten die Hülse sicher in einem Plastikbeutel untergebracht und betrachteten sie nun von allen Seiten. »Wie lang dauert das? Bis sie so aussieht?«

Müller, der oberste Spurensicherer, schüttelte den Kopf. »Kann schnell gehen. Wenn sie immer so feucht liegt – zwei, drei Monate. Messing. Genau kann man das allerdings nicht sagen. Ist vielleicht auch einfach nur dreckig.«

»Worauf würde man von hier aus schießen?«, überlegte Bettina laut. »Auf jemanden, der vom Parkplatz kommt?«

»Hmm«, machte Müller.

»Wie wäre denn die Reichweite? Bei dem Kaliber?«

»Kommt auf die Waffe an natürlich, aber ich würde sagen, es war eine kleine, und da muss das Opfer schon ziemlich nah sein. Da, wo jetzt das Auto steht, denke ich. Wenn man wirklich eine Leiche produzieren will.«

Bettina beugte sich über die Brüstung. »Herr Achtkapp, würden Sie mal Ihren Mercedes entfernen? Wir müssen den Boden untersuchen.«

Der Boden bestand aus bröckeligem altem Beton und war von Laub und Dreck und eisigen kleinen Pfützen bedeckt. Die Reifenspuren des Achtkapp'schen Wagens hoben sich deutlich ab, alles andere bildete einen schmierigen undefinierbaren Belag. Die Spurensicherer betrachteten diese Herausforderung mit hellen Augen, sie hatten eine kleine Gruppe gebildet und diskutierten hitzig, sodass ihr Atem in der kalten Luft dampfte. Bettina hielt sich wieder an den jungen Achtkapp.

»Besitzen Sie eine Waffe?«, fragte sie ihn, sowie er vom Parkplatz zurückkam.

»Ich? Nein. Nur Jagdwaffen«, sagte Achtkapp. »Mein Stiefvater war Jäger. Seine Gewehre und Flinten sind noch alle da. Meine Mutter hat auch einen Schein dafür. Die Jagd haben wir aber nicht mehr.«

»Das hier ist ein ziemlich kleines Kaliber«, sagte Bettina, die immer noch die Tüte mit sich herumtrug. Sie hielt sie hoch. »Besitzen Sie auch Einhandfeuerwaffen? Pistolen? Revolver?«

»Nein«, sagte Achtkapp. Er sah die Hülse an, unruhig, aber ohne den Blick zu wenden, so wie er vielleicht zuweilen Frauen in den Ausschnitt guckte.

»Schießen Sie selbst manchmal? Zum Üben?«

»Nein.« Er blickte immer noch die Hülse an. Im Tageslicht sahen seine braunen Wangen fleckig aus. Er bemerkte Bettinas forschenden Blick und seine Miene wurde trotzig. »Gucken Sie mich nicht so an, dieser Platz da oben am Balkon ist frei zugänglich. Die Treppe ist offen. Da kann sich jeder hinstellen und schießen, und ich war es bestimmt nicht.«

»Es ist fast wie ein Hochsitz«, überlegte Bettina. Sie standen am unteren Rand der Treppe, da, wo etwas weiter oben der Galgen aus der Wand vorsprang und wo sie geschützter vor Wind und Nieselregen waren. Es war ein einsamer Treffpunkt, ideal, um jemanden einzubestellen, zu belauern und zu erschießen; ideal auch deshalb, weil das Schweinegehege gleich nebenan lag.

»Haben Sie denn nie etwas Verdächtiges hier beobachtet?«, fragte Bettina ziemlich ratlos. »Haben Sie irgendwann einen lauten Knall von draußen gehört? Oder hatten Sie den Eindruck, dass sich Unbefugte herumdrücken?«

Achtkapp blickte ironisch. »Meinen Sie unsere Gäste?«

Bettina seufzte. Dann fiel ihr etwas ein. »Mussten Sie mal ein verlassenes Auto abschleppen lassen?«

»Nein«, sagte Achtkapp.

»Oder hat eins eine Zeit lang hier gestanden und ist dann plötzlich verschwunden?«

Er schüttelte den Kopf.

»Okay.« Bettina sah zu, wie die Spurensicherung zu Handfegern griff und begann, in archäologischer Gründlichkeit die oberste Schmutzschicht vom Boden zu schälen. Sie beugte sich näher zu dem Jungen und blies in ihre kalten Hände. »Dann müssen wir auch im Bodensatz suchen. Wissen Sie etwas über die Anwohner in diesem Tal?«

»Na ja«, sagte er. »Da sind viele Ausflugslokale. Ein siffmäßiger Biohof, eine Galerie, die Forellenräucherei, ein paar kleine Weiler. Lauter Waldschrate.«

»Gibt es irgendwo Konflikte? Streitigkeiten?«

»Weiß nicht«, sagte er abweisend. »Ich wohne in Dürkheim.«

»Aber Sie arbeiten hier.« Bettina lächelte den jungen Mann milde provozierend an. »Passiert hier denn gar nichts, außer dass Sie an den Wochenenden hunderte Wanderer abfüttern? Ist es so langweilig?!«

Plötzlich blickte er auf. »Doch. Da ist die Sache mit dem *Kehrdichannichts*.«

»*Kehrdichannichts*«, wiederholte Bettina.

»Der Name ist krass.« Achtkapp lächelte schwach. Zum ersten Mal während ihrer Bekanntschaft überhaupt. »Es ist ein Forsthaus, hier in den Wäldern. Da gab's mal eine Ritterfehde oder so. Liegt weit ab vom Schuss.«

»Und?«

»Das Haus steht leer und ist auch ziemlich alt, aber noch ganz gut erhalten, weil's bis vor ein paar Jahren bewirtschaftet war, als Ausflugslokal.« Achtkapp wischte mit der Hand einige Wassertropfen von seinem kurzen Haarschopf.

Bettina zog ihre Jacke enger und stopfte ihre eigenen zauseligen Locken zurück in den Kragen.

»Das Haus gehörte den Charcutiers, die wohnen im Tal. Im *Schlehhof*. Unsere nächsten Nachbarn von hier. Der Charcutier ist krank, also jedenfalls wollten sie das *Kehrdichannichts* verkaufen. Ich weiß das, weil meine Eltern sich dafür interessiert haben. Aber, tja, wir haben schon das hier, und Sie sehen ja ...«

»Ja«, sagte Bettina.

Er warf ihr einen misstrauischen Blick zu. »Sie haben lange keinen Käufer gefunden. Das Haus ist wandermäßig toll erschlossen, aber überhaupt nicht für den normalen Verkehr. Das heißt, man kommt nicht gut hin, hat aber viel Besuch.« Achtkapp zuckte die Achseln. »Tja, irgendwann haben sie's dann doch losgekriegt. An die NPP.«

»Ach.«

»Eigentlich an eine Tussi aus Frankfurt, aber das ist eine Strohfrau. Die hat nur den Ablauf der Vorkaufsfrist abgewartet und dann der Gemeinde tachelesmäßig Bescheid gesagt. Die will hier ein Trainingszentrum für jugendliche Glatzen einrichten. So 'ne Art Sommerferieninfiltrationslager für rechte Kids. Irgendwas Stranges und Unheimliches eben, mitten im Wald, wo keiner die Schreie hört. Die Glatzen sind auch gleich mit ein paar Ballen Stacheldraht angerückt, aber ausrollen durften sie ihn nicht. Es gab eine einstweilige Verfügung. Wenigstens das.« Er ballte die Fäuste. »Wir werden nicht zulassen, dass die Rechten das Haus bekommen. Wir haben demonstriert, das ganze Tal und halb Dürkheim, wir hatten eine Bürgeranhörung und so weiter. Die ganzen Alten sind mit auf die Straße gegangen, das war krass.« Er lächelte wieder. Kurz. »Es ist einfach scheiße, dass die NPP als legale Partei auftreten darf.«

»Ja.« Bettina betrachtete den jungen Mann, der in seiner politischen Rage so lebhaft und erfüllt war. »Hatten Sie selbst schon Probleme mit Rechtsradikalen?«, fragte sie. »Hier in diesem Lokal? Oder persönlich?«

Achtkapp schüttelte den Kopf. Er hatte einen deutschen Namen und einen deutschen Hintergrund, er sprach Hochdeutsch mit leichtem vorderpfälzischem Singsang, doch er sah überhaupt nicht deutsch aus.

»Die Wanderer«, stieß er plötzlich hervor. »Die sind manchmal –« Er brach ab.

Bettina konnte sich vorstellen, was mancher leutselige Wanderer von sich gab. Sie hatte selbst eine dunkelhäutige Tochter. »Ich meine richtig handfeste Sachen«, sagte sie. »Zerstörungen. Prügeleien.«

»Doch nicht bei uns in Dürkheim. Wir sind eine Kurstadt.«

Bettina hob die Brauen.

»Gut, man kennt ein paar Typen, die hart drauf sind –« Er brach ab. »Aber szenemäßig ist absolut tote Hose.«

»Eine Verbindung zwischen diesen Vorfällen und dem *Wilden Mann* gibt es wohl keine?«, fragte Bettina ohne viel Hoffnung.

Nun sah Achtkapp fast erschrocken aus. »Nein!«, rief er aus. »Wie kommen Sie darauf?« Er sah sich um, als stünde gleich hinter ihm einer mit Glatze und Baseballschläger. Oder Revolver.

»Na, eigentlich«, sagte Bettina, »sprechen wir über diese Leiche in Ihrem Gehege. Deswegen bin ich hier.«

Achtkapp starrte sie an. »Ich hab keine Ahnung, wer da was reingeschmissen hat«, sagte er, und seine dunklen Augen blickten aufrichtig betroffen. »Ich kann es nicht sagen. Es wäre der Hammer, wenn es wirklich eine echte –« Er schüttelte den Kopf. »Das wäre der Hammer«, wiederholte er.

Müller kam. Müller schlich immer ein wenig, er war ein blasser Mann mit einem langen Gesicht und leise in seiner Art. Schweine lagen ihm nicht besonders, das war offensichtlich, doch wenn es seine Aufgabe war, kümmerte er sich auch darum. »Herr Achtkapp, können wir die Tiere denn über Nacht so eingesperrt lassen?« Er blickte zum Gehege, wo an die fünfzig Polizisten zugange waren. Daneben, direkt am Zaun, drängte sich die Wildschweinrotte auf kleinem Raum in dem winzigen Pferch, der eigentlich für einzelne Bachen mit ihren Frischlingen gebaut war. Der dicke Keiler hieb immer wieder nervös mit seinen Hauern zwischen die Artgenossen, die darauf mit lautem Quieken reagierten. Die Tiere waren aufgeregt und ängstlich.

»Nein«, sagte Achtkapp sofort.

»Ich frage das nur«, sagte Müller verhalten, »weil wir sie nicht wieder ins Gehege lassen können, bis alles untersucht ist, und das«, er schniefte, »kann noch mehrere Tage dauern.«

Achtkapp starrte den Polizisten an. »Das geht nicht. Die werden das nicht mitmachen. Eher zerlegen die den Zaun.«

»Das«, sagte Müller, »müssen wir verhindern. Wir sollten darüber nachdenken, Herr Achtkapp, die Umzäunung etwas zu erweitern, vielleicht bis dort zu dem Unterstand …« Er wies auf eine kleine hölzerne Hütte, die nicht mehr war als drei Wände mit einem Dach obendrauf, und zog Achtkapp mit sich in den Regen. Bettina beobachtete, wie die beiden Männer gestikulierten. Müller sparsam und abgezirkelt, Achtkapp hingegen wies raumgreifend auf verschiedene Punkte im Gelände.

»Ach, der Herr Achtkapp«, sagte da jemand zu Bettina.

Sie wandte sich um und erblickte unter einem dunkelblauen Schirm eine etwa gleichaltrige Frau im schwarzen Trenchcoat.

»Eigentlich interessant. – Hallo.« Die hübsche junge Frau reichte Bettina ihre schmale Hand. Ihr Blick war lang, ruhig und sehr offen. »Kommissarin Anna Berg. Kriminalbezirksdienst Bad Dürkheim.«

Liebe Zeit, dachte Bettina. Die haben die Weinkönigin geschickt. »Boll vom K11.« Sie ergriff die kühle Rechte der Berg.

Die Kollegin wirkte sanft und mädchenhaft. Sie hatte dunkle, glatt geföhnte Haare und ein volles sommersprossiges Gesicht. Ihre langen Wimpern waren trotz des feuchten Wetters perfekt getuscht. Bettina lächelte etwas schief. »Gut, dass Sie da sind. Wir verstehen noch nicht, was hier passiert ist. Vielleicht bringen Sie etwas Klarheit.«

»Ich hab ein paar Sachen dabei«, sagte Kommissarin Berg und blickte weiterhin konzentriert in Bettinas Augen, als könne sie auf die Art wortlos Fakten von einem Polizistinnengehirn zum anderen telepathieren. »Wir können das gern irgendwo durchgehen – drinnen«, fügte sie hoffnungsvoll an.

»Die Gaststube ist offen.«

Berg sah erleichtert aus. »Super.« Sie schüttelte ihren Schirm aus und drehte ihn sorgfältig zusammen. »Schlimm«, sagte sie und rümpfte ganz leicht ihre hübsche Nase.

»Rätselhaft«, klagte Bettina.

»Ja«, sagte Berg. »Man glaubt es nicht. Wie kann man ein Anwesen so verlottern lassen?«

Bettina starrte die Kollegin an, öffnete den Mund zu einer Antwort und dachte dann an ihre strähnigen, vom Regen wild gelockten Haare und die alte schmuddelige Jacke, die sie trug. Verlottert. Sie schloss den Mund wieder. Stumm wies sie auf die Treppe und folgte der schicken jungen Frau hoch ins Lokal.

Dort deponierte Kollegin Berg gewissenhaft Mantel und Schirm an der winzigen Garderobe und sah sich angeekelt in der Stube um. Bettina setzte sich an den nächsten Tisch. Berg folgte zögernd. Sie hatte etwas von einer Madonna. Die weit geöffneten Augen. Das Strahlen. Selbst ihre Sommersprossen waren klein und apart. Nun legte sie den Kopf schräg. »Ich habe schon mit Dr. Schwanck telefoniert. Also ein Körperteil der vermissten Frau Kirchheimer ist Ihr Knochen nicht.« Es klang, als bringe sie ganz neue, von höchster Stelle verifizierte Nachrichten.

»Das wäre tatsächlich bizarr, denn Frau Kirchheimer hat den Knochen entdeckt«, sagte Bettina nüchtern.

Kollegin Berg blickte ungläubig. »Wirklich? Das hat bei der

Suche niemand erwähnt. Wir waren immerhin fast drei Tage mit Frau Kirchheimers Angehörigen unterwegs. Kein Wort von einem Knochen. Nichts. Aber jetzt auf einmal.«

Bettina zuckte die Achseln. »Frau Dr. Glaser wollte der trauernden Familie den Fund nicht zumuten.«

»Die Schwangere«, sagte Berg ahnungsvoll.

»Ja.«

Berg beugte sich vor und blickte Bettina verschwörerisch an. »Sie können mit dem Knochen noch keinen DNA-Test gemacht haben. In der kurzen Zeit geht das gar nicht. Und – ich weiß, Dr. Glaser ist Ärztin, aber sind Sie sicher, dass es ein Menschenknochen ist? Da könnte doch zum Beispiel jemand ein angefahrenes Reh reingeworfen haben.«

»Wir haben einen Spezialisten gefragt«, erwiderte Bettina gereizt. »Es ist ein menschliches Leichenteil.«

Berg zog einen kleinen Schmollmund. »Das ist so schwer zu glauben.«

Bettina hielt ihr die Tüte mit der Patronenhülse hin. »Vielleicht hilft das dabei.«

»Was ist – wo haben Sie das her?«, fragte Berg plötzlich hart, fast als sei die Hülse ihr persönliches Eigentum.

»Aus einem Blumenkasten hier oben am Balkon.«

Sie sahen sich an. Kollegin Berg verzog leicht den Mund. »Gut. Sie wollten die Vermisstenfälle aus der Gegend sichten.« Sie öffnete ihren eleganten schwarzen Lederkoffer. »Drei Tage waren wir jetzt hier bei der Suche«, seufzte sie. »Eigentlich noch länger. Und dann das. Es ist ja nicht so, als ob wir sonst keine Arbeit hätten.«

Bettina verschränkte die Arme. Bad Dürkheim war eigentlich das Gegenteil eines sozialen Brennpunktes, und Anna Berg sah auch nicht im Mindesten überarbeitet aus, doch sie blickte hübsch leidend.

»Ich bin zehn Jahre zurückgegangen.« Berg legte einen dünnen Stapel Aktenkopien auf den Tisch. »Es ist aber mager. Eigentlich kommen nur drei Fälle aus unserer Gegend für diesen Knochenfund infrage. Und selbst die …« Sie zuckte die Achseln, setzte eine schmale Brille auf und reichte eine kopierte Fotografie herüber. Darauf war eine junge Frau abgebildet. Sie saß vor einem mit Weintrauben beladenen kleinen Laster, lächelte und rauchte eine Zigarette.

»Ewa Lewandowska. Im Mai vor acht Jahren ist sie mit einem Trupp polnischer Erntehelfer hergekommen. Gemeinsam mit ihrer Freundin Weronica Nowak hat sie die Gruppe über Nacht verlassen. Die Frauen waren neunzehn und dreiundzwanzig. Nowak ist Jahre später wieder aufgetaucht, sie lebt jetzt in Polen. Von Ewa Lewandowska fehlt jede Spur. Allerdings wissen wir, dass sie gemeinsam mit Nowak ein Jahr lang durch die Republik getrampt ist. Wir vermuten sie irgendwo im Rotlichtmilieu.«

»Okay.« Bettina legte das Blatt fort. »Das klingt wahrscheinlich.«

Berg blickte auf.

»Das mit dem Rotlichtmilieu«, sagte Bettina.

Ein neues Blatt wurde ihr gereicht, darauf das Bild eines Mannes beim Rasenmähen. »Dr. Albrecht Brandtner«, sagte Berg. »Er ist vor fünf Jahren im Juni vermisst gemeldet worden. Von seiner Ehefrau. Er war sechsundvierzig. Notar. Die Ehe sollte geschieden werden, doch dazu kam es nicht mehr. Frau Brandtner vermutet, er hätte sich mit ihrer damaligen Putzfrau nach Mallorca abgesetzt. Die ist offiziell ausgewandert. Brandtner hat angeblich noch von den Balearen aus Vermögen verschoben und Bankgeschäfte abgewickelt. Gesehen hat ihn allerdings keiner mehr.«

Bettina trommelte mit ihren Fingern auf die Tischplatte und wiegte den Kopf.

»Dann ist da noch Oswald Rossel.« Von dem gab es kein Foto. »Der ist vor zwei Jahren beim Angeln in den Schlangenweiher gefallen. Vermutlich. Sein Auto stand dort und seine Angelsachen waren noch am Ufer. Leider ist der Weiher tief. Es konnte nie eine Leiche geborgen werden.« Berg schaute über ihre Brillengläser hinweg. Auch das sah reizend bei ihr aus. »Das ist alles. Wir hatten zwar noch ein paar Ausreißer aus dem Kinderheim in den letzten Jahren, aber die sind alle wieder lokalisiert worden. Sonst wäre da nur die Frau Kirchheimer, die es ja nicht sein kann.«

»Sie haben Recht, das ist mager«, sagte Bettina. »Wo sollen wir da anfangen zu suchen?«

Darauf schaute Berg freundlich und ein wenig mitleidig. »Ich würde erst mal hundertprozentig ausschließen, dass es Tiergebein ist. Die Rehe werden groß hier in der Gegend.«

Bettina ignorierte das. »Sagen Sie mal, der Herr Achtkapp hat was von Rechtsradikalen erzählt, die sich hier herumdrücken. Die haben ein Haus. Das –«

»*Kehrdichannichts*«, sagte Berg. Sie klappte ihren Koffer zu und legte die Arme auf den Tisch. »Da hat eine Privatperson ein Denkmal gekauft. Das ist nicht verboten.«

»Gibt es hier eine aktive rechte Szene?«

Anna Berg blickte indigniert. »Bei Grünstadt«, sagte sie in einem Ton, als liege Grünstadt nicht zwanzig Kilometer entfernt, sondern am anderen Ende der Welt. »Dort ist eine Gaststätte, die von rechten Gruppen als Versammlungszentrum genutzt wird. Aber das ist was anderes. Unser *Kehrdichannichts* steht mitten im Wald, dahin muss man laufen. Das machen diese Radikalen nicht. Schauen Sie es sich doch mal an. Das ist nur ein kleines vergessenes Forsthaus, das sich zum Spekulationsobjekt gemausert hat.« Die Kollegin verschränkte die Arme. »Da vermarktet jemand seinen schlechten Ruf.« Plötzlich beugte sie sich vor. »Aber dass der Thilo Achtkapp sich da gleich verfolgt fühlt, wundert mich nicht.«

»Wieso? Kennen Sie ihn?«

»*Wir* kennen ihn.«

»Ist er aktenkundig?« Nun rückte auch Bettina ein Stück näher.

Berg schaute vorsichtig zum Vorhang, der die Tür verdeckte. »Eben nicht. Es ist nie Anklage erhoben worden.«

»Was hat er gemacht?«, erkundigte sich Bettina leise.

Anna Bergs Blick wurde hypnotisch. »Er hat Probleme mit den Frauen«, wisperte sie. »Er trinkt auch ganz gern. Ich hab ihn mal vor Jahren nach Hause gebracht, als ich noch im Außendienst und er in der Schule war. Strackvoll.« Das letzte Wort hörte sich komisch an aus ihrem Mund.

»Und die Frauen?«

»Er hat ein Mädchen belästigt, wir waren dabei. Er hat sie beschimpft und bedroht. Ihr Rassismus vorgeworfen. Vor ihrem Haus. Sie hat aber die Anzeige zurückgezogen. Tja, die Achtkapps sind wohlhabend. Waren sie schon immer, und der alte Achtkapp hat das Weingut noch ausgebaut. Mittelklassewein in Schraubflaschen. Das bringt ein Vermögen. Wir hatten ihn einmal im Visier, weil seine Erntehelfer angeblich nicht angemeldet waren, aber der Verdacht hat sich dann zerschlagen. Tja. Thilos Angebetete ist jetzt fort, zum Studieren. Seitdem ist er«, sie blickte wieder zur Tür, »unauffällig.«

Bettina lehnte sich zurück. Sie spürte plötzlich einen gewissen Widerwillen. »Ist er der Einzige aus der Gegend, den Sie schon besoffen nach Hause gebracht haben?«, fragte sie etwas provozierend.

Berg richtete sich auf. »Kommen Sie mal, wenn Wurstmarkt ist. Da sind wir rund um die Uhr –« Sie brach ab, als der Vorhang an der Tür sich bewegte.

Willenbacher trat ein. Seine Haare trieften, seine Wangen waren gerötet, und er pustete sich in die Hände. »Aha«, sagte er. »Natürlich im Warmen, wo sonst. – Hallo.« Die hübsche, großäugige Anna Berg streifte er mit einem desinteressierten Blick. »Ich muss jetzt was Trockenes machen, Bolle. Können wir endlich ein paar Verdächtige vernehmen? Da draußen frieren mir die Zehen ab. Es fängt an wehzutun.«

»Verdächtige«, sagte Bettina dumpf, »haben wir nicht.«

Willenbacher schaute die Kollegin Berg an. »Es gibt keine Vermissten hier in der Gegend?«

»Wir sind eine Kurstadt«, sagte die ernst, stand auf und schloss ihren Koffer. »Rufen Sie mich an, wenn Sie mich brauchen.« Sie lächelte Willenbacher vage zu. »Die Kopien lass ich Ihnen da. Sie haben sicher noch viel zu tun.« Damit packte sie Mantel und Schirm und ging.

Willenbacher blickte ihr irritiert nach. »Habt ihr euch nicht vertragen?«

»Ach«, machte Bettina. »Sie glaubt, unser Knochen wäre von einem Reh.«

»Das würde die Sache natürlich vereinfachen.«

»Eins sag ich dir«, knurrte Bettina, »wenn der Müller sich geirrt hat –«

»Werden wir beide Mitarbeiter des Monats.« Willenbacher grinste. »Unser Müller weiß, was er sagt, Bolle. Das ist ein echter Nekrophiler. So, Frau Chefin. Was tun wir?«

Bettina knautschte ihre wirren Haare zusammen. »Lass uns nach dem Lehrbuch vorgehen. Wir besuchen Achtkapps Mutter, die Besitzerin hiervon.« Mit einer vagen Geste der Hand umschrieb sie die Gaststube. »Und davor fragen wir die nächsten Nachbarn. Charcutier heißen die. Ist vielleicht interessant, weil sie Geschäfte mit der NPP gemacht haben. Das ist übrigens der absolut allereinzigste Skandal hier in der Gegend.«

Etwas später saß Bettina neben Willenbacher in einem nagelneuen, blau und silbern lackierten Mercedes mit fest installiertem Blinklicht, auf dessen Hintertür auch noch groß *Nachwuchskräfte gesucht!* und *www.ihre-einstellung-interessiert-uns.de* stand. Ein weniger missionarisches Auto war nicht zu haben gewesen. Bettina fühlte sich unwohl darin. Es roch sogar streng. Nach Gummi. Draußen im Nieselregen hob sich der Wald die enge Schlucht empor, links neben ihnen wand sich der Bach durch sein schwarzfeuchtes Bett. Hier konnte man leicht vom Weg abkommen. Was Kollege Willenbacher aber nicht daran hinderte, seinen Fuß zu massieren.

»Jetzt hab ich mir doch die Scheißzehe abgefroren«, fluchte er, nieste und beugte sich runter, um seinen Schuh aufzumachen.

Bettina wurde angst und bange, denn Willenbacher saß am Steuer, beziehungsweise am Gaspedal. »Guck nach vorn«, bat sie mit Blick auf die enge Straße.

Willenbacher nieste wieder. Und wieder.

»Gesundheit!«

»Ooch«, stöhnte er. »Ich hab mir beim Bund lauter Frostbeulen am Fuß geholt, das tut sauweh in der Kälte.« Er schauderte.

»Ärmster«, sagte Bettina zerstreut und drehte die Heizung auf. »Hör mal«, sagte sie, »glaubst du, dass irgendwer, der sich nicht mit diesen Schweinen auskennt, also jemand Fremdes, da hingeht und seine Leiche reinschmeißt?«

Willenbacher fand das nicht abwegig. Er nieste zustimmend. »Grade so jemand«, näselte er und tastete in der Seitentür nach Tempos. Bettina kam ihm zuvor und zog eins aus ihrer Jackentasche. »Danke. – Die Tiere sind gründlich. Und das Gehege ist riesig. Du brauchst ja nur den Teil zu nehmen, an dem kein Weg vorbeiführt und der vom Gebäude aus nicht einzusehen ist. Die Schweine tun ihr Werk, und mit ein bisschen Glück bist du deine Leiche für immer los.«

»Aber das Risiko ist groß. Du weißt nie, wann der Besitzer kommt.«

Willenbacher zog die Nase hoch. »Also ich glaube«, schnüffelte er, »nach Anbruch der Dunkelheit kann man sich ziemlich sicher sein, dass einen dort keiner mehr stört. – Und ein bisschen Unsicherheit gehört dazu. Da haben wir schon andere Sachen erlebt, Bolle. Du magst nur diesen Jungen nicht.«

»Das stimmt nicht.«

»Er ist grantig und dick. Du magst nur die langen Gescheiten.«

»Jetzt hör aber auf«, sagte Bettina. »Er hat mir fast leidgetan! Die Kollegin Berg, *die* mag ihn nicht! Bei der muss alles seine Ordnung haben.«

»Rehknochen«, sagte Willenbacher nur.

»Ja. Wahrscheinlich hat sie noch Recht, das ärgert mich.«

»Quatsch. Das ist definitiv eine Menschenhüfte.«

»Nicht mit den Rehen, mit dem Jungen! Der säuft zu viel und hat ein Mädchen belästigt, das *ist* unangenehm. Diese Typen hab ich gehasst, als ich noch im Dauerdienst war. Die würden dich killen, nur weil du auch eine Frau bist, und dann kotzen sie dir zum Schluss das Auto voll.«

»Als ob du Karriereschnepfe lange im Dauerdienst gewesen wärst«, sagte Willenbacher mutig. Er holperte über ein sandiges Stück und bog dann in die Bundesstraße ein. Dort gab er Gas, als sei sie ein Autobahnzubringer.

»Lang genug, um zu wissen, wann einer seine Kompetenzen überschreitet«, sagte Bettina streng. »Sieh dich vor.«

»Ich hab gehört, du hast es geschafft, Härting umzustimmen«, sagte Willenbacher. »Du arbeitest demnächst halbtags?«

»Tja. So viel zur Karriere.«

»Glückwunsch.«

»Ja.« Bettina rieb sich die Stirn. »Halt da vorne rechts. Fachwerkhaus unter Tannen. Genau. Das.«

Willenbacher hatte es natürlich nicht geschafft, das Tempo rechtzeitig vor der Haltebucht des *Schlehhofs* zu drosseln. Darum parkte das Auto nun gefährlich schräg auf einem Streifen matschigen Seitengrüns, und der Kollege musste an Bettinas Seite fast hundert Meter zurückhumpeln, eine Zumutung für seinen Zeh und jeden, der gezwungen war, ihm beim Jammern zuzuhören. Endlich erreichten sie ein breites Holztor mit schmalem Seiteneinlass. Dieser war verschlossen, und eine Klingel gab es nicht. Das Haus lag schwärzlich hinter einer dicken Mauer. Wegen der viel zu hohen Tannen sah man nur das tiefgezogene, buckelige Dach, ein Stück efeubewachsene Giebelwand und die Schemen von finsteren Scheunen. Hinter ihnen sauste ein Auto die Straße entlang, was einen scharfen Luftzug erzeugte. Bettina hämmerte mit der Faust gegen das Tor, doch das feuchte Holz schluckte die Anstrengung und den Schall.

»Hallo!«, brüllte sie. »Ist da wer?«

Entgegen jeglicher Erwartung erhielt sie Antwort. »Huhu!«, rief eine hohe Stimme jenseits des Zauns. »Ich komme! Das Tor ist offen. Hab ich doch gesagt!«

Willenbacher drückte die schwere Klinke herunter, und tatsächlich öffnete sich nun der riesige dunkle Holzflügel, schwang leicht zurück und gab den Blick auf einen düsteren, aber sehr urig aussehenden Hof frei. Rechterhand erhob sich ein Fachwerkhaus, aus dessen Fenstern goldenes Licht schimmerte, und im Hintergrund verschmolz eine offene Scheune mit allen möglichen hölzernen und steinernen Gerätschaften zu einer dunklen Kulisse. Eine Dame mit weißem langem Haar beugte sich aus einem der Fenster des Haupthauses. Sie blinzelte ihre Besucher an, als strahlten diese einen Glanz aus, den sie nicht gewohnt war, und rief: »Ich weiß, Sie bauen prinzipiell keine Möbel auf, aber ich möchte Sie wirklich sehr darum bitten, denn dieses Bett muss nach oben, und ich bin allein nicht in der Lage, es zu transportieren, geschweige denn aufzustellen.« Sie lächelte hoffnungsvoll. »Ich werde Sie selbstverständlich bezahlen«, schob sie tapfer hinterher.

Bettina und Willenbacher sahen sich an.

»Wollen Sie Ihr Auto in den Hof fahren? Oder darf ich Ihnen erst mal Tee anbieten? Der Weg hier heraus ist weit.« Die Frau blinzelte wieder, befühlte ihr helles Haar, weshalb auch immer, dann streckte sie den rechten Zeigefinger aus und sagte:

»Moment. Nicht weggehen!«, verschwand im Haus und schlug das Fenster zu, dass es krachte.

Willenbacher und Bettina standen und schauten, etwa so, als hätten sie gerade entdeckt, dass die Wände dieses Anwesens wahrhaftig aus Lebkuchen bestanden. Dann wurde die Tür aufgetan und im goldenen Licht erschien eine nicht ganz so alte und ätherische Person, wie es zuvor den Anschein gehabt hatte. Ihr Haar war blond, nicht weiß, und die Behändigkeit ihrer Bewegungen verriet, dass sie nicht weit über fünfzig sein konnte.

»Kommen Sie rein«, rief sie. »Wärmen Sie sich auf, dann werden wir uns wegen des Bettes schon einigen.« Sie scheuchte die beiden ins Haus und hörte dabei nicht auf zu reden. Ihr Mann war krank und sie war allein mit ihm – nicht, dass sie nicht wehrhaft wäre, oh nein, das sagte sie mit einem Blick auf Willenbacher, sie besitze ein Gewehr, alt, aber funktionstüchtig, und könne damit umgehen, jeder Mann in der Gegend wisse das; jedenfalls aber habe sie sich beim Möbelrestaurieren den Rücken kaputtgemacht, immer diese Schränke schleppen, »Sie kennen das ja!«, und deswegen könne sie nicht heben, aber das Bett müsse nun mal nach oben. Während dieser Rede schritt sie voran in einen kühlen Raum, dessen trübe Beleuchtung gut aus einer Gaslampe hätte stammen können. Hier standen eine rote Couch, ein Klavier und eine Vitrine voll antikem Geschirr. Mächtige geweißte Balken trugen die recht hohe Decke, dazwischen wölbte sich verputzte Füllung hervor, und an einer Stelle war der Kalkputz heruntergebrochen, Stroh quoll heraus und wurde nur von einem bestickten weißen Leinenhandtuch zurückgehalten, das prall über die offene Bruchstelle gespannt war.

»So, hier ist es warm«, behauptete die Dame des Hauses zufrieden. »Setzen Sie sich. Ich hole Ihnen einen Tee.«

»Nein, Moment«, rief Bettina schnell, bevor der atemlose Monolog weitergehen konnte und sie nachher selbst erstaunt waren, dass sie so ganz ohne das erwartete Bett dastanden. »Wir sind keine Möbellieferanten. Wir sind von der Polizei.«

Die Frau wurde weiß im Gesicht und griff sich ans Herz.

Sieh an, meine Süße, dachte Bettina und setzte sich auf die rote Couch. Einladend klopfte sie neben sich auf das Polster. »Vielleicht setzen Sie sich besser.«

»Sie sind nicht vom Sanitätshaus? Warum haben Sie nichts gesagt?«

Bettina rieb sich die klammen Finger. »Wir haben nur ein paar kurze Fragen. Sie sind Frau Charcutier, oder?«

Die Dame reckte das Kinn. »Sieglinde Charcutier.«

»Kommissarin Boll und Obermeister Willenbacher vom K11. Wir bearbeiten Kapitalverbrechen. Tatsächlich ist hier in der Nähe ein merkwürdiger Knochenfund gemacht worden und –«

»Sie haben die Frau Kirchheimer gefunden«, unterbrach Charcutier aufgeregt. »Die Vermisste – Knochen?! Gott, wie kann denn da ein Knochen gefunden werden, die ist doch erst acht Tage weg!«

Willenbacher saß vornübergebeugt auf dem Klavierstuhl und zupfte an seinem Schuh herum. »Es handelt sich nicht um Frau Kirchheimer«, sagte er dumpf.

»Wir sprechen von einem einzelnen Hüftbein«, erklärte Bettina. »Es lag im Wildschweingehege Ihrer Nachbarn. Hinten an der Gaststätte *Wilder Mann*. Wir fragen uns unter anderem, ob eine Verbindung zu Frau Kirchheimer besteht.«

Charcutier blickte alarmiert. »Da kann ich nicht helfen. Frau Kirchheimer war mir völlig unbekannt. Ich habe bei der Suche mitgemacht, am Sonntag, das ja, denn ich bin ein sozialer Mensch. Das ganze Tal hat gesucht, aber gekannt haben wir sie nicht. Und tja, der Wald ist im Winter nicht ohne. Die meisten Städter vergessen das. Wer sich hier im Dunkeln verirrt, dem kann es schlimm ergehen.«

»Der Tote aus dem Wildschweingehege hat sich nicht verirrt.«

»Ein Toter?« Charcutier blickte erschreckt. »Ich dachte, Sie reden von einem Knochen!«

»Es handelt sich um ein menschliches Hüftbein«, wiederholte Bettina sanft.

»Gut. Das braucht man natürlich.« Charcutier blickte auf, mit einem komischen kleinen Lächeln um die Augen. »Im Gegensatz zu einem Fuß oder so.«

»Der Besitzer ist vermutlich tot«, bestätigte Willenbacher von unten herauf.

»Schweine sind Kannibalen«, sagte Charcutier abweisend. »Oder zumindest Aasfresser. – Wissen Sie wirklich sicher, dass es ein Menschenknochen ist?«

»Ganz sicher«, erwiderten Bettina und Willenbacher unisono.

Charcutier sah nicht überzeugt aus. »Tja, Sie haben da wohl Ihre Tests. Es gibt nur einen einzigen – Knochen?«

»Wir suchen weiter.« Bettina verschränkte die Arme. »Aber wir fragen uns natürlich, wie dieses Leichenteil da hinkam, in das Schweinegehege Ihrer Nachbarn.«

»Meinen Sie, die Achtkapps haben da was –?« Charcutier brach ab.

»Können Sie sich das vorstellen?«

Nun setzte sich Charcutier doch ganz außen auf die Kante der Couch. »Man tut keinem einen Gefallen, wenn man ihn für harmlos hält, nicht wahr?«, sagte sie. »Wenn ich jemandem seine Abgründe abspreche, kann ich ihn gleich für tot erklären. Abgründe haben wir alle.«

Bettina hielt die Luft an.

Charcutier warf ihr einen spöttischen kleinen Blick zu. »Auch Sie und ich«, sagte sie. »Wir alle sind des Mordes fähig.«

»Und die Achtkapps?«

Charcutier winkte ab. »Richtig persönlich kannte ich nur den Alten, seine Frau und seinen Stiefsohn habe ich selten gesehen. Und der alte Achtkapp selbst kann's nicht sein. Die Leiche meine ich, denn er ist ordentlich beerdigt worden. Ich war dabei.« Einen Moment guckte Charcutier etwas abwesend. »Er war lange ein Pflegefall. – Möchten Sie vielleicht doch einen Tee?«

»Danke.« Bettina schüttelte den Kopf. »Da wäre noch ein Punkt. Sie sind doch die Vorbesitzerin des *Kehrdichannichts,* nicht wahr?«

Charcutier richtete sich auf. »Ja und?«

»Es gibt da offenbar einen Skandal.«

Charcutiers Augen blitzten. »Das Haus gehört uns nicht mehr.«

»Aber Sie haben es bewirtschaftet.«

»Das *Kehrdichannichts* ist ein Ausflugsziel. Der ganze Wald hängt voller Schilder dorthin. Man kann damit nichts anderes machen als ein Lokal betreiben. Das können wir aber nicht mehr. Mein Mann ist krank, und dieser Hof hier«, sie blickte Richtung Fenster, »frisst Geld und Energie genug. Noch ein Denkmal wäre der Ruin für uns gewesen.«

»Und da haben Sie an die NPP verkauft«, sagte Willenbacher provozierend.

Charcutier erhob sich. »Sie! Wenn Sie Ihre Arbeit vernünftig machen würden, dann wären diese Ratten längst verboten!«

»Wir sind doch nicht –«, begann Willenbacher.

»Sie sind von der Polizei! Sie haben damals das Verbot gekippt! Weil Sie zu viele V-Männer bei der NPP hatten! Oder soll ich sagen: Sympathisanten?!«

Willenbacher hob die Hände. »Also das sehen Sie völlig falsch, wir –«

»Ach!« Charcutier wandte sich verächtlich von ihm ab und Bettina zu. Als ob die nicht bei der Polizei wäre. »Ich gebe zu, diese neue Besitzerin, die Thorwald – die heißt wirklich so! Die war mir von Anfang an unsympathisch. Aber ich habe nicht gewusst, dass sie eine Strohfrau von denen ist! Ich hätte sie mit einer Schrotladung vom Hof gejagt, wenn ich's geahnt hätte! Eins können Sie mir glauben: Wenn die es schaffen, wirklich eine Kaserne aus unserem *Kehrdichannichts* zu machen, brenne ich es eigenhändig nieder!«

»Tun Sie das nicht«, bat Bettina.

Einen Moment blickte Charcutier auf den Boden vor sich, einen mit rauem Teppich ausgelegten krummen Boden, dann produzierte sie ein schiefes Grinsen. »Aber darum geht es Ihnen gar nicht. Ihnen geht es um diese Hüfte. Glauben Sie etwa, dass die Thorwald dort oben bei den Schweinen eine Leiche entsorgt hat?«

Bettina seufzte. »Im Moment gehen wir einfach allem nach«, gab sie zu.

Charcutier schüttelte den Kopf. »Es tut mir leid, das zu sagen, aber ich glaube, die Thorwald ist hier nicht ausreichend installiert. Eine Leiche ist doch etwas ganz Persönliches, nicht? Die behält man da, wo man sich auskennt.«

»Da fällt mir ein«, sagte Bettina freundlich, »Sie leben schon lange hier in der Gegend?«

Charcutier schenkte ihr einen mitleidigen Blick und erhob sich. Abgründe gestand sie sich zu, doch eine Verdächtigung ließ sie nicht auf sich sitzen. »Fünfzig Jahre«, sagte sie kühl und wandte sich auffordernd zur Tür. »Wenn ich eine Leiche hätte, die würden Sie nie finden. Und schon gar nicht beim *Wilden Mann*.«

Draußen im feuchten Hof fiel Willenbacher dann doch noch was ein. Er wandte sich zurück zu Charcutier, die sie hinausbegleitet hatte und nun von goldenem Licht umgeben in ihrer Haustür stand. »Wir würden gern Ihren Waffenschein sehen. Sie wissen schon. Für das Gewehr.«

Charcutier blickte ihn feindselig an. »Junger Mann! Dieses Gewehr gehörte meinem Großvater!«

»Trotzdem«, sagte Willenbacher.

»Und wenn einer einbricht? Ihre Kollegen brauchen eine Stunde, bis sie hier sind! Ich –«

Bettina hielt die Tüte mit der Patronenhülse hoch. »Besitzen Sie eine Waffe, in die so ein Kaliber passt?«

Charcutier warf einen Blick darauf. »Ich spreche von einem Steinschlossgewehr«, sagte sie würdig. »Wollen Sie es sehen?«

»Wir wollen Ihren Waffenschein sehen«, sagte Willenbacher.

»Ich suche ihn für Sie heraus«, sagte Charcutier in unbotmäßigem Ton. »Bei Gelegenheit. Aber ich versichere Ihnen, so etwas Kleines wie das da habe ich noch nie gebraucht.«

Der Regen hatte aufgehört, doch alles war noch so sehr von Feuchtigkeit durchdrungen, dass dies keine Erleichterung bedeutete. Die Gräser zu ihren Füßen verbargen riesige Pfützen, die kahlen Bäume tropften, die Straße glänzte im Scheinwerferlicht der vorbeirasenden Autos. Nur die Luft roch nun besser. Nach Wald, nach Erde und nach Frost.

»Es wird Glatteis geben«, sagte Bettina schnuppernd.

»Sollen wir den Besuch bei Frau Achtkapp verschieben?« Willenbacher stieg vorsichtig über ein Schlammloch von undefinierbarer Tiefe.

»Ach nein«, sagte Bettina. »Jetzt sind wir unterwegs. Jetzt gucken wir uns Thilo Achtkapps Mutter auch an. Sind ja schließlich ihre Schweine.«

Marta Achtkapp besaß neben den Schweinen noch das bewusste Weingut, das wohl tatsächlich recht einträglich war. Ein großer Komplex nüchterner Wirtschaftsgebäude zeugte davon, dass hier eine bedeutende Menge Wein produziert und verwaltet wurde. Das Wohnhaus lag dahinter. Es war zwischen fremdartigen alten Bäumen so sehr eingewachsen, dass es eigentlich nur aus einzelnen kleinen Ansichten bestand, hier ein Türmchen im Nachthimmel, da eine moosige Sandsteinbalustrade, dort eine Veranda mit hell schimmernden Glasfenstern. Dies verlieh der pompösen Villa doch einigen Charme. Innen gab es eine prächtige Eingangshalle, aber das Parterre, durch das Willenbacher und Bettina jetzt der Besitzerin folgten, machte überhaupt keinen aufgedonnerten Eindruck mehr. Ein fensterloser Gang mit sehr neuem Parkett und einigen dezent im Boden versenkten Lichtspots führte zu einer grauen Tür, neben der eine schmale illuminierte Vitrine stand. Darin prangte eine antike Waffe. Vielleicht auch ein Steinschlossgewehr, dachte Bettina.

»Mein Mann hat gejagt.« Marta Achtkapp sperrte auf. Hinter der Tür befand sich eine Waffenkammer. »Er hat es als Sport betrieben.« Sie war eindeutig westeuropäischer Herkunft, dunkel war nur ihre Kleidung: schwarzer Rollkragenpullover und

Wollhose. Beides saß sehr locker, als sei sie kürzlich krank gewesen und hätte viel abgenommen. Das und ihre glänzenden nussbraunen Haare machten sie weit jünger als die gut vierzig Jahre, die sie vermutlich alt war. Als Bettina in den kleinen Raum folgte, fiel ihr Achtkapps hübscher Haarknoten auf. Er war ebenso lässig zusammengedreht, wie ihre Schwester Barbara das immer gemacht hatte. Mit einer einzigen Spange festgesteckt, dachte sie wehmütig. Solche Erinnerungsfetzen kamen häufig in letzter Zeit, meist sehr plötzlich und zu unpassenden Gelegenheiten, genau wie früher Barbas Telefonanrufe. Ihre Schwester wollte nicht vergessen werden. Bettina betrachtete die schmale Hausherrin, die nun auf eine lange Reihe von Jagdgewehren an der Wand wies. Ob das Schwarz ihrer Kleidung Zufall war? Oder trug sie Trauer? Manchmal wünschte Bettina, sie hätte das nach dem Tod ihrer Schwester getan. Alles Alte weggeschmissen und einen Schrank voll schwarzer Klamotten angeschafft, damit die Welt sah, wie sie sich fühlte. Hoffnungslos altmodisch, aber vermutlich half es. Symbole halfen immer. Aber sie bedurften auch der Pflege. Daher würde Bettina immer bei ihren geringelten Wollpullis bleiben. Sie sah zu, wie Willenbacher eins der Gewehre zur Hand nahm.

»Ist staubig geworden hier drin«, sagte Achtkapp, mehr zu sich selbst. »Alles ist staubig geworden.«

Bettina hielt ihr die Tüte mit der Patronenhülse hin. »Das ist der Grund, weshalb wir Ihre Waffen sehen möchten«, sagte sie.

»Ich verstehe nicht.«

»Das haben wir in einem Blumenkasten am *Wilden Mann* gefunden.«

Achtkapp lehnte sich gegen einen Holztisch, in den sich dunkle Ölflecken gefressen hatten, und griff nach dem Plastiksäckchen. »Was ist das?« Sie hielt es sich näher vor die Augen, als sei sie kurzsichtig.

»Eine leere Patronenhülse«, erklärte Bettina. ».22er Kaliber. Wurde vermutlich aus einer Pistole ausgeworfen.«

Darauf reichte Achtkapp die Tüte schnell zurück. Viel war ja ohnehin nicht zu sehen.

»Wie kann das in Ihren Blumenkasten gekommen sein?«

»Jemand muss dort in der Nähe geschossen haben«, sagte Achtkapp trocken.

»Haben Sie eine Idee, wer?«

Achtkapp schüttelte den Kopf. Obwohl sie kein Make-up trug, sah ihr Gesicht sehr gepflegt aus. Fast wirkte es gewollt nackt, als gäbe es weit oberhalb aller hingeschminkten Gefälligkeit noch eine ganz andere, eine echte Schönheit. Die auch von Achtkapps langer und etwas schiefer Nase nicht geschmälert wurde. »Es gibt hier ein paar Verrückte im Wald«, sagte sie mit ihrer dunklen Stimme, »die ballern auf alles, was ihnen vors Visier kommt.«

»Hab ich gesehen.« Willenbacher klapperte mit einer Schachtel Munition. »Auf der Kalmit sind sämtliche Verkehrsschilder durchschossen. Mit Schrot. Ist wohl so eine Art Jäger-Graffiti.«

Achtkapp schenkte ihm ein kleines, nachsichtiges Lächeln. »Diese Leute treiben sich auch an unserem Lokal herum, wenn wir nicht da sind«, sagte sie.

»Wissen Sie, um wen es sich da handelt?«

»Nein.«

»Wir haben auch einen menschlichen Knochen gefunden«, sagte Bettina. »In Ihrem Schweinegehege.«

Achtkapp nickte. »Ich weiß. Mein Sohn hat mich vorhin angerufen.«

»Haben Sie eine Erklärung dafür?«

»Nein.« Rehe, Hirsche oder Kannibalenschweine bemühte Marta Achtkapp nicht.

»Sind Sie oft beim *Wilden Mann*?«, fragte Bettina.

»Kaum. Vorletzten Sonntag hab ich bei der Suche nach der Vermissten geholfen. Aber sonst ...« Sie schüttelte den Kopf. »Ich lebe hier in Dürkheim. Ich bin überzeugte Städterin.« Das sagte sie mit einem reizenden vage ironischen Unterton. »Eigentlich waren wir in Berlin gut eingelebt. Ich dachte nie, dass ich mal hierher zurückkomme.« Sie lächelte. »Das Leben ist manchmal einfach stärker, nicht? Vor zehn Jahren sind wir in die Pfalz zurückgekommen, Thilo und ich.«

»Als Sie heirateten?«, riet Bettina.

»Ja.«

»Ihr Mann ist tot?«,

Achtkapp wurde ernst. »Er hatte zwei Schlaganfälle. War lange ein Pflegefall. Im August letzten Jahres ist er gestorben.« Ihr Blick glitt ins Weite.

Bettina räusperte sich, auch um die Erinnerung an Barba loszuwerden, die diese Frau erneut wachgerufen hatte. »Das Wanderlokal wird von Ihrem Sohn betrieben?«

»Er organisiert Personal und Einkäufe. Da ist nicht viel zu tun, mehr so eine Art Nebenerwerb, eine Übung für einen künftigen Gastronomen.« Achtkapp hob das Kinn.

»Ja«, sagte Bettina nachdenklich. »Er tut sonst nichts, oder? Er macht keine Ausbildung?«

»Er studiert. Weinbau-Betriebswirtschaft. In Heilbronn.«

»Er sagte, er sei nur Wirt.«

Achtkapp schoss Bettina einen schwer deutbaren Blick zu. »Er hat sein Studium momentan ausgesetzt«, sagte sie. »Das hätte er nicht tun sollen, aber er hat mir auch helfen wollen. Wir hatten eine schwere Zeit.« Düster setzte sie hinzu: »Die Arbeit im *Wilden Mann* ist keine Lebensaufgabe, da haben Sie Recht. Es war mehr ein Hobby, von meinem – Mann. Adrian.«

»Sie wollten auch das *Kehrdichannichts* kaufen, habe ich gehört«, sagte Bettina.

Achtkapp blickte einen Moment verständnislos.

»Hat Ihr Sohn Thilo mir erzählt.«

»Oh. Stimmt, wir haben es uns angesehen. Wir waren sogar mal mit einem Architekten da. Das ist aber schon Ewigkeiten her.«

»Wieso haben Sie doch nicht gekauft?«

»Wieso, tja, das Haus ist bildschön, aber der ganze Komplex steht unter Denkmalschutz. Man darf rein gar nichts verändern, nicht mal ein Schild aufhängen. Wer sich an alle Bestimmungen hält, muss dort wirtschaften wie vor hundert Jahren. Und die Lage im Wald schreckt die Angestellten zu sehr ab, wir haben schon Schwierigkeiten, genug Kräfte für den *Wilden Mann* zusammenzubringen.« Sie senkte die Stimme zu einem heiseren Flüstern. »Wanderer geben keine Trinkgelder.«

»Aber jetzt soll das *Kehrdichannichts* ein Ausbildungszentrum werden. Für die NPP. Wie kann das sein, wenn man nichts ändern darf?«

»Da sprechen Sie was aus.« Achtkapp schnaubte leise. »Das ist so eine Farce. Da werden Protestmärsche organisiert, die Gemüter erhitzen sich, alle gehen auf die Straße, und am Ende war es gerade das, was die Radikalen wollten. Hysterie erzeugen und den Preis hochtreiben.«

»Ihr Sohn ist auch auf die Straße gegangen.«

»Thilo, klar, der war dabei. Und bitter enttäuscht, dass ich nicht mitmarschiert bin.« Bedauernd sah sie Bettina an. »Vielleicht hätte ich es einfach ihm zuliebe machen sollen.«

»Hat Ihr Sohn Probleme hier? Wird er wegen seiner Hautfarbe diskriminiert?«

Achtkapp lächelte fein. »Kennen Sie einen einzigen schwarzen pfälzischen Traditionswinzer?«

Willenbacher blickte von den Gewehren auf und grinste.

»Ich meine mehr die handfesten Sachen«, sagte Bettina.

»Handfest ist«, sprach Achtkapp, »wenn man doppelt so gut sein muss. Wir haben versucht, Thilo drauf vorzubereiten. Allein die Arbeit im Wanderlokal. Das ist, glaube ich, eine Prüfung.« Sie zuckte die Achseln. »Sein Vater war eine Jugendsünde. Ein Ami. Soldat. Ich habe ihn nie mehr gesehen. Thilo ist ein halber Schwarzer ganz ohne schwarzen Hintergrund, das ist das Schwierigste.«

»Er ist bei der hiesigen Polizei bekannt«, sagte Bettina vorsichtig.

Achtkapp nickte und verschränkte die Arme.

»Er hat mal eine junge Frau bedroht.«

»Das ist es, was ich meine«, sagte Achtkapp. »Er war einsam.«

»Andere junge Leute setzen sich dann hin und schreiben ein Gedicht.«

Achtkapp blickte belustigt. »Auf der anderen Seite ist wohl

doch was dran. Er hat schwarzes Temperament. Er ist leidenschaftlich.« Sie seufzte. »Ich liebe ihn dafür. Aber er ist hier sehr oft abgewiesen worden. Von vielen Gleichaltrigen. In das Mädchen war er verliebt, aber sie wollte so gar nichts von ihm wissen. Sie war eben dumm.«

»Kann er jähzornig werden? Streitet er sich oft? Trinkt er?«

»Nein«, erklärte Achtkapp fest. »Nichts davon.«

»Tatsache ist«, sagte Bettina langsam, »dass wir einen menschlichen Knochen in dem Schweinegehege gefunden haben, das Ihr Sohn Thilo betreut.« Dies aber nicht besonders leidenschaftlich, dachte sie dabei. Die Energie steckte der junge Mann zweifellos anderswohin.

Achtkapp beugte sich vor. »Wenn Sie ihn verdächtigen, nur weil er da arbeitet, müssen Sie aber mindestens noch unsere Angestellten mitrechnen, so ungern ich das sage. Und außerdem die gesamte Pfälzer Wandergemeinde. Die kennen sich da alle aus.«

»Bleiben wir mal bei den Angestellten.«

»Das sind um die vierzig Leute. Alle aus dem *König Albrecht* und der *Mohrengrete.* Sogar die Mädels hier aus der Probierstube müssen ab und zu im Tal antreten. Unser Verwalter, der Herr Franz, kann Ihnen eine Adressenliste machen. Aber erst morgen.« Achtkapp blickte auf ihre Uhr. »Der hat Feierabend.«

»Wir rufen ihn an.«

»Ich gebe Ihnen oben seine Nummer.«

Bettina sah zu Willenbacher hinüber. Er stellte eine Flinte an ihren Platz zurück. »Nichts mit automatischem Auswurf«, sagte er.

»Okay. Dann sind wir fertig.«

Beim Hinausgehen zögerte Bettina. Irgendwie hatte sie das Gefühl, sie hätte etwas vergessen oder übersehen. Doch eigentlich war alles hier am rechten Platz. Es gab keine große Irritation, alles war so normal, wie es eben ging: die Einrichtung nicht überladen, die Witwe nicht lustig, der Sohn nicht perfekt.

»Passiert das eigentlich oft?«, fragte sie, als sie schon wieder auf dem Gang standen. »Dass hier Leute in den Wäldern verloren gehen?«

Achtkapp schloss die Tür ab und schaute Bettina an. »Dies ist der einzige Fall, den ich kenne.«

* * *

Für Sieglinde Charcutier mit ihrem brachialen Charme war es ein Leichtes, die beiden Lieferanten des in seinen Preisen so erfreulich moderaten Bad Dürkheimer Discount-Sanitätshauses zum Transport und Aufbau des bestellten mobilen Krankenbettes zu bewegen, obgleich die Firmenphilosophie des Händlers ausdrücklich Selbstmontage vorsah, denn seine Zielgruppe waren die Dürkheimer Institute und Kurhäuser, wo es Personal genug gab. Wie er an Sieglinde geraten war, das war eine längere Geschichte, jedenfalls war die Firma noch nicht alt und Sieglinde bei weitem die erfahrenere Möbelhändlerin. Sie konnte auch gut mit Lieferanten umgehen. Die Männer waren zwar mürrisch, aber kräftig, und außerdem tat Sieglinde ihnen vermutlich was in den Tee.

Das Bett also stand binnen einer halben Stunde am vorgesehenen Platz und ließ sich über die krummen Böden und Schwellen des Fachwerkhauses rollen, dass es eine Freude war. Sieglinde entlohnte die Männer mit einem verschämt zugesteckten Couvert aus dünnem Recyclingpapier, auf das links ein entlaubter Laubbaum und mehrere Vögel im Flug aufgedruckt waren, in der berechtigten Hoffnung, die Herren würden dies Liebesbriefchen erst vor dem Tor öffnen. Dann bezog sie wohlgemut das neue Bett mit hundert Jahre altem Leinen, während ihr Gatte Ernst von einem Sessel aus zusah.

»Ist das nicht wundervoll«, schwärmte sie mit ihrer hohen Stimme. »Die jungen Männer haben uns nun doch geholfen! Und dieses Bett ist so gut! Die Matratze ist fantastisch! Hart, aber so biegsam, wie du willst!«

Ernst indessen sah nicht ganz so fröhlich aus. Bei allem Komfort war dies Bett doch ganz unmissverständlich ein Krankenbett, ein riesiges, graues Gestänge, dessen Stahlmaschen und Streben mit den diversen Hebeln und Dämpfern zu der antiken Einrichtung des Charcutier'schen Wohnzimmers passten wie – tja nun, halt eben nicht passten. Und es auch niemals würden.

»Ich finde, wir sollten die Couch doch nach unten tun«, sagte Sieglinde prompt. Sie stemmte die Fäuste in die Seiten und betrachtete ihr Werk. »Es muss am Fenster stehen«, sagte sie dann und zerrte einen kleinen Schachtisch aus tiefrotem Zwetschgenholz mit Elfenbeinintarsien dort weg. »So.« Sie schob das Bett herum und war immer noch nicht zufrieden. »Es sollte weißer sein«, sagte sie dann etwas kryptisch. »Weiß und sonst nichts, ein Raum mit Weite. Eine Vase mit Blumen, Mullgardinen am Fenster und der Fernseher. Frühling. Und ein Sessel für mich. – Wir schaffen die Möbel hier raus.«

»Sigi«, sagte Ernst erschöpft. »Lass gut sein. Es ist Winter, das hier ist unser Wohnzimmer und das soll es auch bleiben.« Das Wohnzimmer war der einzige Raum im Haus, welcher überhaupt Platz genug für das Bett bot. »Ich finde ja sowieso dieses Ding übertrieben.«

»Es ist wunderbar«, sagte Sieglinde beleidigt.

»Ja, Schatz, aber –«

»Ich schaffe das schon«, sagte Sieglinde. »Ich ruf die Baring an, die hat mir Stunden in den Ohren gelegen wegen der Couch, die wird sie nehmen, ein Anruf genügt. Den Transport muss sie selbst machen. Der Handel gilt hier ab Wohnzimmer. Und bringt uns Asche rein.«

»Nein, Sigi.«

»Das Ding steht im Weg«, sagte Sieglinde lässig, obwohl es sich bei dem Ding um ein Original aus dem 18. Jahrhundert nach einem frühen Entwurf Sheratons handelte, dessen gräfliche Vorbesitzerin ein halbes Jahr lang hatte belagert werden müssen, um es rauszurücken. »Und pass auf, ich habe eine Idee. Wegen der Haustochter.«

»Die wirst du nicht finden«, sagte Ernst dumpf. Auf der Suche nach einer Haustochter waren sie immer, im Prinzip war dieser Hof ohne Haustochter überhaupt nicht zu bewirtschaften, und manchmal fanden sie auch eine, die es für wenig Geld ein paar Wochen in der Abgeschiedenheit des Tals aushielt, aber die meiste Zeit existierte die Haustochter nur als Idee, als eine Vakanz, ein freigehaltenes Zimmerchen mit Kochgelegenheit.

»Nein, pass auf«, sagte Sieglinde. »Wir haben nur immer an der falschen Stelle gesucht. Die heißen heute anders.«

»Wie denn?«

»Russinnen«, sagte Sieglinde fröhlich und schüttelte das schwere Plumeau kräftig durch. »Polinnen. Slowakinnen. Der Achtkapp«, sagte sie triumphierend, »der hatte eine Albanerin, glaube ich. Oder Mazedonierin oder so was. Dass ich da nicht früher drauf gekommen bin! Die hat bei denen gewohnt und ihn gepflegt. Und teuer war sie nicht.«

»Der Achtkapp«, sagte Ernst, »war Millionär.«

»Der Achtkapp war ein alter Geizkragen. Der hat nie besser gelebt als wir. – Und ich weiß auch, wie sie heißt: Sudenica. Er hat Susi zu ihr gesagt. Hat mir die Baring erzählt.«

»Furchtbar«, sagte Ernst und schloss die Augen.

»Ja, nicht? Wir werden sie natürlich Sudenica nennen. Sie wird es sehr gut bei uns haben.«

Sieglindes Gatte blickte alarmiert auf. »Was hast du vor?«

»Ich fahre ins *Dolce Vita*. Jetzt gleich. Muss ja nicht unbedingt diese Sudenica sein. Aber dort werden sie jemanden kennen.«

»Das *Dolce Vita*«, sagte Ernst schaudernd, »gibt's das überhaupt noch?«

»Aber hallo! Die Baring sagt –«

»Sigi, bitte lass es.«

»Schatz, du musst dich dran gewöhnen«, sagte Sieglinde fest. »Wir brauchen eine Hilfe.«

»Aber nicht mehr heute. Die Straßen sind glatt.«

»Wenn ich's jetzt nicht mache, dann nie.«

»Nimm wenigstens jemanden mit«, sagte Ernst ergeben. »Denk an die Schweine.«

* * *

Oben beim *Wilden Mann* erhellten nun dicke Strahler die schwere Dunkelheit. Die Beamten standen in Gruppen herum, tranken Tee aus Achtkapp'schen Steingutbechern und räumten zusammen. Alle waren schrecklich dreckig, die Stimmung aber war entspannt, es hatte was von einem Pfadfinderlager: Wenn man sich an die Kälte erst gewöhnt hatte, machte einem alles andere auch nichts mehr aus, und so ein Aufenthalt an der frischen Luft tat immer gut.

»Drinnen gibt's Tee«, meldete Müller, als Bettina und Willenbacher die Kollegen erreichten. Willenbacher fröstelte und Bettina blies sich in die Hände, der kurze Fußweg vom Auto hierher reichte längst nicht zum Akklimatisieren.

»Wir müssen raus aus dem Tal«, sagte Bettina. »Es zieht an. Da vorne ist schon alles glatt.«

»Ich hab vor zehn Minuten abgepfiffen«, sagte Müller. »Die Hälfte der Enkenbacher ist weg.«

»Habt ihr was gefunden?«

Er schüttelte den Kopf. »Dort am Galgen, wo sie die Schweine aufschneiden, da ist Blut am Boden. Wir haben auch eine kleine Stelle weiter vorn auf dem Beton. Nicht viel, aber immerhin. Und die Jungs haben noch ein paar Knochen aus dem Schweinegehege eingesammelt. Wir suchen morgen weiter.«

»Was für Knochen?«

Müller zuckte die Achseln. »Reste. Wir haben es eingepackt. Unmöglich, das vor Ort zu bestimmen. Da brauchen wir Profis. Den Gerichtsmediziner und einen Förster, um Tiergebein auszusortieren.«

»Mir ist ja unterwegs eine schreckliche Idee gekommen«, sagte Bettina und stopfte ihre Hände kurzerhand in die jeweils gegenüberliegenden Jackenärmel. »Wo ist denn der Achtkapp?«

»Oben«, sagte Müller mit einem knappen Nicken in Richtung Haus. »Der macht ein nettes Geschäft heute, der Junge.«

Bettina dachte an das Parkett mit den raffinierten kleinen Leuchten drin. Nötig hatte Thilo Achtkapp dieses Geschäft nicht.

»Du, die haben stolze Preise hier.« Müller hob seine Tasse. »Was ist dir denn eingefallen?«

»Pass auf, der Achtkapp hat was von einer Fürstenfehde erzählt. Jetzt nehmen wir mal an, die Herren haben das blutig ausgetragen.«

»Komm«, machte Müller.

»Aber was ist mit der Hülse?«, protestierte Willenbacher, der seinen schönen neuen Fall nicht gleich wieder hergeben wollte.

»Du weißt, was mit der Hülse ist«, sagte Bettina. »Die beweist gar nichts. – Könnte der Knochen denn schon so alt sein?«

»Wie alt?«

»Keine Ahnung. Über hundert Jahre.«

Müller überlegte. »Klar. Knochen können uralt werden. In Österreich haben sie vor ein paar Jahren ein napoleonisches Massaker ausgegraben und für ein frisches Verbrechen gehalten.« Er grinste.

»Vielleicht stimmt es, was der Achtkapp gesagt hat«, sagte Bettina bibbernd. »Kann ja sein, dass da einfach jemand was Peinliches wegschmeißen wollte. Irgend so eine alte medizinische Präparation, ein kleines Souvenir aus Afghanistan –«

»Autsch«, machte Willenbacher.

»Kann auch ein erschossener Wilderer sein. Ein Pesttoter. Das Missing Link –«

»Das was?«

»Ein Steinzeitmensch.«

»Bolle, geh rein und trink was Warmes.«

»Du, wir haben hier halb Enkenbach aufgefahren.«

»Und?«

»Und haben vielleicht einen Waldfriedhof aus dem Mittelalter gehoben.«

»Was ist denn los mit dir?«

»Ich meine ja nur.«

»Also den Jungs«, sagte Müller so gut gelaunt, wie ihn wohl noch nie jemand gesehen hatte, »schadet das nicht, wenn sie mal in die Scheiße fassen müssen, falls du das meinst, Frau Boll.

Die sollen ruhig ab und zu ihre Computer stehen lassen und raus ins wirkliche Leben.«

Bettina starrte den Kollegen an. Die Schweine, das wirkliche Leben.

Willenbacher grinste. »Als ob sie's mit uns anders gemacht hätten.«

* * *

Trotz ihres Faibles für Antiquitäten war Sieglinde Charcutiers Telefon keins mit Kurbel oder Wählscheibe, sie telefonierte kabelfrei, schließlich konnte sie mit neuen Medien umgehen. So sprach sie also in ein winziges, zwischen Ohr und Schulter geklemmtes Ding, während sie ihren Gasherd abdrehte und den Wasserkessel nahm, um ihrem Gatten einen neuen Tee aufzugießen. »Ich weiß, richtig kennen wir uns erst acht Tage, aber ich finde, wir sollten jetzt mehr Kontakt halten. Du bist so eine sympathische Frau und –« Sie stellte den Kessel ab und sah sich nach dem Honigglas um. »Oh, merci, merci. Tja, ich sage immer, was ich denke.«

Im Moment dachte Sieglinde eigentlich nur an den Tee ihres Mannes, das Gespräch führte sich eher selbsttätig, doch wirklich unaufrichtig war sie auch nicht, denn sie hatte tatsächlich während der Suchaktion nach der vermissten Wandersfrau eine spontane Zuneigung zu ihrer neuen Nachbarin Charlotte gefasst. Charlotte war eine reiche Scheidungswitwe, die vor einigen Jahren in Trauer um ihre Ehe die düstere *Blaumühle* ein paar Kilometer weiter gekauft hatte. Diese Biografie hatte sich zuvor für Sieglinde äußerst abschreckend angehört, so nach miefiger Erfüllung ganz ohne Mann. Eine Beleidigte, die womöglich ein Buch schrieb. Doch Charlotte war anders. Sie war, wie Sieglinde sagte: sympathisch. Und vermutlich sehr liquide. Möglicherweise sogar interessiert an Antiquitäten. Und außerdem vergleichsweise jung und sportlich. Eine blonde, kurzhaarige, gut gebaute Gefährtin, die hoffentlich die einschüchternde Funktion eines Steinschlossgewehrs ersetzen konnte. Das nämlich wollte Sieglinde nicht mitnehmen ins *Dolce Vita*.

»Es ist vielleicht unverschämt, aber du sagtest, ich sollte dich anrufen, und na ja, das Tragen ist so eine Sache in meinem Alter. Und diese Dachziegel brauchen wir irgendwann eben doch. Jetzt sind sie im Angebot, und der Praktiker hat heute noch bis acht offen und ich muss wirklich – Oh, wie lieb von dir!« Sieglinde hatte das Honigglas entdeckt. »Und du hast wirklich nichts vor, was ist denn mit deiner Tochter? Die muss aber zu Abend essen.« Sieglinde klemmte das Telefon etwas fester und drehte das klebrige Glas auf. »Deine Tochter ist so ein Schatz«, sagte sie dann befriedigt. »Nein, nein. Mach dir keine Umstände. Ich hol dich ab. In zehn Minuten, ja?« Sie schaufelte mit einem großen Löffel Honig in den Becher. »In zehn Minuten. Ich bin da. Bis dann. Und danke.«

Sieglindes Nachbarin Charlotte lebte fast fünf Jahre im Tal, ohne das *Dolce Vita* zu kennen.

»Dann wird's aber allerhöchste Zeit«, sagte Sieglinde. »Ich hätte ja gedacht, da war jeder schon. Ich meine, es gibt doch diese Dinge, die dir keiner sagt, und du machst sie trotzdem, nicht wahr.« Sie fuhr um die nächste Kurve und wandte dann plötzlich den Kopf, um Charlotte bedeutungsvoll anzublicken. »Du weißt, was ich meine.«

Charlotte bejahte hastig. Ihr war noch einiges andere im Tal nicht bekannt gewesen, zum Beispiel Sieglindes Fahrstil. Die ganze Frau im Grunde. Mit ihrer nächsten Nachbarin waldeinwärts hatten sie zuvor nur die markanten Tannen des *Schlehhofs* verbunden, was sie jetzt selbst nicht mehr verstand. Sieglinde zu kennen war ein Privileg, allein wegen der ungeheuerlichen, gebogenen, halb verspiegelten rosa Fliegerbrille, die sie zum Fahren trug. (»Ich habe mir die Augen kaputtgemacht beim Möbelrestaurieren. Die Chemikalien, weißt du.«)

Charlotte hatte also ihre Tochter mit Broten zum Abendessen abgespeist und war in Sieglinde Charcutiers schmutzigen, ungefederten Geländewagen gestiegen, um mit ihr nach Bad Dürkheim zu fahren und beim Einkauf schwerer Dachziegel behilflich zu sein, an die sie nicht ernsthaft glaubte. Es war tiefer Winter, schon längst dunkel, und in den Senken gefror der Regen des vergangenen Tages. Niemand kam jetzt auf die Idee, ein Dach zu decken. Nicht mal eine Sieglinde. Es musste etwas anderes dahinterstecken. Und inzwischen hatte Charlotte auch das Gefühl, dem wirklichen Ziel ihres Ausflugs auf die Spur zu kommen.

»Du warst echt noch nie da?« Ihre Nachbarin beugte sich übers Lenkrad und drückte fest aufs Gas. Sie fuhr beinahe fünfzig. »Das ganze Tal trifft sich dort«, sagte sie ziemlich herablassend. »Es ist so ein Ding, weißt du, wo man hingeht, wenn alles andere schon zuhat.«

»Eine Würstchenbude.«

»Du warst doch schon da.«

Charlotte lächelte. »Nein.«

»Also, es ist ex-klu-siv. Sehr schäbig, sehr heruntergekommen, aber *in*, sag ich dir. Die heimliche Alternative zu unseren properen Ausflugslokalen. Ich kann nicht glauben, dass du das nicht weißt.« Damit reckte Sieglinde ihre Nase ein wenig höher und schob mit Blick in den Rückspiegel ihre rosa Brille zurecht. Sie trug feste Schnürstiefel und einen blumenbestickten olivgrünen Parka über anderen soliden Klamotten und sah aus wie die Diva aus einer alten italienischen Sozialschnulze. Kerzengerade thronte sie auf ihrem schäbigen Autositz, nicht bereit, dem Verkehr mehr Aufmerksamkeit als unbedingt nötig zu gewähren. »Dabei bist du doch noch jung.« Das klang nun richtig blasiert. »Was hast du in den fünf Jahren bloß gemacht?«

Charlotte verschränkte ihre Arme. Die Scheidung überlebt, die Tochter großgezogen. Gelesen. Viel *dolce vita* war tatsächlich nicht dabei gewesen. »Na ja …«

Sieglinde warf ihr einen schnellen Blick zu. »Also komm. Ich zeige dir alles. Ich muss da sowieso was fragen.«

Aha. Charlotte stimmte natürlich zu. Allein deshalb, weil sie nicht riskieren wollte, Sieglinde beim Überholen des Radfahrers neben ihnen irgendwie zu stören.

Zwei Kilometer weiter hatte die mysteriöse Gaststätte in Sieglindes Worten schon einiges an Glanz eingebüßt: »… gut, weißt du, man sollte es mal gesehen haben, aber es ist im Grunde vielleicht wirklich nur eine bessere Würstchenbude. Mit viel Charme natürlich. Sie haben ein Klavier.«

Und kurz vor dem Ortseingang von Bad Dürkheim: »… nur die Typen, die von der Arbeit kommen. Die Männer aus dem Tal. Viele Ausländer. Fettiges Essen, viel Fleisch – du weißt ja, wie das ist. Bedienung mit Oberweite.« Sie rückte ihre eigene nicht unerhebliche etwas nach vorn und bremste vorsorglich vor einer Ampel. Tatsächlich sprang diese gleich darauf von Grün auf Gelb, doch der Hintermann in einem aufgemotzten Lautringer Golf legte eine nette kleine Vollbremsung hin. »Eigentlich verpassen wir nichts, wenn wir es lassen.«

»Du wolltest mit jemandem sprechen«, erinnerte Charlotte.

»Gut«, sagte Sieglinde. »Ich hab dich gewarnt.« Und lenkte den Wagen nach der Rotphase in eine eng umbaute Straße und gleich darauf in eine kleinere, die so schmal war, dass Charlotte sie, wenn überhaupt für etwas, dann eine private Einfahrt gehalten hätte. Anschließend kamen noch einige unübersichtliche Abzweigungen und Kurven, und schließlich hielten sie an einem hohen hölzernen Gartenzaun. Hinter dem wachte eine kahle Kastanie über einem einstöckigen schäbigen Haus. In der Dunkelheit sah man davon hauptsächlich helle Fenster und die beleuchtete, in Schmiedeeisen und Glas gefasste Getränkekarte, die aussah wie ein Briefkasten. Eine kurze bunte Lichterkette verband das Haus mit dem Baum, rundherum war gefrorene, zertrampelte Wiese, ein paar feuchte Klappstühle standen herum. Das alles war Würstchenbude, zugegeben. Doch davor, über dem Durchlass im Bretterzaun, schwebte ein wunderschönes handgemaltes Schild mit der Aufschrift: *La Dolce Vita – warme Speisen – Tanz in den Mai – abends Klavierspiel.* Und bei dem Anblick meinte man so etwas wie den schwachen Duft von Rostbratwurst und Zuckerwatte und Flieder wahrzunehmen.

»*Voilà.*« Sieglinde wies großspurig auf das Haus. »Oder besser: *Ecco.*« Im Inneren schien darauf jemand zu lachen.

»Was ist?«, fragte Charlotte ihre Nachbarin, die unter dem Schild stehen geblieben war.

»Oh. Keine Sorge. Ich komme.«

Drin herrschte das geschlossene Schweigen, das Männer umgibt, die schon lange zusammen trinken. Es war eng, die Theke eigentlich zu groß für den Raum, alles schäbig-rustikal in Eiche oder Eiche-Imitat, aber in schönem dämmrigem Licht. Hinter einem niedrigen Bogen, der den Raum einschnürte wie ein zu enger Gürtel, stand im düsteren Hinterzimmer das Klavier. Es war fürchterlich verstimmt, was aber den Pianisten nicht von seiner Darbietung abhielt. Er improvisierte selbstvergessen um die wackeligen Töne herum, streng im Rhythmus, lässig mit den Dissonanzen, die sich spät und elegant lösten. Es klang traurig, doch nicht übertrieben, eine ganz normale Montagabend-Melancholie. Irgendwer bestellte Spaghetti. Sieglinde trat auf die Bar zu und sagte Hallo.

»Sigi«, erwiderte der kleine dunkeläugige Wirt, und es klang wie »Alter Kämpe«. Die Männer nickten und rückten zusammen und murmelten.

»Der *Schlehhof*«, sagte einer.

»Hallo, Sigi, ihr hattet Besuch von der Polizei?«, fragte ein dicker Mann um die fünfzig, der sich an einem Bierkrug festhielt. »Stimmt es, dass sie beim *Wilden Mann* eine Leiche gefunden haben?«

Ein Langer mit weißen Haaren war überrascht. »Unsere Vermisste, die wir bis hoch zur Kalmit gesucht haben, war beim *Wilden Mann*? Wie kann man sich da verirren?«

»Du, wie der Achtkapp da haust …«, rief der Dicke, und die Männer schnauften ein paar kurze, anerkennende Lacher.

»Das ist ein anderer Fall«, sprach Sieglinde, sichtlich erfreut über die allgemeine Aufmerksamkeit. »Die machen jetzt einen Rundumschlag gegen sämtliche Verbrechen in der ganzen Gegend.«

»Solln sie doch erst mal die Frau finden«, sagte der Weißhaarige aufrührerisch.

»Die nehmen alles mit.« Sieglinde schob sich etwas weiter in die Mitte. »Sie haben jetzt einen Knochen bei den Schweinen gefunden.«

»Einen Knochen? Ach komm. Wissen die Bullen überhaupt, dass Schweine Kannibalen sind?«

»Sie sagen, er wäre von einem Menschen«, sagte Sieglinde. »Sie sind sich sicher.«

Eine kurze, unbehagliche Stille breitete sich aus. Eine sehr kurze. Dann sagte der Weißhaarige: »Da schmeißt aber auch jeder alles rein.«

Und der Dicke: »Die haben sicher nicht richtig geguckt.«

Und der Wirt: »Die müsse erst eine DNA-Analyse mache. Sieht man doch in jedem Krimi, dass so was ewig dauert.«

Wieder trat eine Pause ein.

Sieglinde nutzte die Gelegenheit, um das Thema zu wechseln und Charlotte vorzustellen. »Kennt ihr eigentlich unsere Nachbarin aus der *Blaumühle*?« Sie zog Charlotte neben sich. »Wir haben uns bei der Suche angefreundet. Charlotte Inthoven.«

Die Männer murmelten, alle auf einmal und erleichtert, wie es schien. Vermutlich sagten sie ihre Namen, doch Charlotte verstand nichts.

»Sie haben schön renoviert«, lobte dann ein Kleiner in einem Holzfällerhemd.

Den kannte Charlotte irgendwoher. »Danke.«

»*Blaumühle*?«, fragte der Dicke. Sein Gesicht war breit und etwas leidend. »Wo ist das denn?«

»An eurem Teich noch fünf Kilometer weiter«, sagte das Holzfällerhemd. »Der Karl kennt das Tal nicht weiter als bis zu seinem Tümpel.«

»Wir sind ein See«, erklärte der Dicke, Karl also, hochnäsig und wandte sich Charlotte zu. »Aber Sie wohnen noch nicht lange da, was? Ich hab Sie vorher noch nie gesehen.«

»Fünf Jahre«, antwortete Charlotte, und es kam ihr in dem Moment selber kurz vor.

»*Blaumühle*«, sagte Karl. »Ja, das ist da hinten. Beim *Sonnenhof*. Ein aufdringliches Haus.« Er starrte Charlotte an. »Das sind Sie aber nicht.«

»Nein«, antwortete die, froh, nicht der *Sonnenhof* zu sein. »Wir haben das alte Gebäude. Auf der anderen Straßenseite. Wir sind nur die Nachbarn.«

»Ah.« Karl rückte noch näher, um Charlotte genau ins Gesicht zu schauen. »Sie müssen das also jeden Tag angucken. Jetzt sagen Sie mal ehrlich: Ist das nicht aufgedonnert? Allein der Name! *Sonnenhof!* Da kommt doch den ganzen Winter über gar keine hin! Terrassen! Und Mäuerchen und Rosenlauben und alles weiß wie Baiser bis zu den Fensterläden, und natürlich original Pfälzer Hausmannskost, aber der letzte Koch war aus Mazedonien.«

»Ich glaube«, sagte Charlotte unsicher, »inzwischen haben sie einen Pakistani.«

Karl rollte die Augen. »Umso schlimmer.«

»Der soll aber fantastische Dampfnudeln machen«, verteidigte Charlotte den Asiaten. Sieglinde grinste.

Der Wirt hantierte an der Durchreiche. Er war um die fünfzig, hatte feine, knittrige Haut, fast schwarze Augen und kaum Haare auf dem Kopf. »Lasse die Damen in Ruh, Karl. Höre auf zu zetern.« Er blickte über die Schulter zu Charlotte. »Wisse Sie, Signorina, Karl hat das Darlehen für seine Renovierung nicht bewilligt gekriegt.« Süffisant lächelnd stellte er einen dampfenden Teller vor den Kreditunwürdigen.

Charlotte ihrerseits starrte den Mann hinterm Tresen an. Sie war fünfundvierzig und Mutter einer fast volljährigen Tochter. Sie war seit mindestens zwanzig Jahren nicht mehr »Signorina« genannt worden.

»Nachts träumt unser Karl von Terrassen und Rosenlauben für sein Bootshaus«, spottete der Wirt.

»Und einem Koch aus Mazedonien für seine Imbissbude«, setzte der Kleine mit dem Holzfällerhemd hinzu. Er war ziemlich struppig, seine Haare gelblich wie von zu viel Rauch. Plötzlich wusste Charlotte, wer er war: Er betrieb die Forellenräucherei. Klar. Esch, so hieß er. Der Herr Forellenräucherer Esch.

»Hört mal«, sagte Sieglinde da beherzt in die Runde, »kennt

jemand die Mazedonierin, die den alten Achtkapp gepflegt hat? War die mal hier?«

»Achtkapp? Der Winzer?«

Der dicke Karl wandte sich seinem Teller zu. Der Wirt kratzte sich an seinem runden Haupt. »Sigi. Was die Winzer mache, da kenn ich mich nicht aus.«

»Aber zu dir kommt doch jeder, Toni«, schmeichelte Sieglinde.

»Nicht die von den Gütern. – Wie heißt sie denn?«

»Sudenica, glaub ich.«

»Nein.«

»Jetzt könnte man den Branco mal gebrauchen«, sagte Esch über sein Glas. »Der war aus Mazedonien.«

»Die kennen sich alle«, behauptete Karl.

»Mazedonien ist klein«, bestätigte Toni trocken. »Halb so groß wie Italien. Aber, Sigi, wie willst du eine von den Achtkapps kriege, dene kannst du doch niemand abwerbe.«

Sieglinde hob die Achseln. »Der Achtkapp ist tot. Der braucht seine Pflegerin nicht mehr.«

»Die sind aber verwöhnt da. Denke: Urlaubsgeld, Weihnachtsgeschenke, Arbeitsplatz direkt am Kurpark, die komme nicht zu dir. Die komme nicht mal zu mir.«

»Die kommen nicht zu dir, weil sie nie freikriegen«, sagte Sieglinde etwas trotzig. »Der Achtkapp war ein Knauserer. Ich hab ihn gekannt. Ihr nicht. Der hat immer Schorle getrunken.«

Bei dem Stichwort richtete Toni sich auf. »Was wollt ihr eigentlich trinke, die Damen? Säftchen? Riesling? Tagesessen ist Spaghetti Bolognese.«

»Ist ja auch wurscht«, sagte Sieglinde beleidigt.

»Sigi, ich weiß doch, dass ihr eine Haustochter sucht. Aber ich kann dir keine herzaubere.«

»Wo wir gerade beim Herzaubern sind«, sagte Karl und klapperte wehleidig mit seinem Glas, »ist der Branco mal wieder da gewesen, so zwischendurch?«

»Ts«, machte Toni und wandte sich ab.

»Hör auf, Karl«, sagte Esch.

»Nein, der schuldet mir noch –«

»Ein altes äbsches Handy. «

»Hundert Euro«, sagte Karl.

»Ruf ihn an«, sagte Esch. »Die Nummer von deinem Handy hast du doch.«

Wieder schnauften ein paar. Karl ignorierte den Einwurf, blickte den Wirt an und wischte sich den Mund ab. »Siehst du«, sagte er, »deswegen krieg ich auf der Bank kein Geld. Wegen meiner Außenstände! Weil Leute wie der Branco meine Gutmütigkeit schamlos ausnützen, weil ich eine arme Sau bin und –«

»Karl. Esse«, mahnte Toni, und Karl tat es.

In dem Moment wurde die Musik lauter und der Klavierspieler klimperte etwas Hübsches, das eigentlich tiefernst hingehaucht gehörte. Aus *Carmen*, erkannte Charlotte. *L'amour est un oiseau rebelle*. Der Pianist spielte es als Marsch, ohne die verstimmten Tasten zu umgehen. Danach brach er ab und kam zur Bar. Da hielt er kurz inne, blickte die beiden Frauen an und entschied sich für Charlotte. Er stellte sich direkt neben sie, beachtete sie aber nicht weiter, was etwas unbestimmt Intimes hatte. »Ich brauch eine Zigarette«, sprach er laut in das plötzliche Schweigen.

Toni blickte von Charlotte zu dem Pianisten und verzog die Mundwinkel. »Essen und drei Wein«, sagte er. »Rauchware musst du dir anderweitig besorge.«

Der Pianist zog die Nase hoch und schoss einen schnellen Seitenblick auf Charlotte ab. Die wich ein wenig zurück. Zigaretten hatte sie keine, aber vielleicht, dachte sie, als der junge Mann sich brüsk von ihr abwandte, hätte sie vor Betreten des Hauses draußen welche ziehen sollen, so wie Wildfutter im Park.

»Das ist Bela, der Sohn von der Baring«, raunte Sieglinde ihr zu. »Galerie im Tal. Den kennst du.«

Bela war schlank und trug seine öligen dunklen Haare zu einem kleinen Zopf gebunden.

»Nein«, flüsterte Charlotte zurück. »An den würde ich mich erinnern.«

Der Pianist deutete indessen auf Karls Luckies, und der nickte widerwillig. Bela bediente sich. »Was gibt's denn zu essen?«

»Spaghetti Bolognese. Sind noch drei Portione da. – He, Bela. Sag, du kennst doch die Achtkapp.«

»Nicht gut«, sagte Bela abweisend.

»Bela, deine Frauengeschichte interessierc gar nicht. Du sollst nur sage, wie man diese Pflegerin erreicht. Vom alten Achtkapp. Sigi braucht jemand.«

»Sudenica?«, fragte Bela.

Sieglinde nickte.

Bela lächelte. »Die war hübsch.«

Toni verdrehte die Augen.

»Keine Ahnung, wo sie ist. Selbst ich kann nicht alle schönen Frauen im Auge behalten.« Bela rückte noch näher an Charlotte ran.

»So ist er nur, wenn Damen da sind«, entschuldigte sich Toni.

»Branco kennt die bestimmt.« Bela sah sich um. »Der ist doch auch aus Mazedonien. Oder Albanien?«

»Rede nicht von Branco«, sagte Toni mit einem Blick auf Karl.

Darauf nahm Bela dessen Teller in Augenschein. »Das sind keine Spaghetti. Makkaroni. Darf ich mal?« Ehe der dicke Karl ihn daran hindern konnte, stibitzte Bela mit den Fingern eine Nudel und hielt sie in die Höhe. Er schmatzte. »Kochzeit schätzungsweise dreizehn Minuten. Nein, fünfzehn. Der Koch hat gepennt.«

»Bela hat heute keinen Hunger«, versetzte Toni kühl. »Was ist jetzt, die Damen, wollt ihr vielleicht die Speisekarte?«

Charlotte hätte beinahe bejaht, doch Sieglinde stieß sie rechtzeitig in die Seite. »Gibt's hier nicht«, flüsterte sie. Laut bestellte sie zwei Schorlen.

»Jede Nudel, die über acht Minuten kochen muss, ist Pampe für arme Menschen, die keinen Sinn für Form und Struktur haben.«

»Bela hat Architektur studiert«, sagte Toni darauf boshaft.

Der Pianist steckte seine Zigarette an, zog daran und warf Charlotte einen Seitenblick zu. »Einen Chianti, bitte«, rief er in Richtung Theke. »Du bist die Frau von der *Blaumühle*?«, fragte er.

»Charlotte. Sie – du bist Architekt?«

Bela schnaubte verächtlich. »Alles brotloses Zeug. Aber es gibt immer jemanden, der mich dran erinnert. Das ist ein Fluch, das wird man einfach nicht los.« Er guckte selbstmitleidig.

Charlotte lächelte. »Und was tust du jetzt?«,

»Ich unterhalte die Verrückten aus dem Tal mit Musik, die sie nicht verstehen.«

»Ich mache gleich das Radio an«, drohte Toni. Er schob Charlotte ihr Glas hin. »Brauche Sie kein billige Pianist, der schwätzt statt zu spiele?«

»Der Toni«, sagte Bela gleichmütig. Er schielte zu Charlotte hinüber. »Er hat Recht, ich bin zu haben.«

»Aber dass du billig bist, glaube ich nicht«, sagte sie und landete damit einen Überraschungserfolg. Die Männer keuchten wieder ihr Männerlachen, eine Art akustisches Schulterklopfen.

»Die *Blaumühle*«, sagte Karl beifällig.

»Ich meine, ich finde, du spielst gut«, verbesserte Charlotte.

Die Männer grinsten.

»Nur das Klavier ist verstimmt.«

»Bela mag das«, sagte Toni

Charlotte blickte den Pianisten ungläubig an. Der zuckte die Schultern. Und nahm seinen Wein und ging und spielte etwas Sanftes, das Charlotte zu kennen glaubte, aber nicht richtig zu fassen bekam. Was ja vielleicht überhaupt die Kunst ist.

Sie blieben nicht mehr lang, und als sie dann wieder in dem finsteren winterlichen Garten standen, sah Sieglinde plötzlich völlig niedergeschlagen aus. Sie war nun eine kleine alte Frau, nicht mehr spöttisch oder schrullig, sondern nur noch am Boden zerstört. Die Verwandlung war so schnell gegangen, dass Charlotte zunächst dachte, Sieglinde fröre. Sie zitterte heftig.

»Möchtest du meine Jacke?«

»Bitte?«

Charlotte fasste sie unterm Arm. »Geht's dir nicht gut?«

Sieglinde schniefte. »Doch, klar.«

»Nein.«

Sieglinde wandte den Kopf, und die bunten Lämpchen der Lichterkette spiegelten sich matt in der rosa Brille, sodass ihre Augen unsichtbar waren. Eine Weile schien sie Charlotte anzublicken, dann seufzte sie tief. »Ach, es ist blöd, ich dachte, ich kriege heute eine Haustochter. Ich weiß auch nicht, wie ich das glauben konnte, ich suche schon so lange vergeblich. Aber der Ernst –« Sie schluckte. »Heute ist das Bett gekommen. Ich hab das vorher einfach verdrängt, glaube ich.«

»Was denn?«

»Mein Ernst«, sagte Sieglinde leise, »muss in ein Pflegeheim, wenn ich niemanden finde, der mir hilft, zumindest stundenweise. Ich kann ihn nicht heben.« Sie lächelte bitter. »Mein Rücken, weiß du. Er ist wirklich kaputt.«

»Ich kann dir helfen«, sagte Charlotte spontan.

»Ach, du bist ein Schatz.« Sieglinde drückte Charlottes Arm. »Aber ich brauche jemanden für jeden Tag, weißt du. Nicht zu persönlich. Den ich bezahle. Fürs Grobe. Aufs Töpfchen bringen und all das.«

»Wenn jemand bei dir im Haus wohnt, ist es auch persönlich«, sagte Charlotte. »Noch viel mehr.«

Sieglinde seufzte. »Ich weiß.« Dann richtete sie sich plötzlich zur vollen Größe auf. »Was soll's. So, jetzt kennst du unser geheimes kleines Versammlungshaus. Hübsch, nicht?«

Themenwechsel.

»Sie haben gute Musik«, sagte Charlotte.

Sieglinde warf die langen Haare zurück und lächelte wackelig. »Ja, Bela macht seiner Mutter viel Freude.« Ihr Grinsen war mehr ein Zähnefletschen. »Der Junge hält sich für einen Rebellen, dabei ist er schon über dreißig.«

»Hat das was mit dem Alter zu tun?«

Die Nachbarin blickte Charlotte scharf an. Doch sie sagte nichts und trat geziert mit einem schweren schwarzen Schnürstiefel gegen ein paar Bretter, die auf dem Boden lagen und Charlotte zuvor nicht aufgefallen waren. »Hier.« Sieglindes Brille glitzerte. »Wenn du mal eine Leiche entsorgen musst.«

»Bitte?«

Sieglinde lächelte entschuldigend. »Soll ja vorkommen. Da, guck.«

Charlotte blickte ihre Nachbarin ungläubig an.

»Entschuldige. Die vielen Toten in letzter Zeit, die machen einen ganz durcheinander.« Sieglinde schob ihre Stiefelspitze unter eine der Bohlen. »Darunter ist ein Brunnen. Der tiefste in ganz Dürkheim. Hier stand früher ein Haus, direkt an der Straße, dazu hat er gehört. Jetzt wird er nicht mehr benutzt.«

Nun sah Charlotte, dass die aufgeworfenen grauen Bretter eine runde Abdeckung bildeten und auf einem niedrigen Betonsockel auflagen.

»Dreiundfünfzig Meter, glaube ich«, sagte Sieglinde. Einen Moment erschien über ihrer rosa Brille ein merkwürdiger Reflex.

Charlotte fand den Platz plötzlich gruselig. »Das Holz sieht ganz schön vermodert aus. Wenn da mal einer drauf fällt, bricht er glatt durch.«

»Es ist noch eine Eisenplatte drunter«, versicherte Sieglinde. »Die ist fest verriegelt. Ich würd's dir zeigen, aber ich kann den Deckel nicht heben.«

Charlotte lüpfte das Holz ein wenig. Es war schwer. Darunter klebten zwei, drei schwarze Blätter auf dunklem, glattem Material. Zwei Ösen, die mit einem Schloss verriegelt werden konnten, standen an einer Seite vor.

»Siehst du.« Sieglinde wandte sich ab, plötzlich erschöpft aussehend. »Lass uns heimfahren.«

Sie wandte sich um und ging voraus zum Auto. Charlotte jedoch zögerte. Sie hievte den schweren Deckel noch höher. Nun fiel Licht von der Straßenlaterne auf das Metall und bestätigte, was zuvor nur zu ahnen gewesen war: Die beiden Ösen an der Metallabdeckung waren gar nicht miteinander verbunden. Ein Schloss war auch nicht zu sehen. Dafür aber waren rund um die dafür vorgesehene Stelle lauter frische Kratzer.

»Kommst du?«, rief Sieglinde.

Die Kratzer waren sehr tief ins Metall getrieben. Sie glänzten sogar. Irgendwer hatte hier kürzlich erst rohe Gewalt angewendet. Charlotte schauderte.

»Charlotte!«

»Sieglinde«, sagte sie tonlos, »der Deckel ist offen.«

Sieglinde blickte über den Zaun. »Wie, offen?«

»Es ist kein Schloss dran. Das hat jemand aufgebrochen.«

Eine lange Weile war Sieglindes Gesicht völlig ausdruckslos, ein fahler Mond über einem feuchten, dunklen Bretterzaun. Dann sagte sie: »Aufgebrochen.«

»Ja.«

Sieglinde legte den Kopf schräg. »Ich will das jetzt nicht breittreten, aber ich hatte schon lange den Verdacht, dass der Toni da seinen Müll reinschmeißt. Das ist illegal, weißt du. Landet alles im Grundwasser. Es ist schon unser Toni, aber diese Südländer sind manchmal auch ganz schöne Ferkel. – Kommst du jetzt?«

Charlotte ließ den Deckel zurückfallen. Er machte ein sattes, schmatzendes Geräusch. Geistesabwesend schritt sie über die dünne Eisschicht, die den Boden bedeckte. Und während sie ins Auto stieg, dachte sie, dass Toni, Ferkel oder nicht, eigentlich Schlüssel zu seinen Schlössern besitzen sollte.

Auf der Fahrt durchs Tal schwiegen die beiden Frauen. Die Straße war glatt, fast so, als müsste sie sich notgedrungen Sieglindes Fahrstil anpassen, die ihrerseits so wenig zu Zugeständnissen bereit war. Sie hielt ihre Stammgeschwindigkeit von fünfundvierzig wie ein störrischer Tempomat, was Charlotte angesichts des glitzernden weißen Belags auf dem Teer nun geradezu tollkühn erschien. Außer ihnen war niemand mehr unterwegs; das Bachbett linkerhand schimmerte bedrohlich durch die vom Frost überzogenen Bäume. Zuweilen schlingerten sie bedenklich. Und als Sieglinde endlich auf die geschotterte Einfahrt der

Blaumühle bretterte und mit laufendem Motor hielt, da wäre Charlotte beinahe automatisch wortlos ausgestiegen. Selten war sie so froh gewesen, ihr Haus zu sehen. Doch ein »Danke« brachte sie natürlich noch heraus, und dann bat sie darum, dass Sieglinde anrief, sobald sie zu Hause war, bei der Glätte machte man sich schon Gedanken. Damit ging sie ins Haus. Drinnen sah sie zuerst nach ihrer Tochter Nini, die schon schlief, und setzte sich dann erleichtert mit einem Glas Bordeaux vor ihr glimmendes Kaminfeuer.

Als zehn Minuten später das Telefon klingelte, schrak Charlotte aus einem blassen Traum hoch. Sie war fast eingeschlafen. So aus dem Dämmer gerissen, konnte sie sich nicht richtig orientieren. Wie so oft kurz nach dem Erwachen glaubte sie, in Wiesbaden, in ihrem alten Leben zu sein. Aber nichts da. Das Telefon hier klingelte schriller, der Boden war kälter, sie fand den Lichtschalter immer noch nicht gleich, und natürlich stieß sie sich darum auch wieder am Flügel, als sie raus in die dunkle Eingangshalle trat, wo das Telefon stand. »Inthoven«, sagte sie dumpf in den Hörer.

»Oh«, sagte Sieglinde. »Es tut mir leid. Du hast geschlafen.«

»Nein«, wehrte Charlotte ab. Sie zwinkerte, rieb sich mit der freien Hand übers Gesicht und setzte sich dann auf ihre Klavierbank. »Du bist heil zu Hause angekommen?«

»Ja, und ich lege jetzt ganz schnell auf, damit du ins Bett kannst.«

»Halt«, sagte Charlotte mit schlechtem Gewissen, schließlich hatte sie ihre Nachbarin aufgefordert anzurufen. Wenn die wirklich in den Graben gefahren wäre, hätte sie umsonst auf Hilfe gewartet. »Ich, hm – alles in Ordnung?«

»Alles. Und jetzt gute Nacht.«

»Gute Nacht, Sieglinde.« Charlotte seufzte.

»Ja?«, antwortete Sieglinde.

Und irgendwas an diesem kleinen Wort war so lauernd, dass Charlotte plötzlich wach war. Und gleichzeitig wusste sie nicht mehr, weshalb sie geseufzt hatte. Sie wollte eigentlich nur hören, dass alles in Ordnung war, dass hier keine Toten in der Landschaft herumlagen. Sonst nichts. »Ach«, machte sie.

»Irgendwas ist mit dir.«

Da sprudelte es aus ihr heraus. »Ich weiß auch nicht, Sieglinde, aber dieser Brunnen war wirklich aufgebrochen. Das hat unheimlich ausgesehen. – Und es war doch ein Menschenknochen, da oben beim *Wilden Mann*. Ich meine, das ist das zweitnächste Haus von hier. Ich finde das alles beunruhigend.«

Am anderen Ende herrschte Schweigen. Dann fragte Sieglindes Stimme plötzlich sehr laut durch den Hörer: »Hast du alle Türen abgesperrt?«

»Ja«, sagte Charlotte, obwohl das nur halb stimmte, die Küchentür ließ sich nicht richtig schließen.

»Hast du eine Waffe?«

»Nein.«

»Das ist dumm.« Sieglinde überlegte. »Du brauchst eine Waffe. Du lebst im Wald. Und du hast ein Kind.«

Charlotte atmete durch. »Ich kann gar nicht schießen. – Ich versteh das nicht, wie kann denn da eine Leiche bei den Schweinen liegen?«

»Mord«, sagte Sieglinde knapp. »Pass auf. Wenn du Angst hast, wenn irgendwas ist, wenn einer ums Haus schleicht, dann machst du Folgendes.«

»Ja«, sagte Charlotte bang.

»Du kommst zu mir. Ich habe ein Gewehr. Antik, aber es geht noch. Ich hab bislang jeden in die Flucht geschlagen. Ich pass auf dich auf.«

»Sieglinde –«

»Und auch auf deine Tochter.«

»Also das ist –«

»Keine Widerrede. Du kommst.«

»Falls –«

»Ich bin immer da«, sagte Sieglinde. »Du musst nur rufen.«

»Okay«, sagte Charlotte fügsam, ohne zu erwähnen, wie unsinnig es war, das Haus zu verlassen, wenn erst ein Mörder darum schlich. »Das werde ich tun, wenn wir in Gefahr sind. Danke, Sieglinde.«

»Ich bin ein sozialer Mensch.«

»Das stimmt.«

»Und denk dran«, schloss Sieglinde, »die Bullen brauchen eine Stunde, bis sie hier draußen sind.«

»Oh nein.«

»Doch. Mindestens. Ich spreche aus Erfahrung. Ich persönlich ruf die gar nicht mehr an. Die machen dir noch Vorwürfe, wenn du's nicht schaffst, den Einbrecher so lange bei der Stange zu halten, bis sie eintreffen. Denk also dran.«

»Danke«, sagte Charlotte. »Werd ich.«

Gegen fünf Uhr früh erwachte sie ruckartig, ohne sich danach an ein Geräusch zu erinnern. Ihre Kammer war angefüllt mit Mondlicht, als hätte es einer säckeweise hereingeschüttet. Sie setzte sich auf. Es war fast taghell. Und kalt. Das kleine Fensterchen in der klobigen alten Mühlenwand trug ein Oval aus Eisblumen, in dessen Mitte stand der Mond und sah aus, als wollte er geradewegs zu Charlotte ins Bett springen. Sie blinzelte, fröstelte, zog sich die Decke um die Schultern und lauschte. Zuvor hatte sie noch nie Angst in ihrem Haus gehabt. Im Gegenteil: Die Einsamkeit des Tals war ihr stabiler vorgekommen als alles, was sie aus den Trümmern ihrer Ehe hatte retten können. Doch jenes Gefühl verblasste mit dem Schmerz. Lebte sie weiter, ließ sie die Trauer fahren, dann verlor sie auch deren Schutz. Nun lag sie plötzlich allein in diesem fremden Zimmer in einer fremden Gegend und konnte sich kaum erklären, was sie hergeführt hatte. Um sie herum materialisierten sich Dinge, die zuvor nur der Bewältigung ihrer Scheidung gedient hatten: Ein Haus. Ein Bett. Eine Kammer mit Mondschein. Und da: War da nicht ein Schritt, auf dem Kies draußen? Klirrte da nicht ein Fensterglas? Was hatte dieses Rauschen zu bedeuten? Charlotte spitzte die Ohren und schloss die Augen und lauschte und lauschte: Da war nichts. Sie hörte nichts mehr. Klirren und Knirschen waren normale Wald- und Mühlengeräusche, und das Rauschen erzeugten der Bach und ihr eigenes Blut. Sie sank in die Kissen zurück und dachte an den Brunnen. Ein eingewachsenes baufälliges Ding. Die Kratzer an der Eisenplatte aber, die waren sehr grob gewesen. Und zielgerichtet. Tief. Da hatte jemand gewaltsam und erfolgreich ein festes Schloss geknackt. Charlotte dachte an ihre verzogene Küchentür und schauderte. Gleich morgen würde sie den Schlosser anrufen. Und vielleicht auch die Polizei.

Ein paar Stunden später, als der Mond längst von einer gelblichen Wintersonne überstrahlt wurde und sich in den Waldtälern der Haardt zarte Nebel hoben, hatte Kriminalkommissarin Bettina Boll in Ludwigshafen ihre erste richtige Begegnung mit der Boulevardpresse.

Wie immer nicht gerade pünktlich, strebte sie rasch dem Polizeigebäude zu, froh, einen Parkplatz in der Nähe des Eingangs ergattert zu haben. Ihr Atem dampfte, den Anorak trug sie über die Schulter geworfen, ihr Schal war verknoddelt, und da sie keine Handtasche besaß (es sei denn, man zählte ihren Taunus mit), trug sie ihren ganzen Kram in den Händen: ihren Autoschlüssel, ihr Handy, einen Müsliriegel, eine bunte Kindermütze, die eigentlich in Sammys Rucksack gehörte, und außerdem eine Tasse, die für den Kollegen Willenbacher bestimmt war. Diese Tasse war mit einem kleinen Regenbogen und einem schon recht verblassten *Greenpeace*-Schriftzug bedruckt, was aber nicht unbedingt als politisches Statement gedacht war, jedenfalls nicht heute. Bettina hatte das Geschirr aufgrund von Form und Größe ausgesucht, es war einer dieser dickwandigen und besonders hohen Becher, die Willenbacher so mochte. Dies aber nachträglich den Lesern der *Bild*-Zeitung klarzumachen, wäre wohl echt zu viel verlangt gewesen. Und es muss auch gesagt werden, dass Bettina Bolls Erscheinung insgesamt etwas Stimmiges hatte. Ihre chaotische Eile, die nachlässig in den Kragen gestopften roten Haare und ihr bunter Schal über den khakifarbenen Waldklamotten ließen sie tatsächlich aussehen, wie man sich die Bewohner einer linken Kommune so vorstellt, falls es die überhaupt noch gibt. Ein *Greenpeace*-Becher dazu war jedenfalls nur logisch. Und da sie ihn hielt, als sei er gefüllt, verlieh er ihr außerdem eine gewisse Werktätigenpose. Später auf dem Foto sah sie aus, als spräche sie von einem Arbeitsplatz aus, von einem sonnigen Linke-Chaoten-Freiluftarbeitsplatz. All das jedoch wäre vielleicht bedeutungslos geblieben, hätte die Kindermütze in Frau Bolls Händen nicht zufällig regenbogenfarbene Ringel besessen und damit das Dekor der Tasse aufgenommen. Das kleine geknautschte Kleidungsstück wirkte zusammen mit der Tasse wie ein bewusst in die Linse des Fotografen gehaltenes Glaubensbekenntnis. Denn dies ist nun mal das Schicksal einer jeden Sache ohne erkennbaren Sinn: Man trägt ihr von sich aus einen an. Und zwar den nächsten besten, vom Auge des Betrachters aus gesehen.

In dem Moment aber hatte Bettina nicht mal wirklich erkannt, dass sie abgelichtet worden war. Es ging einfach zu schnell. Da erhob sich ein Mann im schmuddeligen Parka von einem Straßenpoller, sie eilte an ihm vorüber, er musterte sie und rief ihr hinterher: »Frau Boll?«

Sie drehte sich um, es klickte – und dann nahm der Mann seine Kamera und hängte sie so achtlos über die Schulter, dass man sie inklusive des bereits gemachten Fotos fast vergaß.

»Was wollen Sie? Wer sind Sie?«, fragte Bettina irritiert.

»Steinweicher. Presse«, sagte der Mann. Er war breit, um die fünfzig, mit lichtem und etwas wirrem Haar, und hatte selbst etwas Chaotisches, das ihn – zumindest für Bettina – vage sympathisch machte. »Sie sind die Hauptkommissarin«, sagte er lächelnd und sah ihr gerade in die Augen wie ein Straßenmagier.

Bettina schüttelte den Kopf. Das »Haupt« stimmte nicht. »Ich hab's eilig«, antwortete sie entschuldigend und lief weiter.

»Sie haben diesen Kunstfall in Lautringen gelöst«, rief er ihr nach. »Das war gute Arbeit!«

Bettina blieb stehen, obwohl sie irgendwie ahnte, dass das ein Fehler war. »Woher wissen Sie das?«

Der Mann kam nach. »Ich bitte Sie«, schmeichelte er, ohne dass es sich nach Schmeichelei anhörte. »Das ist doch bekannt.«

Sie sah ihn stirnrunzelnd an.

Er grinste. »Jetzt suchen Sie die Vermisste Kirchheimer. Stimmt es, dass sie tot ist? Sie haben die Frau gefunden. In einem Schweinegehege.«

»Nein«, sagte Bettina. »Bitte wenden Sie sich an unsere Pressestelle. Die werden sich Zeit für Sie nehmen.« Damit nahm sie ihren Weg wieder auf. Der Reporter folgte ihr.

»Stimmt's, dass die NPP in den Fall verwickelt ist?«, fragte er verschwörerisch.

Bettina schüttelte den Kopf und schritt schneller aus.

»Darf ich das als Zustimmung werten?«

Bettina sah ihn an und öffnete den Mund.

Er feuerte sofort nach: »Haben Sie auch das Gefühl, dass sich in der Vorderpfalz eine neue Rechte formiert? Stimmt das Gerücht von der national befreiten Zone im Wald bei Bad Dürkheim?« Sein Schritt passte sich ihrem rasch an. Er kümmerte sich nicht um Bettinas abweisende Haltung. »Was halten Sie persönlich von der Arbeit der NPP, Frau Boll? Bringen Sie Ihre politische Orientierung in die Aufklärung dieses Falls mit ein? Arbeiten Sie mit dem Verfassungsschutz zusammen? Glauben Sie an Überfremdung –«

Hier nun erreichte Bettina die Eingangstür. Nicht, dass die den Reporter irgendwie abgeschreckt hätte, dies war ein öffentliches Gebäude, und er kannte seine Rechte und folgte ihr auch dorthin. Doch der Akt des Öffnens unterbrach seinen Redefluss. Und drinnen steuerte Bettina sofort den Empfang an.

»Morgen, Herr Schultz, bitte begleiten Sie diesen Herrn«, sagte sie zu dem Uniformierten, der dort postiert war und der jung und kräftig aussah, nicht zu jung und ausreichend kräftig.

Schultz blickte auf – er mochte Bettina – und hielt sich nicht mal mit einem Gruß auf. »Wohin?«

»Nach draußen.«

Schultz erhob sich drohend.

Steinweicher aber lächelte Bettina freundlich zu und sagte im Ton eines Siegers: »Vielen Dank für Ihre informativen Auskünfte, Frau Boll. Bis bald.«

Damit schritt er beschwingt zur Tür hinaus. Der junge Kollege sah Bettina fragend an, doch die zuckte nur die Achseln und hastete zum Aufzug.

Oben fand sie dann die Idee mit dem Verfassungsschutz gar nicht so schlecht. »Wir sollten uns erkundigen, ob da was vorliegt«, sagte sie zu Willenbacher und warf den ganzen Kram, den sie mitgeschleppt hatte, erst mal auf ihren Schreibtisch. »Ich glaube zwar nicht, dass die Rechten was mit unseren Wildschweinen zu tun haben, aber wir werden mit ihnen reden müssen. Ein bisschen Munition wäre da gut.«

Willenbacher schüttelte den Kopf. »Ich hab den aktuellen Bericht gelesen. Wir haben immer noch unsere fünfzig gewaltbereiten Neonazis in Rheinland-Pfalz, aber in dem Tal bei Dürkheim sind die nie in Erscheinung getreten.« Er zuckte die Achseln. »Willst du wirklich eine Rasterfahndung bei allen hiesigen Kameradschaften, nur weil eine einzelne Rechte in der Nähe von unserem Tatort ein Spekulationsobjekt aufgetan hat? Mehr ist das *Kehrdichannichts* nämlich nicht. Genau wie die Achtkapp gesagt hat. Ich hab mich eben schlaugemacht.«

»Trotzdem müssen wir mit denen sprechen, Will. Mehr will ich doch gar nicht. Keine Haussuchungen oder Vorladungen. Nur sprechen.«

»Halleluja. Bolle. Die NPP hat da im Wald nicht eine einzige Veranstaltung abgehalten. Das *Kehrdichannichts* liegt viel zu weit in der Pampa. Und auch nicht in unmittelbarer Nachbarschaft zum *Wilden Mann* übrigens. Das kommt uns nur so vor, weil das Tal so dünn besiedelt ist.«

»Immerhin gab es eine Demo gegen den Verkauf und davor irgendwelche Kundgebungen von den Rechten. Da ist eine Virulenz in der Gegend. Da muss doch irgendwas vorgefallen sein.«

Willenbacher schüttelte den Kopf. »Dürkheim, Bolle. Warst du da schon mal? Ich meine, so richtig?«

»Na ja –«

»Dort gibt's nicht mal 'ne Unterführung. Das ist eine supersaubere Kurstadt. Ganz viele reiche Leute. Winzer. Wanderer. Reben zwischen den Fachwerkhäusern. Die haben keine Graffiti an ihren Bauruinen, die haben kaum einen nennenswerten Bahnhof.«

»Aber ein Casino«, sagte Bettina.

»Wir suchen keinen Heiratsschwindler.«

»Brennen da nicht zuweilen öffentliche Gebäude ab?«

»Das hat doch mit uns nix zu tun.«

»Es ist nichts passiert?« Bettina konnte es nicht glauben.

»Nicht mal eine ausgetretene Laterne. Es war so: Die Thorwald hat das *Kehrdichannichts* im Sommer gekauft und ganz still zwei Monate abgewartet, in denen die Dürkheimer noch ihr Vorkaufsrecht hätten nutzen können. Dann gab es eine genehmigte Mahnwache der NPP im September. Dort ist die Dame aufgetreten, hat den Kauf bekannt gegeben und ihre Pläne verkündet. Die Kundgebung war übrigens sehr schlecht besucht. Höchstens zwanzig Mann. Geordnet. Junges Gemüse aus der Region, mit drei oder vier alten Kämpen vom Aktionsbüro Rhein-Neckar, aber passiert ist gar nichts. Die Info vom Verkauf des Forsthauses hat sich dann eine Zeit lang gesetzt, und darauf haben die Ortsverbände der anderen Parteien eine Demo organisiert. Rein bürgerlich. Keine Antifa, kein schwarzer Block, nichts. Nur SPD, Grüne, sogar die CDU war dabei. Und noch ein paar Kirchengruppen. Das Ganze fand in Dürkheim vorm Rathaus statt. Im November. Als die Weinfeste rum waren.«

Bettina blickte ihren Kollegen scharf an.

Der zuckte die Achseln. »Die haben da vernünftige Prioritäten, wenn du mich fragst.«

»Was ist mit der Käuferin? Dieser Thorwald? Du kannst sagen, was du willst, aber das klingt wie ein Pseudonym.«

»Der Name ist echt«, widersprach Willenbacher. »Sie ist eine ziemlich junge Frau. Unter dreißig. Hat nix Gescheites gelernt, ist aber Geschäftsführerin von mehreren komischen Firmen, lebt vom Handel mit maroden Denkmälern. In den neuen Bundesländern hat sie ein, zwei echt große Deals gemacht. Sie hat baufällige Schlösser gekauft.«

»Und?«

»Und dann hat sie den Gemeinden ihre Gesinnung gebeichtet und ihre Freunde vorgestellt. Genau wie in unserem Fall.

Da haben sich die Bürgermeister fürchterlich erschrocken und spontan geklagt. Darauf hat sie gehofft. Denn die Kläger mussten sich dann auf teure Vergleiche einlassen. Wegen Verfahrensfehlern und weil wir hier eine Demokratie sind und man so eine nicht einfach rausklagen kann, nur weil sie mit einer legalen Partei sympathisiert.«

Bettina rieb sich die Stirn. »Haben wir irgendwas gegen sie?«

»Nein.«

»Wo wohnt sie?«

»In Frankfurt.«

»Wie die Vermisste.«

»Und mehr als eine halbe Million andere Menschen.«

»Die sich aber nicht alle zufällig am selben Wochenende in diesem Tal getroffen haben.«

»Ob sie sich getroffen haben, wissen wir doch gar nicht.«

»Sollten wir aber«, sagte Bettina.

Willenbacher verzog den Mund. »Danke, lieber Herr Kollege, dass du unsere gemeinsame Arbeit erledigst«, sagte er. »Danke, dass du recherchierst und Kaffee kochst und mir Geld leihst und Brötchen mitbringst und meine Zigaretten findest und zu mir bist wie eine Mutter ohne Brust. – Ich bin seit anderthalb Stunden da. Ich hab dich bei der Morgenbesprechung entschuldigt. Und ich habe diesen Herrn Franz vom Weingut Achtkapp angerufen.« Er betrachtete Bettina mit verschränkten Armen.

»Haben wir die Adressen?«

»Er hat sie gefaxt. Ich hab den Schied drangesetzt. Er überprüft die Leute. Und die Vermisstenkartei hab ich auch noch mal durchgesehen.«

Bettina lächelte.

»Da ist nichts Brauchbares«, murrte Willenbacher. »Jedenfalls nicht in der Gegend um Bad Dürkheim. Es sei denn, wir gingen Jahre zurück.«

»Du bist fleißig.«

»Ich weiß.«

»Und darum hab ich ein Geschenk für dich.« Sie kramte den

Haufen auf ihrem Schreibtisch nochmals gründlich durch, zog den *Greenpeace*-Becher hervor und stellte ihn Willenbacher vor die Nase.

»Hey«, sagte der etwas weniger misslaunig.

»Neu isser nicht«, sagte Bettina. »Bei mir stand er bloß rum. Ich hab noch Barbas ganzes altes Geschirr.«

»Danke.« Willenbacher wog das Geschenk in der Hand. »Gute Form.« Er betrachtete die Aufschrift und grinste. »Hättest du das nicht übermalen können, Bolle? Wenn der Härting das sieht, dann ist Polen aber offen.«

Und nicht mal Bettina, die ja doch gewarnt war, ahnte, wie prophetisch dieser Ausspruch des Kollegen tatsächlich war.

* * *

Charlottes Tochter Nini war fort, zur Schule. Trotz des Eises auf den Straßen war der Schulbus pünktlich gewesen. Das war er immer. Charlotte hatte ein recht mulmiges Gefühl beim Gedanken an einen pflichtversessenen Busfahrer, der bei dieser Glätte seinen Fahrplan einhielt. Andererseits waren die Verhältnisse nie ideal, und wenn man hier mit Ausnahmen anfinge, könnte man den Linienverkehr durchs Tal gleich ganz einstellen.

Zur Ablenkung goss Charlotte sich noch einen Kaffee ein und betrachtete traurig ihre windschiefe Küchentür. Die war ein Schmuckstück, mit tiefblauen geschliffenen Glaseinsätzen und einem klobigen geschnitzten Rahmen. Leider hatte die Feuchtigkeit, die über den angrenzenden Garten hochkroch, das Ding über die Jahrzehnte total verzogen. Es sah höchst charmant aus, musste aber umgehend geändert werden. Sie seufzte innerlich. Den Schlosser konnte sie sich sparen. Hier musste die ganze Tür ausgetauscht werden. Mitsamt der feuchten Wand vermutlich. Und den Fenstern. Und dem urigen Fliesenboden. Und –

Ein lautes Klopfen an der Vordertür riss Charlotte aus ihren Überlegungen. Sie war fast dankbar dafür, obwohl sie es lieber gehabt hätte, wenn die Leute ihre Klingel benutzten. Niemand in diesem Tal machte das, die meisten hatten nicht mal eine, wofür auch? Klingeln war viel zu unpersönlich. Wieder ein Klopfen, hart und ungeduldig. Trödeln durfte man auch nicht. »Komme!«, brüllte Charlotte so laut sie konnte. Das hätte sie in Wiesbaden nie getan.

»Post«, sagte Marlene Schwarz, ihre Nachbarin von gegenüber, und drückte Charlotte eine große warme Schüssel in die Hand. Charlotte wich folgsam etwas zurück; sie und Marlene hatten ihr Ritual: Wenn die Wirtin des *Sonnenhofs* etwas zu Essen vorbeibrachte, durfte sie hereinkommen und reden. Nicht, dass Charlotte besonders scharf auf ungebetene Essenspenden gewesen wäre. Oder Marlene irgendwie hätte aufhalten können. Es war nur so, dass Marlene fand, dass es sich auf die Art gehörte, und deswegen wurde es so gemacht.

Charlotte hob den Teller, der die Schüssel bedeckte. Und lächelte. »Mhmm – Dampfnudeln!«

»Na ja, es ist Dienstag«, sagte Marlene mit einem verlegenen kleinen Grinsen, das so gar nicht zu ihrem resoluten Auftreten passte. Sie war so bunt wie ein Kindergeburtstag, neongelb eingefasste Gesundheitsschlappen mit dicken knallblauen Socken, sieben Achtel lange Jeans, ein riesiges hummerrotes Sweatshirt mit rosa Herzchen und Engelchen drauf und eine weiße Schürze, darüber eine pinkfarbene Skijacke und schwarze Haare mit einer breiten lila Strähne drin. Und über alledem das unsichere Lächeln.

»Komm rein«, sagte Charlotte unnötigerweise. Marlene stand schon in der Halle. Wie immer sah sie sich neugierig in dem großen Raum um.

»Ich will so leben wie du«, sagte sie. Das sagte sie jedes Mal.

»Du würdest es hier keine fünf Minuten aushalten«, erwiderte Charlotte nüchtern. Sie stellte die Schüssel mit den Dampfnudeln auf den Flügel. »Danke sehr.«

»Gerne.« Marlene betrachtete das lange informelle Gemälde an der Wand. »Ich würd's mir ein bisschen aufbrezeln, nichts für ungut, nicht so viel leere Wand und dafür Bilder, wo was drauf ist.« Sie dachte einen Moment nach. »Und vielleicht eine bequeme Couch. Aber ansonsten – das kannst du mir glauben, dass ich es aushalten würde ohne die Bude da drüben.« Sie machte eine verächtliche Bewegung in Richtung *Sonnenhof*, der diese Abwertung eigentlich nicht verdiente, was immer auch die Männer im *Dolce Vita* sagten. Er war ein gemütliches und riesiges Ausflugslokal mit Gott weiß wie vielen Angestellten, und Marlene leitete das Ganze überaus erfolgreich. Nun gab sie Charlotte einige Briefe. »Aus Baden-Baden«, sagte sie etwas mokant. Damit gleich klar war, welcher sie interessierte.

»Oh«, machte Charlotte und sah den Stapel durch. Das war auch so eine Sache. Dass es dem Postboten nicht beizubringen war, ihre Briefe in ihren Briefkasten zu werfen. Er versah seinen Dienst nun seit zwanzig Jahren und hielt traditionell nur auf der anderen Straßenseite. Dort gab er alles ab, was er als zu diesem Talstück gehörig betrachtete. Womit Marlene obendrein die natürliche Herrin über alle Post in der Nachbarschaft war und gegebenenfalls Rechenschaft verlangte. Wenn auch mit Dampfnudeln versüßt.

Der schneeweiße Brief aus Baden-Baden war großformatig und mit einem geprägten Wappen versehen. Tatsächlich sah er aus wie eine Einladung zum Dornröschenball. Charlotte warf ihn achtlos auf den Flügel neben die Schüssel, nur um ihre Nachbarin etwas zu ärgern, und blätterte weiter in den Umschlägen.

»Wieder Aktionärspost?«, mutmaßte Marlene. Sie versuchte noch nicht einmal, unbeteiligt oder gar desinteressiert zu wirken. Das hübsche Couvert hatte sie fest im Blick.

»Nein.« Rechnungen, Bettelbriefe, Werbung, mehr war es nicht. Eine Sendung an ihre Nachbarin Frau Baring lag auch dazwischen. Charlotte hielt sie hoch. »Das ist nicht für mich.«

»Ach! Ein Versehen«, erklärte Marlene scheinheilig, ohne die geringsten Anstalten, den Brief zurückzunehmen. Dessen Zustellung war jetzt Charlottes Problem. Auch so eine Regel.

Charlotte feuerte den Wisch neben den weißen Umschlag auf den Flügel. Ihre Nachbarin bewegte sich langsam darauf zu.

»Sieht sehr nobel aus. Hast du deinen Stammbaum machen lassen oder was? Guck dir das Papier an.« Sanft berührte Marlene das dicke Material. »Wie sich das anfühlt.«

Charlotte ließ ihre Post sinken. Kurz schoss ihr die Frage durch den Kopf, was Marlene sich unter »Stammbaum machen lassen« wohl vorstellte. Eine Art genealogische Maniküre? Einmal Aufpolieren von Wappen und Flagge bitte und dann hätten wir gern bei den Großonkeln ein paar Rufnamensänderungen, nicht ganz so martialisch, wenn Sie verstehen, aber unauffällig natürlich, und den Adolf streichen wir am besten ganz, der war bloß adoptiert und hat eh nichts als Ärger gebracht. »Komm, ich zeig's dir«, sagte sie ergeben. »Es ist ein Katalog.« Sie riss das weiche Couvert auf und holte mehrere gebundene Büchlein heraus.

Das dickste nahm ihr Marlene sofort aus der Hand. Es war in schneeweißes Bütten gebunden und mit Wappen geprägt, und drinnen waren wunderschöne hochglänzende Bilder. »Rittersporn«, las sie mühsam, sie hatte ihre Brille nicht mit. »Was ist das?«

»Der Katalog von einem Blumenversandhaus.«

»Das ist ein Buch«, widersprach Marlene, und wie sie das sagte, rührte Charlotte.

»Er ist schön aufgemacht«, gab sie zu.

»So was kriegt nicht jeder, was?« Marlene hatte ihre Stirn in Falten gelegt. »Ein High-Society-Blumenkatalog. Keine Preise natürlich.«

Verlegen zog Charlotte die schmale Preisliste aus den verschiedenen Papieren. Dabei entdeckte Marlene den beigelegten Gutschein für einen Wellnessnachmittag in irgendeiner Nobeltherme.

»Erleben Sie bei Ihrem nächsten Aufenthalt in Baden-Baden unseren neueröffneten Hammam und lassen Sie sich von unseren diplomierten Bademeistern in den Zauber des Orients entführen«, entzifferte sie. »Für treue De-Schutter-Kundinnen selbstverständlich gratis.« Anklagend hielt sie Charlotte die goldgefasste Karte vor. »Wie machst du das?« Und ein bisschen sah sie so aus, als würde sie sich die weit schmächtigere Charlotte zur Not schnappen, sie aufschneiden und selbst nachsehen, wenn die es nicht verriet.

»Ich hatte in Wiesbaden einen schönen Garten«, sagte Charlotte. Es gab Dinge, die verblassten nicht. Wenn man sie aber auch ständig daran erinnerte. Wenn man sie die Einladungen zum Dornröschenball einfach nicht wegschmeißen ließ. »Und dieser Blumenhändler hat ein gutes Sortiment.«

»Klar«, sagte Marlene mit hochgezogenen Augenbrauen.

»Er macht auf elitär, das stimmt, aber die haben einfach tolle Pflanzen. Sachen, die man nicht im Baumarkt kriegt.«

Den letzten Satz bereute Charlotte sofort, denn Marlene bezog den reichen Flor für ihre Terrassen und Fensterbänke garantiert dorther. Ihre Schultern in der pinkfarbenen Skijacke sanken herab, sie sah Charlotte direkt ins Gesicht. Ihr kräftiges braunes Kinn bewegte sich.

»Du kannst das alles gern mitnehmen«, bot Charlotte schnell an. »Ich kaufe dort schon seit Jahren nichts mehr.«

»Wieso nicht?«, wollte Marlene sofort wissen.

Charlotte zuckte die Achseln und wies vage zum Fenster. »Zu dunkel, zu kalt, zu nass. Bachgrundstück.«

»Ihr habt einen Park.« Marlene klang vorwurfsvoll. Aber den Katalog ließ sie sich nicht zweimal anbieten. Sie packte sogar das Umschlagpapier obendrauf. »Danke.«

»Keine Ursache.«

»Teures Zeug, hm?«

»Vielleicht findest du ja was, das dich begeistert.«

Innerlich bezweifelte Charlotte das. Marlene war viel zu sehr Geschäftsfrau, um ihre Kübel mit seltenen Gewächsen zu bepflanzen, die sie womöglich nicht mal über den Winter brachte. Der Katalog an sich war es, der sie bezauberte. Und nun, da sie ihre Beute hatte, verabschiedete sie sich schnell.

»Also dann, ich muss wieder rüber.« Doch an der Tür wandte sie sich noch mal zurück und hielt Charlotte den Gutschein hin. »Hier, dein Badenachmittag.«

»Behalt ihn«, bat Charlotte.

Marlene lächelte halb sehnsüchtig, halb unaufrichtig. »Nein, das kann ich doch nicht –«

»Sag mal«, unterbrach Charlotte, die wusste, dass Marlene niemals ohne den Gutschein das Haus verlassen würde, »hast du das auch gehört? Dass die Polizei noch mal da war und oben beim *Wilden Mann* eine Leiche gefunden hat?«

»Einen alten Knochen«, sagte Marlene wegwerfend. Selbstverständlich war sie unterrichtet. Sie war seit sechs Uhr morgens unter Leuten.

»Einen Menschenknochen.«

Die Nachbarin schnaubte. »Das ist noch nicht raus. Wir hatten auch mal Wildsäue. Die fressen sich gegenseitig. Diese Polizisten, das sind alles Städter, die kennen das nicht.«

Charlotte blickte ihre Nachbarin ernst an.

»Na ja, wer soll es denn sein?«, begehrte die auf. »Wir vermissen doch niemanden. – Vielleicht mit Ausnahme von meinem aufsässigen Koch, aber das ist eine andere Geschichte.« Sie beugte sich vor. »Ich hab noch nichts Offizielles gehört. Und vorher will ich davon gar nichts wissen. Wir wären ja blöd, so ein Gerücht selbst zu verbreiten. Glaubst du, da kommt noch irgendein Gast zu uns, wenn hier im Wald Leichen gefunden werden?«

»Aber es ist doch unheimlich«, sagte Charlotte. »Bist du gar nicht beunruhigt?«

»Nein«, sagte Marlene stur.

»Hat bei dir schon mal einer eingebrochen?«

»Ja.«

»Wann war das?«

»Ach, vor ein paar Jahren.« Zerstreut blickte Marlene den Gutschein in ihrer Hand an. »Am helllichten Tag sogar. Unser Ruhetag. Die haben geglaubt, es wäre trotzdem was in der Kasse.«

»Und was hast du gemacht?«

»Die Polizei gerufen.«

»Sind sie schnell gekommen?«

Marlene überlegte. »Ja«, sagte sie.

Charlotte atmete auf. »Sieglinde hat gesagt, sie brauchen ewig«, erklärte sie.

»Die Charcutier?«, fragte Marlene abfällig. »Die ist doch …«, sie tippte sich an die Stirn und schien nach dem passenden Wort zu suchen, »Vegetarierin.«

Nun starrte Charlotte ihrerseits die Nachbarin an. »Wie lange hat es denn gedauert?«, fragte sie nur.

»Was?«

»Bis die Polizei da war.«

»So anderthalb Stunden.«

»Das nennst du schnell?!«

Marlene zuckte die Achseln. »Es war Wurstmarkt. Da haben die anderes zu tun. Und es ist ja nichts weiter passiert.« Sie verstaute den Gutschein in ihrem Portemonnaie. »Also dann. Und vielen Dank.«

Als Marlene fort war, fühlte Charlotte sich kribbelig. Sie rückte eine kleine Kommode unter die Klinke ihrer Küchentür, aber das war keine befriedigende Lösung. Sie rief einen Schreiner an und vereinbarte mit ihm einen Termin für ein Aufmaß – im März. Dann war sie wieder allein mit ihren unruhigen Gedanken. Sollte sie die Polizei verständigen und von dem aufgebrochenen Brunnen erzählen? Aber was, wenn es wirklich eine harmlose Erklärung dafür gab, oder am Ende sogar eine peinliche? Wenn Toni dort tatsächlich Müll hineinwarf? Dann hätte sie ruckzuck das ganze Tal zum Feind. Sie beschloss, einen Spaziergang zu machen und noch mal darüber nachzudenken. Sie konnte ja den Brief, den Marlene ihr untergeschoben hatte, ausnahmsweise wirklich zum *Nisselhof* bringen. Gewöhnlich rief sie in solchen Fällen bei der Post an und beschwerte sich, was dann zur Folge hatte, dass irgendein genervter Subalterner vom *Sonnenhof* bei ihr vorbeischaute, das Teil einsammelte und es vermutlich verbrannte. Marlene selbst jedenfalls verlor nie ein Wort darüber. Auch so ein Rätsel in diesem Tal.

Eine Weile tigerte Charlotte dann vor ihrer Garderobe herum und zog endlich die hübsche Lederjacke an. Die war eigentlich nicht warm genug, stand ihr aber besonders gut. Und passte vor allem zu dem Make-up, das sie morgens aufgelegt hatte. Zum ersten Mal seit langer Zeit an einem normalen Wochentag. Denn der Abend zuvor, so merkwürdig er gewesen sein mochte, hatte sie doch ziemlich aufgemuntert: Der Mann, der mit ihr geflirtet hatte, war mindestens zehn Jahre jünger als sie. Das war allein schon ein Kompliment. Bela. Ein netter Zufall, dass sie gerade jetzt Post für seine Mutter hatte und zum *Nisselhof* musste, wo er vielleicht sogar selbst wohnte. Das, dachte Charlotte frohgemut, als sie hinaus in die Winterluft trat, war bestimmt ein Omen.

* * *

Etwa zur gleichen Zeit, als Charlotte ihren Spaziergang begann, kurvten Bettina Boll und der kleine Willenbacher die Straße hoch zum *Wilden Mann*. Wo Schulbusse fuhren, da fuhren auch Polizisten, egal wie glatt es war. Und richtig standen auf dem Parkplatz bereits mehrere grüne Fahrzeuge neben dem des Försters. Auch Förster fuhren bei Glatteis, die fuhren noch bei ganz anderem Wetter, so jedenfalls sah das Auto aus. Es war ein von oben bis unten schlammverspritzter dunkler Jeep, einer von diesen, bei denen man einfach alles aushängen konnte. Was im Winter vielleicht ein bisschen zugig war, aber der Mann, der im Kofferraum des Wagens kramte, wirkte nicht, als legte er Wert auf eine Standheizung. Er sah gut aus, groß, schlank, mit Jägeraugen. Augen, die sahen, wann Zeit zum Abdrücken war. Ein Mann mit tarnfarbenen Klamotten und festem Händedruck.

»Morgen. Wingerter. Schweine«, sagte er zur Begrüßung. »Die Wölfe der aufgeräumten Wälder.« Er hob ein Paar Gummistiefel in die Höhe und fragte die frierende Bettina: »Gehen wir rein?«

»Leider ja«, sagte die. »Wir brauchen ein Statement zu den Fressgewohnheiten der Tiere. Von wegen Wölfe. Wir müssen die Funde durchgehen.«

Er blickte sie an. »Fressgewohnheiten.«

»Na ja, oder wie Sie's halt nennen wollen.«

»Es ist nicht die Gewohnheit von Schweinen, Menschen zu fressen«, sagte Wingerter streng.

Bettina seufzte innerlich, auf Wortklaubereien am Morgen hatte sie überhaupt keine Lust. »Ich weiß, es ist umgekehrt«, sagte sie verbindlich. »Es geht uns nur um die Frage, wie die einzelnen Knochen an ihre Fundorte gelangt sind. Beziehungsweise was mit denen passiert ist, die noch fehlen.«

Wingerter hatte sich auf die Kante seines Kofferraums gesetzt und löste seine Schnürsenkel. »Ich dachte, es wäre nur ein Hüftbein?«

»Gestern sind noch eine paar kleine dazugekommen.« Sie sah ihm zu, wie er seine Gummistiefel anzog, und fror in ihren eigenen, war aber trotzdem heilfroh, sie zu haben. Dann stiegen sie ins Gehege, wo schon einige Kollegen und zwei Hunde zugange waren. Die Schweine quiekten ungeduldig in ihrem Pferch.

»Sie wollten sie nicht erschießen lassen?«, fragte Wingerter mit leichtem Vorwurf in der Stimme.

»Wieso sollten wir?« Bettina war ehrlich überrascht.

»Das ist Vorschrift. Sie sind Menschenfresser. Allein um die Mägen zu sichten.«

»So wie der Knochen aussieht, glaube ich nicht, dass wir in den Mägen noch was finden würden.«

Wingerter zuckte die Achseln. Heulsuse, sagte sein verächtlicher Blick. Und: Ist ja dein Fall, du – Frau. Willenbacher beachtete er gar nicht. Dass der rangniederer war, hatte er sofort erfasst, so wie er vermutlich auch spontan eine korrekte Familienaufstellung der Wildschweinrotte hätte vornehmen können, ungeachtet der Tatsache, dass er eben so selbstverständlich für deren Schlachtung plädiert hatte. Er sah aus wie einer, der sich in Hierarchien auskannte. Vermutlich war er beliebt bei Hunden. Bettina hinwiederum gehörte eindeutig mehr zum Katzentyp. Aber sie schaffte es, sich zu arrangieren und zu arbeiten. Die nächste halbe Stunde ging sie mit dem Förster das gesamte Gehege ab, gründlich, wie es auch seine Art war, und am Ende kamen sie gemeinsam zu einem schlüssigen Ergebnis.

»Sie meinen, es müssten noch mehr sein?«, fragte Bettina, die immer noch zappelte und fror und sich in die Hände pusten musste.

»Ich halte es für ausgeschlossen, dass die Schweine ein ganzes Skelett verschwinden lassen«, sagte Wingerter, dem die Kälte überhaupt nichts auszumachen schien, er trug nicht mal eine gefütterte Jacke. »Aber vielleicht finden Sie ja noch was.«

»Vielleicht«, sagte Bettina, nicht überzeugt. »Das Gröbste haben wir. Nehmen wir mal an, dass die Fundlage so bleibt. Dann müssen wir uns fragen: Wurden nur die Knochen reingeschmissen, die wir gefunden haben, oder hat jemand eine ganze Leiche entsorgt und anschließend die Überreste weggeräumt?«

»Letzteres«, sagte der Förster ohne die Spur eines Zweifels. Er wies ans Ende des Geheges, das sich von ihrem Platz an der Tränke aus gesehen im Wald verlor, dort standen viele Bäume, die mit ein paar alten Stämmen und Ästen am Boden einen schwer einsehbaren Bereich bildeten, eine Art Ruhezone für die Schweine. »Dort hinten, wo Sie die vielen kleinen Knöchelchen gefunden haben, da wurde die Leiche abgelegt. Die Schweine haben etwa drei Tage bis eine Woche lang gefressen, und währenddessen haben sie das Skelett zerstreut. Dann kam jemand und hat aufgeräumt.«

»Nachlässig«, sagte Bettina.

»Ja«, stimmte Wingerter mit gefurchter Stirn zu. So eine Schlamperei würde ihm vermutlich nicht passieren. »Der Körper war nackt«, fügte er plötzlich hinzu.

»Wie können Sie das wissen? Ich dachte, Schweine essen einfach alles.«

Er schüttelte den Kopf. »Kleidung würde die Angelegenheit verzögern. Schweine haben Respekt vor Menschen, daher auch vor deren Kleidung. Die potenziert den Körpergeruch. Das würde handzahme Tiere wie die da fürchterlich irritieren.«

»Was bedeutet?«

»Es bedeutet«, sagte Wingerter, »dass sie doppelt so lange brauchen würden, um überhaupt mit dem Fressen anzufangen.

Wie übrigens auch, wenn es sich um ein Individuum aus ihrem Familienverband handelt. Und ihresgleichen töten würden sie nie. Falls Sie was über Kannibalismus bei Wildschweinen gehört haben: Das ist ein Märchen.«

»Hm«, machte Bettina und fügte an: »Nackt also. Der Mörder wollte es sicher unauffällig erledigt haben.«

»Ein bekleideter Körper wäre riskant«, stimmte Wingerter zu. »Nicht nur, weil er länger liegen und vermutlich mitsamt der sichtbaren Kleidung herumgezerrt werden würde. Sondern auch, weil Teile von ihm übrig bleiben würden. Füße zum Beispiel.«

Bettina blickte verständnislos.

»Wenn sie in Schuhen stecken«, präzisierte er.

»Oh Gott«, sagte Bettina.

»Ich dachte, so was hören Sie jeden Tag«, sagte Wingerter milde.

Bettina rieb sich die Stirn. »Ein Mörder, der aufräumt. Das ist riskant.«

»Für wen?«, fragte der Förster.

»Für ihn. Wer zweimal am Tatort erscheint, hinterlässt doppelt so viele Spuren.«

»Oder verwischt sie«, sagte Wingerter unbeeindruckt.

Bettina sah sich nach Willenbacher um. Der hatte sich längst zu den Kollegen verdrückt. »Jetzt mal was anderes. Weil es bei reinen Knochenfunden so schwierig ist, eine genaue Altersbestimmung zu kriegen, wissen wir noch nicht genau, wie lange die Leiche da liegt.«

»Da kann ich Ihnen auch nicht helfen.«

»Ich weiß«, sagte Bettina gereizt. »Es geht darum, etwa einen archäologischen Fund auszuschließen. Sie kennen sich doch bestimmt mit der Geschichte hier aus. Da gab's mal eine Ritterfehde, oder?«

»Ritterfehde? Davon weiß ich nichts.«

»In diesem – *Kehrdichannichts*. Das ist doch hier ganz in der Nähe, oder? Wurde das nicht wegen einer Fehde gebaut? Hab ich jedenfalls gehört. Stimmt das nicht?«

»Ach so«, sagte Wingerter hochnäsig. »Das meinen Sie. Das war aber keine Ritterfehde.« Das Thema mochte er, man sah es an seinem kleinen Lächeln. Und er mochte es auch, dass Bettina nichts davon wusste. »Das war im achtzehnten Jahrhundert, da war das Mittelalter schon längst rum.«

»Weiter«, sagte Bettina einfach.

»Damals lagen die Leininger Fürsten mit den Pfälzern im Streit, weil die Grenzen hier im Wald nicht geklärt waren. Sie haben sich ein paar Scharmützel geliefert, vor allem aber haben sie gebaut. Erst kleine Holzhütten, dann befestigte Jagdhäuser. Kleine Wachanlagen mitten im Wald.«

»Das *Kehrdichannichts.*«

»Ja, der Name ist vielleicht sogar älter als das Haus. Die Hochebene, auf der es steht, soll schon hundert Jahre früher so geheißen haben. Aber es gibt auch die Legende, dass ein Bediensteter den damaligen Grafen vor den Franzosen gewarnt hat, die im Wald herumschlichen, und da hat er genau das gesagt: Kehr dich an nichts.« Er lächelte. »Es gibt noch mehr davon. Den *Murrmirnichtviel*, das war ein Turm, der ist inzwischen nur noch ein Steinhaufen, den erkennt man bloß, wenn man weiß, wo man hingucken muss. Und dann noch eins, das ist mit dem Auto nicht mehr zu erreichen. Da müssen Sie von hier aus drei, vier Stunden zu Fuß gehen. *Schaudichnichtum.*«

Bettina sah auf ihre Fußspitzen in den dreckigen Gummistiefeln und widerstand der Versuchung, rasch mal über die Schulter zu blicken. Da hätte sie nur kahle Bäume, dampfende Kollegen und ein fahles Haus gesehen. »Heißt das Gebäude?«

Wingerter lauerte sie an und lächelte ein schmales Lächeln, das irgendwie in die Landschaft passte. »Die Ruine. Genau.«

»Hübscher Name für ein Haus mitten im Wald.«

Er zuckte die Schultern. »Den haben die Bauern hier erfunden. Passend zu den beiden anderen.«

»War es eine heftige Fehde?«

»Ich war nicht dabei«, sagte Wingerter. »Jedenfalls waren das keine Schlachten mit großen Verlusten, falls Sie darauf hinauswollen. Die Häuser sind während der Französischen Revolution zerstört worden, wir sind ja nah bei Frankreich. Wir sind hier aber gar nicht in der Gemarkung, um die es ging. Die fängt erst dort hinten Richtung Drachenfels an. Ich kann gern nachher mit Ihnen hinfahren, falls es Sie wirklich interessiert.«

»Gut«, sagte Bettina. »Prima. Das wollten wir uns tatsächlich heute ansehen.«

»He, Bolle!«, brüllte Willenbacher da vom Ende des Geheges aus. »Komm mal her! Das willst du sehen!«

* * *

Charlotte wanderte entlang der überfrorenen Straße durch den stillen Wald. Etwas wehmütig erinnerte sie sich, wie sie zum ersten Mal durch diese Gegend gefahren war und von der Landschaft spontan bezaubert wurde, so sehr, dass sie hier wenig später nach ihrer Scheidung wirklich Zuflucht gesucht hatte. Die impulsive Begeisterung aber war schnell hinter dem Alltag verblasst. Jetzt erst, in der Ruhe des Winters, kehrte sie verhaltener zurück. Es war eben eine leise Zeit. Das schmale Tal wurde von feinen Nebeln durchzogen, und die Straße war heute sehr still, sie schimmerte nur hell und knirschte sanft unter den Schuhsohlen. Vereinzelte Autos krochen im Schritttempo vorüber. Oben auf die Bergspitzen knallte die Sonne wie seit Anbeginn der Zeiten, unten im Winterschatten lagen frostverkrustet Bäume, Bach und der *Nisselhof*.

Dieser besaß ästhetischen Anspruch. Man sah es am umfassenden Weiß des Anwesens. Alte Pferdeställe, ein Glockenturm, Scheunen, das Wohnhaus mit Galerie: Alles war schmal und weiß, weißer noch als der Nebel und der Reif ringsum. Ein bisschen sah es nackt aus, fast anstößig, als hätte irgendwer brutal alles Nichtweiße entfernt und das alte Haus gezwungen, solcherart entblößt für Kundschaft zu sorgen. Charlotte wusste nicht, ob sie das mochte. Es war weit entfernt vom hellen Plastikkitsch des *Sonnenhofs*, aber mindestens ebenso aufdringlich. Sogar die Luft hatte etwas Gewähltes, sie roch ausschließlich nach Wald und Arbeit. Geräusche waren kaum zu hören. Nur der Schimmel auf der Koppel schnaubte ein wenig. Als

Charlotte vorüberging, stieß das Tier ein paar Dampfwolken aus. Selbstverständlich weiße. Es trabte davon, dann war sie allein. Zögernd betrat sie den Platz vor dem Haus und sah sich nach dem Eingang um. Merkwürdig, dass sie in all den Jahren – Jahren! – auch hier noch nie gewesen war. Nach einigem Zögern entschied sie sich für die große Tür am Haupthaus. Diese besaß weder eine Klingel noch einen Briefkastenschlitz, das wäre bei den Gepflogenheiten der Talgemeinschaft auch sinnlos gewesen, vor allem aber hätte es das Grobe, Gemaserte und Honigfarbene des Türblatts gestört, ein Wunder, dass es überhaupt einen Knauf gab. Charlotte klopfte. Laut und ungeduldig, wie sie es von Marlene gelernt hatte. Doch es geschah nichts.

Sie sah sich um: Dort hinten neben der Scheune stand ein großer dunkelblauer Wagen. Auch schien im Haus Licht zu brennen, und der Schornstein rauchte. Es war bestimmt irgendwer da. »Hallo! Post!«, brüllte sie und hämmerte wieder gegen die Tür, doch nichts tat sich. Also schob sie den Brief, den sie zum Vorwand genommen hatte herzukommen, mühsam unter dem engen Schlitz am Boden durch und spazierte zurück nach Hause.

Nun war der Weg anders. Das Eis taute, die Autos fuhren schneller. Und außerdem ließ Charlotte das Gefühl nicht los, dass irgendetwas Weißes sich auf ihre Spur gesetzt hatte und ihr heimlich, hinter den tropfenden Bäumen verborgen, folgte.

* * *

Die Fundstelle war klein, aber nichtsdestoweniger aufregend, es handelte sich um einen flachen Stein von etwa der Größe eines Kopfkissens, der hier im hinteren Bereich des Geheges neben einigen Felsen etwas versteckt im Boden lag. Er war besonders, weil er so glatt und ebenerdig war. Deutliche Spuren wiesen darauf hin, dass er irgendwem als Arbeitsfläche gedient hatte. Die Beamten hatten ihn von Laub befreit, seine Oberfläche gefegt und schwache, aber doch sichtbare Schlagspuren freigelegt. Diese Spuren wirkten auf den ersten Blick wie Kratzer, sie waren lang und sehr schmal. »Von einem Spaten«, sagte Willenbacher, und die beiden Spurensicherer, die nebendran standen, nickten dazu.

»Das haben wir schon sichergestellt«, sagte einer der beiden und öffnete eine Plastiktüte. Darin befand sich ein kleiner Knochen, von Hand oder Fuß vielleicht, dem ein glatt abgehauenes Stück fehlte. »Und noch ein Splitter«, sagte er und hob eine weitere Tüte.

»Hier hat jemand ein Skelett zerkleinert«, sprach Bettina aus, was die anderen dachten. Sie beugte sich über den rötlichen Sandstein und betrachtete die rillenförmigen Schlagspuren genau. »Die Frage ist nur, wann?«

»Richtig frisch sieht es nicht aus«, sagte der Kollege von der Spusi. »Der Stein hat aber noch kein Moos oder Flechten angesetzt, also würde ich sagen, es war nach der letzten Wachstumsperiode.«

»Im Herbst?«

»Ja.«

»Sehen Sie das auch so, Herr Wingerter?«

Der Förster hatte sich etwas abseits gehalten und kam nun heran. »Herbst.« Er nickte.

Bettina betastete den feuchten, rauen Stein, richtete sich auf und hatte plötzlich Kopfschmerzen, trotz der frischen Luft. Es waren eine ganze Menge Schläge gewesen. »Ihr müsst das sieben«, sagte sie den Männern von der Spurensicherung. »Mindestens die vier Quadratmeter hier, am besten alles bis da drüben zu der Buche.«

»Erle«, verbesserte Wingerter automatisch.

»Bis zu den Bäumen dort«, sagte Bettina, rieb sich die Stirn, vermutlich würden sie das ganze Gehege ausbaggern müssen. Doch die Leute sollten erst mal mit dem Wichtigsten anfangen. Sie blickte den Förster an. »Also die Leininger Fürsten können wir, glaube ich, ausschließen.«

Wingerter nickte. Sein Blick war auf den Horizont gerichtet, oder dorthin, wo anderswo, in weniger engem Gelände, ein Horizont gewesen wäre.

»Wer tut so etwas?«, fragte Bettina rasch, da er so nachdenklich aussah.

»Keine Ahnung.«

»Gibt es irgendwen, dem Sie das zutrauen würden?«

»Nein.« Er zuckte die Schultern. »Obwohl ich vermutlich den Täter kenne.«

»An wen denken Sie?«

»An niemand Bestimmtes«, sagte der Förster trocken. »Aber ich kenne alle hier.«

Wenn das ein Witz gewesen sein sollte, dachte Bettina, dann war er mehr aufschlussreich als komisch. Der Förster ging davon aus, dass es ein Einheimischer gewesen war. Welche Meinung Bettina nach diesem Fund teilte. Sie drehte sich von dem unverändert abschätzigen Jägerblick weg und wandte sich an Willenbacher. »Was ist mit dem Spaten? Haben wir den?«

»Nein.«

»Schon im Haus umgesehen?«

»Gemach«, sagte der kleine Kollege. »Bin ja unterwegs.«

* * *

Als Charlotte ihre *Blaumühle* erreichte, stand die Einfahrt voller Autos, da war ihr eigenes, außerdem der Fiat von Maria, der Putzfrau, die einen eigenen Schlüssel zum Haus besaß, und dann parkte da noch ein gedrungener dunkelgrüner Bus, den Charlotte nicht einordnen konnte. Verstohlen spähte sie hinein zu den ziemlich dreckigen Vordersitzen, wo ein offener Pappkarton mit Notenblättern lag. Bela, vermutete sie sofort. War er ihr vom *Nisselhof* aus gefolgt und nun zuvorgekommen? Besaß er so ein Auto? Das schien gar nicht zu dem jungen Mann zu passen, es war so – vernünftig. Und dann auch wieder zu schmutzig. Nein, dachte Charlotte, Bela, der fuhr entweder das geschleckte japanische Ei seiner Mutter oder irgendeinen alten verlotterten Straßenkreuzer mit originalem Siebziger-Jahre-Fuchsschwanz an der Antenne.

Und während sie noch dastand und ungeniert in das fremde Fahrzeug blickte, hörte sie schwach ihre eigene Türglocke.

Jemand drückte tatsächlich mal die Klingel! Die Tür wurde geöffnet, und Maria sagte »Guten Tag« und »Frau Inthoven ist nicht da«, und ein Mann sagte mit verdrießlicher Stimme ebenfalls »Hallo« und sehr viel munterer: »Das macht nichts«, und da fiel Charlotte wieder ein, dass sie ja doch jemanden erwartete, nämlich den Klavierstimmer, Arpp hieß er. Den hatte sie verdrängt.

Als sie eintrat, in ihre Halle, da stand er schon mitten im Raum und spiegelte sich sanft in den feuchten Bodenfliesen. Maria war eben mit dem ersten Wischen fertig.

»Mein Blüthner«, sagte er mit Blick auf den Flügel.

Die Putzfrau neben ihm wrang ihren Lappen aus und blickte fragend zu Charlotte. »Guten Morgen, Frau Inthoven«, grüßte sie.

Arpp fuhr herum.

»Guten Morgen, Maria, hallo, Herr Arpp«, sagte Charlotte.

»Ah«, machte er nur und schaute Charlotte einen Moment lang missmutig an, als sei er der Hausherr und sie der ungebetene Gast, dann stellte er seinen Koffer ab und murmelte irgendwas. Charlotte seufzte innerlich. Wäre sie doch nur eine Stunde später gekommen.

Marias Blick wanderte kurz von dem dicken, angespannten Mann zu ihrer Chefin, dann lächelte sie höflich und etwas hintergründig, nahm den Eimer und sagte: »Ich mache dann erst mal in der Küche weiter.«

»Danke«, erwiderte Charlotte. »So, da ist das Klavier, Herr Arpp, Sie kommen sicher auch ohne mich klar.«

»Immer noch in der Halle«, sagte Arpp vorwurfsvoll und starrte missbilligend die Blumenvase an, die neben dem Telefon auf dem geschlossenen Flügel stand. Zum Glück hatte Maria die Schüssel mit den Dampfnudeln abgeräumt. »Mitten im Zug.«

»Woanders habe ich keinen Platz dafür.«

»Es gibt Leute, die bauen sich Häuser um so ein Instrument herum.«

»Herr Arpp –«

»Dies«, er klappte den Deckel über den Tasten auf und schlug das C an, »ist ein richtig gutes Stück.«

»Ja.«

»Aber Sie spielen nicht darauf.« Nun hatte der grobschlächtige Mann sich ausreichend eingewöhnt, um Charlotte direkt anzublicken. Seine Augen funkelten böse. Er hatte ein breites, irgendwie ramponiert aussehendes Gesicht, vermutlich prügelte er sich regelmäßig mit den Klavierbesitzern hier in der Gegend.

»Doch.«

»Glaub ich nicht.«

Charlotte wünschte, sie hätte diesmal den Mumm gehabt, dem Klavierstimmer einfach abzusagen. Arpp kam einmal im Jahr, man brauchte ihn nicht zu bestellen. *Er* rief an und gewährte Termine. Auf die gleiche ruppige Art, in der er seine Hausbesuche machte. »Meine Tochter spielt jetzt«, sagte sie und bereute es sofort, denn daraufhin nahm Arpp das lose Notenblatt, das zuoberst auf dem Stapel auf der Klavierbank lag, warf einen kurzen Blick darauf und ließ es angeekelt wieder sinken.

»Sie führen *Mamma Mia* in der Schule auf«, erklärte Charlotte kühl. »Nini ist die Pianistin. Sie übt wie verrückt. Ich bin sehr stolz auf sie.«

»Ach herrje«, sagte Arpp. Er setzte sich auf die Klavierbank und schlug das C an. »Mit diesem Flügel hier«, sagte er barsch, »muss man *Musik* machen. Ich habe nur noch zwei vergleichbare.« Damit drückte er sanft das A. Als ob sich das bei ihm anders anhörte als bei Nini. »Eins im Casino, da wird jedes Wochenende gespielt, das andere oben auf der Ludwigshöhe. Das kennen Sie ja. Da sind die Konzerte.«

»Dort war ich noch nie.«

»Nein.« Er starrte sie an.

»Ja.« Einen kurzen, wirklich nur winzigen Augenblick glaubte Charlotte, Arpp werde sie einladen. Das kann doch nicht sein, gute Frau, das müssen wir ändern, wissen Sie was, der Steinway kennt mich, drum lassen die mich immer umsonst rein, und Sie kommen nächstes Mal einfach mit, dann setzen wir uns hinten auf die Treppe am Eingang und hören zu.

Er tat es nicht. Dafür schlug er eine Terz an. Es klang wie ein Tusch. »Man übernimmt eine Verantwortung, wenn man sich so etwas kauft«, sagte er biestig. »Ein Konzertflügel für hunderttausend Euro ist kein Ding, das man sich hinstellt, weil es zufällig in *Schöner Wohnen* abgebildet war.«

Das war zu viel. »Der Flügel ist ein Erbstück. Er gehörte meiner Mutter«, sagte Charlotte erbost.

»Dann behandeln Sie ihn besser. Bringen Sie ihn raus aus dem Zug. In Ihr Wohnzimmer, aber nicht in die Sonne. Und nicht neben eine Heizung. Ach ja, und stellen Sie keine Blumenvasen mehr drauf. Die fallen um.« Arpp erhob sich, räumte Vase und Telefon ab und reichte beides der im Moment leider ziemlich sprachlosen Charlotte. »Und gehen Sie mal mit Ihrer Tochter in ein Konzert.«

Damit war sie entlassen. Der Klavierstimmer öffnete den Schallkasten, fixierte den Deckel und zog seine Stimmgabel hervor. Charlotte stand mit vollen Händen da und kochte. »Wieso spielen Sie eigentlich nicht selbst, wo Sie doch so gut wissen, wie's geht?«, fuhr sie ihn an. »Bei Ihrem Genie könnten Sie doch Säle füllen.«

Maria kam mit einem Eimer frischem Wasser aus dem Durchgang zum Flur und blickte kurz in die Runde. »Verzeihung«, sagte sie und war schon wieder weg.

»Es hat sich nicht ergeben«, antwortete Arpp unwirsch. »Ich möchte nicht öffentlich spielen.« Er beugte sich hinunter und fummelte an den Pedalen herum.

»Weshalb nicht?«, fragte Charlotte rachsüchtig.

Er blickte auf. »Ich würde meinem hohen Anspruch bestimmt nicht genügen.« Auf seinem Gesicht erschien etwas, das fast wie ein schiefes Grinsen aussah. So viel Selbstironie hätte Charlotte dem Mann nie zugetraut.

»Und was macht Sie dann so viel besser als uns?«, fragte sie, plötzlich versöhnt.

Arpps Blick wanderte durch die hohe Halle, sie war der einzige größere geheizte Raum in der *Blaumühle*, nur hier konnte man einen Konzertflügel überhaupt aufstellen. Alles andere waren vergleichsweise kleine und finstere Kabinette, ein altes pfälzisches Mühlengebäude halt, nicht besonders herrschaftlich, doch Arpp schien es vorzukommen wie eine Bastion des Hochkapitalismus. Sein Gesicht verfinsterte sich wieder. »Ich«, sagte er hochnäsig, »*habe* einen Anspruch.«

Und war somit der Gewinner dieser Runde.

Arpp pflegte gleich zu kassieren, und das wollte Charlotte ihm so schwer wie möglich machen. Sie wies Maria an, ihn hochzuschicken, wenn er fertig war. Dann verschanzte sie sich im ersten Stock in ihrem Schreibzimmer, das sie sonst nie benutzte. Es war kühl. Das war ihr recht. Sie machte Lichter an und aus, bis es ihr so günstig wie möglich vorkam, und dann setzte sie sich hin und rückte die Papiere auf ihrem Schreibtisch herum. Endlich hörte sie Arpp die Treppe hochstapfen. Er fand ihr Zimmer, kam herein und nannte ohne Umschweife seinen Preis.

»Das ist viel.« Charlotte blickte über den Rand einer alten Brille hinweg, die sie eigens Arpp zuliebe aufgesetzt hatte, in Wahrheit sah sie ausgezeichnet.

»So viel kostet es«, erklärte er. »Letztes Mal haben Sie sich auch nicht beschwert. Meine Preise sind seit dem Euro stabil.«

»Ich bin nicht das Casino«, sagte Charlotte, die jetzt Lust hatte zu handeln. Oder zu streiten.

Arpp sah sie mitleidig an. »Möchten Sie in Raten zahlen?«

Darauf stellte Charlotte wortlos einen Scheck aus. »He«, sagte sie immer noch streitlustig, als das erledigt war. »Wieso gehen Sie eigentlich nie ins *Dolce Vita*?«

Nun sah Arpp überrascht aus. Er steckte seinen Scheck weg, ohne den Blick von ihr zu wenden.

Charlotte wurde rot. Gott, der meint, ich mache ihn an, dachte sie erschrocken. Vermutlich war das nämlich die Art, wie er sich mit seinen Frauen verständigte: He! Wieso kommst du nicht mal rüber? Ziehst bei mir ein? Wäschst meine Socken? Und nun glaubte Arpp, sie wolle mit ihm ausgehen. Lass uns *dolce vita* machen. Wieso hatte diese Kneipe auch so einen idiotischen Namen. »Ich meine, Sie sorgen so gründlich dafür, dass in ganz Dürkheim nur auf gestimmten Klavieren gespielt wird, nur im *Dolce Vita*, wo sie einen wirklich guten Pianisten haben –«

Arpp verzog das Gesicht. »Die zahlen schlecht«, sagte er kühl. Und es war mehr Arpps abwartende Haltung und Charlottes Bedürfnis, diesem ärgerlichen Typen die Macht des Geldes zu beweisen und ihn herumzujagen, als wirkliche Großzügigkeit, was sie bewog, einen weiteren Scheck hervorzuziehen.

»Bitte schieben Sie das *Dolce Vita* dazwischen«, sagte sie. »Demnächst. Dort werden Sie dringend gebraucht.«

Arpp starrte Charlottes Hände an, während sie eine kunstvolle Unterschrift malte. »Diese Drahtkommode im *Dolce Vita*«, sagte er (eigentlich sagte er es pfälzisch, also »Drohdkommod«), »dauert mindestens drei Tage. Das Ding ist so verstimmt, da müssten Sie praktisch alles austauschen. Es wäre leichter, ein neues zu kaufen.«

»Geben Sie Ihr Möglichstes«, sagte Charlotte und ließ ihren Füller über dem Zahlenfeld schweben. »Keine übertriebenen Reparaturen, nur das, was Sie für einen gewöhnlichen Durchschnittsverdiener tun würden. – Wie viel?«

Arpp war blass geworden. Mit einem rätselhaften Ausdruck im Gesicht starrte er Charlotte an, es sah aus wie ein kaum merkliches Nicken. Charlotte hob die Brauen.

Und er das Kinn. »Ich schicke Ihnen die Rechnung«, drohte er. Und drehte sich um und ging, grußlos, wie er gekommen war.

Charlottes Sozialisation im Tal ging jetzt in Riesenschritten voran. Tags zuvor noch hatte sie kaum mehr als die Tagesgerichte des *Sonnenhofs* gekannt, und heute, nur vierundzwanzig Stunden später, wusste sie um das *Dolce Vita* und einen überzähligen Knochen, sie hatte die extravagante Bekanntschaft Sieglindes gemacht, und zudem gaben sich bei ihr die Besucher die Klinke in die Hand. Kaum war Arpp weg, klingelte es schon wieder, fast, als hätte der Neuankömmling Arpps

Rückzug abgewartet. Es war Bela, und er benutzte die Klingel, obwohl er aus dem Tal stammte. Ein Kosmopolit. Ein bisschen sah er übrigens wirklich aus, als habe er mehr Zeit als vorgesehen draußen in der Kälte verbracht, seine Nase war gerötet, die Hand, die er Charlotte reichte, eisig. Immerhin sagte er aber »Hallo«, auf eine unbestimmt verschwörerische Art, er lächelte und dampfte und pustete sich in die Fäuste und kam ohne Umschweife herein, wie man im Winter nach Hause kommt: aufatmend. Jede seiner Bewegungen war so vertraulich, dass man überhaupt nicht auf die Idee kam, er könne für seinen Besuch einen Grund haben, außer dem eben, einfach da zu sein. Charlotte bot ihm sofort automatisch Kaffee an und dachte, wie merkwürdig es war, dass sie bei Arpp nicht eine Sekunde an Bewirtung gedacht hatte. Trotz ihrer guten Erziehung.

Bela folgte ihr zur Küche, stoppte aber in der Halle, als er den Flügel erblickte. »Hey«, sagte er und pfiff leise durch die Zähne. »Was haben wir denn da?«

»Frisch gestimmt«, sagte Charlotte trocken.

Bela warf ihr einen aufmerksamen Blick zu. Seine Augen leuchteten. »Ist das deiner?«

»Nein, der steht hier bloß, ich weiß auch nicht, wieso.«

Bela schenkte ihr ein nachsichtiges kleines Grinsen und ging wie von einem Faden gezogen auf das Instrument zu. »Arpp war da, hm?«

»Ja«, seufzte Charlotte.

»Ich hab sein Auto gesehen.« Bela lächelte. »Darf ich?«

»Bitte.«

Der junge Mann wand sich den Schal vom Hals, legte ihn auf die Klavierbank, mitten auf die umstrittenen ABBA-Noten, kniete sich mit dem rechten Knie auf das Polster und streckte die Hände aus. Die Tasten lagen offen, Arpp hatte den Flügel mit nach oben geklappten Deckeln zurückgelassen, vermutlich, um das Aufstellen neuer Blumenvasen auch physisch zu erschweren.

Bela drückte nun eine Taste, bei ihm sah es weniger zärtlich, dafür aber sehr konzentriert aus. Dann pustete er wieder in seine Hände und rieb sie aneinander.

»Mit Milch und Zucker?«, fragte Charlotte.

»Milch«, sagte Bela. Und setzte sich.

Als Charlotte mit dem Kaffee kam, war die Halle mit einer komplizierten Klangfolge erfüllt, klar und perlend, wie es sich für Musik aus einem Flügel gehörte. Bela trug noch seine Jacke. Er hämmerte ein bisschen in den hohen Tönen herum, dann nahm er seine Tasse in Empfang und schloss dankbar die Hände darum. »Scheißwinter«, sagte er nüchtern. Charlotte mochte es, wie er das sagte, und wie er gespielt hatte, mochte sie auch, so ganz ohne Sentiment. Es war, als wäre er ein bisschen zum Üben hergekommen. Sie blickte ihn freundlich an und sah, dass er sie über den Tassenrand hinweg beobachtete. Mit einem kleinen Lächeln in den Augen. Er weiß, dass ich am *Nisselhof* war, dachte Charlotte. Darum ist er hier. Er wollte mich nicht reinlassen, aber er will wissen, warum ich gekommen bin.

»Ich war heute Morgen schon bei euch«, sagte sie also und lehnte sich an den Flügel.

Bela tat nicht künstlich überrascht. Er stellte seine Tasse neben sich auf den Boden und begann zu spielen. Leichte Unterhaltung mit leichtem Klavierspiel. Die Dame des Hauses nimmt zum zweiten Frühstück eine Tasse Kaffee und eine *Kinderscene* von Schumann, dazu lässt sich reden. Wobei Charlotte natürlich nicht wusste, was Bela da spielte. Es hörte sich nur sehr klassisch an und ein bisschen verträumt.

»Ich habe die Post gebracht«, sagte sie. »Aber ihr wart nicht da.«

Er zuckte die Achseln, lächelte und spielte.

»Ich habe Angst«, hörte Charlotte sich da plötzlich sagen, und sie wusste keine Sekunde, wie sie dazu kam, einem völlig unbekannten jungen Mann etwas so Persönliches zu verraten. Vielleicht war es die Musik.

Bela blieb völlig gelassen. »Wovor?«, fragte er und leitete über zu etwas Getragenem.

»Vor dem Mörder«, sagte Charlotte ernst.

Er lachte, machte ein paar überraschte Staccati und sah auf. »Wie kommst du auf so was? – Natürlich. Sieglinde hat dich aufgehetzt. Das macht sie mit allen. Du kennst sie noch nicht lange genug. Sie ist eine Hexe.«

»Ich glaube nicht, dass sie den Knochen im Schweinegehege erfunden hat«, sagte Charlotte.

»Sieglinde kann ganze Schlachten erfinden, wenn's ihr in den Kram passt«, sagte Bela heiter. »Ihre Antiquitäten haben alle die Französische Revolution in irgendwelchen Kellern überstanden. Warte, bis sie versucht, dir ein Sofa zu verkaufen.« Er intonierte die Marseillaise.

Charlotte musste lächeln. »Wo ein Knochen ist, war irgendwann auch der Mensch dazu«, sagte sie dennoch. »Ich finde es ungeheuerlich, dass so etwas in meiner Nachbarschaft herumliegt. Ich wohne schließlich hier. Und ich habe eine Tochter.«

Darauf sah Bela suchend durchs Zimmer, auf den Boden, was Charlotte charmant fand, unter anderem, weil es so unwillkürlich kam. Dieser junge Mann dachte, ihre Tochter sei ein Kleinkind. »Sie ist siebzehn«, sagte sie würdig.

Bela lächelte.

»Findest du das denn gar nicht beunruhigend?«, fragte Charlotte.

»Ich finde Siebzehnjährige tatsächlich beunruhigend«, sagte Bela leichthin, klimperte und grinste Charlotte gemütlich an. Dann senkte er ein wenig die Stimme. »Wenn sie so aussieht wie du, werde ich sie aufregend finden.«

Charlotte blickte den Pianisten irritiert an – so jung war er gar nicht, fand sie plötzlich –, sie schüttelte den Kopf, und dann musste sie auch grinsen. Man konnte diesem Bela vorwerfen, was man wollte, seine Gegenwart war sehr befreiend. Hier lehnte sie am Flügel und erzählte ihm von ihren Befürchtungen, als sei er ein ganz alter Freund, sie ließ sich von ihm vorspielen und Komplimente machen, ziemlich unverschämte überdies, und das kam ihr alles ganz natürlich vor, lustig sogar.

»Frag doch einfach die Polizei«, riet Bela vernünftig. »Wenn du dir wirklich Sorgen machst. Du bist Anwohnerin. Du hast ein Recht drauf, zu erfahren, ob du in Gefahr bist.«

»Ich glaube nicht, dass die Polizei schon eine Spur hat«, sagte Charlotte. »Hier wird niemand vermisst.«

»Ganz genau«, sagte Bela. Sein Spiel wurde melancholisch.

»Aber eine Sache«, sagte Charlotte, stellte ihre Kaffeetasse oben auf den Flügel und sah Bela ernst an, »hab ich mit eigenen Augen gesehen. Etwas Unheimliches.«

»Aha«, machte er höflich interessiert.

»Da an dieser Kneipe, am *Dolce Vita*, da ist doch außen ein Brunnen.«

»Echt?« Bela sah Charlotte nicht mehr an, sondern konzentrierte sich auf die Tasten.

»Der liegt ganz versteckt, aber Sieglinde hat ihn mir gezeigt. Er ist furchtbar tief. Und angeblich immer verschlossen.«

Belas Spiel wurde laut und heftig.

»Jetzt aber nicht mehr. Da ist kein Schloss, aber an der Stelle, wo eins sein müsste, sind ganz frische Kratzer. Die können höchstens ein paar Tage alt sein.«

Bela ging ins Fortissimo. Der Flügel bebte.

»Findest du das nicht komisch?«, fragte Charlotte, als Tempo und Lautstärke nachließen.

Er sah auf und blinzelte. »Entschuldige«, sagte er. »Eben hab ich gerade nicht zugehört. Hast du was gesagt?«

* * *

Mit einem Jeep zu fahren ist mal was anderes, aber mit dem Jeep durch den Wald zu fahren, das ist verschärft, da weiß man überhaupt erst, wozu man so ein bisschen Fett am Hintern gebrauchen kann. Bettina Boll besaß nicht viel davon. Nun war es angesichts des allgemeinen Hungerwahns ziemlich kokett, ja vermessen, zu behaupten, man fühle sich etwa zu dünn. Tatsächlich aber fühlte Bettina sich in letzter Zeit so. Zu ihrer Entschuldigung kann man sagen, dass diese Empfindung ohne heimlichen ästhetischen Anspruch war, es handelte sich vielmehr um schlechte Laune und ein flaues Gefühl im Magen.

Manchmal in der Stadt beobachtete sie eine dieser Mütter mit verwahrlosten Kindern, zotteligen Haaren und Kippe im Mund, die so stumpf blickten, als besäßen sie nicht einmal mehr die Kraft, sich wahrzunehmen, und dann fragte sie sich ernstlich, ob sie inzwischen auch so aussah. So kunstseiden, nikotingetränkt und mager bis auf die Knochen. So arm. Sie zuckte zusammen, als die Fahrt über ein besonders holperiges Stück Weg ging, dann hielt der Jeep plötzlich ohne ersichtlichen Grund. Willenbacher, der hinten saß, machte einen unfreiwilligen Satz nach vorn.

»So«, sagte Wingerter befriedigt. »Da ist das *Kehrdichannichts.*«

»Wo?«

Er wies nach links. Dort, etwas abwärts, standen hohe Bäume, die mit einem Überzug aus Schnee und altem Reif bedeckt waren. Dazwischen schimmerte dunkles Gehölz. Der Wald war nicht gänzlich weiß, sondern nur hell überkrustet. Die Sonne schien, allerdings wurde sie schnell schwächer. Ein Haus war nicht zu sehen.

»Da hinter dem Zaun?«, fragte Willenbacher, der als Erster einen Anhaltspunkt gefunden hatte.

»Da unten.«

Sie stiegen aus, und nach ein paar Schritten standen sie mitten im Zauberwald. Eis glitzerte auf den Baumspitzen, der Boden war hart gefroren, alles stand unter einer spröden Spannung, die sich in gelegentlichem Knarren von Holz entlud. Schweigend folgten Bettina und Willenbacher dem Förster zu einer abwärts führenden Sandsteintreppe, die so mitten im dichten Wald recht merkwürdig wirkte. An ihrem Fuß befand sich ein Tor, das von moosbewachsenen Sandsteinpfosten flankiert war, auf denen jeweils eine kleine, sorgfältig gehauene Steinpyramide thronte. Und dahinter, ein gutes Stück zurückgesetzt, hockte das Jagdhaus wie ein gedrungenes Tier. Es war klein, viel kleiner, als Bettina es sich vorgestellt hatte. Im Hintergrund befanden sich nur noch ein paar winzige Schuppen, das einzig Herrschaftliche der Anlage war der Treppenaufgang vorm Haus. Immerhin aber konnte man den Garten großzügig nennen, der war eine weite, verwunschene Lichtung und trotzte mit uralten Mäuerchen dem Zugriff des Waldes. Aus einem sandsteingefassten Brunnen rechterhand rann frisches Wasser über eine bizarre Eisformation. Das Licht wurde gelblich und schwach. Der Abend kam, dabei war es gerade mal drei Uhr.

»Das isses also«, sagte Bettina und wusste selbst nicht mehr so genau, was sie überhaupt hier wollte. Alles lag friedlich und einsam, und besonders gut gesichert war es auch nicht.

»Kann man da reingehen?«, fragte sie. »So unter uns?«

Der Förster nickte. »Normal schon.« Er ruckelte an dem Tor. Es war verschlossen. »Moment.« Er griff zwischen den Gitterstäben hindurch, löste einen Riegel, der im Boden steckte, und rüttelte wieder.

»Zu«, befand Willenbacher bedauernd.

Wingerter aber hob wortlos das Tor an, sodass sich der zweite Riegel an der Innenseite einfach über seine Führung schob, und schon war der Zugang frei. Sie traten ein. Alles wirkte pittoresk und heiter. Der Hof war mit Katzenkopfsteinen gepflastert, das Haus an der Front mit Sandsteinreliefs verziert, hinten an den Schuppen sah man noch die Hinweisschilder für die Besuchertoiletten, und man konnte sich gut vorstellen, wie Wanderer auf Bänken unter den Bäumen kühles Bier tranken oder wie eine fürstliche Jagdgesellschaft gemessen in den Hof ritt.

»Was soll das noch gleich werden, ein Trainingslager für rechtsradikale Jugendliche?«, fragte Bettina.

»Das hat die Frau Thorwald jedenfalls laut verkündet«, antwortete Wingerter, der sich auch interessiert umsah. »Man fragt sich, wo sie die alle unterbringen will. Na ja, vielleicht haben sie vor, Zelte aufzustellen. Der Garten ist ja groß genug. – Es war schön hier im Sommer, als es noch bewirtschaftet war. Nirgendwo hat das Bier so gut geschmeckt.« Dann schüttelte er den Kopf. »Ich glaube nicht, dass sie das durchkriegen.«

»Was?«

»Na, die Nazis, ich glaube nicht, dass die hier einziehen dürfen. Die Gemeinde wird einen Weg finden, das zu verhindern.«

»Hm«, machte Bettina und betrachtete die merkwürdigen mannshohen Reliefs um den Hauseingang, sie waren ein bisschen frivol, zeigten einen Mann und eine Frau, die irgendwie aussahen, als würden sie tanzen. Der Altan vor dem Eingang wurde von zwei steinernen Tieren gebildet, Löwen vielleicht. Oder auch Hunden. »Hier sieht's gar nicht nach Widerstand aus. Keine Plakate, keine Graffiti …«

Wingerter zuckte die Achseln und machte ein abweisendes Gesicht. »Damit kenne ich mich nicht aus.«

»Hier findet doch keiner den Weg her«, sagte Willenbacher, der mit den Füßen auf dem Boden herumscharrte. »Weder die Rechten noch die Antifa-Typen. Oh. Doch. Da sind Reifenspuren.«

Wingerter nickte und wies um das Haus herum. »Es gibt noch einen anderen Zugang hier herein. Da an den Schuppen vorbei ist die Einfahrt. Da braucht man aber einen Schlüssel.«

»Kennen Sie die Frau Thorwald?«, fragte Bettina den Förster. »Ich meine, persönlich?«

»Nein.«

»Hält sich denn hier überhaupt jemals einer von denen auf?« Sie sah sich um. »Es sieht so verlassen aus. Und«, sie wies auf die derben lächelnden Figuren, »also ein Hart-wie-Kruppstahl-Ding ist das nicht.«

Wingerter hob die Hände. »Fragen Sie mich nicht, was die wollen.«

»Tja.« Bettina trat etwas unentschlossen auf das Haus zu. Sie stieg die wenigen Stufen des zweiflügeligen Treppenaufgangs hoch, betastete die Reliefs und drückte schließlich die Klinke der Tür herunter. »Huch.« Es war offen. »Sollen wir mal reingehen?« Sie spähte ins Innere des Hauses. Drinnen war es dunkel und kühl. Und schmutzig. Sie erkannte eine Leiter auf dem staubigen Boden. »Hast du eine Taschenlampe, Will?«

»Nur die am Schlüsselbund.«

»Ich habe eine«, sagte Wingerter.

Zu dritt betraten sie das Haus und machten einen Rundgang.

Etwas Bemerkenswertes fanden sie nicht. Sie erkannten die alte Gaststube, die Küche und im Obergeschoss eine größere und zwei kleinere Kammern. In der Küche roch es leicht verbrannt. Der Geruch ging von einem alten Kochherd aus, der arg mitgenommen wirkte. Das vorsintflutliche Gerät war regelrecht verbeult, die obere Eisenplatte saß ganz schief, die Einsätze standen wackelig hervor, und über dem Feuerloch war die Wand schwarz verrußt wie von einer Stichflamme.

»Grillanzünder«, sagte Wingerter kopfschüttelnd. »Zumindest das sollten die Brüder doch wissen: wie man richtig Feuer macht.«

Unter dem Herd lagen zusammengekehrte Splitter und ein rußiger Lappen, das waren gemeinsam mit ein paar getrockneten Putzschlieren am Boden die einzigen Zeichen kürzlicher Nutzung. Nichts deutete etwa auf geheime Waffenlager, auch im Keller nicht. Keine Tür war verschlossen, keine verdächtige Mauer frisch hochgezogen, kein Loch ausgehoben. Es war eine alte, solide, ausgeräumte Gaststätte, mehr nicht, und jedenfalls kein Bunker. Im Gegenteil: Die Tür war unverschlossen, und einmal kurz durchgewischt und frisch gestrichen wäre es die perfekte pfälzische Waldversion eines kleinen Lustschlösschens. So hieß es ja auch. *Kehrdichannichts*. Irgendwie, fand Bettina, klang das so, als hätte einer der Leininger Herren hier zu seinem Vergnügen die schöne Müllerstochter untergebracht. Und vielleicht auch ihre Schwester.

»Wahrscheinlich ist es der Name, der ihnen gefällt«, sagte Wingerter.

»Wem?«, fragte Bettina, die versunken den schmutzigen Schrubber in der Ecke betrachtete. Irgendwer hatte ihn benutzt, neulich erst, sagte ihr ein Gefühl, doch er hatte den Dreck auf dem Boden nur verteilt.

»Na, den Nazis. *Kehrdichannichts*, das klingt so, wie soll ich sagen, wie …«

»So wie leck mich am Arsch«, vervollständigte Willenbacher.

Als sie zurück zum *Wilden Mann* kamen, dämmerte es bereits, und ein kräftiger Nachtfrost kündigte sich an. Alles war kalt und spröde zum Zerspringen. Frierend stieg Bettina aus dem zugigen Gefährt des Försters, der sogleich grußlos davondüste. Dann erfuhr sie, dass Thilo Achtkapp die Wirtschaft für heute geschlossen und abgesperrt hatte. Der einzige warme Raum weit und breit war zu, und heiße Getränke gab es auch nicht mehr. Dementsprechend war die Stimmung unter den Kollegen.

»Ich glaube, wir brechen jetzt ab«, sagte Müller und pustete weiße Dampfwolken in seine Hände. »Es ist fünf Uhr. Wenn wir noch länger machen, ist morgen die Hälfte krank.«

»Okay«, sagte Bettina. »Gibt's irgendwas Neues?«

»Wir haben den Spaten.« Müller wies vage um das Haus. »Jedenfalls könnte er es sein. Er war in einem Verschlag. Der ist nicht gesichert. Da kann jeder ran.«

»Und sonst?«

Müller rieb sich die Arme. »Knöchelchen.«

»Okay, das besprechen wir morgen früh«, sagte Bettina. »Dann nichts wie heim.«

»Endlich«, sagte Müller. Da knisterte das Funkgerät in seinem Auto. Er sagte leise: »Sch-ande«. Ergeben beugte er sein recht kahles Haupt in den Wagen, lauschte und sprach ein paar Sätze in das Gerät. Dann richtete er sich auf und grinste Bettina entschuldigend an. »Du, Frau Boll, ihr habt noch Arbeit.«

»Ist was passiert?«, fragte Bettina sofort alarmiert.

Müller schüttelte den Kopf. »Eine Kommissarin Berg will mit dir sprechen, hier aus Dürkheim. Sie sagt, sie kennt dich.«

»Stimmt«, sagte Bettina ohne Begeisterung.

»Sie sitzt mit einem wichtigen Zeugen an irgend so einer Pommesbude am Krankenhaus. *Jaquelines Brathühner* heißt das Ding. Sie sagt, ihr sollt euch beeilen, denn ihr Zeuge ist ungeduldig und sie weiß nicht, wie lange sie ihn noch hinhalten kann.«

Bettina verschränkte die Arme und schielte in Müllers Wagen, als könnte das stumme Funkgerät darin noch mehr sagen. »Ist es wichtig?«, fragte sie Müller.

Er hob die Achseln.

Sie seufzte und dachte an ihre Kinder, die demnächst abgeholt werden mussten. »Ich hoffe, es ist wichtig«, sagte sie.

Dann sah sie sich nach Willenbacher um.

Jaquelines Brathühner – es waren ganze zwei – rochen tranig und sahen blass und fettig aus. Die Bude stank nach altem Öl und Bier, darüber lag der ungesunde Duft einer kräftigen Gewürzmarinade, der bei Bettina sofort einen perversen Heißhunger auslöste. Das ganze Ding stand in der Ecke eines großen sandigen Parkplatzes direkt neben dem Krankenhaus und war in mehrere Schichten gewellten PVCs gehüllt, das auch einen kleinen Vorraum bildete. Aus dessen Fugen blühten schmierige Eisblumen. Bis auf die Wirtin und einen alten Mann war Kommissarin Berg mit ihrem Zeugen allein. »Frau Boll!«, rief sie erleichtert aus.

»Frau Berg!«, antwortete Bettina, zog Willenbacher in den Raum und schloss die wackelige Tür.

Der kleine Kollege schnupperte frohgemut und sah gierig in Richtung Grill, was ihm einen scheelen Blick der Dürkheimer Kommissarin einbrachte. Sie passte hierher wie ein Burgfräulein in eine Hafenkneipe. Allein dass sie einen Rock trug. Dessen schwarzes Rosenmuster harmonierte zwar wunderbar mit Bergs langen dunklen Haaren, aber nicht mit der dürftigen Einrichtung. Vor ihr lagen hauchdünne Lederhandschuhe neben einer unberührten Portion Pommes auf einem Stehtisch. Der Zeuge war Mitte dreißig und hielt den Kopf gesenkt. Er spielte mit einem schmuddeligen Zuckerpäckchen.

»Ich bin so froh.« Berg warf mit Schwung die Haare zurück. »Herr Elms hat sich vorhin bereit erklärt, mal eben mitzukommen, und jetzt sind wir bereits eine Weile hier, aber es dauert eben, bis man aus dem Tal draußen ist.«

Elms schob den Zucker fort. Seine Haare waren lockig und ordentlich geschnitten, seine Augen von verwaschenem Blau. Auf eine sparsame, bedächtige Art sah er gut aus.

»Herr Elms ist hier Hausmeister.« Berg wies auf die Ausgangstür Richtung Krankenhaus.

»Schön«, sagte Bettina und sah sich um.

Willenbacher hängte sich an die Resopaltheke und gab Bestellungen auf. »Willst du auch was essen?«, erkundigte er sich laut.

»Pommes«, befahl Bettina in Richtung Theke. Die mutmaßliche Jaqueline schmiss die Friteuse an. Sie war erstaunlich ausgezehrt, hatte ein scharfes kleines Gesicht und sehr dunkle Augen. Als sie sich bückte, begann irgendeines ihrer Geräte plötzlich durchdringend zu zischen.

»Weswegen wollten Sie uns sprechen?«, fragte Bettina ihre Kollegin durch den Lärm hindurch. »Und warum hier?«

Berg beugte sich vor. »Ich habe recherchiert.« Sie musste recht laut sprechen, um Jaquelines Apparaturen zu übertönen. »Leider kann ich Ihnen nicht sagen, wie ich an diese Information gekommen bin, aber ich habe vor einiger Zeit mal von einer interessanten Sache gehört. Jetzt hab ich mich den ganzen Tag umgetan und tatsächlich Herrn Elms gefunden.« Sie strahlte den Hausmeister dankbar an. Das Zischen aus dem Hintergrund verebbte in einem beunruhigenden Gurgeln. Berg senkt die Stimme. »Herr Elms, würden Sie meinen Kollegen aus Ludwigshafen die Geschichte erzählen?«

Elms verschränkte die Arme. Sein Blick sprang unsicher vom Tisch zu Anna Berg und zurück. Er nahm wieder das kleine Zuckertütchen zur Hand.

»Sie haben kein Schweigegelübde abgelegt. Wenn ein Patient im Wartezimmer mit Ihnen spricht, während Sie Birnen auswechseln –«

»Wasserpatronen«, unterbrach Elms argwöhnisch.

Berg sprach folgsam: »Wenn also dieser Patient mit Ihnen redet, während Sie den Wasserspender warten, dann ist das genauso, wie wenn Sie an der Bushaltestelle mit ihm reden.«

»Ich hab im Wartezimmer mit ihm geredet«, sagte Elms. »Ich hab eine neue Patrone in den Wasserspender eingesetzt.«

»Mit wem haben Sie geredet?«, fragte Bettina.

»Na dem Schwarzen. Dem jungen Winzer.«
»Thilo Achtkapp?«
»So heißt er wohl«, sagte Elms. »Er hat im Wartezimmer von der Notfallambulanz gesessen. An einem Mittwoch, morgens, voll war's gerade nicht, aber er saß halt da und hat gewartet, während ich das Wasser nachgefüllt hab. Er war verletzt.«
»Wie verletzt?«, fragte Bettina.
»Er hatte ein dickes Veilchen. Er war ganz grau im Gesicht und hat sich die Brust gehalten und so gestöhnt.« Elms griff sich selbst an die Seite. »Er hat ausgesehen, als wäre er übel verhauen worden. Ich hab also zu ihm gesagt: ›Da haben Sie aber ganz schön einen auf den Dez gekriegt, wie?‹, und er hat gesagt: ›Oh Mann, ja.‹«
»Er ist verprügelt worden«, sagte Bettina.
»So sah's aus.«
»Wann war das? An einem Mittwoch? Welchem?«
»Im September«, sagte Elms. »Der sechste.«
»Das wissen Sie so genau?«
»Das war die Woche vor dem Wurstmarkt.«
Bettina blickte Berg an. Die lächelte froh.
»Das ist natürlich interessant«, sagte Bettina höflich. Dann dachte sie einen Moment nach und setzte halblaut hinzu: »Das ist ja wirklich interessant.«
»Nicht wahr?«, sagte Berg strahlend.
»Der arme Kerl«, sagte Elms mürrisch. »Er hat mir leidgetan. Kann ich jetzt gehen?«
»Warten Sie«, sagte Bettina. »Was hat der Herr Achtkapp denn für einen Eindruck gemacht? War er wütend? Fiebrig? Benommen? Auf Drogen?«
»Drogen, das weiß ich nicht.« Elms legte den Kopf schräg. »Eher wütend. Nein, er war ängstlich«, erklärte er. »Genau das war er. Er hatte Angst.«
»Woran haben Sie das erkannt?«, fragte Bettina.
»An seinen Augen.« Damit nickte er knapp in die Runde, nahm seine Jacke und ging.

Sowie er draußen war, warf Berg aufatmend ihre Haarpracht zurück und blickte Bettina halb lächelnd, halb aufgebracht an. »Glauben Sie das? Er hat mir ganz eifrig alles erzählt, als wir noch oben im Krankenhaus waren, er hat hier eine Dreiviertelstunde mit mir gewartet, und dann will er plötzlich nichts mehr sagen. Sowie er Sie gesehen hatte, war's rum.«

»Ich hab eine tolle Wirkung auf Männer«, sprach Bettina.

»Das Warten hat ihn zermürbt«, sagte Berg mit einem verschwörerischen kleinen Naserümpfen, musterte dabei aber Bettinas schlammverspritzte Hosen.

»Das war super Arbeit«, sagte die.

Berg freute sich. »Es ist schon richtig interessant«, sagte sie. »Herr Achtkapp hat nichts zur Anzeige gebracht. An diesem sechsten September hat sich in ganz Dürkheim absolut keiner geprügelt. Und am Tag davor auch nicht. Nicht mal zwei Tage davor.«

»Prügelt sich denn hier überhaupt jemals irgendwer?« Das konnte Bettina sich dann doch nicht verkneifen.

Berg grinste großzügig. »Selten«, gab sie zu. »Brandstifter haben wir mehr. Aber es kommt vor. – Ich habe auch mit den Krankenschwestern gesprochen. Die wollten natürlich nichts sagen, aber bestritten haben sie den Vorfall nicht. Ich glaube, man kann sich hier noch gut an Herrn Achtkapp erinnern, denn an dem Tag war nicht viel los, und er ist eine auffällige Erscheinung.«

»Wer hat ihn geschlagen?«, fragte Bettina. »Haben Sie da vielleicht auch eine Idee?«

»Nein.« Bedauernd nahm Berg ihre Handschuhe und streifte sie sorgfältig über, Finger für Finger. »Aber man sollte Achtkapp vielleicht gar nicht als Opfer sehen. Wenn jemand so zugerichtet wird und keinem die Schuld gibt, muss man sich doch eher fragen, wie der andere ausgesehen hat.« Sie lächelte Bettina befriedigt zu. »Gerade jetzt, wo eine Leiche auf seinem Grundstück gefunden wurde.«

»Interessanter Ansatz«, sagte Bettina.

Berg klappte ihren Kragen nach oben und hob die Hand zum

Gruß. »Ja, nicht? – Ich muss los. Wiedersehen.« Und damit schritt sie auf ihren hohen Absätzen beschwingt hinaus wie zu einer Pferdeschlittenfahrt.

Willenbacher balancierte indessen Pappschälchen zu einem Tisch weiter vorn am Tresen. »Die hat ja gar nichts gegessen«, sagte er in Richtung der kalten verlassenen Pommes. »Nimm das mal.«

Bettina beeilte sich, dem Kollegen zu helfen, und verbrannte sich an einem dünnen Plastikdings voller Fleisch mit Soße. »Au!« Es roch schwach nach Curry.

»Achtung, heiß!«, sagte Jaqueline boshaft von ihrem Tresen aus.

»Was ist jetzt?«, fragte Willenbacher und lud ab. »Moment, da kommt noch was. Ich hab dir Hühnchen bestellt. Du kannst nicht nur Pommes essen. – Was haben die gesagt? Ich hab's nicht mitbekommen.«

»Wir müssen heute noch mit dem Achtkapp reden.«

»Achtkapp?«, erkundigte sich Jaqueline, ein langes Messer in der Hand. Fachmännisch stach sie damit auf ein glücklicherweise bereits totes Huhn ein. »Ich höre immer Achtkapp.«

Bettina kostete eine Pommes. »Kennen Sie den?«, fragte sie die Wirtin.

»Den jungen«, sagte die. »Den dunklen. Der kommt manchmal zum Essen her«, fügte sie stolz an. »Zu mir kommen alle, all die Köche aus den Sternerestaurants hier ringsum.« Sie zwinkerte. »Mal was anderes, verstehen Sie?«

Bettina lächelte höflich. Sie kannte keinen Imbissbesitzer, der das nicht von sich behauptete: Zu mir kommen sie alle. Gerade hier aber konnte sie sich das nicht wirklich vorstellen. Nur dass der junge Achtkapp kam, das schon.

»War er auch im letzten September da?«, fragte sie.

Jaqueline guckte abweisend. »Glauben Sie, ich führe Anwesenheitslisten?«

»Wissen Sie etwas von einer Prügelei, in die der Herr Achtkapp verwickelt war?«

»Nein«, machte die Wirtin und lud ein halbes Hähnchen auf einen Teller. »Lassen Sie mich denken, letzten Herbst, ist da nicht der alte Achtkapp gestorben? Da hatte der Thilo anderes zu tun. Den hat das fertiggemacht. Der arme Junge, der hat seinen Vater echt geliebt.« Jaqueline betrachtete den Teller und befand, dass irgendetwas fehlte. Appetitliche Farbe vielleicht. Sie nahm einen großen fettigen Streuer zur Hand und schüttete großzügig rotbraunes Pulver über das Huhn. »Deswegen ist es auch so fies, was der Alte gemacht hat.«

»Was hat er denn gemacht?«, fragte Bettina, den Mund voller Pommes. Willenbacher brachte ihr das Huhn. Sie wagte kaum, es anzusehen.

»Ein Testament«, sagte Jaqueline düster.

»Ja und?«

Jaqueline funkelte Bettina aus ihren schwarzen Augen an. »Ich bin auch ein Besatzungskind«, sagte sie hart. »Von ’nem Franzosen. Ich weiß, wie das ist. Meine Mutter hat sich für mich geschämt. Die hat mich im Hinterzimmer versteckt, und wenn meine Oma zu Besuch gekommen is’, hat sie behauptet, ich wär ein Nachbarskind.«

»Liebe Zeit«, sagte Bettina und griff automatisch nach dem Hühnchen.

»Ja«, sagte Jaqueline grimmig. »Der Thilo war ja adoptiert, und das ist dann wie ein echtes Kind. Der Alte hat auch immer getan und gemacht. Und dann hat er den beiden so eine Ohrfeige verpasst.«

»Wem?«, fragte Willenbacher kauend.

»Na, seinem Sohn und seiner Ehefrau!«

»Was für eine Ohrfeige?«

»Er hat ein Testament verfasst, in dem er ihnen die *Mohrengrete* und den *Wilden Mann* vermacht«, sagte Jaqueline aufgebracht. »Und zwar nur das!«

»*Mohrengrete*«, sagte Willenbacher. »Netter Name.«

»Das ist ein Lokal hier. Feines Ding, aber Sie sagen es! Alles andere wollte er seinem unehelichen Sohn geben, den er nie gesehen hat. Alles. Das ganze Gut, das Haus, die Wingerte …«

»Wollte …?«, wiederholte Bettina vorsichtig.

»Ist schon länger her«, sagte Jaqueline. »Er hat's wieder geändert. Vor drei, vier Jahren. War ein ganz dummer Witz, das hat er dann auch eingesehen. Aber Thilo hat da heute noch dran zu knabbern.«

Das Huhn war schrecklich fettig, aber wenigstens heiß. Bettina wischte sich den Mund ab. »Sie kennen den Herrn Achtkapp ganz gut«, sagte sie.

Jaquelines Gesicht verschloss sich. »Stammkunde«, sagte sie und begann ihre Theke abzuwischen.

»Noch mal in den September. Da ist der alte Herr Achtkapp gestorben.«

»Nein, das war noch im August.«

»Okay, aber anschließend war der junge – dann war Thilo öfter hier?«

»Er ist 'n Frustesser«, sagte Jaqueline nüchtern. »Hab ich viele.«

»Hat er denn mal über irgendwen geschimpft? Fühlte er sich bedroht? Von Rechtsradikalen vielleicht?«

Jaqueline schniefte und schüttelte den Kopf. »Wenn Sie mich so fragen: Jugoslawen. Die hasst er.«

»Jugoslawen?«

»Die gibt's doch gar nicht mehr«, sagte Willenbacher.

Die Wirtin rückte ihre Ketchupflaschen alle gerade in eine Reihe. »Ja. Ich versteh's auch nicht.«

Sie aßen auf und fuhren zur Villa Achtkapp. Die hielt sich unnahbar hinter ihren alten Exotenbäumen versteckt. Eine gewaltige Schirmkiefer knarrte leise im eisigen Wind. »Schon komisch«, sagte Willenbacher, »so adoptiert zu sein.«

Bettina dachte an ihre beiden Kinder und sagte nichts.

Marta Achtkapp öffnete ihnen. Sie hatte ein weißes Tuch um die Hüften gebunden, eine Art improvisierte Schürze, und hielt einen dampfenden Kochlöffel in der Hand. Dieser und auch ihre lange schräge Nase verliehen ihr eine gewisse Strenge. Sie blinzelte die Besucher an. Vermutlich war sie wirklich kurzsichtig, dachte Bettina, und zu eitel oder zu faul, um eine Brille zu tragen. Doch es war nur ein sehr flüchtiger Eindruck. »Hallo. – Essen Sie gern Suppe?«, fragte sie unschlüssig.

»Ja«, sagte Willenbacher sofort.

»Eigentlich wollen wir Ihren Sohn sprechen«, sagte Bettina.

Achtkapp schüttelte den Kopf. »Der ist im Schachclub.« Ein schwacher, aber appetitlicher Duft nach frischem Koriander umgab sie. »Wollen Sie trotzdem reinkommen?«

»Wann kommt er denn nach Hause?«, fragte Bettina.

»Gegen zehn. Vielleicht auch später. Die haben Open End.«

»Vielleicht können Sie uns ja auch helfen.«

»Ich hab den Herd gerade hochgedreht«, sagte Achtkapp. »Kommen Sie mit.«

Sie folgten in eine riesige Küche mit wunderschönem schwarzweiß eingelegtem Terrazzoboden und niedrigen abgestoßenen Schränken. Ein großer alter Holzkohleherd stand in einer Ecke. Die Kochplatte war mit Flaschen beladen, eine Art offener Schnapsschrank. Daneben hatte man unauffällig eine moderne Küchenzeile eingebaut. Es war ein angenehmer Raum, groß und luftig und angereichert mit vielen Jahrzehnten sorgfältigen Wirtschaftens. Die Quelle des würzigen Geruchs stand auf dem überbreiten Ceranfeld: ein großer, schwarz emaillierter Topf, in dem vermutlich so etwas Altmodisches wie Bouillon köchelte.

»Setzen Sie sich.« Achtkapp wies auf einen vermackelten grauen Holztisch, um den vier verschiedene Stühle standen. Sie sah Willenbacher an. »Eine Tasse für Sie? Hühnerbrühe. Mit Koriander.«

Obwohl er soeben einen Riesenteller fettes Fleisch mit Currygeschmack verspeist hatte, nickte Bettinas kleiner Kollege begehrlich.

Achtkapp nahm eine breite Tasse von einem Wandhaken und schöpfte etwas goldgelbe dampfende Flüssigkeit hinein. »Für Sie auch?«, fragte sie Bettina.

»Nein danke. – Aber es riecht gut«, setzte sie hinzu.

»Ich hatte einen Feinschmecker zum Gatten, aber Suppe ist

das Einzige, was ich kann«, sagte Achtkapp mit ihrer schönen dunklen Stimme. Sie lächelte wehmütig. »Dann vielleicht einen Riesling?« Sie wies auf eine beschlagene Flasche ohne Etikett. »Von 2003. Ausnahmejahrgang.«

»Danke, nein.« Bettina nahm auf einer Stuhlkante Platz.

»Was führt Sie also her?« Achtkapp wandte sich ihrem Suppentopf zu und rührte.

»Letzten September«, sagte Bettina, »hatte Ihr Sohn Thilo vermutlich eine Prügelei.«

Achtkapps Schultern sanken ein wenig herab. Rasch schloss sie den Topf wieder und drehte sich zurück. »Was?«

»Wussten Sie davon?«, fragte Bettina.

Achtkapp holte Luft und schüttelte langsam den Kopf.

»Es muss offensichtlich gewesen sein. Er war so verletzt, dass er sich im Krankenhaus behandeln ließ. Kurz nach dem Tod Ihres Mannes.«

Achtkapp strich rasch eine Haarsträhne zurück, die ihr aus dem Knoten gerutscht war. Sie wirkte sehr bleich im Gesicht. Bettina fragte sich, ob sie das schon vorher gewesen war.

»Ich weiß schon, ich hab ihn ins Krankenhaus gefahren«, sagte sie rau. »Aber von wem soll er geschlagen worden sein? Er ist doch die Treppe runtergefallen.«

Bettina und Willenbacher tauschten kurze Blicke. Eine Treppe konnten sie nicht ausschließen. Sie hatten keinen ärztlichen Befund. Und die Zeugenaussage war recht mager.

»Waren Sie denn dabei, als es passierte?«, fragte Bettina vorsichtig.

»Nein.«

»Wie haben Sie von seinen Verletzungen erfahren?«

»Es war Abend, ich kam heim und hab ihn gerufen. Er wohnt im Parterre. Er hat so komisch gestöhnt. Da bin ich runter. Die Zimmertür war offen. Er hat in seinem Bett gelegen. Er – es war schlimm. Ich habe alles saubergemacht und ihn verbunden und dann am nächsten Morgen sind wir zum Krankenhaus gefahren.«

»Saubergemacht? Hatte er blutende Wunden?«

Achtkapp wurde nachdenklich. »Wer hat Ihnen das alles erzählt?«

»Frau Achtkapp, hatte Ihr Sohn mit irgendwem Streit?«

»Nein.«

»Oder hat er sich in einer Kneipe mit jemandem angelegt? Vielleicht mit einem – Jugoslawen?«

Nun schaute Achtkapp verblüfft. »Jetzt machen Sie mir langsam Angst. Was soll denn das alles heißen? Prügelei? Jugoslawen? – Er ist die Treppe runtergefallen!« Sie schaute einen Moment zu, wie Willenbacher etwas in seinem Notizbuch notierte, und sagte: »Lassen Sie ihn in Ruhe.« Angespannt nahm sie ihr Glas zur Hand, trank einen kleinen Schluck und balancierte es dann auf der Handfläche. »Sie sind zum zweiten Mal da«, sagte sie heiser. »Sie beantworten keine Fragen, möchten aber komische Sachen über Thilo wissen. Sie wollen meinem Sohn was anhängen.«

»Nicht im Mindesten«, sagte Bettina.

»Es sei denn, er wäre schuldig«, setzte Willenbacher hinzu.

»Schuldig woran?«

»Am Tod der Person in Ihrem Schweinegehege.«

»Das ist ein Knochen.«

Sie sahen sich an.

»Der einem Menschen gehört hat«, sagte Bettina.

»Stellen Sie sich vor, es wäre Ihr Hüftbein«, sprach Willenbacher fatalistisch.

Achtkapp schaute irritiert und wandte sich an Bettina. »Das heißt, hier schleicht ein Mörder herum.«

»Ich dachte, das wäre bei unserem letzten Besuch schon rübergekommen.«

Achtkapp dachte nach. »Sie glauben, er ist von hier?«

Bettina zuckte die Achseln. »Wir überprüfen alles.«

»Sie stochern nur herum«, sagte Achtkapp und zeigte mit dem Glas auf Bettina.

»Na ja …«

»Mein Thilo«, sagte Achtkapp bitter, »wäre die beste Lösung, nicht wahr? Junger Schwarzer ohne Ausbildung. Das sind immer die Bösen. Die stehen doch ganz oben in Ihrer Kriminalstatistik.«

»Das kann man so nicht sagen«, widersprach Bettina. »Es kommt immer auf den Einzel–«

»Ja, klar«, sagte Achtkapp und stellte das Weinglas weg. »Das habe ich über Rassismus gelernt, Frau …« Sie legte den Kopf schräg.

»Boll.«

»Boll. Gut. Er zeigt sich erst, wenn's um die Wurst geht. Wenn für zwei Kinder nur noch ein Krippenplatz frei ist. Wenn es darum geht, wer studieren gehen darf oder wo man den Giftmüll hintut. Wer als Mörder verhaftet werden soll. Dann sind wir alle Rassisten. Sie können sich gar nicht vorstellen –«

»Ich habe eine schwarze Tochter«, unterbrach Bettina.

Achtkapp verstummte.

»Wir werden Ihren Sohn nicht ungerecht behandeln«, sagte Bettina freundlich. »Wir wollen nur mit ihm reden. Am besten jetzt gleich. Wo ist denn dieser Schachclub?«

»Im Hinterzimmer vom Lokal *Bauernrose*. An der abgebrannten Saline vorbei, in der Altstadt, da sehen Sie es.« Achtkapp rieb sich die Arme. »Entschuldigen Sie. Ich bin ins Predigen geraten.«

»Ich kenne das«, sagte Bettina. »Manchmal kriegt man Paranoia.«

Achtkapp lächelte verlegen. Ihr schmales Gesicht entspannte sich. »Stimmt.«

Bettina erhob sich. »Also dann.« Beinahe hätte sie hinzugefügt: Und essen Sie mal was Anständiges. Doch sie knöpfte nur ihre Jacke zu und dachte, dass sie sich damit eigentlich selbst meinte. Geh nach Hause, kümmer dich um deine Kinder und iss eine Suppe, Bolle.

Achtkapp geleitete Willenbacher und Bettina durch die schwach beleuchtete Halle nach draußen. Es war ein großer altmodischer Raum, mit einer breiten Treppe und einer riesigen, bei Tageslicht vermutlich leuchtend bunten Fensterfront. In der Mitte wuchs eine uralte Palme aus einem großen Holzkübel. Achtkapp zögerte. Sie sah aus, als hätte sie noch etwas auf dem Herzen. Daher lobte Bettina ausführlich die hübsche Tapete.

»Pompeijanischer Stil«, sagte Achtkapp zerstreut. »Das war hier Mode, nachdem die Ludwigshöhe so eingerichtet worden ist. Sind noch die Originale. Handbemalte Seide.« Sie sah sich nervös um. »Das Grün ist vermutlich voller Arsen. Wie bei Napoleon auf St. Helena. Oder war es Elba? – Na jedenfalls müssen wir froh sein, dass unsere Luftfeuchtigkeit nicht so hoch ist.«

Bettina betrachtete die zarten Bilder. Es waren hauptsächlich fremdländische Vögel, die im Dämmerlicht besonders filigran wirkten. »Gehörte das Haus schon immer den Achtkapps?«, fragte sie.

»Lange.«

»Der Erbauer hatte ein Faible für alles Exotische«, sagte Bettina. »All diese Paradiesvögel und dann der Park draußen …«

»Ja«, sagte Achtkapp mit einem merkwürdigen Unterton. »Es ist dekorativ. Ich weiß.«

Bettina sah sie an. Sie hätte die Witwe gern auf das ungewöhnliche Testament angesprochen, wagte es aber nicht.

Achtkapp gab sich einen Ruck. »Ich hab mal eine Frage.« Nervös strich sie die Haarsträhne zurück, die ihr ins Gesicht gefallen war.

»Bitte.«

»Es ist blöd und gehört gar nicht hierher, aber ich –«

»Ja?«

»Nehmen wir an, eine Person, die hier eigentlich kein Hausrecht hat, besäße einen Schlüssel zu diesem Gebäude. Für die Hintertür. Er – sie – kann jederzeit hereinkommen, auch wenn wir nicht da sind oder gerade schlafen und –« Sie brach ab. »Gibt es einen Rechtsweg, diesen Schlüssel wiederzukriegen?«

Willenbacher, der schon am Durchgang zum Vorraum stand, wandte sich zurück.

»Wie ist diese Person denn an den Schlüssel gekommen?«, fragte Bettina.

»Ich bin selbst schuld«, sagte Achtkapp bitter.

»Sie haben ihn freiwillig hergegeben?«

Die Frau nickte.

Willenbacher und Bettina tauschten schnelle Blicke. »Das macht die Sache ein wenig kompliziert«, sagte der kleine Kollege. Eine Pause trat ein.

»Ich bin kein ängstlicher Typ«, sagte Achtkapp dann heiser, und es klang, als wollte sie sich selbst überzeugen. »Das nun wirklich nicht, aber …« Sie schüttelte den Kopf. »Tut mir leid. Hier drin ist es so einsam geworden. Es ist überhaupt keiner mehr da seit Adrians Tod. Manchmal sehe ich Gespenster. Und dann kommen Sie mit Ihren Schweinen und Knochen und Pistolen …« Sie brach ab. »Ich werde einfach das Schloss austauschen lassen. Ist schade drum, denn es ist antik, aber was soll's. Wir müssen eh renovieren. Fangen wir damit an. Dann kann ich besser schlafen.«

»Nicht so schnell«, sagte Willenbacher. »Wen oder was fürchten Sie denn?«

Achtkapp atmete durch. »Nichts und niemanden«, sagte sie. »Vergessen Sie das eben. Es klingt blöd, jetzt gerade, aber in meinem Alter ist man doch relativ sicher vor … vor …« Hilflos schlang sie die Arme um sich. Die Geste wirkte fast rührend. Tatsächlich sah Marta Achtkapp in dem halbdunklen Raum plötzlich noch viel jünger aus als zuvor, ihr sportlicher Körper wirkte nun zart, ihre nachlässige Frisur mädchenhaft. Vor der schlichten Kleidung, die sie trug, fiel ihr einziges Schmuckstück besonders auf. Es war der Ehering.

»Wovor sind Sie sicher?«, fragte Willenbacher.

Achtkapp schwieg.

»Wem haben Sie den Schlüssel gegeben?«, fragte Bettina darauf direkt und recht streng.

»Bela«, sprach die Witwe leise. »Bela Baring.«

Das Wieso sparte sich Bettina. »Wann?«

»Im Sommer. Nach … Adrians Tod. Ich war …« Sie schüttelte den Kopf. »Er war aber auch immer da«, sagte sie dann heftig. »Immer und immer war er hier. Er hat regelrecht darauf gewartet.«

»Worauf?«

»Auf den Tod meines Mannes«, sagte sie heiser.

»Und warum haben Sie Angst vor ihm?«, fragte Bettina.

»Ich kenne ihn jetzt«, sagte Achtkapp spontan, dann sah sie auf. Von ihrer Rolle als reiche unnahbare Winzergattin jenseits der vierzig hatte sie sich weit entfernt. Das war ihr nun klar und offensichtlich peinlich. »Es war mein Fehler«, sagte sie schroff. »Bitte vergessen Sie das alles. Ich habe keinen Grund, Bela anzuschwärzen. Ich kann das nicht. Ich möchte, dass Sie jetzt gehen.«

»Sex«, sagte Willenbacher, als sie wieder draußen vor der Tür in dem düsteren Park unter einem hohen bizarren Nadelgewächs standen, »ist aber auch einfach das Einzige, was gegen den Tod ankommt.«

Bettina zog ihre Jacke enger. »Auf jeden Fall ist es gesünder als Saufen«, sagte sie und dachte an ihre eigenen Rotweinorgien. Die mussten aufhören. »Trauernde sind sonderbar.«

»Ich weiß«, seufzte Willenbacher, und Bettina blickte ihn durch das Dunkel misstrauisch von der Seite an.

»Es war ihr schrecklich peinlich«, sagte sie und klappte ihren Kragen hoch.

Über ihnen knarrte wieder ein Ast im Frost.

»Die hat Angst«, sagte Willenbacher. »Sie will's nicht zugeben, aber sie fürchtet sich, allein da in ihrem großen Haus.«

Bettina kramte ihre Zigaretten hervor und steckte sich eine an. Die Spitze glomm hell auf, als sie zog, ein winziger Glutpunkt in einem großen finsteren Park. »Bela«, sagte sie nachdenklich. »Was ist das für ein Name? Slawisch?«

Willenbacher überlegte. »Nein«, sagte er. »Das ist ungarisch.«

»Vielleicht sollten wir ihn uns trotzdem mal angucken«, sagte Bettina.

Dann saßen sie im Auto, machten die Heizung an und schwiegen einen Moment lang. »Ich wünschte«, sagte Bettina schließlich, »diese verdammte DNA-Analyse wäre endlich durch. Ich wollte, wir hätten Dr. Lee hier und er würde mir sagen, dass wir Recht haben. Wir verlassen uns bei alldem hier allein auf Müllers Urteil, weißt du?«

»Müller ist gut«, sagte Willenbacher unbeirrt.

»Also schön, dann auf in die *Bauernrose.*«

»Nix«, sagte Willenbacher und startete den Wagen. »Wir fahren jetzt heim.«

»Bist du verrückt?«

Er setzte das Auto zurück und warf ihr dabei einen kurzen Blick zu. »Ich versteh das nicht. Du machst *so* ein Theater wegen deinen Kindern. Immer hier Babysitter und da Babysitter. Aber kaum hast du einen Fall, willst du einfach nicht mehr nach Hause. Kein Wunder, dass dir alle Betreuer weglaufen!«

»Ich hab jetzt eine tolle Tagesoma«, erklärte Bettina.

»Dann sei froh«, sagte Willenbacher, »dass du auch einen tollen Partner hast, der dich rechtzeitig bei ihr abliefert. Nur so wirst du sie nämlich auch behalten.«

In der Villa Achtkapp kochte indessen die Suppe über. Der würzige Duft wurde intensiver und schließlich roch es verbrannt, als die goldgelbe Brühe auf dem heißen Ceranfeld Blasen schlug und hässliche schwarze Ränder bildete. Doch niemand kümmerte sich darum. Marta Achtkapp stand in einem anderen Teil des Hauses vor der Tür, deren Schlüssel sie so leichtfertig hergegeben hatte, und betrachtete sie unbehaglich. Sie wusste nicht, ob sie sich eben richtig verhalten hatte. Sie war Bela doch eigentlich nicht verpflichtet. Vielleicht hätte sie diesen Polizisten einfach sagen sollen, dass er ein durchgeknallter Typ war, der nicht nur einen Schlüssel zu ihrem Haus hatte, sondern vor allem gern mit der Browningpistole seiner Mutter herumspielte, nur weil die Waffe oben so hübsch goldfarben abgesetzt war. Die wilden Andeutungen, die sie stattdessen gemacht hatte, rückten sie nur selbst ins Zwielicht. Reiche Witwe mit Liebhaber, natürlich. Marta fröstelte und öffnete die Tür. Eigentlich hätte sie es sagen *müssen.* Kälte drang in den ohnehin schon kühlen Eingangsbereich des alten Dienstbotentrakts. Marta mochte diese Räume nicht. Sie waren bedrückend eng. Sollte sie Bela vielleicht Geld anbieten? War das klug?

Draußen schüttelte ein heftiger Wind die exotischen Bäume, und Marta hatte plötzlich das Gefühl, die schwarzen Gewächse kämen auf sie zu. Rasch schlug sie die Tür ins Schloss. Ein leises, sattes »Klack« ertönte. Es war irritierend. Sie öffnete die Tür wieder. Es ging wie geschmiert. Zu. Klack. Auf. Kein Ruckeln am Schnapphebel, kein Quietschen. Sie betrachtete das Schloss. Es sah alt und stabil aus, ein dicker schwerer Eisenkasten an der Innenseite der Tür. Im Sommer noch hatte sie kräftig ziehen müssen, um die Tür überhaupt aufzukriegen. Hatte es etwa jemand geölt?

Leise – leise! – schloss Marta die Tür wieder und betrachtete den weiß lackierten Eisenkasten. Ihre alte Putzfrau war sicher nicht plötzlich auf die Idee gekommen, selbständig ein ungenutztes Schloss zu warten, das nicht zu ihrer Runde gehörte. Und Thilo wusste vermutlich nicht mal, wo das Öl aufbewahrt wurde. Ein leichtes Kribbeln wanderte über Martas Haut. Irgendwie hatte sie es verdrängt, aber ihr Exliebhaber war noch immer präsent in diesem Haus. Hatte nicht erst letzten Monat Geld aus ihrer Handtasche gefehlt? Und vor einiger Zeit hatte vor ihrem Bett ein Stuhl gestanden, der da vorher nicht gewesen war, ganz so, als hätte ein nächtlicher Besucher dort gesessen und sie im Schlaf beobachtet. Das war verdammt unheimlich gewesen. Marta fasste einen Entschluss. Sie drehte sich um, ging zurück in den Teil des Hauses, den sie mochte, und begab sich in den Keller. Dort lud sie eine der staubigen Jagdflinten bis zum Anschlag mit Schrot und einer Bleipatrone. Die trug sie in ihr Schlafzimmer. Dort deponierte sie die Waffe unterm Bett. Das war zwar verboten, aber so fühlte sie sich besser. Viel besser.

* * *

Am nächsten Morgen erschien Kriminalkommissarin Bettina Boll ausnahmsweise pünktlich zur Besprechung, doch obwohl diese nötig war, fand sie leider gar nicht statt, jedenfalls nicht so, wie sie geplant war. Es war ein trüber, kalter Tag, und Bettina hastete in gewohnheitsmäßiger Eile zu ihrem Büro, blind für die vielsagenden Blicke, die ihr unterwegs zugeworfen wurden. Im Büro angekommen, vermisste sie Willenbacher, was sie aber nicht weiter irritierte. Sie lud nur ihre Jacke ab und begab sich in den Besprechungsraum, wo ein Kollege von der Spurensicherung soeben die Fundstücke ausbreitete: die Knochen, ihre Patronenhülse und ein großes Paket, das vermutlich den Spaten enthielt, den sie beim *Wilden Mann* in einem offenen Schuppen entdeckt hatten.

»Morgen«, grüßte sie. Das war aber alles, was sie zu dem Kollegen sagen konnte, denn während sie noch überlegte, ob die Zeit tatsächlich mal für einen Kaffee vor der Arbeit reichen würde, berührte jemand leicht ihre Schulter.

Es war Mona, Härtings Sekretärin. »Frau Boll«, sagte sie verlegen.

»Guten Morgen.«

Mona grüßte nicht. »Da sind Sie ja.«

»Ist irgendwas passiert?«

Mona betrachtete sie mit leichtem Stirnrunzeln. »Sie möchten bitte zum Herrn Hauptkommissar kommen.«

»Jetzt gleich?«

»Sofort«, sagte Mona.

»Was ist denn los?«

Mona gab keine Antwort, sie blickte nur komisch. Schweigend lieferte sie die verwirrte Bettina bei ihrem Chef ab.

Härting war nicht allein, er war nur der Einzige, der saß. Neben ihm stand Nadja Horst-Riegel, eine Kollegin von der Pressestelle, Willenbacher hatte sich an die Fensterbank hinter Härtings mannshohen Hibiskus verzogen, und quer durch den Raum tigerte Dr. Schwanck, der Kollege, der dafür zuständig war, die vermisste Frau Kirchheimer zu finden.

»Guten Morgen«, sagte Bettina vorsichtig und blieb im Türrahmen stehen. Alle Köpfe fuhren herum, Schwanck stoppte seinen Lauf.

»Frau Boll«, schnarrte Härting. »Kommen Sie rein und schließen Sie die Tür.«

Bettina tat wie geheißen, inzwischen war ihr himmelangst. »Was ist denn passiert?«, fragte sie in die anklagenden Gesichter.

»Oh!«, entfuhr es Härting. »Machen Sie sich nicht noch über mich lustig!«

»Es tut mir leid«, sagte Bettina. »Ich weiß wirklich nicht –«

»Hören Sie mal«, fuhr Härting ihr über den Mund. »Ich will gar nicht wissen, was Sie sich dabei gedacht haben, aber ich sage Ihnen eins: Das wird Konsequenzen haben. So etwas können Sie nicht über meinen Kopf hinweg machen! Von mir aus gehen Sie zum Film und ziehen Sie sich nackt aus, aber vorher quittieren Sie ordnungsgemäß Ihren Dienst!«

»Die Frau Boll würde uns doch sicher nicht verlassen wollen«, sagte Schwanck gedehnt. Er war ein schlanker Mann mit einem großen Schnurrbart, der ein bisschen unecht aussah. Wie angeklebt.

Bettina starrte ihn irritiert an, dann blickte sie hilfesuchend zu Willenbacher. Der verzog den Mund und wies mit dem Kinn auf Härtings Schreibtisch. Dort lag eine *Bild*-Zeitung.

»Bin ich etwa in der Zeitung?«, fragte Bettina.

»Ach!«, machte Härting verächtlich.

»Sie weiß es wirklich nicht«, sagte Willenbacher. »Ich habe Ihnen doch gesagt, die müssen sie auf der Straße mit dem Tele aufgenommen haben.«

»Das war aus der Nähe«, widersprach Schwanck. »So wichtig ist die Frau Boll auch wieder nicht, dass ihr jemand mit dem Tele hinterherspioniert.«

»Das ist ein alberner Sensationsbericht«, warf sich Willenbacher in die Bresche. »So was würde Frau Boll nicht machen.«

»Es bringt Aufsehen«, erklärte Horst-Riegel.

Bettina trat an Härtings Schreibtisch. »Darf ich?«

Er funkelte sie an. »Frau Boll, hier sind Sie zu weit gegangen!«

Bettina antwortete nicht und griff sich die Zeitung. »KRIPO-BOLLE RÄUMT AUF!« stand da in dicken schwarzen Lettern, und das Foto von ihr füllte eine halbe Seite. Sie war sehr rothaarig darauf, sehr sonnenbeschienen und lächelte sogar ein bisschen. Mit dem *Greenpeace*-Becher und dem regenbogenfarbenen Stoff in der Hand schien sie den Lesern zuzuprosten, und die Bildunterschrift lautete: »Politik: Für Kripo-Bolle klare Sache.« Daneben war ein kleineres Bild von Claudia Kirchheimer abgedruckt mit dem Kommentar: »Die vermisste Claudia K. (30)«, außerdem ein nebelumwabertes Waldszenario mit bösartig aussehenden Wildschweinen, worunter zu lesen war: »Nazis in der Provinz«. Der eigentliche Text, den Bettina in ihrer Aufregung nur überflog, handelte von der »gutaussehenden jungen Kriminalistin«, die mit vollem Einsatz »ihre« Fälle löste und momentan im Begriff war, einen mysteriösen »Rechten-Ring« zu sprengen, der die Pfälzer Provinz unsicher machte, indem er unschuldige junge Frauen entführte und in öffentlichen Wildschweingehegen verschwinden ließ.

»Oje«, sagte Bettina. Sie setzte sich in einen von Härtings Besucherstühlen. Das Schlimmste war nicht mal der Artikel selbst, sondern die »lebenslustige Tina«, die eine Spalte darunter ebenfalls rothaarig und nur mit einer grünen Uniformmütze bekleidet unzüchtig mit einer Verkehrskelle hantierte.

»Was haben die Ihnen gezahlt?!«, herrschte Härting.

»Ich brauche einen Anwalt«, sagte Bettina.

»Sieht aus, als wollten die mit Ihnen in Serie gehen«, versetzte Schwanck. »Kripo-Bolle fasst alle.«

»Glauben Sie mir«, sagte Bettina zu Härting, »ich habe diesem Mann nichts gesagt. Gar nichts. Ich habe ihn an die Pressestelle verwiesen. Ich hab nicht mal meinen Namen genannt.«

»So«, sagte Härting. »Jetzt kommen wir der Sache schon näher. Welchem Mann?«

»Gestern Morgen hat mich hier vorm Haus einer angesprochen. Stein... Moment. Steinweicher, so heißt er. Er hat meinen

Namen gerufen, ich hab mich umgedreht, dann hat er ein Bild gemacht.«

Horst-Riegel nickte mitleidig.

Schwanck griff sich an den Kopf. »Darauf sind Sie reingefallen? Wie naiv kann man denn sein?«

Dich möchte ich mal sehen, dachte Bettina. Du hättest dem Typen wahrscheinlich noch deinen Vornamen diktiert. »Es tut mir leid, dass ich dem Kerl nicht den Film abgenommen habe«, sagte sie wahrheitsgemäß. »Das bedaure ich zutiefst. Aber da ich ihm nichts gesagt habe, hielt ich die Sache für unwichtig.«

»Frau Boll, das hier sind vertrauliche Informationen, wo soll denn dieser Mann die herhaben, wenn nicht von Ihnen?!«

»Was da steht, ist alles bekannt«, mischte Willenbacher sich ein. »Steht im Polizeibericht. Der Zeitungsfritze hat nur unseren Wildschweinfall mit der Vermisstensache zusammengebracht, und der Schluss ist echt nicht weit hergeholt. Die Fälle berühren sich. Er hat nur zwei und zwei zusammengezählt und Ti–, ich meine, Frau Boll als Aufhänger benutzt. Das ist die eigentliche Frechheit.«

»Das hier torpediert unsere Ermittlungen!«, schnauzte Härting. »Davon abgesehen, Frau Boll, haben Sie mit Ihrem komischen Becher da die Neutralität der Exekutive verletzt. So was möchte ich nicht in der Zeitung sehen! So was möchte ich überhaupt nicht sehen! Dieser Grünen-Mist hat hier nichts verloren, Sie sehen ja schlimmer aus als eine Verdeckte!«

»Jawohl«, sagte Bettina.

»Wagen Sie ja nicht, mich auszulachen! Meine liebe Frau Boll, Sie brauchen nicht zu glauben, dass ich Ihnen Personenschutz gewähre für den Fall, dass irgendwelche rechten Spinner das gelesen haben! Mit den Folgen müssen Sie selber klarkommen! Wenn Sie als linke Aktivistin in der *Bild*-Zeitung posieren!«

»Ich posiere nicht«, sagte Bettina. »Ich werde diesen Steinweicher verklagen.«

»Was wollen Sie ihm denn vorwerfen?«, fragte Schwanck schadenfroh.

»Meiner unmaßgeblichen Meinung nach –«, begann Horst-Riegel, doch ihre Rede wurde von Härtings Wut einfach weggefegt.

»Ich werde Sie suspendieren! Sie können von mir aus zum Dauerdienst und da Fernsehkarriere machen! Autobahnpolizei, das wäre das Richtige für Sie! Oder kümmern Sie sich ganz einfach mal um Ihre Kinder, schaden würde es denen nicht!«

»Meine Herren!«, sagte Horst-Riegel in einem Ton, der ihr Gehör verschaffte. »Ich möchte zu bedenken geben, dass Frau Boll in dem Artikel als Sympathieträgerin rübergekommen ist.«

»Sie ist als Grüne rübergekommen!«

»Das ist besser als rechtsradikal.«

»Sie soll sich von der Politik fernhalten«, fauchte Härting. »So wie wir alle! Das haben wir damals geschworen, auch Sie, Frau Riegel-Schlagmichtot!«

»Hören Sie«, sagte Horst-Riegel und schluckte die Verunstaltung ihres Namens glatt, »das hier ist eine halbe Seite in einer Zeitung, die in unserem Land jeder liest außer der Frau Boll.«

»Pah!«, machte Härting.

»Unsere Behörde gibt momentan viel Geld für die neue Imagekampagne aus. Wir brauchen engagierte Nachwuchskräfte, die bleiben aber aus, wenn wir von der Polizei den Nimbus des Ewiggestrigen nicht loswerden, Sie wissen schon.«

»Was?!«

»Wir wollen aus der rechten Ecke raus.«

»Und da rennen Sie mit Frau Boll in die linke?!«

»Nein, aber wir sind eigentlich dankbar für solche Leute wie sie. Über mangelndes Engagement kann man sich bei ihr jedenfalls nicht beschweren, wie sie das schafft, mit zwei Kindern, also: Hut ab.«

»Ich habe auch zwei Kinder«, grollte Härting.

»Die haben Sie aber nicht allein großgezogen.«

Härting saß einen Moment lang nur da, dann wandte er sich

in gefährlicher Ruhe an Horst-Riegel. »Was soll das hier werden?«, fragte er. »Wollen Sie diesen – diesen Schrieb da etwa gutheißen?!«

»In gewisser Weise«, sagte Horst-Riegel, »ja. – Der Artikel ist natürlich sehr plakativ, aber –«

»Sie wollen so eine Reality-Soap bei uns im K11?!«

»Nun, mit Frau Boll«, sagte die Pressefrau ernsthaft, »könnte ich mir das vorstellen.«

Schwanck hatte die Kollegin von der Pressestelle in den letzten Minuten mit großen Augen angestarrt. Sein Schnurrbart bewegte sich merkwürdig hin und her. Bei Horst-Riegels letzten Worten schnaubte er verächtlich und verließ das Zimmer. Türenknallend.

Härting kommentierte das nicht, er blickte nur Bettina drohend an. »Haben Sie beide das zusammen ausgeheckt?!«

Sie schüttelte stumm den Kopf und wünschte sich weit, weit weg.

»Frau Boll ist –«, fing Horst-Riegel wieder an.

Härting zielte mit dem Zeigefinger auf sie. »Sie sind jetzt mal still.«

Horst-Riegel klappte den Mund zu.

»Die Frau Boll«, sagte Härting, »geht jetzt raus und macht ihre Arbeit und sonst nichts. Und sie wird nicht mehr, auf keinen Fall, ihr Gesicht in eine Kamera halten. Wenn zu meinen Fällen etwas zu sagen ist«, hier funkelte er Horst-Riegel böse an, »dann werde ich das tun, verstanden?! Die Frau Boll ist chronisch überarbeitet und weit davon entfernt, zu überblicken, welche Informationen für die Öffentlichkeit geeignet sind. So. Und jetzt«, er winkte sie mit einer umfassenden Geste hinaus, »danke. Wiedersehn.«

Draußen auf dem Flur zog Horst-Riegel ihr Jackett gerade, schob die Brust weit vor und lächelte Bettina zu. »Nettes Bild«, sagte sie. »Das in der Zeitung, meine ich. Sie sind fotogen. Der Steinweicher ist von Ihnen begeistert.«

Bettina blieb stehen. »Sie haben das lanciert.«

»Nicht wirklich.« Horst-Riegel grinste.

»Bitte lassen Sie das.«

»Ts.« Horst-Riegel schüttelte den Kopf und tätschelte Bettina die Schulter. »Sie wollen doch Karriere machen, oder?«

»Aber nicht so.«

»Kommen Sie, Liebe.« Horst-Riegel senkte die Stimme. »Die Herren sind eifersüchtig, das ist alles. Haben Sie's nicht gemerkt? Die wollten bloß selbst in die Zeitung!«

»Ich mag es aber nicht, wenn sie eifersüchtig sind«, sagte Bettina dumpf. »Ich hab so schon genug Probleme.«

Horst-Riegel seufzte und wandte sich zum Aufzug. »Das ist nicht die richtige Einstellung.« Sie drückte auf den Knopf. »Wenn die Männer eklig werden, haben Sie's doch überhaupt erst geschafft. Dann heißt es ranklotzen. Alles davor ist Kindergarten.« Sie blickte Bettina aufmunternd an. »Na, warten Sie nur, ich mach das schon.«

»Nein«, bat Bettina.

Der Aufzug kam, Horst-Riegel stieg ein. »Seien Sie unbesorgt«, beruhigte sie. »Wir Frauen halten zusammen, das ist doch klar.« Sie suchte ihren Knopf, drückte drauf und winkte Bettina zu. »Tschüsschen!« Und das klang unzweifelhaft drohend.

Bettina starrte der Frau hinterher, bis sie ganz verschwunden war.

»Was war das denn?«, fragte Willenbacher, der sich im Hintergrund gehalten hatte.

Bettina rieb sich die Stirn. »Politik.«

In der verspäteten Morgenbesprechung wollte dann keine rechte Arbeitsatmosphäre mehr aufkommen, vor allem, weil Schwanck teilnahm und dabei so tat, als habe Bettina die Knochenspuren in dem Wildschweingehege selbst gelegt, nur um ihn zu ärgern.

»Hundert Kadetten aus Enkenbach«, rechnete er laut. »Für einen Knochen! Die Bürger in Bad Dürkheim werden sich bedanken, wenn sie erfahren, dass wir für unsere Suche nach einer lebenden Frau fünfzig Mann weniger aufgeboten haben! Da können aber Sie sich hinstellen und das den Angehörigen erklären, Frau Boll! Wir müssen doch mal die Verhältnisse sehen!«

»Möchten Sie, dass wir unsere Truppe reduzieren, nur weil Sie nicht auf die Idee gekommen sind, bei der Polizeischule anzurufen?«, fragte Bettina kalt. Sie stand an der Tafel, wo ein Plan des Geländes um den *Wilden Mann* mit Markierungen um alle Fundstellen festgepinnt war, und hatte inzwischen starke Kopfschmerzen. Sie brauchte dringend zwei bis drei Aspirin, doch in Schwancks Beisein wollte sie die nicht nehmen. Also musste sie die Besprechung noch irgendwie überstehen.

»Die Jungs aus Enkenbach«, sagte Schwanck, »sollen was lernen und nicht in Deppenarbeit aufgerieben werden! Nur weil Sie zufällig beim K11 sind, meinen Sie, Sie könnten sich da nach Herzenslust bedienen!«

»Aber wir ziehen doch am selben Strang. Die Fälle Kirchheimer und *Wilder Mann* überschneiden sich. So weit werden Sie mir zustimmen, Herr Kollege. Deswegen sind Sie hier.«

»Ich«, sagte Schwanck aufsässig, »bin hier, weil meine Zeugin dummerweise zu Ihnen gerannt ist.« Sein Schnurrbart zuckte verächtlich. »Das glaubt doch keiner, nicht mal Frau Dr. Glaser selbst, dass ihr alberner Knochen was mit Frau Kirchheimer zu tun hat. Deswegen ist sie ja zu *Ihnen* gekommen.« Er tippte sich an die Stirn. »Schwanger. Bin gespannt, was die Eltern der Vermissten zu der Sensationsstory sagen.«

»Okay«, sagte Bettina. »Die Vermisstenabteilung möchte nicht mit uns zusammenarbeiten.« Sie wandte sich ab, entschlossen, einfach mit der Besprechung weiterzumachen.

»Sonst immer«, sagte Schwanck und erhob sich. »Aber das hier ist eine Farce. Ich habe Ihrem Hauptkommissar schon gesagt: Wenn wir die Frau Kirchheimer mit eingeschlagenem Kopf finden, dann kriegen Sie alles, dann dürfen Sie unsere ganzen Akten bei sich abheften, Frau Boll.«

»Machen Sie sich nur nicht zu viele Gedanken.« Bettina ließ sich doch hinreißen. »Ist ja ganz natürlich, wenn eine junge und wandererfahrene Frau in einem superfrequentierten Wald einfach verlorengeht! Vermutlich als Erste seit Gründung des Pfälzerwaldvereins! Klar, dass da kein Verbrechen vorliegen kann.«

»Ach!«, machte Schwanck. Er stützte sich auf die Stuhllehne und sah nicht so aus, als wollte er bald gehen. »Wald ist Wald! Erinnern Sie sich mal an die Leiche, die fünf Jahre in der Grünanlage beim Bahnhof gelegen hat. Wie groß war die Fläche noch gleich? Dreieinhalb Quadratmeter?«

An diese Leiche erinnerte sich Bettina nicht gern. »Haben Sie wenigstens die Angehörigen überprüft?«

»Weswegen?«, fragte Schwanck.

»Weil sie vielleicht was mit dem Verschwinden zu tun haben«, antwortete Bettina betont langsam.

»Oh, Sie verdächtigen Dr. Glaser? Ihre eigene hochschwangere Bekannte?« Schwanck freute sich.

»Haben Sie oder nicht?«, knurrte Bettina.

Der Kollege verdrehte die Augen. »He«, sagte er, »soll ich Ihnen mal sagen, weshalb die Polizei einen miesen Ruf hat? Nicht wegen den rechten Ecken, sondern weil Beamtinnen wie Sie nicht wissen, wo sie mal den Mund halten müssen! Die Frau ist einfach erfroren, und Sie wollen jetzt hingehen und die Familie ins Kreuzverhör nehmen! Die jungen Leute hatten letzten Sommer geheiratet! Wissen Sie, was die durchmachen?!«

»Wir hatten hier schon Witwer, die ihre Ehen früher beendet haben«, versetzte Bettina unbeeindruckt. »Doch damit sollten Sie sich nicht belasten, Herr Kollege. Wir wollen Ihnen nicht den Glauben nehmen. Das wäre auch völlig unnötig, denn wenn's eklig wird, geben Sie ja sowieso an uns weiter.«

Schwanck wurde ein kleines bisschen rot. Er nahm die Hände von der Lehne. »Sie glauben doch nicht im Ernst, dass die Kirchheimer ermordet wurde!«

»Können Sie's ausschließen?«

»Träumen Sie weiter«, knurrte Schwanck und wandte sich ab.

Auch Bettina drehte sich weg, um sich nicht weiter reizen zu lassen. Sie blickte Müller von der Spurensicherung an. »Gut,

Herr Müller, dann zu den Funden. Was haben Sie da, gibt's eine Theorie?«

Müller erhob sich zaghaft, für ihn war der Disput noch nicht beendet. Doch Bettina setzte sich bloß. Und ließ Müller lange über den Spaten referieren, den jedermann hätte benutzen können, weil er in einem offenen und als solcher erkennbaren Werkzeugverschlag nahe am Gehege gestanden hatte. Als Müller dann zu den Knochen kam, drehte sie sich um, da war Schwanck fort.

Etwa eine Dreiviertelstunde später, als auch die anderen Kollegen gegangen waren, hin zu den hundert Kadetten an der fahlen Waldwirtschaft, da saß Bettina immer noch vor der Tafel und starrte blicklos die Geländekarte mit den Fundstätten an.

»Da bist du«, sagte Willenbacher, der den Kopf zur Tür reinstreckte. »Was ist los? Willst du hierbleiben?«

Sie schüttelte den Kopf. »Ich fühle mich, als wäre ich nackt im Fernsehen gewesen.«

»Ach, vergiss das doch.«

»Ist nicht leicht.«

»Die Kleine war süß«, sagte Willenbacher und grinste. »Die auf der gleichen Seite wie du, weißt du, die mit der Kelle, so vom Gesicht her habt ihr Ähnlichkeiten.«

Sie warf einen Stift nach ihm. Dann erhob sie sich, griff nach den Aspirin, die schon vor ihr auf dem Tisch lagen, und schluckte sie trocken.

Willenbacher beobachtete sie misstrauisch. »Was ist das denn?«

»Hab ich in der Asservatenkammer gefunden.«

»Tina, das ist –«

»Was ich mich dank des dämlichen Kollegen Schwanck jetzt ernsthaft frage«, unterbrach sie und entfernte die Stecknadeln, die den Lageplan hielten, »ist, ob die Kirchheimer am Ende doch was mit unserem Knochenfund zu tun hat. Nehmen wir an, dass sie nicht erfroren ist.«

»Dann wurde sie Opfer eines Kapitalverbrechens und gehört uns.«

»Jaja, aber stell es dir vor. Also sie geht allein in den Wald. Dort trifft sie den Täter. Was tut sie?«

»Wehrt sich, schreit um Hilfe, keiner hört sie.«

»Nein, sie hat sich verirrt. Sie ist ängstlich. Sie trifft endlich einen anderen Menschen. Sie schreit Halleluja, fällt ihm um den Hals und –«

»Er greift sie an, sie schreit um Hilfe –«

»Moment! – Sie ist euphorisch. Sie geht mit ihrem Retter zusammen zurück. Sie redet, um die Spannung der letzten Stunden abzubauen. Sie erzählt ihr ganzes Leben. Die gesamte Geschichte ihres Verlorengehens. Sie erzählt ihm von dem Knochen.«

Willenbacher lehnte sich an den Konferenztisch. »Also da glaub ich noch eher an den Ehemann.«

»Der hat ein Alibi.«

»Woher weißt du das?«

Bettina wies auf einen Hefter mit unbeschriftetem Deckblatt, der auf dem Konferenztisch lag. »Müller hat mir vorhin schnell Schwancks Akte kopieren lassen. Die war noch bei der Spurensicherung.«

»Ich dachte, du kannst den Müller nicht leiden?«

Sie lächelte. »Aber er mich.«

Willenbacher rollte die Augen. »Also schön. Die jung verheiratete Frau Kirchheimer ist allein im Wald unterwegs. Sie trifft einen perversen Durchgeknallten, der dort Frauen auflauert. Ob sie sich verirrt hat, ist egal, denn sie passt ins Opferschema. Er macht irgendwas mit ihr, dass sie mitkommt, und schleppt sie in seine Höhle. Deswegen haben wir nichts mehr von ihr gehört. Und das ist die Verbindung zu dem Knochen: Er hat es schon mal getan.«

Bettina starrte ihren jüngeren Kollegen an. »Bitte nicht.«

»Doch.« Willenbacher nickte. »Das erste Opfer war auch von außerhalb«, spann er weiter. »Und allein. Eine Tagesausflüglerin. Die hat sich vielleicht sonntags spontan entschlossen, wandern zu gehen, und keinem Bescheid gesagt. Wenn der Täter anschließend ihr Auto weggefahren hat, lässt sich das nie zurückverfolgen.«

»Oh nein«, sagte Bettina dumpf. »Ich hasse Serienkiller.«

Willenbacher dagegen grinste. »Heckenschütze macht Wanderlokale in Kurlage unsicher. Wenn du das in die Zeitung bringst, Bolle, dann setzt der Pfälzerwaldverein einen eigenen Killer auf dich an.«

»Gott.« Bettina vergrub ihren schmerzenden Kopf in den Händen. Sie wollte keinen Serienmörder. Im Grunde glaubte sie nicht an diese Art Verbrecher. Sie war nicht besser als Schwanck: Sie wollte nette, saubere Fälle, und wenn schon ein Mord, dann wenigstens mit nachvollziehbarem, bürgerlichem Motiv. »Aber«, sagte sie und hob den Kopf wieder, »die Hülse. Die passt nicht.«

»Wieso?«, fragte Willenbacher.

»Dieser Balkon dort oben. Wer von da schießt, hat sein Opfer bestellt.«

»Wie kommst du denn darauf?«

»Weil man genau über den Parkplatz guckt«, sagte Bettina, sich deutlich bewusst, dass der Wunsch der Vater ihres Arguments war. Und dennoch: »Da hat einer im Hinterhalt gelegen. Und zwar an einem Wochentag. Du kannst mir nicht erzählen, dass sonntags dort irgendwer auf der Lauer liegt und schießt, während drin die Bude voll ist und ständig Leute raus- und reingehen. Ich glaube, da war niemand sonst, als der Schuss abgegeben wurde, und das heißt, der Schütze hat sich nicht die schönste Wandersfrau ausgeguckt, sondern jemand Bestimmten erwartet.«

Willenbacher sah Bettina zweifelnd an. »Aber, Bolle, du weißt doch, die meisten Frauen werden auf Rummelplätzen vergewaltigt.«

Bettina stand auf. »Also gut. Mach uns eine Liste aller Vermisstenanzeigen fürs letzte halbe Jahr aus dem Umkreis von zweihundert Kilometern. Das dürfte die maximale Entfernung für einen spontanen Tagesausflug sein.«

»Okay.«

»Vielleicht sollten wir auch diese Thorwald mal herbitten.«

»Die wird von alleine kommen, wenn sie *Bild*-Leserin ist. Heute Abend steht sie mit ein paar freundlichen jungen Männern vor deiner Tür.«

»Sehr witzig«, sagte Bettina. »Wir müssen auf jeden Fall mit dem jungen Achtkapp sprechen und diesen Baring überprüfen. Ach ja, und du gehst zum Schwanck und besorgst eine Liste von allen zivilen Helfern bei der Suche nach Frau Kirchheimer.«

»Steht das nicht in deiner geklauten Akte?«

»Leider nein.«

»Kannst du bitte den Müller schicken?«

»Der ist für den Job schon verbraucht. Und außerdem unterwegs.«

»Der Schwanck wird sagen, du hast mich geschickt.«

»Lass dir was einfallen«, sagte Bettina. »Hopp. Ich will ins Tal.«

»Und was machst du inzwischen?«, fragte Willenbacher.

»Aldi«, nuschelte Bettina.

»Bitte?!«

»Ich muss dringend einkaufen, okay? Abends mit den Kindern ist das furchtbar, die machen mich so fertig, dass ich immer die Hälfte vergesse. Und wir haben rein gar nichts mehr zu essen.«

»Bolle, Bolle«, sagte Willenbacher. »Irgendwann wirst du auf die Schnauze fliegen.«

»Nicht«, sagte Bettina, »wenn du machst, was ich dir sage.«

Fast wäre sie dann wirklich gefallen, als sie nämlich im Aldi auf einer Palette balancierte und einen Zwölferkarton Apfelsaft hochwuchtete und gleichzeitig ihr Handy klingelte. Sie erschrak, stolperte zurück, fing sich, und statt ihrer fiel der Saft. Es gab Lärm, Aufsehen und Sauerei, weil einer der Tetra-Packs platzte, im Grunde war es also genauso, wie wenn sie mit ihren Kindern unterwegs war.

»Boll«, giftete sie ins Telefon, als sie es endlich aus ihrer Jackentasche gefischt hatte.

»Ach Gott«, sagte Willenbacher.

»Was ist los?!«

»Mach und komm, Bolle, die Thorwald gibt eine Pressekonferenz. Im Tal. Als Reaktion auf deinen Artikel.«

»Soll das ein Witz sein?«

»Wieso? Nein. Schuster von der Zentrale hat mich eben angerufen, die ist wirklich unterwegs, also –«

»Du hast doch gehört, was Härting gesagt hat«, sagte Bettina. »Weißt du, was passiert, wenn ich da aufkreuze? Ich kann mir nicht vorher schnell noch die Haare färben.«

»Die Thorwald ist da«, wiederholte Willenbacher nur. »Willst du sie sprechen oder nicht?«

»Ach Herrgott noch mal«, fluchte Bettina. »Woher weiß die Zentrale das überhaupt?«

»Ein Herr von der *Rheinpfalz* hat Polizeischutz angefordert.«

Bettina blickte auf den ausgelaufenen Saft. »Weil er sich dort nicht allein hintraut?«

»Ja.«

»Und kriegt er den Schutz?«

»Natürlich nicht, da könnten wir der NPP ja gleich eine eigene Truppe zur Verfügung stellen. Das ist keine angemeldete Veranstaltung. Der Herr von der *Rheinpfalz* schickt jetzt eine Kollegin.«

»Das ist natürlich auch eine Lösung.«

Wieder mussten sie eins der blausilbernen Fahrzeuge nehmen. Gerade heute wäre Bettina viel lieber unauffällig unterwegs gewesen, aber Willenbacher kam jetzt morgens mit dem Fahrrad, und ihr alter Taunus hatte noch Sommerreifen drauf, die waren im winterlichen Wald nicht zu gebrauchen. Also nahmen sie in den Ledersitzen eines fetten Mercedes Platz, flogen über die Autobahn nach Bad Dürkheim und wurden dann von Müller per Funk durchs Tal geleitet.

»*Sonnenhof*«, knarrte seine Stimme verzerrt durch die Lautsprecher. »Da soll die Pressekonferenz sein. Das Lokal heißt so. Hier ganz in der Nähe vom *Wilden Mann*. Muss ziemlich groß sein. Nicht zu übersehen. Ihr seid bestimmt gleich dort.«

Willenbacher lenkte den Wagen um eine Kurve, und prompt erhob sich vor ihnen ein hohes weißes Gebäude aus dem kahlen Wald. Vordergründig bestand es hauptsächlich aus Terrassen, mindestens drei auf verschiedenen Ebenen, alle weiß umzäunt und mit geschwungenen Laternen bestückt. Davor befand sich ein riesiger Parkplatz, auf dem eine hohe illuminierte Weihnachtstanne prangte, und dahinter war das eigentliche Haus, dem man das alte Waldgehöft trotz der dicken Stiegen in den Fenstern und dem tiefgezogenen Dach nun auch nicht mehr abnahm. »Sonnenhof« stand in breiter Fraktur über den Fenstern des ersten Stocks.

»Da sind wir«, sagte Willenbacher unnötigerweise, nachdem er den Benz auf den Sandplatz gelenkt hatte. Der war groß genug, um selbst schnellen Fahrern Gelegenheit zum Halten zu geben. Das war vermutlich eine Überlebensfrage für so ein Lokal. Willenbacher schaltete in den ersten Gang, wendete und rollte langsam zurück.

»Fahr bloß nicht so nah ran«, sagte Bettina nervös.

»Ich will aber nicht laufen.« Willenbacher parkte den Wagen neben einem grauen Kombi. Außerdem standen noch sieben andere Autos auf dem Platz. Bettina saß auf dem Beifahrersitz und knetete ihre Hände.

»Nicht viel los.« Ihr kleiner Kollege freute sich. »Soll ich mal allein rausgehen und gucken?«

»Ich hasse es«, sagte Bettina. »Die werden mich erkennen und fotografieren und morgen schmeißt der Härting mich raus.«

»Ich seh nach, wer da ist«, beschloss Willenbacher.

Bettina seufzte.

»Also bis gleich.« Der Kollege öffnete seine Tür.

»Scheiße«, sagte Bettina von Herzen, schnallte sich ab und stieg ebenfalls aus.

Draußen begutachtete Willenbacher die anderen Wagen.

Sie trugen Dürkheimer, Lautringer, Frankfurter und Heidelberger Kennzeichen. Auf der Hutablage eines schicken Audi sah Bettina mehrere *Bild*-Zeitungen und kriegte einen Schreck. »Ich werd vorher kurz mal das Kennzeichen von dem hier durchgeben. Wenn das der Steinweicher ist, geh ich da nicht rein.«

»Spinnst du?«, fragte Willenbacher.

»Ich will aber nicht, dass die aus mir eine Serie machen.« Sie blickte suchend in den Audi. »Scheiße. Da ist ein Schild im Fenster, da steht Presse drauf.«

»Angeblich soll das hier eine Pressekonferenz sein.«

Bettina seufzte, ging um den Audi herum und spähte zu den Vordersitzen hinein. Dabei berührte sie versehentlich den angrenzenden Kombi, einen alten Omega. Sofort grollte aus dem Auto ein leises, bösartiges Knurren. Erschreckt wandte sie sich um und starrte in zwei mordlüsterne Augen. Sie waren keine zehn Zentimeter entfernt. Bettina schrak zurück und stieß gegen einen fremden Kotflügel.

Es grollte wieder. Herzklopfend wagte sie einen neuen Blick: Im Inneren des grauen Opel saß ein riesiger Schäferhund. Seine bernsteingelben Augen sagten nachdrücklich: Ich kill dich. Er knurrte und knurrte.

Willenbacher kam hinzu. »Hier sind wir richtig«, befand er ungerührt und wies auf ein dickes weißes Lonsdale-Sweatshirt, das über eine Sporttasche auf der Rückbank des Omega gebreitet war. »Was wohl in der Tasche ist?« Er pfiff durch die Zähne. »He, guck mal, Bolle.«

Bettina störte der Hund sehr, doch sie beugte sich zu Willenbacher und sah einen Baseballschläger, der unter dem Beifahrersitz hervorlugte.

»Allzeit bereit«, sagte der Kollege zackig. »Das ist –«

In dem Moment sprang das Tier plötzlich auf und bellte schrill und böse. Das ganze Auto wackelte, so eine Wut entfesselte der Hund. Sogar Willenbacher zuckte zurück.

»Nazitöle«, schalt er dann aus sicherer Entfernung. »Ich geh jetzt rein. Was ist mit dir?«

»Kannst du die Thorwald irgendwie unauffällig rausbitten?«, fragte Bettina.

Willenbacher zog die Brauen hoch.

Sie wand sich. »Ich hab doch Kinder. Wenn ich morgen wieder in der Zeitung bin, kann ich meinen Halbtagsjob vergessen. Du weißt, wie der Härting ist.«

Willenbacher zog die Nase hoch. »Siehst du, so funktioniert das«, sagte er säuerlich. »Das ist Abschreckung. Da bellt dich so ein Scheißköter an und schon hast du Muffensausen und machst Ausnahmen.«

»Es ist nicht der Hund«, erklärte Bettina. Sie sagte es zu Willenbachers Rücken. Er hatte sich auf dem Absatz umgedreht und marschierte hoch erhobenen Hauptes auf das Haus zu.

Die Tür ließ sich doch aufmachen. Natürlich. Charlotte musste nur dreimal kräftig von außen mit ihrem Schürhaken ruckeln, und schon war die verzogene Küchenpforte so weit geöffnet, dass man nach innen greifen, die Kommode unter der Klinke ertasten und das Ganze einfach aufschieben konnte. Die halbe Nacht hatte sie wach gelegen und sich ausgemalt, wie ein notorischer Lustmörder genau das tat. Dann war sie verrückterweise aufgestanden und hatte zwei Fleischerhaken in die Tür gehauen, einen in den Rahmen, den anderen ins Blatt, ein uralter Trick aus ihrer sehr kurzen Rucksacktouristinnenzeit. In der Zwischenzeit war sie in ihrem Pyjama halb erfroren. Und dann hatte sie festgestellt, dass sie keine Metallkette hatte, um die beiden Haken zu verbinden. Frierend war sie ins Bett zurückgewankt, der quasi offenen Tür zum Trotz.

Es war aber auch albern: Charlotte hatte sich nie reich gefühlt, jedenfalls nicht hier. Aus ihrem alten Leben hatte sie kaum etwas mitgenommen. Doch wenn sie jetzt an den Flügel oder den Immendorf an der Wohnzimmerwand oder den Schmuck ihrer Mutter dachte, den sie hier so leichtsinnig in einer einfachen Holzschatulle verwahrte, dann wurde ihr angst und bange. Vermutlich musste sie Gott danken, dass sie überhaupt noch lebte. Ziemlich verzweifelt betrachtete sie den schiefen Rahmen und fröstelte. Eine kalte Bö trieb ihr etwas feuchtes Laub vor die Füße. Sie zog die Jacke enger und stapfte rund um ihr altes, hübsches, absolut nicht für Reiche gemachtes Haus. Da sah sie auf der gegenüberliegenden Straßenseite ein großes blausilbernes Polizeifahrzeug stehen. Direkt vorm *Sonnenhof.* An dem Auto lehnte eine schmale rothaarige Frau mit lang ausgestreckten Beinen. Sie rauchte fahrig, und ihre Miene war finster wie ein Kohlenkeller. Die ganze Person sah nicht im Geringsten ansprechbar aus. Doch für Charlotte war sie die beste Gelegenheit, zu erfahren, wie ernst die merkwürdigen Ereignisse in der Nachbarschaft wirklich waren. Also stellte sie den Schürhaken weg und überquerte die breite Straße.

Feigheit vor dem Feind, das war Bettina noch nie passiert. Sie fühlte sich furchtbar mies. Wütend auf sich selbst war sie zum Auto zurückgegangen und hatte sich eine Zigarette geholt, jetzt war sie schon bei der dritten. Was war sie denn für eine Polizistin, wenn sie sich vor Zeitungsreportern fürchtete? Es waren jedenfalls die Journalisten, vor denen sie Angst hatte. Nicht die Nazis. Sie paffte heftig und schielte zu dem Omega hinüber. Der Hund sah den Blick und knurrte, Bettina hörte es bis zu ihrem Auto. Vermutlich war das Vieh auf Polizisten abgerichtet. Es ließ sie jedenfalls nicht aus den Augen, und seine Absichten waren deutlich. Du bist selbst schuld, dachte sie. Sich hier draußen auf einen Psychokrieg mit so einer Töle einzulassen, das war irre, die spürte ihre Feigheit und genoss das vermutlich. Angespannt schnippte Bettina die Kippe weg. Da erblickte sie auf der anderen Straßenseite eine Frau.

»Hallo«, rief diese und lächelte vorsichtig. Sie war eine sportliche Erscheinung um die vierzig mit einer schicken blonden Kurzhaarfrisur, die ganz sicher nicht von einer pfälzischen Hinterzimmerfriseuse geschnitten war. Ihre Lederjacke war auch vom Feinsten, und offen, trotz der Kälte. Entschlossen stapfte sie nun auf Bettina zu. »Ich hab Sie von drüben gesehen. Ich wohne da.«

Sie wies zurück auf ein Haus, das geduckt auf der anderen Straßenseite hockte. Ein dicker kahler Baum, den Bettina nicht identifizieren konnte, stand davor. Im Sommer sah es sicher urig aus, doch jetzt verblasste es völlig neben dem strahlenden *Sonnenhof.*

»Darf ich mal fragen – sind Sie von der Polizei?«

»Ja«, sagte Bettina immer noch schlecht gelaunt.

»Charlotte Inthoven.«

Eine schmale weiße Hand wurde Bettina hingestreckt. Sie ergriff sie zögernd. »Boll.« Sie schniefte. »Kriminalpolizei.«

Inthoven lächelte einnehmend. Allein das fand Bettina in ihrem angeschlagenen Zustand schon verdächtig. Sie stieß sich von dem Wagen ab. Wieder knurrte der Hund. Inthoven blickte irritiert zu den parkenden Autos.

»Da ist ein Hund drin«, erklärte Bettina, als wäre sie für ihn verantwortlich. »Kann ich etwas für Sie tun?«

Inthoven bückte sich ein wenig, um in den Omega zu sehen. »Ein großer Hund.«

»Wieso wollten Sie mich sprechen?«, fragte Bettina und erntete Knurren.

Inthoven richtete sich wieder auf und lächelte erneut. Diesmal schien es Bettina weniger aufgesetzt. »Ich habe gehört, dass eine Leiche gefunden wurde«, sagte Inthoven. »Da oben am *Wilden Mann*. Ein Knochen, nicht?«

»Ja«, sagte Bettina, inzwischen aufmerksam. Der Hund grollte dumpf.

»Ein Menschenknochen?«

»Ja.« Knurren.

»Der Hund mag Sie«, sagte Inthoven.

Bettina rollte die Augen. »Dabei kenne ich ihn erst fünf Minuten.«

Inthoven stemmte die Fäuste in die Seiten und blickte Bettina einladend an. »Haben Sie vielleicht Lust auf eine Tasse Kaffee? Ich hab mir grade welchen aufgesetzt.«

Bettina blickte zurück zum *Sonnenhof.* Willenbacher würde bestimmt extra trödeln. Sie nickte und klappte ihren Kragen hoch. »Okay. – Danke.«

Drinnen war Inthovens Haus alles andere als bäuerlich. In der großen Eingangshalle stand ein glänzender Konzertflügel, eine steile Holztreppe führte über eine kleine Galerie nach oben, und an einer Wand hing ein düsteres Bild, eine schwarze Ölwolke. Ansonsten war der Raum leer.

Inthoven bat Bettina in eine große, niedrige Küche. »Am besten behalten Sie die Jacke an«, sagte sie entschuldigend. »Die Küchentür schließt nicht richtig. Drinnen ist es kalt.«

Das stimmte. Trotzdem war der Raum ansprechend. Die Möbel sahen aus, als wäre jemand lässig durch ein Küchenstudio spaziert und hätte hier und da Verschiedenes mitgenommen. Es machte einen sehr provisorischen Eindruck. Andererseits wirkte das Ganze auf unbestimmte Weise komponiert. Es konnte auch das Werk eines hochbezahlten Innenarchitekten sein. Nur die Kommode vor der Tür zum Garten, die war bestimmt von keinem Planer dort vorgesehen. Interessiert betrachtete Bettina das Stück. Es war ein Schuhschrank. Und in der Tür steckte ein Fleischerhaken. Im Rahmen auch.

Inthoven goss derweil Kaffee in Glühweinhumpen vom Nürnberger Christkindlesmarkt. »Milch und Zucker?«

»Nur Zucker.«

Inthoven folgte Bettinas Blick zu der Tür. »Ich sag ja, die schließt nicht«, erklärte sie verlegen. »Ich wollte zwischen die Haken eine Kette spannen.« Sie lächelte schief. »Heute Nacht um drei Uhr. Ich habe ganz plötzlich Angst gekriegt. – Es ist gut, dass Sie hier sind.« Zerstreut reichte sie Bettina eine Tasse. »Ich bin jetzt doch beunruhigt wegen dieser Knochensache. Weil alle irgendwas erzählen und ich nicht weiß, was ich denken soll. Ich habe eine Tochter, und nachts ist es hier einsam. – Sind wir in Gefahr?«

Der Kaffee war heiß und süß. Bettina entspannte sich ein wenig. »Kann ich mir nicht vorstellen«, log sie. »Aber allein in den Wald gehen würde ich zurzeit nicht.«

»Sie wissen gar nicht, was los ist«, folgerte Inthoven.

Bettina schüttelte stumm den Kopf.

»Das ist dumm«, sagte Inthoven. »Meine Tochter ist siebzehn. Die ist jeden Tag hier allein unterwegs. Anders geht es gar nicht.«

Bettina seufzte. »Wir arbeiten mit Hochdruck. Lassen Sie die Tür machen und fahren Sie Ihr Kind mit dem Auto zur Schule.«

»Mehr können Sie mir nicht raten?«, fragte Inthoven nun fast aufgebracht.

»Der Fall ist kompliziert. – Aber vielleicht können Sie ja helfen. Sie wohnen hier. Waren Sie auch mit bei dieser Suche? Nach der Frau Kirchheimer?«

»Ja.«

»Wie ist das denn abgelaufen? Sind Sie eingeteilt worden? Hat man Ihnen bestimmte Wege vorgeschrieben?«

»So grob«, sagte Inthoven. »Waren Sie nicht da?«

»Ich gehöre zu einem anderen Kommissariat«, sagte Bettina. »Kapitalverbrechen.«

Inthoven zuckte zusammen. »Sie haben Gruppen gebildet«, sagte sie ohne weiteren Kommentar. »Immer zu dritt oder viert, Freiwillige und Polizisten gemischt.«

»Waren auch Leute allein unterwegs?«

»Ja, die Autofahrer. Alle mit geländetauglichen Wagen sind die Wege abgefahren. Ich war Beifahrerin bei Frau Charcutier, meiner Nachbarin. Die wollte das nicht allein machen. Aber die meisten anderen schon.«

»Waren das viele?«, fragte Bettina und stellte ihren Kaffee beiseite.

»Ja. Fast jeder hier hat so einen Geländewagen.«

»Ach«, machte Bettina enttäuscht. »Wer denn alles?«

»Na, Sieglinde Charcutier, die Barings, die Frau Schwarz von gegenüber, der Förster natürlich …«

»Achtkapps«, rechnete Bettina mit.

»… und dann noch vier bis sechs andere, die ich nicht mit Namen kenne.«

»Ist Ihnen irgendwas aufgefallen, das Sie irritiert hat?«, fragte Bettina. »Vielleicht nur irgendeine Kleinigkeit? Etwas, das Sie störte?«

Inthoven sah fast aus, als hätte sie auf diese Frage gewartet. »Nicht bei der Suche.«

»Egal wo.« Bettina beugte sich vor.

Ihr Gegenüber nahm einen Schluck Kaffee, um sich zu wappnen. »Es ist ein bisschen heikel«, wand sie sich nun. »Vielleicht handelt es sich nur um eine Ordnungswidrigkeit, verstehen Sie, und wenn das so ist, will ich nicht die sein, die sie verraten hat. Ich wohne erst ganz kurz hier im Tal. Ich will mich nicht gleich unbeliebt machen.«

»Verstehe«, sagte Bettina und trank ihren Kaffee aus. »Wie lang wohnen Sie denn hier?«

»Nur fünf Jahre.« Inthoven stutzte und lächelte.

Bettina grinste. »Da werden Sie als sozusagen Fremde einen ganz anderen Blick auf die hiesigen Geschehnisse haben.«

»Mit Sicherheit.«

»Okay. Wir werden die Sache sensibel behandeln. Was haben Sie gesehen?«

Als Bettina den *Sonnenhof* dann endlich doch betrat, waren ihr Kameras und Hunde nicht mehr halb so wichtig wie noch eine halbe Stunde zuvor. Es war auch nicht viel Betrieb. Die Konferenz löste sich eben auf, doch man konnte noch recht genau erkennen, wo die Front verlaufen war: längs des Tischs. Den Rücken zur Wand gekehrt saß ein Typ mit engem Kragen und hässlichem Haarschnitt (nicht zu kurz) neben einem älteren Mann in schlecht sitzendem Anzug und einer etwas moppeligen, billig blondierten Frau. Dass diese Person auf extravagante Grundstücksspekulation spezialisiert war, sah man ihrem tranigen Gesicht überhaupt nicht an. Doch sie musste Thorwald sein. Denn die drei anderen Damen (nur Frauen, dachte Bettina) auf der raumzugewandten Seite packten eben Blöcke, Kameras und Diktiergeräte zusammen und waren folglich Journalistinnen. Die Wandfraktion schwieg und schaute zu. Ob alles nach ihren Wünschen verlaufen war, konnte man an den ausdruckslosen Gesichtern nicht ablesen. Das lernte man vermutlich zuallererst in diesen Trainingscamps: nichtssagend gucken. Bestimmt musste man das einüben wie einen Stechschritt.

Bettina sah sich nach Willenbacher um: Er lehnte linkerhand an dem breiten Eichentresen, eine Tasse Kaffee vor sich, und sprach mit der Frau, die dahinter Gläser spülte. Sie wirkte vital, geradezu strahlend, ohne auch nur ansatzweise zu lächeln. Stattdessen war sie fröhlich angezogen, hatte eine lila Strähne ins Haar gefärbt und strahlte viel Energie aus. Spöttisch betrachtete sie ihre Gäste, und offensichtlich sprach sie über sie. Mit einem nassen Glas wies sie in deren Richtung. Dann erblickte sie Bettina. »Ist schon vorbei, Schätzchen«, sagte sie schadenfroh. »Die Herrschaften wollen gerade gehen.«

»Bolle«, sagte Willenbacher. »Das ist Frau Schwarz, ihr gehört der *Sonnenhof.*« Und zu der Wirtin: »Das ist meine Kollegin.«

»Ach. Tschuldigung. Ich dachte, Sie wären gekommen, um die Worte dieser Leute da für die Nachwelt festzuhalten.«

»Haben sie denn was Interessantes gesagt?«

»Nein«, sagte Willenbacher bedauernd.

Und »Nein«, sagte Schwarz laut und provozierend. »Sie haben nichts Interessantes gesagt, die Herren. Und die Frau da, die Thorwald, die unsere Gemeinde erpressen will, ist gar nicht zu Wort gekommen.«

Keine der beiden Parteien beachtete sie. Die Typen an der Wand zuckten nicht mal mit den Wimpern, die Journalistinnen erhoben sich und gingen grußlos, in ein leises Gespräch vertieft. »Abreißen«, hörte Bettina nur heraus, und »zweihundert Jahre alt«, und »ein Jammer«.

»Kannte sie die Kirchheimer?«, fragte Bettina leise.

Willenbacher schüttelte den Kopf.

»Wo war sie am Sonntag vor einer Woche?«

»In irgendeinem Kuhdorf in den neuen Bundesländern. Zu einer Kundgebung. Hat vermutlich hundert Zeugen.«

»Hast du die Namen von den beiden Herren?«

Willenbacher guckte nur genervt.

»Okay«, sagte Bettina. In die Gruppe um Thorwald kam nun

auch langsam Bewegung. »Dann lass uns gehen. Ich hab was Neues. Komm. Hopp.«

Sie drehte sich um und da stand plötzlich der Mann im Anzug vor ihr. Breitbeinig. Er war nicht viel größer als sie, er war alt und schwitzte fettig, aber irgendetwas an ihm sagte Bettina, dass die Muskeln unter dem schlaffen Anzugstoff ziemlich gut trainiert waren. Seine Augen waren von einem beleidigten Grün und seine Haare so dunkel, dass sie gefärbt aussahen. »Kripo-Bolle«, sagte er mit recht heller Stimme. »Ich wusste, dass Sie kommen.«

Bettina starrte ihn sprachlos an, seine körperliche Nähe fand sie eklig. Sie trat einen Schritt zurück.

Er kam nach. »Sie waren in der Zeitung.«

»Sie doch bestimmt auch schon«, hörte sie sich sagen.

Das ließ einen trotzigen Reflex über seine Augen huschen. Er reckte das Kinn, es war ohnehin schon weit vorn, auf einer geraden Linie mit seinen Eiern. »Sie können nichts dafür«, sagte er drohend. »Ich weiß. Sie müssen bei der Polizei schaffen, obwohl Sie Kinder haben.«

Bettina bekam einen Schreck.

»Sie sollten mal drüber nachdenken, wie es wäre, ein reguläres Müttergehalt zu kriegen. Frauen wie Ihnen sollte der Staat das ermöglichen.« Immer noch bohrte er seinen Blick in ihren. »Denken Sie an Ihre Kinder.«

Bettina lief rot an.

Der Mann im Anzug wandte sich ab und klopfte auf die Theke. »Hübsches Lokal«, sagte er zur Wirtin. »Ich werd's weiterempfehlen.«

»Wag dich ja nicht noch mal her«, erwiderte die. »Wenn ich gewusst hätte, wer ihr seid –«

»Bis demnächst.« Der Typ lächelte und trat zur Tür.

Thorwald beeilte sich nachzukommen. »Kripo-Bolle, hm?«, machte sie noch verächtlich.

Auch darauf fiel Bettina nichts ein. Erst als die Leute draußen waren, sagte sie: »So eine verdammte Scheiße.« Und zu der Wirtin: »Haben Sie mal eine *Bild*-Zeitung da?«

Schwarz hörte auf, mit einem Stift gegen die Theke zu klopfen, was sie seit ihrem kurzen Wortwechsel mit den unerwünschten Gästen getan hatte. »Les ich nicht.«

»Mist«, sagte Bettina. »Will, kannst du dich erinnern, ob da was über meine Kinder gestanden hat?«

»Kann sein«, sagte Willenbacher. »Daran hat doch die Horst-Riegel sich so aufgegeilt.«

Bettina knetete ihre Stirn. »Tja«, sagte sie unbehaglich. »Trotzdem müssen wir los. Ich hab eine neue Zeugin gefunden.«

»Hier auf dem Parkplatz?«, fragte Willenbacher.

»Die Frau von gegenüber.«

»Charlotte?«, fragte die Wirtin erstaunt.

Bettina blickte auf.

»Was weiß die denn?« Schwarz verschränkte die Arme. »Die ist doch gar nicht von hier.«

»Muss man denn von hier sein, um zu wissen, was bei den Wildschweinen passiert ist?«, fragte Bettina noch etwas zittrig.

»Natürlich nicht.« Schwarz wandte sich wieder dem Spülwasser zu. »Kripo-Bolle«, hörte Bettina sie noch murmeln, als sie ging.

»Der war ja richtig gruselig, Tina«, sagte Willenbacher draußen überraschend mitfühlend. »Ich hab seinen Namen. Schmidt heißt er. Wir gucken gleich mal nach, was der alles auf dem Konto hat. Dann kannst nächstes Mal du ihm eine reinwürgen.«

»Ich hätte was sagen müssen«, sagte Bettina missmutig. »Ich hab mich fertigmachen lassen, von so einem Arsch.« Sie spähte unauffällig auf den Parkplatz. Noch mal wollte sie diesem Schmidt auf keinen Fall begegnen. Höchstens durch eine Zellentür getrennt.

»Du warst vorher schon fertig«, sagte Willenbacher.

Bettina sah auf. »Was soll das denn jetzt wieder heißen?«

»Na, erst die Zeitung, dann der Härting, und außerdem –« Er brach ab, als er Charlotte Inthoven sah.

»Das ist die Zeugin«, sagte Bettina. »Komm, wir gucken uns an, was sie zu zeigen hat.«

»Und der Achtkapp?«

»Ruf ihn an und bestell ihn zum – wo wollen wir hin?«, rief Bettina über den Parkplatz zu Inthoven.

»Zum *Dolce Vita*«, rief sie zurück.

Willenbacher lächelte strahlend, als wäre das die einzig mögliche Antwort aus dem Mund einer so hübschen blonden Frau. »Gerne«, sagte er leise.

»Also dahin. Je schneller er kommt, desto schlechter ist sein Gewissen.«

»Nein, Bolle.« Willenbacher schüttelte den Kopf, ohne Inthoven aus den Augen zu lassen. »Umgekehrt. Wenn er überhaupt kommt, dann ist er sauber. Ein Schleimer ist der Achtkapp nicht.«

»Woher willst du das wissen?«

»Er hat dich nicht angemacht.«

»Jetzt geht's aber los«, sagte Bettina. »Was willst du denn damit sagen?«

»Die Schleimer machen dich immer an«, sagte Willenbacher zerstreut. »Hast du das noch nicht gemerkt?«

»Vielleicht findet mich der eine oder andere einfach attraktiv«, sagte Bettina verdrossen. »Ohne Schleimer zu sein. Wäre ja theoretisch möglich.«

»Theoretisch«, sagte Willenbacher über die Schulter. »Aber praktisch hast du keinen Mann.«

Und damit sank Bettinas Laune augenblicklich auf den Tiefstand des Tages.

»So«, sagte Charlotte Inthoven. »Da ist es.« Sie standen fröstelnd in der engen Straße vor dem *Dolce Vita*, das klein und schäbig im Mittagslicht unter seinem kahlen Baum hockte. Der matschige Garten war noch mit den verwitterten Klappstühlen möbliert, die der Besitzer im Herbst vergessen hatte. Außer ihnen dreien war keine Menschenseele zu sehen.

»Gut«, sagte Bettina. »Wo ist der Brunnen?«

Inthoven sah sich unbehaglich um und trat dann durch einen bemalten Torbogen auf das Grundstück. Willenbacher hielt sich eng an ihrer Seite. Sie stapften durch die halb gefrorene, halb schlammige Gartenerde, bis Inthoven energisch auf einen unscheinbaren eingewachsenen Betonring wies, der rechterhand etwa knöchelhoch aus dem Boden ragte. Mit seiner verzogenen Holzabdeckung wirkte er wie ein niedriger Bretterstapel. Doch es war in der Tat ein Brunnen. Willenbacher ruckelte an dem hölzernen Deckel herum.

»Wem gehört das Grundstück?«, fragte Bettina, die langsamer nachgekommen war.

»Der Wirt heißt Toni«, sagte Inthoven. »Mehr weiß ich nicht.«

»Toni Valentini«, ergänzte ein stämmiger Mann, der auf dem Weg zu seiner Mittagspause unbemerkt durchs Tor zu ihnen getreten war. »Hallo! Passen Sie auf da, das ist kein Spielplatz! Das ist ein Brunnen! Der ist tief!« Er blieb stehen und orientierte sich. »Sie sind doch die – Dings. Von der *Blaumühle*«, sagte er in herrischem Ton zu Inthoven und blickte interessiert von ihr zu Willenbacher.

»Und Sie sind Karl, der Mann vom See.«

Er starrte Inthoven an. »Was machen Sie hier?«

Bettina schob sich nach vorn. Sie sah nicht anders aus als sonst, ihr waren nur die langen roten Haare ins Gesicht geweht. Und vielleicht war sie gedämpfter. Die Niederlage von vorhin wirkte noch nach. »Boll, Kripo Ludwigshafen«, sagte sie also möglicherweise nicht ganz so forsch wie sonst. »Wir gehen hier einem Hinweis nach.«

Karl begann schallend zu lachen. Bettina blickte verwirrt zu Inthoven. Die zuckte die Achseln.

»Sie sind von der Polizei?!«, keuchte Karl.

»Möchten Sie mit aufs Revier, damit ich's Ihnen beweise?«

Er wurde ernst. »Entschuldigung, Frollein, aber der war gut.« Er trat nahe an Bettina heran, packte ihre Hand und sah ihr verschwörerisch ins Gesicht. »Ich glaub's Ihnen ja. Meine Augen sind nicht mehr die besten, wissen Sie? Ich hab Sie für viel jünger gehalten. Die Haare. – Sie nehmen mir das doch nicht übel?«

Karls Gesicht war unrasiert und sein Blick starr, wenn auch offen, und er hatte mit Sicherheit schon vormittags etwas getrunken. Er roch nach Wacholder und Rauch und nach Arbeit im Freien.

»Nicht, wenn Sie mir verraten«, sagte Bettina streng und stopfte rasch ihre Haare in den Kragen, »wer das Schloss am Brunnen geknackt hat.«

Willenbacher hatte inzwischen die Holzplanken abgenommen, sodass die angekündigte Metallabdeckung offen lag. Zwei einsame, rostige Stahlösen standen daraus hervor. Ohne Schloss. Rund um die Ösen waren tiefe, wütende Kratzer. Wer immer hier keinen Schlüssel besessen hatte, war sehr heftig zu Werke gegangen.

»Nichts habe ich an dem Schloss gemacht«, beteuerte der kleine knittrige Toni Valentini. Der Wirt des *Dolce Vita* mochte um die fünfzig sein, er hatte helle Haut und dunkle Augen, und im Winterlicht sah er etwas ungesund aus. »Da. Ich habe doch den Schlüssel.«

Eifrig schwenkte er einen großen Schlüsselbund, der jetzt auch nichts mehr nützte. Dann schaute er gemeinsam mit Bettina und Willenbacher in den dunklen Brunnen. Erkennen konnten sie allerdings nur die Schachtwand, die sich im Schwarz verlor, denn sie besaßen keine Lampe, die über fünfzig Meter weit reichte. Dies verführte dazu, sich weit vorzubeugen, um vielleicht doch irgendetwas zu sehen. Glitzerte dort nicht Wasser, da ganz am Grund …

Bettina wurde unsanft an der Schulter gepackt. »Nicht ohne Seil, Bolle«, sagte Willenbacher leise.

Sie trat zurück und bemerkte, wie gefährlich dicht an dem Wasserloch sich nun auch die Kundschaft des *Dolce Vita* drängte. Fünf Männer spähten mit in die Tiefe, und gerade kam noch ein weiterer hinzu. Er wurde von den anderen mit kameradschaftlich-bedrücktem »Mahlzeit« begrüßt.

»Fritz«, sagte einer zu ihm, »guck, do ist des Schloss ab. Weischt du, wer des war?«

Fritz verneinte und trat näher.

»Bass Obacht und fall net ninn.«

»Ich glaube, wir schließen den Deckel besser wieder«, sagte Bettina mit einem Blick in die Runde. Dann sah sie den Neuankömmling Fritz an. »Boll, Kripo Ludwigshafen. Sie wissen also auch nichts über diesen Brunnen? Jemand hat das Schloss entfernt. Gewaltsam, wie es scheint.«

Fritz starrte die Polizistin an. »Ach Gott, ham die jetz junge Dinger bei de Bollezei.«

Bettina verschränkte die Arme. Das hatte sie jetzt satt. Diese Typen konnten nicht alle ein Augenproblem haben. Sie sah Fritz böse an, er lächelte freundlich zurück.

»Oh!«, machte er da und zeigte mit dem Finger auf sie. »Sie sinn die aus der Zeidung.«

»Eijoh!«, machte einer der Herren.

Bettina wurde rot.

»Sie sinn's!«

»Was mache Sie hier bei uns?«

»Sie sind die, wo gegen die Nazis ermittelt?«

Die Männer waren ganz aufgeregt. »Des is e Sach«, waren sie sich einig. Und: »Sie sehn in eschd besser aus, Frollein.«

»Ich ermittle momentan gegen den, der hier am Brunnen rumgemacht hat«, wehrte Bettina unwillig ab.

»War das etwa ein Nazi?«

Bettina blickte zu Willenbacher hinüber. Der zuckte die Schultern. »Haben Sie denn irgendwas beobachtet, die Herren?«, fragte sie hilflos.

»Ja«, sagte Fritz da stolz. »Ich.«

»Aha?«, sagte Bettina. »Wie ist denn Ihr Name?«

»Fritz Falk.«

»Und was haben Sie gesehen?«

»Einen Wagen. Als ich hier im Auto geschlafen hab.«

»Sie haben hier übernachtet? Wann?«

»Was heißt da übernachtet, es war glatt«, sagte Falk. Als möglicher Zeuge bemühte er sich jetzt, mehr Hochdeutsch zu sprechen, doch seine »sch« blieben weich, das kriegt ein alter Pfälzer nicht weg. »Ich seh auch nimmer so gut.« Er wies auf seine Brille. »Das war am Sonntag vor einer Woche. Ich hatte was getrunken und da hab ich im Auto en Nickerchen gemacht.«

Vorsichtig schielte er zu dem Wirt Toni Valentini, der mit verschränkten Armen vor seinem geöffneten Brunnen stand und leise auf Italienisch vor sich hin murmelte. Inzwischen hatte sich in dem nassen Garten eine Menschentraube von über zehn Personen gebildet.

»Der Toni mag des net, aber ich hab Standheizung, also das geht, Sie wissen schon, ich steh hier net die ganze Nacht, nur so lang, bis ich aufwach und mich wieder sicher fühl. Dann fahr ich ins Tal. Is ja en Stück.«

»Moment«, sagte Bettina. »Sie haben am Sonntag vor einer Woche, an dem Tag, als Frau Kirchheimer verschwand, hier auf der Straße in Ihrem Auto übernachtet. Und als Sie früh am Morgen aufgewacht sind, haben Sie einen Wagen beobachtet, der Ihnen verdächtig vorkam.«

»Verdächtig grad net, aber ich hab jemand gesehn, der da am Brunnen, genau dort, rumgefummelt hat. Un zwar lang.«

Bettina spürte einen kleinen Hüpfer im Magen. »Um wie viel Uhr war das?« Endlich sah es so aus, als hätten sie eine richtige Spur.

»Gegen vier.«

»Wo hatten Sie geparkt?«

Falk führte Bettina und mit ihr sämtliche Zuschauer raus auf die Straße und zeigte seinen Parkplatz. »Da.«

Willenbacher ging etwas in die Hocke und betrachtete von dort aus das Grundstück. »Da sieht man aber hauptsächlich Zaun.« Der war etwa einen Meter zwanzig hoch.

»Den Kopf hab ich gesehn. Da hat einer rumgeknoddelt.«

»Wer?«

»Keine Ahnung. War zu dunkel. Ich hatte meine Brille ab.«

»Aber Sie hatten den Eindruck, derjenige macht etwas an dem Brunnen«, fragte Bettina.

»Ja, aber net sofort. Sofort hab ich nur das Auto gesehn. Des stand genau vor mir am Tor.«

Das Auto hast du aber erkannt, dachte sie. Du bist doch ein Kerl.

»Haben Sie das Kennzeichen gesehen?«, fragte Willenbacher.

»Nein.«

»Nicht mal die Ortskennung?«

»Ich hatte doch die Brille nicht auf.«

Bettina spürte ihre Schultern ein wenig sinken.

»Klar«, murmelte Willenbacher enttäuscht. »Was war es denn für eine Marke?«

»Weiß net, es – na ja, es war so en hoher. Dunkel. Einer von den geländegängigen Wagen, ich hab net richtig drauf geachtet. Ich war noch halb im Tran, ich dachte so halb, es wär Sigis Auto.«

»Wer ist Sigi?«

»Sieglinde Charcutier. Wohnt auch im Tal.« Er blickte auf, als ein schwarzer Mercedes G langsam die Straße hochfuhr. »Oder da. So«, sagte er und wies mit der Hand darauf. »So hat's ausgesehen.«

Darauf standen alle still und schauten gebannt zu, wie sich das Gefährt in eine enge Parklücke quetschte.

»Das ist der Achtkapp«, sagte Willenbacher halblaut.

»Hat vielleicht doch ein schlechtes Gewissen«, sprach Bettina maliziös.

Willenbacher verschränkte die Arme. »War es genau dieses Auto?«, fragte er Falk.

»So ein ähnliches.«

»In dieser Farbe?«

»Dunkel halt.«

»Ein Mercedes?«

»Die Marke hab ich net gesehn.«

»Kennen Sie noch mehr Leute mit Geländewagen?«

»Da gibt's noch einige in der Gegend, die geländegängige Autos haben«, sagte einer der Umstehenden. »Der Bela Baring zum Beispiel fährt so rum, oder jedenfalls seine Mutter.«

»Und der Förster, der Wingerter.«

»Die Schwarzen vom *Sonnenhof.*«

Bettina wandte sich wieder an ihren Zeugen Falk. »Was haben Sie denn überhaupt bemerkt?«, fragte sie.

»Ich hab nur den dunklen Geländewagen gesehen und an Sigi gedacht. Ich sag ja. Ich hatte mich erschrocken. Ich bin ganz plötzlich aufgewacht. Es war so 'n Traum vom Fallen, wissen Sie.«

Er blickte über den Zaun Richtung Brunnen und dann langsam wieder zurück. Ein unbehagliches Schweigen trat ein. In das laut das Knallen einer Autotür dröhnte. Achtkapp kam heran. »Mahlzeit«, sagte er. Die Umstehenden grüßten reserviert. Der junge Winzersohn sah tatsächlich nicht aus, als wollte er zu Kreuze kriechen, das musste Bettina zugeben. Er schlüpfte im Gehen in eine riesige teuer aussehende Lederjacke und sah weder interessiert noch betroffen aus. Seine dunklen Augen blickten eher vorwurfsvoll. »Was ist denn hier los?«, fragte er in die Runde der betretenen Gesichter.

»Herr Achtkapp«, sagte Bettina. »Würden Sie bitte mal Ihr Auto umparken?«

Er blickte sie zweifelnd und leicht spöttisch an. »Natürlich. Wohin?«

Bettina sah Falk an. »Da vors Tor«, sagte der.

»Und warum?«, fragte Achtkapp.

»Wir stellen etwas nach.«

»Was denn?«

»Eine Situation.«

»Aha.« Achtkapp schüttelte den Kopf und ging zu seinem Auto zurück.

An Willenbacher gewandt sagte Bettina leise: »Feuerwehr. Keine Wagen oder was, wir brauchen erst mal nur eine Leuchte mit anständiger Reichweite. Wenn sie drin ist, kann man sie hoffentlich sehen. Da sind die Jungs hilfsbereiter.«

»Und wenn wir nichts sehen?«, fragte Willenbacher.

»Dann müssen sie trotzdem runter. Und ruf den Müller an, er soll die Schweine mal sein lassen. Wir brauchen ihn hier.« Sie blickte auf und sah in ein gutes Dutzend gespannter Männergesichter. »Und von Ihnen, meine Herren, wollen wir Personalien und Aussagen. Sie gehen jetzt bitte alle außer Herrn Falk hoch in die Gaststätte und warten dort auf uns.«

Die Männer blieben stehen.

»Bitte. Sie wollen doch hier nicht festfrieren.«

»Muss ich auch hierbleiben?«, fragte Inthoven, die inzwischen recht verfroren aussah. »Meine Tochter kommt bald aus der Schule heim.«

»Gehen Sie nur«, sagte Willenbacher großzügig, und zu den Übrigen: »Und Sie auch, bitte.« Letzteres hörte sich erst aus seinem Mund wie ein richtiger Befehl an. Da folgten die Männer. Unterwegs aber machten sie Pausen, blieben stehen und wiesen diskutierend auf den Brunnen. Und Bettina dachte, dass möglicherweise keiner von ihnen je so zögerlich ins *Dolce Vita* gegangen war.

Der Test mit dem Achtkapp'schen Mercedes verlief nicht sehr erhellend. Obwohl sie die Szene so authentisch wie möglich nachstellten, war der Zeuge Falk einfach zu kurzsichtig. Außerdem war es ihm sichtlich unangenehm, den jungen Achtkapp in seiner Anwesenheit zu belasten.

»Ich kann mich doch gar net mehr erinnern«, sagte er entschuldigend zu dem Jungen, nachdem er auch sein eigenes Auto an die entsprechende Stelle gestellt hatte und von seinem Vordersitz aus unschlüssig den großen Wagen vor sich betrachtete. »Ja, es hat so ausgesehen – aber ob es ganz genau so war …« Er schüttelte den Kopf und schielte abbittend zu Achtkapp hinüber, der mit verschränkten Armen dastand und zusah, wie Bettina sich um den Zeugen bemühte. Schließlich schickte sie auch Falk hoch. Achtkapp grinste und fuhr sich über die dunklen Haare.

»Lachen Sie nur«, sagte Bettina und holte sich eine Zigarette aus ihrem fast leeren Päckchen. Achtkapp blickte sie an, da hielt sie ihm spontan die Packung hin. Dann rauchten sie gemeinsam einen Zug schweigend, Achtkapp an sein Auto gelehnt,

Bettina daneben. »Erst Ihr Grundstück und dann Ihr Auto«, sagte sie. »Langsam wird's eng.«

»Was wollen Sie überhaupt? Glauben Sie wirklich, da liegt diese Frau Kirchheimer im Brunnen?«

»Wussten Sie denn, dass da ein Brunnen ist?«, fragte Bettina.

»Ja.«

»Woher?«

Achtkapp dachte nach. »Ich glaube, das hat uns irgendwer in der Schule erzählt. In Heimatkunde oder so. Ist der tiefste Brunnen hier. Das wusste ich.«

»Herr Achtkapp, ich möchte gern wissen«, sagte Bettina, gemächlich den warmen Rauch inhalierend, »mit wem Sie sich am fünften September geprügelt haben.«

Er blickte sie kurz von der Seite an. »Sie haben meine Mutter mordsmäßig aufgeregt«, sagte er finster. »Mit genau diesem Scheiß. Ich hab mich nicht geprügelt.«

»Wir haben einen Zeugen, der Ihre Verletzungen gesehen hat.«

»Ich bin die Treppe runtergefallen«, sagte Achtkapp. »Und dieser Zeuge, der kann sich gern mal bei mir melden.«

»Sie haben Schläge bezogen.«

»Ich war betrunken«, sagte Achtkapp.

»Was ist passiert?«, fragte Bettina sanft.

»Ich bin betrunken die Treppe runtergefallen. Sie können's glauben oder nicht.«

»Wann ist das passiert?«

»Abends, als ich heimgekommen bin.«

»Von wo?«

»Vom Schachclub.«

»Sie trinken beim Schachspielen?«

»Das ist abgefahren«, sagte er.

Sie hob die Brauen.

»Danach.« Achtkapp verschränkte die Arme.

»Welche Treppe war es?«

»Unsere Hintertreppe. Die ist steil und rutschig.«

»Warum hat Ihre Mutter das nicht sofort gemerkt?«

»Weil sie nicht da war«, knirschte Achtkapp.

»Wo war sie denn?«

»Weiß nicht«, sagte Achtkapp und warf die halb angerauchte Zigarette auf die feuchte Straße.

»Vielleicht bei Herrn Baring?« Bettina stieß etwas Rauch in die kalte Luft und betrachtete den jungen Mann darüber hinweg.

Sein Gesicht war jetzt starr. »Bei dem hat sie gar nichts verloren«, sagte er voll unterdrückter Wut.

»Haben Sie sich mit Herrn Baring geprügelt?«

»Dann läge er jetzt noch im Krankenhaus.«

Bettina blickte nachdenklich. »Im Grunde genommen«, sagte sie freundlich, »wäre es gut für Sie, wenn Sie sich mit Herrn Baring geprügelt hätten, denn der ist noch am Leben.«

Achtkapp schwieg.

»Was ist er für ein Mensch, der Baring?«

»Ah!«, machte Achtkapp verächtlich. »Der ist das Letzte. Der hat meiner Mutter Klavierstunden gegeben, also –! In Wirklichkeit hat er bei uns rumgehangen und meine Mutter angemacht, während mein Vater oben im Sterben lag. Wochenlang. Ich hab ihn ein Dutzend Mal rausgeschmissen und er ist immer wiedergekommen. Der hat sich alles schon nett ausgemalt, wie es wird, wenn mein dummer alter Vater endlich tot ist. Wen er zur Hochzeit einlädt. Wo er das Klavier hinstellt.«

»Und jetzt, wo Ihr Vater tot ist, kommt er nicht mehr«, sagte Bettina.

»Zum Glück.«

»Wie sind Sie ihn losgeworden?«

Achtkapp zuckte die Achseln. »Meine Mutter ist zur Vernunft gekommen.«

»Hat er Geld bekommen?«

»Weiß nicht.« Achtkapp spuckte aus. »Fragen Sie ihn doch selbst. Da kommt er.«

Ein dunkelblauer Hyundai schob sich die kleine Straße hinauf. An seiner sichtbaren Seite stand elegant geschwungen:

Baring – Galerie im Tal. Das Gefährt sah ziemlich breit aus. Wie ein Geländewagen.

»Interessantes Auto, was?«, sagte Achtkapp, der Bettinas Blick bemerkte. »Davon gibt's noch mehr hier in der Gegend.«

Sie sahen zu, wie der Hyundai auf dem Parkplatz hielt, den zuvor der Mercedes eingenommen hatte.

»War das alles, was Sie von mir wollten?«

»Vorerst.«

»Kann ich dann gehen? Ihre Kollegen verdursten sonst, die können ohne meinen Kaffee gar nicht arbeiten.« Achtkapps Gesicht sah grau aus im hellen Licht, etwas pickelig, etwas übernächtigt. »Da sollten Sie mal dran denken, statt mich für einen Mörder zu halten. Ich bin die Mutter Ihrer Kompanie.«

Bettina lächelte. »Verkehren Sie auch hier in diesem Lokal?«

»Ich?« Achtkapp spuckte wieder. »So alt bin ich dann doch nicht. Und die Musik ist nicht mein Fall.« Er hob die Hand. »Lassen Sie sich von Bela hübsch was vorspielen.« Damit stieg er in seinen Wagen und fuhr eben los, als der schlanke dunkelhaarige Baring rasch an Bettina vorbei hoch zum *Dolce Vita* strebte.

»Hallo.« Sie schloss sich ihm an und fiel in seinen Laufschritt. Jetzt wollte sie sich endlich auch aufwärmen. Alle außer ihr saßen in der warmen Bude. Selbst Willenbacher hatte sich längst verdrückt.

»Hallo«, sagte der Pianist mit einem anerkennenden Seitenblick. Doch seine Gangart verlangsamte er nicht.

»Bela Baring?«

»Ja.« Er schniefte kurz und ging weiter. »Und wer sind Sie?«

»Boll, Kriminalpolizei.«

Baring blieb mitten in der Wiese stehen. »Ach was.« Er betrachtete Bettina neugierig. »Sie sind das?« Er lächelte. Es hatte etwas Fiebriges. Auch im Stehen hörte er nicht auf, sich zu bewegen, rieb seine Arme, wippte auf den Fersen, zuckte mit der Nase. Dann nieste er. Seine Haare waren lang und im Nacken zusammengebunden, er trug eine Jeansjacke und darüber eine Steppweste, die an einer Stelle mit zwei über Kreuz geklebten

Heftpflastern verziert war, weshalb auch immer. »Sind Sie echt von der Kripo? Sie sehen so –«

»Wir sehen alle so aus in der Abteilung Kapitalverbrechen«, sagte Bettina. »Lange Haare, komische Klamotten. Sie sind der Pianist hier?«

»Ja.«

Ein dicklicher Mann in blauen Arbeitsklamotten überholte sie. »Mahlzeit«, rief er. »He, Bela, so früh schon? Heute mal vormittags aufgestanden?« Interessiert schaute er von dem jungen Mann zu Bettina. Wegen der hat er sich so zeitig aus dem Bett gequält, hieß dieser Blick. Er lüpfte einen kleinen karierten Hut und verzog sich ins Warme.

Bela grinste anzüglich. »Da drin ist Betrieb, hm?«, fragte er Bettina.

»Ich weiß nicht. Was ist denn normal?«

Der Pianist wandte sich zurück zum Ausgang und zuckte die Achseln. »Normal ist das 'ne Leichenhalle. Lauter alte Männer.«

»Aber Sie spielen hier.«

»Ja.« Er bewegte sich zurück zur Straße.

»Wollten Sie nicht hineingehen?«, fragte Bettina.

»Nein.« Er lächelte flüchtig über die Schulter. »Lieber nicht. Ich wollte nur – ich kann jetzt noch nicht anfangen. Es ist ja erst ein Uhr.«

»Moment«, rief Bettina. »Ich will mit Ihnen reden.«

Diese Absicht teilte Baring nicht. »Warum?« Er stand schon wieder auf der Straße.

»Besitzen Sie eine Feuerwaffe?«

»Sie gehen ja ran.«

»So sind wir in der Abteilung –«

»… für Kapitalverbrechen.« Er blieb stehen und seufzte. »Sie sind noch beliebter als der Gerichtsvollzieher, hm? – Was tun Sie überhaupt hier?«

»Ich frage mich, wo Sie Sonntagnacht vor einer Woche waren und ob Sie eine Feuerwaffe besitzen.«

»Was war denn an diesem Sonntag?«

»Da verschwand Frau Kirchheimer. Und Sie haben mitgeholfen bei der Suche.«

»Das hätte ich wohl besser gelassen.« Baring tänzelte weiter in Richtung seines Autos. »Altruismus rächt sich immer.« Sein Gesicht sah nun aufmerksam aus.

»Was war Ihre Aufgabe?«

»Ich bin mit dem Auto die Waldwege abgefahren.«

»Allein?«

Er hob die Brauen. »Ja.«

»Wie lange?«

»Bis ein Uhr. Da haben alle Freiwilligen aufgehört.«

»Und dann?«

»Dann bin ich nach Mannheim gefahren, ins *Darc Jazz*. Ich war noch nicht müde.«

»Haben Sie Zeugen dafür?«

Baring schniefte. »Fragen Sie doch den Wirt. Die kennen mich da.«

»Wie lange waren Sie dort?«

»Bis um drei. – Was soll diese Frage?«

»Wir vermuten Frau Kirchheimer in dem Brunnen hier.«

Da blickte er überrascht und lächelte. Seine Augen tanzten amüsiert, sie waren braun. Und in dem Moment dachte Bettina, dass sie irre sein musste. Dass da im Schweinegehege ein Schweineknochen lag und der Brunnen ein Brunnen war und sonst nichts, und wenn sie jetzt wieder eine Hundertschaft aufbot, um in fünfzig Metern Tiefe nach einer Leiche zu suchen, dann würde sie sich furchtbar lächerlich machen. In den Augen dieses Mannes war sie es vermutlich jetzt schon. Dann sagte er: »Da ist ein Brunnen? Wusste ich gar nicht.« Und blickte unwillkürlich zum Zaun, geradewegs in die Richtung des Wasserlochs.

In diesem Moment wurde Bettina hellwach. »Und haben Sie eine?«

»Was?«

»Feuerwaffe.«

Baring lächelte nervös, ein winziges, verräterisches Lächeln.

»Nein«, sagte er. Seine Bewegungen waren inzwischen ziemlich zappelig. Vor allem seine Hände konnte er kaum still halten.

»Ich weiß, dass Sie eine haben«, bluffte Bettina sofort. »Sie geben es besser zu, sonst gucke ich mir Ihre Wohnung an. Ich darf das.«

Einen Moment stand er ganz ruhig.

»Unerlaubter Waffenbesitz«, sagte Bettina und schüttelte den Kopf.

Er starrte sie an. In seinen Augen schimmerte plötzlich ein grünlicher Widerschein. »Meine Mutter hat einen Browning Buck Mark Gold. Registriert. Und die Schießerlaubnis dazu.«

»Und Sie?«

»Ich nicht.«

»Schießen Sie damit?«

Er sah Bettina fast wieder treuherzig an. »Niemals.«

»Sind Sie bekannt mit Frau Achtkapp?«

»Ja«, sagte Baring vorsichtig.

»Wie gut?«

»Ich hab sie mal –« Er brach ab. »Hat sie Ihnen das etwa erzählt?«

»Sie beide waren ein Paar«, sagte Bettina.

»Das hat sie Ihnen gesagt?« Es klang erfreut.

»Wie haben Sie sich getrennt?«

Er holte Luft, schaute zu Boden, lächelte in sich hinein und schüttelte den Kopf. »Also das ist –«

»Wie denn?«

»Überraschend! Wie haben wir uns getrennt.« Er schniefte. »Marta ist eine monogame Person. Ich nicht. Wir waren nie wirklich zusammen. Das ist es in etwa.« Er sah sich um. Keine Menschenseele war mehr zu sehen. Nur die enge Straße, die paar Häuser und das *Dolce Vita.* »Ich hatte den ganzen Haushalt gegen mich«, sagte er und zuckte die Achseln.

»Thilo Achtkapp, meinen Sie.«

»Alle.« Wieder lächelte er in sich hinein, die Situation schien ihm gefallen zu haben. »Vor allem die Pflegerin.« Seine Stimme wurde nasal. »Susi. Wir-machen-heute-aber-keinen-

Zucker-in-den-Tee-Susi. Niedlich, aber ungeheuerliche Moralbegriffe. Vom Balkan. Für die war ich der Teufel. Und der Alte hat sehr wohl noch gelebt. Ein richtiger Patriarch. Der war enorm präsent. Ist er immer noch.« Baring blickte etwas selbstmitleidig. »Deshalb hatte ich diese Lady eigentlich …« Er sah Bettina an und brach ab.

»Abgeschrieben?«

Er hob die Hände.

»Sie haben sich doch erst nach Herrn Achtkapps Tod getrennt.«

Baring schniefte wieder. »Sie wissen auch alles, wie? – Die Luft war irgendwie raus. Ist komisch, nicht? Da erwartet man monatelang einen Tod, und wenn er endlich kommt, versinkt alles in Depression. Ist irgendwie abtörnend.«

Bettina starrte den jungen Mann ungläubig an. Er sah von außen so attraktiv aus. »Ja, Trauer ist echt lästig«, sagte sie kühl. »Da nützt es auch nichts, wenn die Witwe viel Geld hat.«

Baring guckte beleidigt, drehte sich auf dem Absatz um und ging, bevor Bettina auch nur die Hand heben konnte, um ihn aufzuhalten. Sie lief ihm nach. »Haben Sie sich mal mit Thilo Achtkapp geprügelt?«, rief sie ihm hinterher. »Herr Baring! Warten Sie!«

Als er schon an seinem Wagen stand, drehte er sich noch mal um. »Hat er das etwa behauptet?«

»Haben Sie?«

»Nein«, sagte Baring, und das klang bedauernd. »Niemals.« Damit stieg er ins Auto und fuhr rasch davon.

* * *

Tatsächlich konnte man etwas sehen. Nicht viel, nur eine glänzende schwarze Erhebung, die auf der winzigen Wasseroberfläche ganz unten in dem finsteren Brunnen trieb. Doch das entsprach genau dem, was Bettina zu finden fürchtete. Oder hoffte. Tote Körper schwammen gewöhnlich in Bauchlage an der Oberfläche eines Gewässers, von oben sah man also erwartungsgemäß ein Stück des Rückens.

Der junge Hauptmann der freiwilligen Feuerwehr, der die Lampe hielt, sagte: »Das müssen wir uns näher angucken«, und Bettina war froh, dass *er* das sagte. In so einen Brunnen zu steigen war keine ungefährliche Sache, auch für ausgebildete Rettungskräfte nicht, und da war es auf jeden Fall besser, wenn die Leute von ihrer Mission überzeugt waren. Der Feuerwehrhauptmann ließ sich von seinen Kollegen zu dem Bündel abseilen. Als er unten war, hörte man merkwürdige Geräusche von ihm, die verzerrt wie Geistergeheul in den Ohren klangen.

»Das könnte sie sein«, verkündete er niedergeschlagen, als er wieder oben ankam. Er schüttelte sich. »Junge Frau mit dunklen Haaren. Viel mehr kann man nicht mehr sehen.«

Inzwischen war der Himmel schwer verhangen und es roch nach Schnee. Der matschige Garten stand voller Leute.

»Sollen wir heut noch runter und sie bergen?«, fragte der Feuerwehrhauptmann.

Bettina tastete ihre Jacke nach dem Handy ab. »Moment. Ich will erst mal in Ludwigshafen anrufen, ob die Spurensicherung nicht selbst runter will. Wozu haben wir schließlich unsere Polizeitaucher.«

Die Umstehenden schwiegen alle betreten. Sie hatten die vermisste Wandersfrau gefunden. Doch in dieses armselige Loch war sie nicht von allein gelangt.

Bis die schweren Geräte der Feuerwehr eingetroffen und die Froschmänner und Spurensicherer alle versammelt waren, würde es noch eine Weile dauern, und so betrat Bettina die kleine schäbige Gaststätte, die sich so stolz *La Dolce Vita* nannte, und setzte sich ohne viel zu fragen im Hinterzimmer an einen Tisch. Zum Nachdenken. Sie hatte das Gefühl, dass es nötig war. Prompt erschien Willenbacher in der Kneipe. »Bolle«, rief er von der Tür aus. »Komm mal.«

»Was ist?«

Er führte sie vor die Tür und zeigte auf die Menschen, die sich um das Flatterband am Brunnen versammelt hatten und debattierten. Inzwischen hatten Willenbacher und Bettina Hilfe vom

Dürkheimer Dauerdienst erhalten. Drei Uniformierte hielten Schaulustige vom Brunnen fern. Doch das Gelände war zuvor schon zu sehr zertrampelt worden, um jetzt noch brauchbare Spuren herzugeben. Und es war zu offen, um all die Leute wirklich fernzuhalten. Da waren der Garten, die Straße, der Zaun, der Wagen von der Feuerwehr und dazwischen lauter Anwohner, die mal eben hoch zur Kneipe wollten und dann doch an der Fundstelle oder bei Bekannten hängen blieben.

»Da. Da hinten. Der mit der Kamera.«

»Presse«, sagte Bettina, und ganz automatisch: »Mist.«

Willenbacher blickte sie an. »Ich meine was anderes als deine Medienpräsenz«, sagte er. »Die Leute hier ahnen alle, wer da im Brunnen liegt. Morgen steht's in der Zeitung und –«

»Oh«, sagte Bettina. »Die Angehörigen.«

»Wir müssen den Schwanck anrufen«, erklärte Willenbacher. »Damit er seine Nachricht überbringen kann. Der Ehemann von der Kirchheimer zumindest sollte es nicht aus den Nachrichten erfahren.«

Bettina seufzte tief.

»Ist ja nicht so, dass du den Schwanck um was bitten müsstest. Du hast seine Arbeit gemacht, Bolle.«

»Ich ruf lieber die Berg an«, sagte Bettina ausweichend.

Willenbacher rollte nur die Augen.

»Ich frag mich sowieso, wo die bleibt. Ihre Leute springen alle hier rum, nur sie ist wahrscheinlich beim Friseur oder so.« Sie sah Willenbachers Blick und seufzte. »Ich bin heute nicht gut drauf.«

»Das wissen wir alle, Bolle, aber wir müssen jetzt –«

»Ich frage mich, was der Baring hier wollte«, unterbrach Bettina.

»Was?«

»Der Baring war vorhin da. Bevor die Feuerwehrleute kamen. Ich hab mit ihm gesprochen. Er hat mich gesehen, hat von der Leiche im Brunnen gehört und ist sofort wieder umgekehrt.«

»Du hast ihm von der Leiche erzählt?!«

»Und?«

»Bevor wir wussten, dass da eine ist?«

»Tja. Es war komisch. Er hat behauptet, nicht zu wissen, wo der Brunnen ist, aber dann genau zu der Stelle geguckt, obwohl der Zaun davor war.«

Willenbacher stemmte die Arme in die Seiten. »Und das sagst du jetzt, so mal eben zwischendurch?!«

»Wie denn sonst?«, fragte Bettina giftig. Langsam nervte der vorwurfsvolle Ton ihres Untergebenen gewaltig. »Es war ein Blick! Was hätte ich deiner Meinung nach machen sollen? Ihn mal eben so zwischendurch festnehmen?«

»Dann hätten wir ihn jetzt«, sagte Willenbacher.

»Dann hätte ihn jeder gute Anwalt in drei Tagen für immer frei«, sagte Bettina und merkte, dass sie laut geworden war. Sie stand mit Willenbacher in der offenen Tür des *Dolce Vita*, und von der Theke schaute Toni Valentini mit seinen sieben, acht Gästen, die es drinnen gehalten hatte, ihrem Disput zu.

Bettina senkte den Kopf und zog Willenbacher vom Eingang weg nach draußen. »Du rufst jetzt die Baring an, Belas Mutter. Die hat im Tal eine Galerie. Du fragst nur, ob sie da ist, und wenn ja, fährst du raus und holst ihren Browning. Sie hat einen. Hat ihr Sohnemann gesagt.«

Willenbacher starrte Bettina ziemlich respektlos an. »Das fällt dir auch erst jetzt ein.«

Bettina verschränkte die Arme. »Die Waffe ist registriert. Hat er gesagt. Prüf es vorher nach, und wenn sie das Ding nicht dahat, kannst du von mir aus eine Galeristin einbuchten, das wolltest du doch schon immer mal. Bela kannst du auch mitbringen, wenn er da ist.« Sie sah zum Brunnen. »Ein Grund fällt dir bestimmt ein.«

Willenbacher öffnete den Mund.

»Ansonsten hältst du die Klappe und tust, was ich sage, verstanden?!«

Willenbacher salutierte stumm und ironisch und ging. Und Bettina rieb sich den Kopf und dachte, dass sie den Typen von der *Bild*-Zeitung hasste und dass sie Willenbacher vielleicht doch nicht so hätte anpflaumen sollen. Zwei Sekunden lang.

Dann drehte sie sich auf dem Absatz um und schritt zurück ins *Dolce Vita*.

Die Herren um die Theke lächelten sie vorsichtig amüsiert an. Sie setzte sich auf den nächsten Hocker. »So«, sagte sie, als hätte sie soeben einen Elefanten erlegt. »Ich hätte da mal ein, zwei Fragen.«

»Wolle Sie erst mal was trinke?«, fragte Valentini begütigend.

»Nein danke. Ich will was über diesen Baring wissen, Ihren Pianisten.«

Die Männer tauschten stumme Blicke.

»Den müsse Sie nicht so ernst nehme«, sagte Valentini. »Das macht er mit alle Fraue.«

»Was?«, fragte Bettina drohend.

Valentini senkte den Kopf. Bettina sah, wie er heimlich die Augen rollte. »Nichts«, sagte er. »Nichts.«

»Hat er Bindungsprobleme? Schnell wechselnde Beziehungen? Sagt er gemeine Sachen über Frauen?«

Der Wirt sah auf. Er wirkte nun vorsichtiger. »Er hat keine Freundin«, antwortete er schlicht.

Das nahm Bettina ein wenig den Wind aus den Segeln. »Vorhin gegen eins«, sagte sie etwas ruhiger, aber immer noch streng, »war der Herr Baring schon mal hier vor der Tür. Dann hat er mich gesehen und ist sofort wieder gegangen.« Sie blickte warnend in die Runde, um unpassende Kommentare direkt abzuwürgen.

»Um dreizehn Uhr?«, fragte Valentini.

»Genau. Kommt er oft um die Zeit?«

»Nie«, sagte der Wirt. Er blickte seine Gäste an.

Die schüttelten die Köpfe. »Nie.«

»Was kann er hier gewollt haben?«

Das wusste niemand.

»Haben Sie den Herrn Baring jemals mit einer Pistole gesehen?

»Nein.«

»Wusste der Herr Baring von dem Brunnen in Ihrem Garten?«

Der Wirt kratzte sich am Kopf, von Bettinas scharfem Ton leicht eingeschüchtert. »Ich glaub schon. Da redet keiner groß davon, aber die Leute hier wisse das alle.«

»Wer von Ihnen war bei der Suche nach Frau Kirchheimer dabei?«

Bis auf den Wirt und einen ziemlich verschlafen aussehenden Rothaarigen waren das alle.

»Haben Sie Herrn Baring dort gesehen?«

»Ja«, sagte ein Kleiner mit Hornbrille, und die anderen nickten eifrig.

»Was hat er gemacht?«

»Er war mit dem Auto von der Galerie unterwegs«, sagte der Kleine.

»Allein?«

»Ja.«

»Sind Sie ihm unterwegs begegnet?«

»Nein.«

»Haben Sie ihn von der Suche zurückkommen sehen?«

»Nein«, sagte der Kleine, und das sagten auch drei andere.

Doch ein Dicker im Blaumann rief: »Ja, ich. Er ist gefahren, als ich mit meiner Gruppe zurück ans Gasthaus gekommen bin.«

»Wann war das?«

»Gegen halb eins.«

Bettina dachte nach. Dann sagte sie streng: »Sie wissen alle, dass wir außer der Leiche in Ihrem Brunnen noch eine weitere gefunden haben. Die am *Wilden Mann.* Wenn Sie nur die leiseste Ahnung haben, wer das sein könnte, müssen Sie mir das jetzt sagen.«

»Aber das bei den Schweinen war doch nur ein Knochen«, sagte einer der Männer unvorsichtig. Bettina funkelte ihn sofort böse an. »Entschuldigung«, sagte er kleinlaut. Und setzte trotzig hinzu: »Das kann nur ein Schweineknochen gewesen sein, Frollein.«

Da stand Bettina auf und ging hinaus.

Draußen war es eisig. Der Himmel schimmerte gelblich und grau, die Dämmerung setzte ein, noch bevor das Licht richtig hell geworden war. Vor dem Haus am Brunnen standen immer mehr Menschen herum. In der Luft tanzten vereinzelte dünne Schneeflocken. Der Feuerwehrhauptmann, der zuvor allein in den Brunnen gestiegen war, Dehio sein Name, kam sofort auf Bettina zu. Er sah ungeduldig aus. »Wann kommen denn Ihre Taucher?«, erkundigte er sich. Er war ein hübscher, massiger junger Mann, in Jeans und Parka und mit hochroten Wangen von der frischen Luft.

Bettina wusste es auch nicht.

»Also ich sag Ihnen jetzt mal was. Wenn Sie Pech haben, kommen sie gar nicht mehr. Ich hör da unten im Wagen den Verkehrsfunk und unsere Durchsagen, die Kollegen vom Streudienst sind schon alle draußen. Die Straßen sind zu. Bei Karlsruhe schneit's, und das Wetter zieht zu uns. Von hier nach Ludwigshafen geht's noch, aber da kann sich jeden Moment ein LKW querstellen, und dann ist alles dicht.« Er hustete kurz und trocken. »Wir könnten die Leiche mal bergen in der Zwischenzeit. Oder heimgehen. Wenn wir weiter auf Ihre Leute warten, stehen wir noch morgen früh hier.« Er blickte auf die Uhr und schauderte. Sein Kollege, der nachgekommen war, nickte auffordernd. »Lasst sie uns rausholen. Wahrscheinlich müssen wir's sowieso tun, und je eher –« Angeekelt sah er zum Brunnen hinüber.

»Haben Sie denn die nötige Ausrüstung?«, fragte Bettina, die sich für die Bergung der Leiche einen stabilen Kran vorgestellt hatte, keine notdürftig abgesicherte Seilschaft der freiwilligen Feuerwehr. »Da drin ist's eng, und ich will keine verunglückten Helfer. Denken Sie dran, wenn auf den Straßen keiner durchkommt, gibt es auch keinen, der Sie im Notfall rauszieht.«

Die Feuerwehrleute sahen sich an. »Klar«, sagte Dehio.

»Kein Problem«, der andere.

»Es ist eng, aber wir kriegen es hin. Besser als wir könnten Ihre Froschmänner das auch nicht.«

»Wir sind ja angeseilt. Uns kann nichts passieren.«

»Sauerstoffgeräte haben wir auch.«

»Dann haben wir's hinter uns.«

»Ich hasse Wasserleichen. Ich will nicht noch drei Stunden hier sitzen und sie mir vorstellen und dann am Ende doch runtermüssen.«

Sie sahen sich an. Der Wind rüttelte stumm an dem kahlen Baum, der Schnee wurde schnell mehr und tanzte ihnen vor den Augen, die Welt wurde schlagartig klein und eng. Aber lange nicht so eng wie ein Brunnen.

»Auf Ihre eigene Verantwortung«, sagte Bettina. Darauf zuckten die Feuerwehrleute nur die Achseln, nickten, drehten sich um und schritten auf ihr Auto zu. Wann wäre das Leben je anders gewesen als auf eigene Verantwortung.

Der Schnee trieb ein paar von den Leuten in ihre Häuser zurück und einige andere in die Kneipe, doch es blieben noch genug übrig, die sich vor dem rotweißen Band herumdrückten. Bettina war nun so nervös und geladen, dass sie sich am liebsten auf diese Zuschauer gestürzt und sie alle persönlich verjagt hätte, doch das waren andererseits ihre Zeugen. Diese Leute mussten irgendwie wissen, was hier passiert war, auch wenn sie es selbst nicht ahnten. Jeder von diesen Gaffern trug vielleicht einen Teil der Lösung mit sich herum, viele von ihnen waren bei der Suche nach der Kirchheimer dabei gewesen, sie kannten den Brunnen, sie kannten die Leute hier. Man musste sie nur ordentlich und akribisch befragen, nach schwarzen Autos, nach dem genauen Ablauf der Suche, nach Pistolen und verschwundenen Fremden.

Oder Bekannten? Bettina zog ihre viel zu dünne Jacke enger und stapfte ruhelos durch das noch matschige Gras.

»Achtung«, sagte da eine aufmerksame Frauenstimme. »Pfütze.«

Bettina trat prompt hinein, weil sie sich so freute, die Kollegin Berg zu sehen.

»Alles in Ordnung?«, fragte Berg gemessen.

»Da sind Sie ja endlich«, sagte Bettina. »Wo waren Sie denn?«

Berg antwortete nicht, sondern guckte selbst ein wenig vorwurfsvoll. Wenn das mein Einsatzort wäre, hieß das wohl, dann wäre er besser aufgeräumt. Sie selbst wirkte wie immer sehr ordentlich, mit einem dickeren Mantel diesmal, engen Hosen, flotten Stiefeln und einem lässig gewundenen roten Schal, den nur eine Person mit so dunklen Haaren und so heller Haut überhaupt tragen konnte. »Hübsches Bild in der Zeitung heute Morgen«, sagte sie etwas angefressen.

Bettina starrte sie an. »Es war furchtbar!«

»Sie haben eine heiße Spur ins Rechtenmilieu?«

»Glauben Sie etwa, was die schreiben?«

Berg zuckte die Achseln. »Na ja.«

Bettina schüttelte den Kopf und fasste die Kollegin am Arm, was die vielleicht nur wegen Bettinas plötzlicher Prominenz mit sich machen ließ. »Nein. Hören Sie. Die Kirchheimer ist da vorn in dem Brunnen.«

An dem bauten die Feuerwehrleute zusammen mit ein paar Helfern vom THW eine wackelig aussehende kleine Metallbrücke auf. Müller traf soeben ein, winkte Bettina zu und begann dann ein Gespräch mit einem Feuerwehrmann.

»Hab ich schon gehört.«

»Wir haben einen Zeugen, der hier in der Nacht ihres Verschwindens jemanden hat herummachen sehen. Gegen vier Uhr. Da muss sie reingeworfen worden sein. Es war jemand mit einem dunklen Geländewagen.«

Berg nickte. Sie hatte sich Bettinas Laufschritt notgedrungen angepasst und stolperte mit ihr durch den angefrorenen Matsch.

»Also. Was immer Frau Kirchheimer zugestoßen ist, muss an diesem Sonntag in der Zeit zwischen fünfzehn Uhr und vier Uhr nachts passiert sein. Diese dreizehn Stunden müssen wir rekonstruieren. Möglichst genau. Sie waren bei der Suche dabei, Frau Berg. Was denken Sie? Wann ist die Tat geschehen? Und wo?«

Berg blieb stehen und entwand sich sanft Bettinas Umklammerung. »Heißt das, ich soll Ihnen sagen, wie die Suche abgelaufen ist?«

»Fangen wir damit mal an.«

»Gut. Es war so: Kurz vor fünf haben wir den Anruf bekommen. Von Herrn Kirchheimer. Er war völlig aufgelöst. Deswegen sind wir auch hingefahren, mein Kollege Ritter und ich. Wir konnten am Telefon nicht klären, was überhaupt passiert war. Als wir ankamen, wollte die Wandergruppe mit noch ein paar Gästen aus dem Lokal sofort in den Wald zum Suchen. Wir konnten sie nicht beruhigen oder zum Warten bewegen. Da haben wir ihnen Taschenlampen gegeben und zwei Suchmannschaften gebildet. Wir dachten, das ist besser, als wenn sie es alleine machen und dann selbst auch noch verloren gehen. Es war schon dunkel und ziemlich kalt.« Berg zupfte ihren Schal zurecht und pustete einige Schneeflocken von ihrem Ärmel. Sofort setzten sich neue an die freie Stelle. »Gegen neunzehn Uhr waren wir zurück am *Wilden Mann*, da hatten der Achtkapp und seine Angestellten noch ein paar Einheimische zusammengetrommelt. Die haben dann einen größeren Rundruf gemacht und so ab acht Uhr bekamen wir Unterstützung vom Dauerdienst. Zehn Mann. Wir haben Gruppen gebildet und sind noch mal alle Wege abgegangen. Der Förster und alle Leute, die irgendwie einen Geländewagen kriegen konnten, sind gefahren. Gegen zwanzig Uhr kam Dr. Schwanck und hat die Organisation übernommen. Wir haben bis ein Uhr gesucht. Dann sind die freiwilligen Helfer nach Hause gegangen. Wir dagegen haben mit den Angehörigen weitergemacht bis drei. Dr. Schwanck hatte noch eine Hundestaffel bestellt, die waren gegen zwölf da.«

»Sie haben sehr schnell reagiert«, sagte Bettina, wischte Schnee von den Ärmeln und stopfte ihre Haare, die inzwischen schon recht nass waren, in den Kragen.

»Das mussten wir«, sagte Berg. »Die Leute waren panisch. Die waren fest davon überzeugt, dass Frau Kirchheimer in Gefahr war.« Unglücklich blickte sie zu dem Brunnen. »Und da hatten sie ja auch Recht.«

Sie schwiegen einen Moment. Dann sagte Berg etwas leiser: »Am Anfang war es so eine Art Massenhysterie. Ich war eigentlich dafür, erst mal abzuwarten, ob sie von allein wiederkommt. Denn so nah bei der Hardenburg ist noch keiner verloren gegangen.« Sie schenkte Bettina einen ihrer langen und intensiven Blicke. Selbst im größten Schneegestöber brachte Berg das zustande. Und soweit Bettina es beurteilen konnte, saß ihre Wimperntusche auch jetzt perfekt. Berg schaute sich um. »Hören Sie. Es sieht vordergründig danach aus, dass sie sich verirrt hat und vom Falschen gefunden wurde, aber eine Sache möchte ich doch zu bedenken geben.«

»Ja?«

»Es waren so viele Leute im Wald. Die Chance, dass sie da ausgerechnet auf den einzigen mordlüsternen Irren trifft, ist winzig. Und so einer würde bei einer Hilfsaktion doch sowieso nicht mitmachen.«

Bettina sah die Kollegin von der Seite an. »Das war eine regelrechte Treibjagd. Was meinen Sie, wie geil das für einen Triebtäter ist. Davon träumen die nachts.«

Berg guckte irritiert und warf ihre Mähne zurück. »Vielleicht ist sie einfach jemandem aufgefallen und der hat sie dann verfolgt. Sie ist allein vom *Wilden Mann* aus aufgebrochen. Das kann dort sehr wohl beobachtet worden sein. Von Wanderern und auch von der Belegschaft. Ich habe mit der Köchin gesprochen. Noch am selben Abend. Der Thilo Achtkapp geht öfter mal raus auf eine Zigarette, und das kann seine zwanzig Minuten dauern. Außerdem ist er an diesem Sonntag gegen achtzehn Uhr für eine halbe Stunde mit seinem Auto weggefahren, um Kaffeepulver zu holen.«

Sie sahen sich an. Das Schneetreiben wurde, wenn es irgend ging, noch wilder, die Flocken waren nun hart und scharf und schnitten in die Haut. Sie flohen ein paar Schritte Richtung Kneipe.

»Wann hat Achtkapp denn die Kneipe geschlossen?«, fragte Bettina, als beide unter dem schmalen Vordach standen und zumindest notdürftig vor dem Wetter geschützt waren.

»Ich war unterwegs, aber ich denke, gegen halb zwei oder spätestens zwei hat er dichtgemacht. Am Ende muss er längere Zeit allein dort gewesen sein.«

Bettina schüttelte ihre nassen Haare. »Wir müssen dringend sein Auto untersuchen. Alle diese Autos.«

»So schnell wie möglich«, pflichtete Berg bei.

Zusammen schauten sie in die herabschießenden Flocken. Schnell ging zurzeit gerade gar nichts, schnell konnten sie höchstens einen Schneemann bauen.

»Eh ich's vergesse, würden Sie bitte den Ehemann anrufen?«, bat Bettina. »Sie kennen ihn. Er muss es heute noch erfahren, denn morgen steht es in den Zeitungen. Wir haben da unten jemanden von der Presse gesehen.«

»Stimmt«, sagte Berg. »Die *Rheinpfalz.*« Sie zückte ihr Handy. »Mal sehen, ich glaube, ich habe die Nummer vom Kirchheimer sogar drin.«

»Sie ist noch nicht eindeutig identifiziert«, warnte Bettina. »Also –«

»Ich weiß schon.« Bergs Handy leuchtete pinkfarben auf, als sie es einschaltete.

Bettina sah zu, wie die Kollegin sich geübt nur mit ihrem Daumen durch die Menüs bewegte. »Kennen Sie eigentlich Bela Baring auch näher?«, fragte sie. »Den Pianisten hier im *Dolce Vita*?«

Bergs Reaktion war überraschend. Sie sah auf und lächelte warm. Sanftes rosafarbenes Licht aus dem Handy beleuchtete ihr blasses Gesicht. »Na klar.«

»Woher?«

Berg blickte sie aus großen Augen an. »Wir sind zusammen zur Schule gegangen, selbe Klasse.«

Natürlich, dachte Bettina und kam sich unsinnigerweise ausgeschlossen vor. Die kennen sich hier wirklich alle. »Und wie ist er so?«, fragte sie.

Berg sah spöttisch aus. »Nett. Wieso?«

Das kleine Telefon in ihrer Hand begann plötzlich zu schrillen. Berg drückte rasch einen Knopf. Dann lauschte sie lange

Zeit. Ihr Gesicht wurde sehr ernst. In der gelblichen Finsternis des Schneesturms sah es plötzlich regelrecht krank aus. Ihre kleinen Sommersprossen hoben sich spitz und schwarz von der hellen Haut ab. »Ja«, sagte sie. »Verstanden.« Und: »Ist klar. Die Leute vom K11 sind schon hier. Ich bring sie gleich mit. Ja. Das ist –« Sie brach ab und atmete durch. »Wir haben gerade von ihm gesprochen«, sagte sie leise. »Ist er wirklich –? Verstehe. Gott. Bis gleich.«

Bettina fragte nicht, was passiert war. Berg sah einen halben Kopf kleiner aus. Sie räusperte sich. »Er ist tot«, sagte sie.

»Wer?«

»Bela.« Berg schniefte. »Entschuldigung. Das ist – wir haben doch eben von ihm geredet, oder? Er war doch –«

»Tot?«, fragte Bettina.

»Erschossen.« Berg warf die Haare zurück und wischte sich hart über die Nase. »In der Villa Achtkapp.« Sie rückte ihren roten Schal zurecht und trat kerzengerade hinaus ins Schneetreiben. »Ist das nicht ein unglaublicher Zufall?«, fragte sie bitter und stapfte los.

Bettina klappte nur den Kragen hoch, schnappte sich Müller und folgte der Kollegin zu ihrem schon ziemlich eingeschneiten Wagen.

Marta

Der Wolf, dem nichts so unangenehm war wie ein leerer Bauch, erwachte und machte große Augen, als er die Großmutter und Rotkäppchen vor sich stehen sah. Er war sehr empört, dass man es wagte, ihm wieder zu nehmen, worauf er sich mit seinen Zähnen ein Recht erworben. Er wollte eben seine Stimme erheben, um sich zu widersetzen, als ihn der Jäger niederschoss. »Denn«, sagte der Jäger, »das Laster muss am Ende bestraft werden, anders geht es nicht.«

Charles Perrault, »Rotkäppchen«
Aus: *Contes de ma mère l'Oye*

Berg fuhr. Sie fuhr etwa so wie Willenbacher, wenn er Bettina reizen wollte, aber Anna Berg war weit von kindlichen Trotzereien entfernt. Ihr hübsches Gesicht war versteinert, die Wangen sahen hohl aus, und mit verkrampften Händen am Steuer lenkte sie ihren kleinen Renault um die engen Dürkheimer Kurven. Dafür waren sie in Rekordzeit da. Berg atmete durch, ließ ihr Gurtschloss aufschnappen, schwang hübsch gesittet die geschlossenen Knie zusammen nach draußen und knallte dann die Tür zu, dass es krachte.

»Dauerdienst ist schon da«, teilte sie Bettina mit, als sie durch den verschneiten Park liefen. »Allerdings nur zwei Leute und ein Arzt. Die Ludwigshafener sind bis jetzt nicht durchgekommen. Wir müssen das heute Nachmittag allein regeln.« Bei dieser Ansprache hielt sie ihren Blick stur auf den pompösen Eingang der Achtkapp'schen Villa gerichtet.

Die Vordertür stand offen. Sie bewegte sich ein wenig im Zug, und im Haus schienen sämtliche Lichter zu brennen. Schon die bunten Fenster des Vestibüls schimmerten hell durch den herumschießenden Schnee, und drinnen war alles illuminiert wie zu einem festlichen Ball. In der Halle mit der Palme und den exotischen Vögeln an den Wänden funkelte ein kristallener Lüster von der Decke, dessen heller Schein von der grünlichen

Tapete schimmernd zurückgeworfen wurde, sodass der Raum sommerlich wirkte wie das Innere einer großen Freiluftvoliere. Er war jedoch leer. Kein Mensch war zu sehen, nur ein schwacher Hauch von Schwarzpulver lag in der Luft. Berg schritt mit hart klackenden Absätzen unverzüglich weiter ins Innere.

»Hallo!«, rief sie laut. »Hallo? Polizei! Wo sind Sie?«

Bettina, die sich mit Müller im Hintergrund gehalten hatte, hörte etwas und griff dem Kollegen an die Schulter. Sie wandten sich um. »Herr Achtkapp«, sagte Bettina.

Der junge Mann war in Eile. Er klopfte Schnee von seiner Jacke und strebte rasch auf sie zu.

»Wo kommen Sie her?!«, herrschte Berg ihn an.

Er blieb stehen und schaute misstrauisch und ängstlich von ihr zu Bettina und Müller. »Wo ist meine Mutter?«

Thilo Achtkapps Mutter befand sich eine Etage höher in einem Salon mit einem riesigen Kamin und mehreren antiken Sofas. Leichte Gardinen und gemalte Blumen an den Wänden tauchten auch diesen Raum in ewigen Sommer. Doch Marta Achtkapp verweigerte sich ihm. Sie hatte auf keinem der rosenbestickten Sitzmöbel Platz genommen, sondern saß zusammengesunken und tiefschwarz gekleidet in einem schlichten modernen Ledersessel. Ihr Haarknoten hatte sich halb gelöst, einzelne Strähnen hingen ihr ins Gesicht, und ihr Blick war stumpf. In der Rechten hielt sie locker ein Glas Wasser, das sich gefährlich neigte. Neben ihr stand ein kleiner hagerer Mann, der sie nicht sehr freundlich anblickte.

»Hab sie ruhiggestellt«, teilte er vor allem dem heraneilenden Thilo mit. »War hysterisch.« Er reichte dem Jungen die Hand und drückte sie kurz. »Dr. Bardus. Abend. Sie sind der Sohn, wie? Bringen Sie ihr 'ne Decke.« Er verzog das Gesicht und nickte Berg zu. »Schöne Schweinerei«, sagte er zu ihr. »Haben Sie's schon gesehen?«

»Nein«, sagte Berg mit gefurchter Stirn. Die Falte zwischen ihren Brauen war scharf und tief, die hätte Bettina diesem glatten Gesicht zuvor nicht zugetraut.

»Dr. Bardus, das sind Kommissarin Boll und Kommissar Müller vom K11.«

Sie nickten sich zu.

»Wo sind denn die Kollegen?«

»Draußen im Flur«, sagte Dr. Bardus. »Zurück zur Halle, an der Treppe vorbei, geradeaus weiter. Sie können's nicht verfehlen. Immer der Blutspur nach.«

Das Parkett am Boden des Flurs war kunstvoll in einem Sternenmuster eingelegt, und tatsächlich erkannten sie nun auf diesem Sternenboden hässliche braune Flecke. Diese wiesen zu der Stelle ganz am anderen Ende des langen Flurs, wo zwei Männer neben einem dunklen Bündel auf dem Boden werkelten. Es blitzte. Einer der beiden fotografierte. Berg war sehr bleich im Gesicht. Sie fasste Bettina an der Schulter. »Gehen Sie vor«, bat sie.

Also traten Bettina und Müller zusammen an den Leichnam heran. Dieser lag gerade, die Füße zu ihnen gewandt, die Arme locker ausgestreckt. Es war Bela Baring. Er sah sehr klein und mager aus in dieser Position, das Gesicht spitz, die braunen Augen offen und noch nicht wirklich jenseitig. Er konnte nicht lange tot sein. Seine Haare lockten sich recht lebendig über einem Wirbel am Stirnansatz, seine Füße steckten in Schuhen, deren Sohlen durchgelaufen waren, und der linke hatte rührenderweise ein Loch. Doch sie waren frei von Blut. Barings Kleidung dagegen hatte sich regelrecht damit vollgesogen. Um die Brust herum sah sie nass und schwarz aus. Man konnte eine Art Loch sehen, das aber mehr eine breite Delle in der Steppweste des Toten war. Es roch durchdringend metallischsüß. Anna Berg warf einen kurzen Blick auf ihren ehemaligen Klassenkameraden, würgte und wandte sich ab.

»Schrot«, sagte einer der Männer, die hier in Plastikgaloschen und Handschuhen die Erstbesichtigung vornahmen. Einer der beiden erhob sich und nickte Müller, dem einzigen Mann, zu. »Janković«, sagte er.

»Müller von der Spurensicherung und Boll vom K11.«

»Es ist vor einer halben Stunde passiert.« Janković sah auf die Uhr. »Um halb zwei hat sie zum ersten Mal angerufen.«

»Wie, zum ersten Mal?«, fragte Bettina.

Janković seufzte und wandte sich nun an Bettina. »Ich sag's Ihnen gleich, wir haben nach bestem Gewissen gehandelt. Hören Sie es sich auf der Dienststelle an. Wir haben es auf Band. Sie war sehr gefasst. Höflich. Würden Sie und könnten Sie. Sie hat gesagt, dass der Herr Baring einen Schlüssel zu ihrem Haus hat und sie nicht weiß, was sie deswegen machen soll. Er hat sie hier angerufen, aber nicht direkt gedroht, jedenfalls hat sie nichts davon gesagt. Sie war keine Spur hysterisch. Und wir haben heute viel zu tun, wie Sie wissen. Ich hab gedacht, es hat Zeit, bis die Verstärkung aus Ludwigshafen eintrifft.« Er stemmte die Arme in die Seiten und blickte unglücklich die Leiche an. »Frau Achtkapp musste nicht mal beruhigt werden.«

Es blitzte wieder. »Als sie zum zweiten Mal angerufen hat, schon«, sagte Jankovićs Kollege nüchtern. Er hielt die Kamera hoch und drückte erneut auf den Auslöser. »Da hat sie nur noch gebrüllt.«

»Sie hat ihm beide Schrotladungen verpasst und obendrauf den Fangschuss«, sagte Janković. »Alles, was die Waffe hergegeben hat, und voll ins Herz. Die Patronen sind noch drin.« Er wies auf eine ganz und gar nicht staubige doppelläufige Jagdflinte, die neben einem Schränkchen an der Wand lehnte. Müller pfiff durch die Zähne, ging hin und beugte sich über die Waffe.

»Von wo hat Frau Achtkapp geschossen?«, fragte Bettina.

»Sie stand dort vorn im Flur. Auf der Höhe ihres Schlafzimmers, wo man runter in die Halle gucken kann.«

»Und Herr Baring?«

»Der kam aus der Tür da.« Janković machte eine kleine Bewegung zurück zu einem Durchgang.

»Wo geht es da hin?«

»Dahinter ist eine Treppe. Über die kommt man nach unten zu einem Hintereingang. Den Schlüssel dazu hat er ihrer Aussage nach irgendwo bei sich, wir haben ihn noch nicht untersucht.«

Bettina kniete sich neben den Toten. »Jemand ist in Herrn Barings Blut getreten«, sagte sie. »Und hat eine Fußspur hinterlassen.«

»Das war Frau Achtkapp«, sagte Janković.

»Hat sie eine Aussage gemacht?«

»Halbwegs. Sie sagte, sie war in ihrem Schlafzimmer und wollte einen Mittagsschlaf machen, konnte aber nicht, weil sie zu unruhig war. Dann hat sie ein Geräusch gehört. Darauf ist sie aufgestanden und hat das Gewehr genommen. Das hatte sie tags zuvor aus Furcht unter ihrem Bett deponiert. Sie ging raus auf den Gang, Baring kam ihr entgegen, und sie hat sofort geschossen.«

»Sie muss sehr schnell gefeuert haben«, ließ Müller sich vernehmen. Er hielt die Waffe in Händen und spähte in die geöffnete Patronenkammer.

»Ja«, sagte Janković. »Er ist vermutlich dreimal getroffen worden, bevor er umfiel. Dann ist sie hin zu ihm, aber er war schon tot.«

»Sie hat gut gezielt«, sagte Müller. »Alle mitten ins Herz.«

Bettina betrachtete den Toten. »Er war ihr Liebhaber.«

»Dachten wir uns«, sagte Janković. »Lustige Witwe, hm?« Er hob den Blick zu der mit schwerem Stuck verzierten Decke. »Zu viel Geld.«

Bettina schüttelte den Kopf. »Eine trauernde Witwe«, sagte sie. Die Trauer glaubte sie, trotz Marta Achtkapps chaotischem Liebesleben. Irgendwie erinnerte Bettina das an ihre Schwester. Genau genommen erinnerte sie vieles an Marta Achtkapp an Barbara. Der Charme. Die vorsichtige Art, über nahestehende Menschen zu sprechen. Und der verzweifelte Trotz, mit dem sie schwerwiegende Fehler beging. So war Barbara gewesen: hübsch, quecksilbrig, aber eigentlich unsicher. Die Väter ihrer Kinder waren beide gewalttätige Gauner. Und wie Barba löste auch Marta Achtkapp in Bettina das Bedürfnis aus, sie bei den Schultern zu fassen und zu schütteln. Allein diese unglaublich unpassende Affäre mit dem Klavierlehrer. Gut, Baring war ein schöner Mann gewesen. Nicht sehr breitschultrig oder stabil, aber attraktiv. Ein bisschen staubig und verwegen. Das spitze Kinn, die langen Haare. Braune Augen. Ein Witwentröster. Sie griff in seine Jackentaschen.

Müller packte sie an der Schulter, schaute sie entsetzt an und hielt ihr Handschuhe hin.

»Oh«, machte Bettina. »Danke.«

»Du würdest doch auch keinen ungeschützten Verkehr mit ihm wollen«, sagte Müller streng.

»Stimmt«, sagte Bettina automatisch und stutzte. Müller verzog keine Miene. Wäre er nicht Müller gewesen, hätte sie seine Bemerkung als bizarre Anmache empfunden, doch bei ihm konnte sie sich fast vorstellen, dass nicht sie, sondern die Leiche ihn zu dem Gedanken an ungeschützten Verkehr inspiriert hatte. Ziemlich perplex zog sie die Handschuhe über.

»Was willst du überhaupt?«, fragte Müller.

Bettina tastete sich in die hinteren Hosentaschen vor. Ihr Kollege betrachtete das argwöhnisch.

»Ah!«, machte Bettina. »Das hier.« Sie zog einen langen, altmodischen Schlüssel hervor, dessen Kopfstück kunstvoll durchbrochen war und die Darstellung eines kleinen Vogels bildete.

»Der könnte unten zu der Tür passen«, sagte Janković und hielt Bettina hilfsbereit eine offene Plastiktüte hin. »Die hat so ein ganz altes Kastenschloss.«

Sie versenkte ihr Fundstück im Plastik. »War diese Tür abgesperrt?«

Janković schüttelte den Kopf. »Nur zugezogen.« Dann blickte er Berg an. »Anna«, sagte er, plötzlich besorgt. »Was ist mit dir? Willst du dich mal setzen?«

Berg lehnte an der holzgetäfelten Wand und sah elend aus. Sie atmete schwer.

Janković blickte zu der Leiche und seufzte. »Das ist aber auch kein Anblick für eine Frau«, sagte er.

»Sei nicht dumm«, fuhr Berg ihn an und zeigte auf Bettina. »Ist sie etwa ein Kerl?!« Sie rappelte sich auf.

»Nein, aber –«

»Ich hab ihn gekannt, okay? Er war bei mir in der Klasse. Ich hab zwei Jahre neben ihm gesessen.«

»Mist«, sagte Janković und ließ mitleidig die Schultern hängen.

Berg atmete durch und sah den Schlüssel an. »Soll ich mal überprüfen, ob der passt?«

»Wir gehen zusammen«, sagte Bettina. »Ich will die Tür sehen.«

Die Tür führte auf einen sehr finsteren Hof, der so eng war, dass man vom Haus nur hoch aufragende dunkle Mauern sah. Berg trat sofort hinaus ins Freie und streckte ihr Gesicht den spitzen Schneeflocken entgegen.

»Geht's?«, fragte Bettina, nachdem sie sich vergewissert hatte, dass der Schlüssel passte. Er ließ sich mühelos drehen.

»Ja.« Berg kam zurück und streifte ihre Plastikgaloschen gründlich ab.

»Wie gut«, fragte Bettina vorsichtig, »haben Sie den Herrn Baring denn gekannt?«

Berg winkte ab. »Kaum. In der Stadt haben wir uns gegrüßt, mehr nicht. Wir waren nur zusammen in der Schule. – Und ist das nicht verrückt? Gerade jetzt fühle mich wie seine Schwester. Dort oben hab ich plötzlich gedacht, ich würde selbst tot da liegen. Ist es Ihnen auch schon mal so gegangen?«

»Es ist ein Schock für Sie«, sagte Bettina verbindlich. »Das ist offensichtlich.«

Berg seufzte.

»Ist Herr Baring bei Ihnen mal aufgefallen?, fragte Bettina leise. »Strafrechtlich, meine ich. Hatten Sie je beruflich mit ihm zu tun?«

Berg hob das Kinn. »Nein.«

»Frau Achtkapp hat bei unserem letzten Besuch gesagt, dass die Beziehung vorbei war und sie sich vor Herrn Baring fürchtete, weil er noch den Schlüssel zu ihrem Haus besaß und ihn nicht freiwillig herausgab.«

»Die will auf Notwehr hinaus«, sagte Berg sofort. »Aber das war es nicht. Sie war doch gut fünfzehn Meter von ihm entfernt! Er hatte nicht mal eine Waffe in der Hand! Wie kann sie einfach so schießen!«

»Er ist unbefugt in ihr Haus eingedrungen«, sagte Bettina.

»Wir sind doch nicht in Amerika.« Berg begann, in dem engen Vestibül auf und ab zu laufen. »Die kann nicht einfach jeden abknallen, der ihr vor ihre bescheuerte Jagdflinte rennt ...«

Bettina fasste die Kollegin sanft an der Schulter. »Seine Mutter hat eine Pistole, wie wir sie suchen. Hat er selbst zugegeben. Da konnte er bestimmt dran.«

Berg wich zurück.

»Er war an der Suche nach Frau Kirchheimer beteiligt. Er ist allein mit seinem dunklen Geländewagen die Wege abgefahren.«

»Worauf wollen Sie eigentlich hinaus?«, fragte Berg plötzlich argwöhnisch.

»Ich habe vorhin mit ihm gesprochen«, sagte Bettina. »Er hat tatsächlich nicht den Eindruck gemacht, als würde er an jeder x-beliebigen karitativen Unternehmung teilnehmen. Ihr Argument, Frau Berg.«

Die Kollegin fröstelte und schaute Bettina stumm aus ihren großen Augen an.

»Lassen Sie uns vorläufig mal festhalten, dass der Herr Baring einen guten Hauptverdächtigen für unseren Mordfall abgibt.«

»Und das da drin?«, begehrte Berg auf. »Da wollen Sie Mord gleich ausschließen? Damit kommt die Achtkapp einfach durch?

»Wir nehmen sie mit und prüfen es«, sagte Bettina.

»Angst vor Bela! Das ist lächerlich! Ich sag Ihnen, was mit der Achtkapp ist, die hat Bela bestellt. Die hat die allgemeine Hysterie ausgenutzt, um ihren eigenen peinlichen Fehltritt auszumerzen. Wie lange ist denn ihr reicher Ehemann unter der Erde? Kein halbes Jahr! Die hatte Grund, sich zu schämen! Aber dass sie ihrem guten Ruf einen Unschuldigen opfert, das ist –« Sie unterbrach sich.

Bettina sah die Kollegin an. »Aussehen tut es wie Notwehr«, sagte sie schlicht.

Berg schnaubte und wandte sich ab. Bettina seufzte innerlich, zog ihr Handy aus der Tasche und rief Willenbacher an.

»Sie hat ihn nicht«, sagte der grußlos ins Telefon. »Ich hab mit Frau Baring in den Stahlschrank geguckt und dann den ganzen Keller abgesucht, der Browning ist weg. Sie sagt selbst, dass außer ihr nur der Sohn da rankommt. Bela Baring ist unser Kandidat. Er ist aber nicht hier. Du kannst dich beglückwünschen, dass du ihn hast gehen lassen, und gleich eine Fahndung ausschreiben.«

»Bist du noch dort?«, fragte Bettina nur.

»Im Auto. Ich fahre jetzt los.«

»Nein, bleib«, sagte Bettina.

»Wieso?«

»Wohnt er da?«

»Ja.«

»Du musst sein Zimmer untersuchen.«

»Hab ich schon versucht, aber das lässt seine Mutter mich ohne Haussuchungsbeschluss nicht machen.«

»Sie wird dich lassen«, sagte Bettina.

»Nein, wird sie nicht, das ist ein Drache, sie –«

»Will«, unterbrach Bettina ernst. »Hör zu.«

Sie gingen zurück. Bela Baring lag noch in der gleichen Position und war auf dieselbe blutige Art tot wie zuvor, und es war immer noch schwer zu ertragen. Bettina schickte Berg vor in den Salon, dann sah sie Müller an, der in Jankovićs Koffer kramte und völlig vertieft schien. »Die Kollegen aus Ludwigshafen schaffen es nicht, wie?«

Müller blickte auf. »Doch. In einer halben Stunde wollen sie da sein. Sie machen jetzt irgendwas, dass es schneller geht. Blaulicht aufs Dach oder so.«

»So lange kann ich aber nicht warten.« Bettina kniete sich wieder hin. »Ich muss jetzt was wissen.« Sie atmete durch, dann legte sie ihre Hände auf den Toten und betastete ihn. Von oben bis unten. Durch das Plastik fühlte er sich an wie eine klebrige lebensechte Puppe. Müller schaute ihr mit einem seltsamen Ausdruck im Gesicht zu.

»Wie war das Licht hier, als Sie kamen?«, fragte sie Janković.

»Aus«, sagte der.

»Ziemlich düster«, ergänzte sein Kollege. »Es brannten zwei Leuchten unten in der Halle, und Frau Achtkapp hatte Licht in ihrem Schlafzimmer.«

»Der Flur war dunkel?« Bettina drehte den Toten in Seitenlage und tastete auch die Rückenpartie ab.

»Dämmrig. Das Tageslicht und die Lampen aus der Halle reichen bei dem Wetter nicht aus.«

»Brannte Licht in dem kleinen Treppenhaus, aus dem Herr Baring kam?«

»Nein. – Was suchen Sie denn?«, fragte Janković.

»Einen Browning Buck Mark Gold«, murmelte Bettina. Laut sagte sie: »Wenn es ihm ernst war, dann hatte er eine Waffe bei sich.« Es war keine da. Nicht mal ein Messer. »Frau Achtkapp hat sich bedroht gefühlt«, sagte Bettina. »Sie hat nicht verhandelt, sondern sofort geschossen.«

»Genau«, sagte Janković.

»Hat sie eine Pistole erwähnt?«

Er dachte nach. »Nein.«

»Trug er etwas in der Hand? Ein Feuerzeug? Einen Schlüsselbund? Irgendwas, das reflektiert? Das im schwachen Licht aussieht wie eine Waffe?«

Sie suchten alles ab, sogar die angrenzenden Zimmer. Doch Bela Baring war nichts aus den Händen gefallen. Er war unbewaffnet gekommen.

»Was heißt das?«, fragte Janković.

»Ich weiß es nicht«, sagte Bettina, »aber es ist interessant.«

»Herr Baring wollte vielleicht nur einen kleinen Besuch machen, aber seine Geliebte war panisch«, sagte Jankovićs Kollege. »Irgendwer hat ihr mit dieser Wildschweinsache Angst eingejagt.« Er sah Bettina nicht an.

Sie betrachtete den Dauerdienstler unfreundlich. Es war ein kleiner Dicker mit Glatze, und er spielte ungerührt weiter mit seinem Fotoapparat herum. Nicht mal die eigenen Kollegen nahmen den Knochen aus dem Schweinegehege ernst. Er war das sperrigste Leichenteil, das ihr jemals untergekommen war. Nun war er auch noch schuld an einem weiteren tragischen Todesfall. Bettina schaute durch die lange Flucht des opulenten Flurs mit seinem Stuck, seinen Holztäfelungen, geschnitzten Türen, den Gemälden und dem Sternenparkett. »Auf jeden Fall fühlte Herr Baring sich hier sehr sicher«, sagte sie.

Dr. Bardus war gegangen, und an seiner Stelle hatte sich ein Neuankömmling zu der kleinen Gruppe im Salon gesellt, ein langer, intellektuell aussehender Mann mittleren Alters mit klugem jugendlichem Gesicht. Er saß aufrecht auf der Kante einer rosenverzierten Chaiselongue neben dem unruhigen Thilo Achtkapp und schaute gelassen zu Anna Berg auf, die vor ihm stand und kühl sagte: »Natürlich muss sie!« Bei Bettinas Ankunft erhob er sich, nicht übertrieben aufmerksam, sondern gewohnheitsmäßig höflich. Er reichte ihr die Hand.

Bettina betrachtete ihre eigene und sagte: »Die wollen Sie nicht. Ich war eben an der Leiche. Kommissarin Boll vom K11. Kapitalverbrechen.«

Darauf ließ er seine Rechte sinken. »Von Seltz«, sagte er. »Ich bin der Familienanwalt.«

»Er glaubt, die Frau Achtkapp dürfte hierbleiben«, sagte Berg ruhig, aber mit metallischem Unterton. »Er glaubt, sie kann einfach jemanden erschießen und sich dann fröhlich in ihr eigenes Bett legen.«

Von Seltz seufzte kaum merklich. »Sie hat in Notwehr gehandelt, und sie hat jetzt starke Medikamente bekommen. Sie wird ohnehin nur schlafen.« Er wies auf Marta Achtkapp, die immer noch stumpf in ihrem Sessel hockte. Das Wasserglas stand neben ihr auf einem Tischchen, und sie trug eine Decke um die Schultern, mehr hatte sich an ihrer Haltung nicht geändert. »Selbstverständlich wird sie sich verantworten, wenn sie wieder auf dem Damm ist. Aber Sie haben keine Veranlassung, meine Mandantin mitzunehmen und einzusperren wie eine Verbrecherin. Sie hat sich gegen einen gesuchten Mörder verteidigt. Das war ihr gutes Recht. Offensichtlich war sie in großer Gefahr.«

»Herr Baring war kein Mörder«, sagte Berg. »Dafür haben Sie keinen Beweis!«

»Er ist hier eingebrochen«, sagte von Seltz geduldig.

»Er hatte einen Schlüssel«, widersprach Berg.

Das war dem Anwalt sichtlich neu. Einen Moment blickte er fragend Thilo Achtkapp an. Dann sagte er: »Das muss ein Missverständnis sein.«

»Ist es nicht«, sagte Bettina fast bedauernd. »Frau Achtkapp hat ihm einen Schlüssel gegeben, als sie noch mit ihm liiert war. Das hat sie mehreren Beamten gegenüber erwähnt. Wir haben den Schlüssel bei ihm gefunden.«

Thilo Achtkapp starrte Bettina kurz an und versenkte dann das Gesicht in seinen Händen.

»Sie hat allerdings auch gesagt«, fügte Bettina hinzu, »dass sie es bedauert. Sie wollte den Schlüssel zurück, doch Herr Baring hat ihn nicht hergegeben.«

»Da haben Sie's doch«, sagte von Seltz wieder selbstsicher.

Berg warf ihre lange dunkle Mähne zurück. »Bela Baring war völlig harmlos«, sagte sie nachdrücklich. Als müsste sie sich selbst überzeugen.

»Nach allem, was ich weiß, wurde hier in der Nähe eine Leiche in einem Schweinegehege gefunden, und außerdem wird eine junge Frau vermisst«, sagte von Seltz. »Herr Baring war –«

»Ein Junkie«, fiel ihm Thilo Achtkapp, wieder aufsehend, ins Wort. »Ein durchgeknallter Irrer.«

Von Seltz nickte befriedigt. »Vermutlich auch ein gefährlicher Irrer. Und da Frau Achtkapp seine, hm, Klavierschülerin war und sich zwischen Privatdozent und Schülerin oftmals ein Vertrauensverhältnis entwickelt –«

»Dass ich nicht lache«, sagte Berg.

»… wusste sie vielleicht irgendetwas über ihn«, fuhr von Seltz grimmig fort. »Ein Wissen, das gefährlich für sie war. Als er in ihr Haus eindrang, hat sie das einzig Vernünftige getan.«

»Bela«, sagte da Marta Achtkapps dunkle Stimme von hinten, »hat eine Pistole.« Sie richtete sich in ihrem Sessel etwas auf, presste eine Handfläche gegen ihre Schläfe und blickte ziemlich trüb in die Runde. »Ich weiß es. Er hat sie mir gezeigt.« Sie straffte ihr Kinn. »Ich hab ihn erschossen«, fügte sie dann mit bitterem Triumph an. »Ich habe ihm keine Chance gelassen.« Eine einzelne Träne rann über ihre Wange. »Es ging nicht. Wenn er angefangen hätte zu reden, hätte ich es nicht mehr gekonnt.«

Sie ließ die Hand sinken und sackte wieder ein wenig zusammen, und Thilo Achtkapp setzte sich sofort auf die Lehne ihres Sessels, legte schützend den Arm um sie und sagte: »Du hast es richtig gemacht, Mama. Dieser Bela war ein Arsch. Ein dummer, blöder Arsch. Der wollte nur dein Geld. Der Arsch.«

Bergs Augen funkelten böse, als sie das hörte, doch sie sagte nichts. Der Anwalt, ein hübscher Mann übrigens, fand Bettina, blickte mit gefurchter Stirn in die Runde.

»Ich muss Sie in Haft nehmen, Frau Achtkapp«, entschied Bettina.

»Nein«, rief Thilo.

»Das können Sie nicht«, sagte von Seltz sofort.

Marta Achtkapp nickte nur ergeben.

»Frau Achtkapp«, sagte Bettina, »Sie haben einen Menschen erschossen, dem Sie zuvor den Schlüssel zu Ihrem Haus gaben. Er war unbewaffnet und hatte keine Chance zur Rechtfertigung, das haben Sie gerade selbst gesagt. Egal wie triftig Ihre Gründe waren, jetzt werde ich Sie mitnehmen. Sie schlafen sich aus, wir sprechen morgen noch mal, wenn es Ihnen wieder besser geht, dann werde ich mit meinem Staatsanwalt reden, und wahrscheinlich können wir die Sache so weit klären, dass Sie anschließend heimdürfen. Okay?«

Achtkapp nickte und erhob sich, gestützt von ihrem Sohn.

»Meine Mandantin hat nur ihr nacktes Leben verteidigt«, sagte von Seltz grimmig. »Ihre Handlungsweise ist nicht korrekt, Frau Boll.«

Er hatte sich ihren Namen gemerkt. Bettina lächelte dem Anwalt zu, doch der hielt es wohl höchstens für Dominanzgehabe. Ärgerlich rückte er seine Krawatte gerade.

»Doch, ist sie, Herr von Seltz. Ihre Einwände schildern Sie bitte dem Haftrichter.« Bettina seufzte und warf Berg einen kleinen Seitenblick zu. »Es ist nicht automatisch Notwehr, wenn Sie jemanden erschießen, der bloß in Ihr Haus eingedrungen ist. Noch dazu unbewaffnet und vielleicht nicht einmal unerlaubt. Wir sind hier nicht in den USA.«

* * *

Obwohl sie kein sehr gutes Gefühl dabei hatte, ließ Bettina ihre wütende Kollegin Berg zusammen mit der halb sedierten Marta Achtkapp auf der Bad Dürkheimer Dienststelle bei den Gewahrsamszellen zurück. Irgendwer musste eben auch die Formalien erledigen, und sie hatte noch einen weiteren Tatort zu beaufsichtigen. Also lieh sie sich Bergs Renault und fuhr allein und langsam, dem Wetter angemessen, zurück zum *Dolce Vita*. Die Straßen waren inzwischen völlig eingeschneit, der Ort lag Weiß in Weiß unter dem grauen Himmel und dem fallenden Schnee.

Vor dem *Dolce Vita* herrschte Hochbetrieb. Das Fahrzeug der Feuerwehr allein nahm fast die halbe Fahrbahn ein, Autos kamen und fuhren weg, und die Zuschauer waren auch nicht weniger geworden. Bevor sie ausstieg, betrachtete Bettina sorgenvoll ihre nassen Schnürstiefel, dieser Nachmittag war fast schon ein Abend, er würde vermutlich lang werden, und sie hatte nichts zum Wechseln dabei. Sie dachte an Baring mit seiner durchgelaufenen Sohle. Im Luxus hatte er nicht gerade gelebt, wenn er bei dem Wetter mit einem Loch im Schuh herumlief. Mitte dreißig und von Beruf hauptsächlich Sohn, das war vielleicht auch nicht gerade übermäßig lustig. Es kam natürlich auf die Mutter an, dachte Bettina. Dann öffnete sie die Tür. Und als sie draußen stand, sah sie ein Auto aus Mainz, dessen Anblick ihre Laune augenblicklich um einiges verbesserte: ein schwarzer BMW mit dem Bild eines Äskulapstabes im Fenster. Der gehörte dem Pathologen Dr. Lee. Wenigstens einer aus ihrem Team war nun da.

»Zwei an einem Abend, Frau Boll.« Mit leichtem Vorwurf schüttelte der große Koreaner den Kopf. In schwarzem Mantel und hellem Schal stand er hochelegant in dem Schneetreiben dicht am Brunnen, als sei die ganze Szene nur eine winterliche Champagnerlaune.

Bettina klappte den Kragen hoch und rieb sich die Hände. »Tja. Hallo, Doktor. Sie kennen mich. Ich lasse selten was aus. Sind Sie direkt hergekommen oder haben Sie den Herrn Baring schon gesehen?«

Dr. Lee schüttelte den Kopf. »Frau Boll. Kein schöner Abend, aber ich grüße Sie. Ich bin gleich hierhergekommen. Ich dachte, ich mache in chronologischer Reihenfolge.«

»Und ich dachte, die Frau Kirchheimer wäre in der Zwischenzeit endlich draußen«, sagte Bettina besorgt. »Hoffentlich haben die alles im Griff da. Es sieht so wackelig aus.«

Sie trat näher an den Brunnen, wo vier Feuerwehrmänner neben der kleinen Klappbrücke aus Stahl standen. Sie war über dem Wasserloch ausgerichtet, und in ihrer Mitte waren drei Seile an schmalen Flaschenzügen befestigt. Das ganze Konstrukt sah aus wie eins von Ennos spacigen Technikspielzeugen, die bei der kleinsten kreativen Umnutzung sofort zusammenbrachen, und Bettina mochte gar nicht hinsehen, aber die Feuerwehrleute schienen guten Mutes. Sie leuchteten mit großen Strahlern in den Brunnenschacht, zogen an den Seilen und schauten gebannt nach unten, wo die Bergung vonstatten ging.

»Brunnen ist tief, habe ich gehört«, sagte Dr. Lee.

»Ja. Ich wollte, sie wäre schon oben«, sagte Bettina. »Die Männer im Schacht sind alle Freiwillige. Unsere Leute sind nicht durchgekommen. Hier geht heute alles drunter und drüber wegen dem Schnee. Die Straße nach Ludwigshafen ist zu.«

Dr. Lee schnippte exemplarisch eine der vielen Schneeflocken von seinem Ärmel. »Wieso? Da vorn, ist das nicht die Vermisstenabteilung? Aus Ludwigshafen?«

Bettina blickte auf. »Der Schwanck. Na so was. Der muss geflogen sein.«

»Ein Gemeinschaftsfall?«, fragte Dr. Lee.

»Wir haben seine Gesuchte gefunden«, sagte Bettina, während sie argwöhnisch beobachtete, wie sich der Mann mit der Kamera, den sie längst in seiner warmen Zeitungsredaktion wähnte, an Schwanck heranmachte und begeisterten Empfang erfuhr. »Glauben wir jedenfalls. Na ja, sie ist's. Jemand anders wird hier nicht vermisst.« Sie seufzte. »Wo wir gerade dabei sind, Dr. Lee: Hatten Sie eigentlich schon Gelegenheit, sich unsere Knochen anzugucken? Analysemäßig und so?«

»Gentest ist noch nicht fertig«, sagte der Pathologe.

»Aber mal ganz unter uns, sind das alte Knochen? Könnten wir da am Ende einen historischen Fund gemacht haben? Was weiß ich, einen aufgelassenen Waldfriedhof oder so?«

Dr. Lee blickte sie mitleidig an. »Ermittlungen laufen grade nicht so gut?«

»Fragen Sie nicht«, knurrte Bettina. »Ich habe zwei Leichen an der Backe, die irgendwas mit diesen Knochen zu tun haben, aber es ist mir völlig schleierhaft, was. Ich weiß nur, dass jeder, den ich darauf anspreche, mir was von Schweinen erzählt. Langsam glaube ich, die Leute hier stecken alle unter einer Decke.«

Dr. Lee sah sich um. Er wirkte ein wenig erstaunt.

Bettina musste lächeln. »Glauben Sie mir«, sagte sie nüchterner, »es ist schlimm. Und dann – lesen Sie die *Bild*-Zeitung?«

»Oh«, sagte Dr. Lee. »Genau. Gratuliere. Das Foto war doch gut, das kleine jedenfalls.«

Bettina starrte ihn an.

»Das mit Kelle.« Dr. Lee sah sie freimütig aus seinen schwarzen Augen an, und Bettina wusste nicht, meinte er es ernst, ironisch oder sonst wie. Sie hatte keine Ahnung von asiatischem Humor.

»Also, waren sie alt oder nicht?«, wich sie schließlich gereizt aus.

»Nicht alt«, war die Antwort. »Neu. Halbes Jahr vielleicht, aber setzen Sie das nicht in Zeitung. Sicher ist es noch nicht.«

Dann, als das Warten gerade dieses zähe Stadium erreicht hatte, in dem egal ist, ob es noch fünf Minuten dauert oder bis zum nächsten Frühling, als alle Interviews gegeben, alle Informationen getauscht, alle Zuschauer registriert waren und man nur noch in den Schnee schauen und der Welt beim Weißerwerden zugucken konnte, da ging dann plötzlich alles ganz schnell. Auf einmal fingen die Feuerwehrleute an zu brüllen, riefen unverständliche Befehle, beugten sich über den Brunnen, die Brücke wackelte entsetzlich, und Bettina war überzeugt, dass sie nun doch nachgab und die Männer um einen Kollegen schrien, der gleich ins kalte Wasser stürzen würde. Doch das war nur der normale Arbeitston der Feuerwehrleute. Sie brüllten weiter und spannten ihre dunkel uniformierten Körper, und dann erschien endlich der Kopf eines mit Atemmaske Vermummten und gleich daneben ein schwarz glänzendes, unförmiges Ding, das sich den Bemühungen der Männer widersetzte, das ihnen wegglitschte, tropfte und sperrte, und endlich packten sie es doch richtig und hievten es hoch und über den nassen Kollegen einfach drüber, und da sah es einen Moment aus, als würde das Schwarze aus dem schäbigen Brunnenloch nur so herausquellen, als sei der Schacht bis oben gefüllt mit dunklen, stinkenden Blasen und nun begänne eine Invasion aus der Unterwelt. Plötzlich klatschte das Ding wie ein mühsam erlegter Fisch auf die schneebedeckte Erde. Rundherum schmolz der Schnee. Dann war alles still.

Flocken stoben um die Scheinwerfer, wütend, aber geräuschlos, und sie setzten sich überallhin, auf Pflanzen, Stühle, Jacken, Mützen, Haare, Gesichter, Feuerwehrgeräte und -männer, nur das nasse Bündel in ihrer Mitte schluckte das Weiß und glänzte immer noch dunkel und hatte eine schrecklich aufgequollene Hand und auch noch einige andere offen liegende blasse Körperteile. Auf einmal stank es schwach nach Verwesung. In Schwaden, die der Wind nach Gutdünken unter die Umstehenden trieb. Sie wichen zurück.

»Moment«, sagte da eine gefasste Stimme. »Darf ich?« Dr. Lee hatte seinen Mantel gegen einen gefütterten Anorak getauscht. Seinen kleinen schwarzen Koffer trug er auch bei sich. »Ich brauche etwas Platz, bitte«, sagte er würdig zu den Umstehenden, die hier ohnehin nicht bleiben wollten. Die Uniformierten verschafften ihm Raum, und er drehte die Leiche mit beherztem Griff auf den Rücken.

Das gab den Leuten den Rest. Nun floh man vor dem Schrecklichen, das man eben doch nicht sehen wollte, nur Schwanck pflanzte sich breit neben der Leiche auf und rief munter: »Herr Doktor Lee! Herr Kollege! Und! Ist sie es?«

Dr. Lee schenkte ihm einen kurzen Blick. »Ist tot, ja.«

»Nein, ich meine, ist es Claudia Kirchheimer!«

»Ist vermutlich eine Frau«, sagte Dr. Lee kühl. »Alles Weitere«, sein Blick streifte kurz Bettinas Gesicht, »wird Laboranalyse zeigen.« Hatte er ihr etwa zugezwinkert? »Ist noch ganz gut erhalten. Wasser da unten ist kalt. Möchten Sie Todesart erfahren?« Er betrachtete die Leiche konzentriert, rückte sie ein wenig zurecht, und dann drückte er ihr kräftig auf die Brust, als wollte er sie wider alles bessere Wissen wiederbeleben.

Schwanck zuckte die Achseln.

»Natürlich«, sagte Bettina.

»Ist nicht ertrunken.«

»Dunkle Haare, Lederjacke, Wanderstiefel, das ist Claudia Kirchheimer«, bestätigte Schwanck sich selbst.

»Sie hat kein Wasser in der Lunge«, sagte Bettina.

»Genau«, sagte Dr. Lee und drückte wieder. »Da kommt nichts.«

Schwanck entfernte sich grußlos. Bettina sah zu, wie Dr. Lee vorsichtig die Jacke der Toten öffnete. »Sie wurde also getötet und anschließend in den Brunnen geworfen.«

Er sah auf. »Andere Reihenfolge ist unwahrscheinlich.«

»Woran ist sie gestorben?«

»Werden wir sehen.« Dr. Lee schob den Pulli der Toten hoch. »Ich ziehe sie hier nicht ganz aus, wenn's recht ist. Gucke mir noch die Brust an, dann lass ich sie nach Mainz bringen. Damit sie da heute noch ankommt.« Er blickte sich um. »Ist auch zu viel los hier.«

»Okay«, sagte Bettina.

Die Brust war unauffällig. Dr. Lee winkte seine Sanitäter heran. Ganz zum Schluss befühlte er noch den Kopf der Leiche. »Ah!«, machte er da befriedigt. »Also doch. Da haben wir's.« Er sah Bettina einladend an. »Wollen Sie auch mal fühlen?«

Sie schüttelte stumm den Kopf.

»Ist gebrochen«, sagte er.

»Kann das von einer Schussverletzung herrühren?«

Dr. Lee sah sie nur an.

Bettina hob die Hände. »Okay, okay«, sagte sie. »Schon gut. Ich warte die Untersuchung ab.«

Sobald die Überreste Claudia Kirchheimers fortgeschafft waren, leerte sich der Platz vor dem *Dolce Vita* merklich. Erst der wirkliche Anblick der Leiche, dachte Bettina, hat diese Leute überhaupt von einem Verbrechen überzeugt, zuvor war für sie alles nur ein schauriges, aufregendes Geheimnis gewesen. Jetzt, nachdem sie das stinkende Bündel mit eigenen Augen gesehen hatten, war die Stimmung gekippt und die Party zu Ende. Die Gesichter der heimwärts Strebenden sahen nachdenklich und betroffen aus. Vielleicht hat es ein Gutes, dachte Bettina ohne große Hoffnung. Vielleicht denken sie jetzt endlich mal über den Knochen nach. Sie sah zu, wie Dr. Lee abfuhr, und setzte sich in Bergs Auto zum Nachdenken und Telefonieren. Zuerst rief sie Willenbacher an.

»Ah«, sagte der wie immer formlos. »Bolle.«

»Wie läuft's? Wie hat Frau Baring es aufgenommen?«

»Ich habe einen Krankenwagen bestellt«, sagte Willenbacher nicht ganz so trocken wie sonst. »Sie ist völlig zusammengebrochen. Er war ihr einziges Kind.«

»Schlimm.« Todesbote zu sein war das Furchtbarste an ihrem Beruf. »Hast du sein Zimmer gesehen?«

»Ich stehe grade drin. Ich könnte die Spurensicherung gebrauchen. Das ist ein Riesenchaos hier.«

»Das geht jetzt nicht«, sagte Bettina. »Die haben zu tun. Das Wichtigste ist die Pistole. Die musst du finden. Und wenn er ein Tagebuch hatte, wäre das auch nicht schlecht.«

»Also einen Computer hat er nicht«, sagte Willenbacher. »Nur viele Noten und Bücher und unterm Bett eine Riesenschublade voller aufgedonnerter Pornos. Kunstdrucke, weißt du. Edles Papier, mit Signaturen und allem. Und irgendwas in einer kleinen Tüte, das nach Hanf riecht.«

»Such weiter«, sagte Bettina dazu nur knapp. »Wir brauchen die Verbindung zum *Wilden Mann.*«

»Okay«, sagte Willenbacher. »Und wenn ich fertig bin? Wo soll ich dann hin? Wo bist du gerade?«

Bettina blickte aus dem Fenster hoch zu der kleinen Wirtschaft. »Am *Dolce Vita*«, sagte sie. »Noch.«

Anschließend meldete sie sich bei der Tagesoma ihrer Kinder und jammerte ihr von den Straßenverhältnissen vor. Die Leichen erwähnte sie nicht. Frau Vogler hörte nicht gern davon. Doch wirre Wetterverhältnisse überzeugten sie sofort. »Eingeschneit«, sagte sie. »Dachte ich mir schon. Sie haben es gerade im Radio durchgegeben. Dann lassen wir die Kleinen halt hier. Ist nicht schlimm. Ich dachte sowieso, ich mach ihnen gleich Abendbrot, und sie können auf der Couch schlafen. Dann wird die wenigstens mal benutzt.«

Bettina bedankte sich überschwänglich. Dann rief sie Müller an, der aus irgendeinem Grund, den sie nicht wissen wollte, schwer atmete. »Müller«, sagte sie streng.

»Ja«, schnaufte er.

»Machst du was Wichtiges?«

»Nein, wie kommst du denn darauf«, sagte er beleidigt.

»Entschuldige. Mir ist nur eben was eingefallen, das dringend erledigt werden muss.«

»Ach was.«

»Pass auf«, befahl Bettina. »Du gehst jetzt zu Thilo Achtkapp und beschlagnahmst seinen Benz. Den Geländewagen, verstehst du? Die haben bestimmt noch andere Autos, aber wir brauchen den, mit dem er gewöhnlich fährt. Wenn er sich anstellt, rufst du mich, dann komme ich und klär das.«

»Okay.«

»Und noch was, Müller, wir brauchen auch den Wagen vom Baring. Da musst du halt ein bisschen suchen. Der wird irgendwo draußen vor der Villa stehen. Ist ein Asiate. Irgend so was Rundes, Hohes. Dunkelblau. An der Seite steht ›Galerie im Tal‹. Wenn du beide hast, dann bring sie am besten gleich nach Ludwigshafen oder hierher auf die Wache. Und falls du noch Zeit hast, guck dir die Kofferräume an. Wir suchen eine Spur von der Kirchheimer.«

»In allen beiden?«, fragte Müller spitz.

»Nur um sicher zu gehen«, sagte Bettina. »Nur darum.«

Nach den Telefonaten fühlte sie sich unruhig. Sie hätte gern geraucht, um ihr Gehirn zu stimulieren, doch das traute Bettina sich in Bergs supersauberem kleinem Auto nicht. Obwohl es schon einiges an Kilometern draufhatte, waren die Sitze noch wie neu und es roch durchdringend nach einem von diesen kleinen komischen Duftbäumchen, was eigentlich schon fast etwas liebenswert Altmodisches hatte. Wer benutzte denn heutzutage noch so etwas? Bettina jedenfalls nicht, aber in ihrem alten verräucherten Taunus wäre das auch absolut unsinnig gewesen. Auf jeden Fall musste sie jetzt eine Pause machen und sich ablenken. Also stieg sie wieder aus, in den unverändert fallenden Schnee, steckte sich eine Zigarette an und sah nach, wer noch alles da war. Die Feuerwehrleute. Sonst hatte sich alles verzogen. Bettina stapfte durch den bereits knöchelhohen Schnee zu dem roten Fahrzeug und entdeckte ein rotes Lichtpünktchen hinter einer offenen Tür. Auf die steuerte sie zu.

»Sie wollen tatsächlich heute noch nach Ludwigshafen?«, fragte Feuerwehrhauptmann Dehio, der inzwischen in Trainingshose und Lederjacke und mit Handtuch um den Hals im Führerhaus seines Einsatzfahrzeugs saß und fahrig eine Zigarette rauchte. »Hören Sie etwa kein Radio?«

Bettina schaute ihn groß an, er schaute groß zurück. Wenn ich in einen Brunnen steigen und eine Leiche rausholen kann und trotzdem den Stand der Straßenverhältnisse kenne, dann kannst du das auch, sagte sein Blick.

»Die A650 ist zu. Ein Pole. Dass die's echt nie schaffen, sich mal anständige Reifen aufzuziehen, dabei sind die Straßen dort doch viel schlimmer als bei uns.« Angespannt stieß er Rauch aus den Lungen. Sein Gesicht war bleich, die roten, gesunden Flecken auf den Wangen verschwunden. Vielleicht nahm ihn seine Arbeit doch mit. Vielleicht brauchte er die Verkehrsnachrichten, um den Schacht zu vergessen.

»Alles klar«, sagte Bettina. »Die Autobahn nehme ich nicht.«

»Die Landstraßen sind nicht geräumt«, erklärte Dehio fatalistisch.

»Ich werde dran denken«, sagte Bettina, die nicht im Allergeringsten ans Heimfahren dachte.

»Wenn Sie die Nacht im Auto verbringen wollen …«, sprach Dehio ungehalten.

Sie sahen sich an. Bettina stand vor dem Führerhaus des Fahrzeugs im fallenden Schnee, Dehio hielt die offene Tür so, dass möglichst wenig davon ins Auto drang, es war wenig Raum für längere unfruchtbare Diskussionen oder opulente Abschiedsszenen, doch nun, da Bettina schon einmal da war, wollte dieser Mann unbedingt Recht behalten und streiten. »Wir schaun mal, vielleicht kriegen wir ja ein paar Zimmer«, sagte Bettina versöhnlich.

Dehio blickte sie starr an und blies ihr Rauch entgegen. Bettina war dankbar, dass sie seinen Namen behalten hatte.

»Herr Dehio?«

Die Starre löste sich nicht, aber er sah ein bisschen wacher aus.

»Danke. Sie haben gute Arbeit gemacht.«

Er blickte stumpf und inhalierte tief.

»Das meine ich ernst.«

»Schon gut«, fuhr er sie an. »Gehen Sie hin und machen Sie Ihre. Finden Sie denjenigen, der –« Er hustete und zog die Fahrzeugtür zu.

»Brauchen Sie ein Zimmer?«, fragte einer der Uniformierten, als sie an ihm vorbei hoch zum *Dolce Vita* stapfte. Außerhalb des zertrampelten Gartens lag der Schnee schon fast bis zu den Waden.

»Ich muss später zurück«, sagte Bettina.

Der Mann rollte ein Kabel zusammen und zuckte die Achseln. »Die Autobahn ist zu.«

»Weiß ich.«

»Ich sag's nur, der Wirt hier kann Ihnen bestimmt helfen. Sie wollen ja morgen früh wahrscheinlich auch gleich wieder herkommen. Da sind nämlich mit Sicherheit alle Straßen dicht.« Er sah in die tanzenden Flocken und ging.

Und Bettina hatte nach diesem zweifachen Wink das Gefühl, dass das Schicksal ihr etwas mitteilen wollte. Nein, sie musste sich nur einmal kurz bewegen, zwei, drei Zigaretten rauchen und diese übermäßig vielen Leichen in eine Reihe kriegen. Mehr nicht.

Oben im *Dolce Vita* wurde sie mit einem spontan einsetzenden Schweigen empfangen, das sie in ihrer Nervosität als Reaktion auf irgendeine merkwürdige Befindlichkeit der Männer deutete, als fortgesetzte Missbilligung ihres jugendlichen Aussehens oder als Ärger über eine unabsichtlich geäußerte Ungeschicklichkeit. Vielleicht hatten sie auch von Bela Barings Tod erfahren. Doch über den wollte sie jetzt nicht reden. Also nickte Bettina nur knapp in die Runde, lehnte sich an die Bar, zündete eine neue Zigarette an, inhalierte tief, stieß den Rauch aus und gähnte anschließend von Herzen. Toni Valentini und etwa zehn Männer sahen ihr angespannt dabei zu. »Haben Sie einen Kaffee für mich?«, fragte sie den Wirt in das Schweigen hinein.

Und dann hätte sie sich beinahe allein an einen Tisch im Halbdunkel der Gaststube verzogen, wenn nicht einer der Gäste, ein dicker Typ in einem blauweiß gestreiften Sweatshirt, »Jetzt ist sie da« quer über die Theke gezischt hätte. »Jetzt sag es schon.«

»Genau«, fügte ein kleiner Hagerer in einer Cordjacke hinzu.

Wieder trat Schweigen ein. Bettina sah in lauter entschlossene Gesichter.

»Na los«, sagte irgendwer aus dem Hintergrund, und Valentini hob die Hände.

»Die Signorina will einen Kaffee. Hast du doch gehört. Du willst auch immer erst was zu trinke und dann rede.«

Also warteten alle, bis Valentini einen Kaffee eingegossen, die Untertasse liebevoll mit Milchdöschen und Zuckertüte versehen hatte und alles vor Bettina hinstellte. »Ecco, Signorina.«

»Grazie«, sagte die verwirrt und setzte sich auf einen Hocker, den ihr Nachbar hilfsbereit herangezogen hatte. »Haben Sie auch einen Aschenbecher für mich?«

Dieser wurde mit umständlicher Grandezza an ihren Platz praktiziert. Dann saß sie da, umringt von den Gästen der Kneipe, und wurde gespannt bei der weiteren Zubereitung ihres Kaffees beobachtet. Alle verfolgten, wie sie ihre Zuckertüte aufriss und das weiße Pulver in die dampfende Flüssigkeit rieseln ließ. Beinahe hätte sie auch noch die Milch hinterhergeschüttet. Angesichts der feierlichen Aufmerksamkeit schien es ihr extrem unhöflich, auch nur die kleinste Gabe Valentinis abzulehnen. Andererseits hätte sie sich so ihren Kaffee versaut. Also ließ sie es, rührte dafür den Zucker besonders sorgfältig um, nippte an der Tasse, sagte »Ah!« und hoffte, dass sie den Eingangstest bestanden hatte. Valentini sah sie aus halbgeschlossenen dunklen Augen an und wischte an seiner Theke herum.

»Na los«, sagte der Typ im geringelten Sweatshirt.

»Frollein«, begann ihr Nachbar.

»Signorina«, unterbrach ihn Valentini. »Gell, wir müsse Ihnen da was erzähle.«

»Okay«, sagte Bettina zu den angespannten Gesichtern, »ich höre.«

Die Männer sahen sich an. »Brauchen Sie denn keinen Block oder so? Zum Mitschreiben? Oder ein Diktiergerät?«, fragte Valentini.

Bettina wurde ein wenig unheimlich. Sie nippte wieder an ihrem Kaffee und begann folgsam ihre Hosentaschen abzuklopfen. »Was wollen Sie mir sagen?«, fragte sie vorsichtig. »Wissen Sie etwa doch, wer die Frau in den Brunnen geworfen hat?«

»Nein«, sagte der Typ im geringelten Sweatshirt. Bettina versuchte angestrengt, sich an seinen Namen zu erinnern, doch leider fiel ihr nur der ungewöhnliche ihres Nachbarn zur Linken wieder ein: Der hieß Meistersel. Der Geringelte war ein Schmidt oder Müller. Und die anderen hatte sie vorhin nicht selbst vernommen.

»Ach!«, sagte einer im Holzfällerhemd.

»Was denke Sie denn?«, fragte Valentini.

Es wurde wieder still. Bettina fand mit viel Glück ein zerdrücktes Oktavheft in ihrer Jacke, zog es hervor, schlug es auf und räusperte sich.

»Sie brauche einen Stift«, sagte Valentini und kramte hinter der Theke.

Bettina nippte wieder und nahm auch den Stift in Empfang. »So«, sagte sie dann.

Die Männer machten mit Blicken aus, wer weiterreden sollte: der Wirt. Valentini beugte sich vor. »Signorina«, sagte er, und alle steckten die Köpfe zusammen wie ein Fußballteam vor dem Abstiegsspiel, »Sie suche doch wen. Dieser Knochen da, bei den Schweinen.«

»Ja«, sagte Bettina schlicht.

»Also wir habe ja die Frau gesehen, da aus dem Brunnen, und das, also das …«

»Ja?«

»Tja. War schlimm. Und wir habe jetzt eine Idee, wer er sein könnte. Die Person bei den Schweinen.«

»Aha?«

»Branco heißt er«, rief ein Mann im Fischerpullover.

»Und weiter?«

»Seinen Nachnamen kenne wir nicht«, sagte Valentini. »Er war Koch im *Sonnenhof*.«

»Ich kenn ihn«, widersprach Meistersel und beugte sich noch näher zu Bettina. »Er heißt Dschatas.«

Die rückte einen Millimeter von seiner Fahne weg. »Ach je, wie schreibt sich das denn?«

Das wusste keiner. Doch: »Karl«, sagte Valentini plötzlich zu dem Dicken, der sich bislang nur an seinem Bierkrug festgehalten hatte, »du hast doch diesen Vertrag da mit Branco gemacht. Wegen deinem Handy.« Er blickte auffordernd. »Den hast du bestimmt noch.«

»Genau«, sagte Meistersel. »Da ist der elende Wisch ja tatsächlich noch zu was gut.«

»Jetzt auf einmal, wie?«, knurrte Karl, zog sein Portemonnaie hervor, holte einen mehrfach gefalteten Zettel heraus und warf ihn auf die Theke. Dann beugte er sich zu Bettina. »Wenn Sie ihn lebend finden, erinnern Sie Branco an meine hundert Euro.«

Sie nickte stumm und faltete den Zettel auf. Auf die Vorderseite waren ein *Sonnenhof*-Logo und eine Menüfolge gedruckt, klare Tomatensuppe, Saumagen an Blattsalaten, Wildschweinkeule Pfälzer Art. Auf der Rückseite stand ein umständlicher handgeschriebener Vertrag, der den Verkauf eines Mobiltelefons betraf.

Meistersel beugte sich hilfreich darüber und deutete auf einen Namen. »Da. Djathtas. Er war Ausländer«, fügte er an, »verstehen Sie, aber er war ab und zu hier.«

»Er war in Ordnung«, erklärte der im Holzfällerhemd.

»Ein guter Kerl«, bestätigte der geringelte Schmidt-Müller.

»Und seit wann vermissen Sie ihn?«, fragte Bettina angespannt.

»Seit Herbst«, sagte Valentini. »Es ist uns nicht gleich aufgefalle, im Grunde habe wir es überhaupt erst jetzt gemerkt.«

»Aber im *Sonnenhof* wird er doch gefehlt haben«, sagte Bettina.

Meistersel schüttelte den Kopf. »Eben nicht«, sagte er. »Der Branco konnte nicht mit der Schwarzen. Die waren wie Hund und Katze. Und der Branco war nie zuverlässig. Es war halt auch in der Saison. Die Schwarzen hat wahrscheinlich einen Wutanfall gekriegt und dann gedacht, pfeif drauf, und hat einen Neuen eingestellt.«

»Marlene Schwarz, die Wirtin vom *Sonnenhof*?«, fragte Bettina.

Die Männer nickten.

»Die Kultur, wissen Sie. Branco war Moslem«, sagte Meistersel.

»Quatsch, die trinken doch net«, rief jemand aus dem Hintergrund.

»Dann halt orthodoxer Christ.«

»Darum ging's gar nicht«, unterbrach Valentini. »Es ging darum, dass er sich von einer Frau nicht kommandiere lasse wollte.«

»Die Schwarzen kommandiert verdammt gern«, sagte Meistersel.

»En alte Zerschpel«, fügte das Holzfällerhemd an.

»Aber sie sieht noch ganz gut aus«, sagte Meistersel.

»Er war eben Branco«, schloss Valentini. »Er ist immer zu spät zur Arbeit gegange und so. Hat hier rumgehange und gejammert und gesoffe. Wie ein Ehemann. Er hat ja im *Sonnenhof* gewohnt.«

»Und was ist passiert?«, fragte Bettina.

Valentini blickte sie kurz an. »Tja. Das isses. Eines Tages war er nicht mehr da.«

»Er hatte Krach mit Marlene, haben wir geglaubt«, sagte Meistersel.

»Sie hat ihm ennie verpasst«, rief einer von hinten. »Der is ihr bestimmt an die Wäsch. Er war total verschamariert.«

»Moment mal«, sagte Bettina, »also der Herr Branco Djathtas ist irgendwann im Herbst hier verletzt aufgetaucht und anschließend verschwunden?«

Die Männer sahen sich an und nickten.

Bettinas Magen machte einen vorsichtigen Hüpfer. »Hat er gesagt, warum er verletzt war?«

»Nein«, sagte Valentini und blickte seine Gäste der Reihe nach an. Die schüttelten die Köpfe.

»Und wie sahen die Verletzungen aus?«, fragte Bettina.

»Er hott en dickes Veilsche«, sagte Bettinas Nachbar zur Rechten, der zuvor nur geschwiegen hatte.

»Und die Hand verbunden«, setzte Meistersel hinzu.

»War er beim Arzt? Wissen Sie das zufällig?«

Man wusste es nicht, hielt es aber für unwahrscheinlich.

»Der ist nicht zum Arzt gegange«, sagte Valentini kopfschüttelnd.

»War noch einer vom alten Schlag«, erklärte Meistersel. »Niemals hätte der ein Veilchen von der Marlene einem Doktor vorgeführt.«

»Aber wissen Sie das denn genau?«, fragte Bettina. »Dass er Prügel von Frau – hm – Schwarz bezogen hat?«

Die Männer sahen sich wieder an.

»Nein«, sagte Valentini schließlich, »deswege rede wir ja mit Ihnen. Weil – also umgebracht hat die Marlene ihn nicht, das dürfe Sie nicht glaube.«

»So was macht die nicht«, erklärte auch Meistersel.

»Ihr eischener Koch!«, rief es von Bettinas rechter Seite. »Derekt vorm Worschtmarkt!«

»Okay«, machte Bettina. »Das heißt, wir wissen sogar das genaue Datum. Wann war Wurstmarkt?«

Valentini kramte in seiner Schublade, holte einen alten Kalender vor und verkündete: »Ab dem achten September. Aber es war so zwei, drei Tage davor. Da ist er gekomme und hat da verletzt gehockt.«

»Und dann?«, fragte Bettina. »Wann ist er verschwunden?«

Das wussten die Männer nicht genau, zu der Zeit hatten sie alle Hände voll zu tun gehabt. Der Spätsommer war Hochsaison im Pfälzerwald. Aber: »Die Schwarzen hatte schnell wieder einen Neuen.«

»Das ist doch klar, wenn Wurstmarkt ist«, sagte Valentini. »Da kann sie den Laden gleich zumache, wenn sie während dem Wurstmarkt auf einen Koch wartet.«

»Wann hat der neue Koch denn angefangen?«, fragte Bettina.

»So neu war der gar nicht«, überlegte Meistersel. »Der hat davor in diesem Dönerladen geschafft. In der Gutmenschstraße. Für den war's ein dicker Karrieresprung.«

»Der hat drei Kreuze geschlagen und Halleluja geschrien«, sagte Müller-Schmidt.

»Oder was man in Pakistan so macht«, korrigierte Valentini sanft.

»Der ist mit Branco nicht zu vergleichen«, sprach Meistersel traurig.

»Der kann bloß Tiefkiehlzeisch ufftaue«, erklärte Bettinas anderer Nachbar. »Unn losst sich hier überhaupt net blicke.«

»Ist ja auch ein Moslem, die trinken nicht«, sagte Müller-Schmidt.

»Der hätte den Job nie gekriegt, wenn nicht gerade zufällig Wurstmarkt gewesen wäre«, sagte Meistersel, und diese Äußerung brachte die Männer zum Nachdenken.

Einen Moment waren sie ruhig, dann redeten sie alle auf einmal: »Der Dings war's!«

»Der verdient bei der Marlene das Dreifache!«

»Zahlen tut sie gut, das muss man ihr lassen.«

»Hat der nicht fünf Kinder?«

»Der muss auf jeden Fall Kohle heimschicken.«

»Die ernähren ja daheim ein halbes Dorf mit dem, was sie hier verdienen.«

»Der hat den Branco abgemurkst.«

»Er hat den Wurstmarkt abgepasst, wo er genau wusste, dass die Schwarzen niemand anders finden würde.«

»Unglaublich, was die fürs Geld tun.«

»Deswegen stell ich keine Araber ein.«

»Pakistan ist kein arabisches Land«, sagte Bettina und fügte streng an: »Wir sprechen hier über Mord. Hatte Herrn Djathtas' Nachfolger denn auch Verletzungen?«

Die Männer sahen sich an.

»Das wissen wir nicht«, sagte Meistersel.

»Er hatte keine«, gab einer der Männer zu.

»Dann seien Sie vorsichtig mit Verdächtigungen«, sagte Bettina. »Können Sie sich erinnern, im September überhaupt jemand anderen mit Verletzungen gesehen zu haben?«

»Nein«, sagte Valentini.

»Ich weiß niemanden«, erklärte Meistersel.

Aber ich, dachte Bettina. »Denken Sie mal an den *Wilden Mann.* Jemand von dort vielleicht? Bei denen sind die Knochen gefunden worden.«

»Die Achtkapps«, sagte Valentini, »die komme nicht hierher.«

»Das sind alte Dürkheimer«, erklärte Meistersel. »Winzer.«

»Oh«, sagte Bettina. »Klar. – Wissen Sie, ob der Thilo Achtkapp Kontakt hatte zu Branco Djathtas? Waren die beiden miteinander bekannt?«

Das glaubten die Männer nicht. Sie sahen sich an. »Glauben Sie etwa, der Junge war's?«, fragte Meistersel. »Aber was sollte der mit unserem Branco?«

»Der Branco«, sagte Valentini, »wäre bei Achtkapps nie eingestellt worde. Der hat nicht ordentlich gearbeitet. Er war gut, so mit den Steaks, und schlachte konnte er wie andere Kinder mache, aber –«

»Ich hätte den auch nicht haben wollen«, sagte Müller-Schmidt bedauernd.

»Ich meine, unabhängig von der Arbeit«, sagte Bettina. »Thilo Achtkapp hat angeblich was gegen Jugoslawen.«

Wieder sahen sich alle an.

»Branco war ja aus Mazedonien«, sagte Valentini.

»Aber der Thilo ist ein Schuljunge«, widersprach Meistersel sofort, »ein Zivi, glaub ich sogar. Geht nicht mal jagen. Ein linker Pazifist. Und was soll der gegen Jugoslawen haben, der war ja noch im Tran, als der Staat da drüben zusammengebrochen ist.«

»Tja«, sagte Bettina und kritzelte Kreuze in ihr Heft.

»Der Branco dagegen, das war ein alter – der hat immer

Sachen erzählt, vom Krieg und so, in Bosnien, das ist ja bei denen ums Eck. – Ah. Ich hab's.« Meistersel beugte sich vor und blickte verschwörerisch. »Wenn da was war, hat es umgekehrt angefangen. Dem Branco waren Amis ein rotes Tuch. Vielleicht hat er den Achtkapp provoziert. Denn wie der Branco immer geschimpft hat, das war der Hammer.« Er blickte sich um und erntete zustimmendes Nicken. »Diese Ausländer, die hassen die Amis wie die Pest, da können Sie fragen, wen Sie wollen. Grade die aus den sogenannten Krisengebieten.«

Jetzt kam Bettina nicht mehr mit. Sie blickte Valentini an, der war schließlich Ausländer und musste wissen, wen er hasste. »Amerikaner?«

Der Wirt nickte entschieden.

»Passen Sie auf«, sagte Meistersel. »Gehen Sie raus, gehen Sie irgendwohin, reden Sie mit einem x-beliebigen Ausländer, der wird Ihnen was erzählen über die Amis. Das ist ein richtiges Feindbild. Kein Volk auf der Welt wird so gehasst wie die. Nicht mal wir.«

»Aber die Amerikaner sind auch Ausländer«, sagte Bettina vorsichtig.

»Schon«, sprach Valentini da in vollstem Ernst. »Hier bei uns. Aber eigentlich sind sie Amerikaner.«

Bettina starrte den Wirt an. Zu diesem Argument fiel selbst ihr nichts mehr ein. Wer die wirklichen Ausländer waren, fragte sie lieber erst gar nicht, und schon gar keinen Italiener. Nur den Bezug zu ihrem Fall wollte sie klären: »Was hat das mit Thilo Achtkapp zu tun?«

»Na, der ist doch ein halber Ami!«, sagte Meistersel.

»Soviel ich weiß, ist er Deutscher.«

»Ich bitte Sie«, sagte Meistersel. »Der Thilo ist bloß adoptiert, der ist ein Soldatenkind. Gezeugt von unseren Besatzern. Sie haben ihn wohl noch gar nicht gesehen?«

»Wieso?«, fragte Bettina ahnungsvoll.

Meistersel beugte sich vor und flüsterte, als verrate er ein wohlgehütetes Geheimnis. »Na, er ist doch schwarz.«

Als Willenbacher dann am *Dolce Vita* eintraf, stand Bettina vor der Tür und rauchte. Es hatte zu schneien aufgehört. Die leere Straße und die zertrampelte Wiese lagen weiß in der Düsternis des Abends. Willenbacher sah fertig aus. Er kam heran, lehnte sich neben Bettina an die Hauswand und blickte über die Wiese zum Brunnen. »Da werden wir wieder was zu hören kriegen, weil wir die Gaffer aufs Terrain gelassen haben und der Spusi nichts übrig geblieben ist«, sagte er. Tatsächlich sah die Wiese trotz der leichten Schneedecke aus wie ein Schlachtfeld.

»Dafür haben wir die Kirchheimer gefunden«, sagte Bettina. »Und? Hast du die Pistole?«

Willenbacher schüttelte den Kopf. »Ich glaube nicht, dass sie dort ist, jedenfalls nicht in Barings Zimmer.« Er starrte blicklos hinaus in den Schnee. »Diese Mutter wollte mir nicht zuhören. Die hat angefangen zu streiten. Sie hat mich angeschrien, dass ich lüge und ihr Sohn lebt. Und als ich ihr gesagt habe, dass er wahrscheinlich ein Mörder ist, da hat sie mich geschlagen.« Er wies auf seine Wange. »Sie hat mir voll eine Ohrfeige verpasst. Es ging so schnell, ich hätte beinahe zurückgehauen.«

»Bela Baring«, sagte Bettina und stieß etwas Rauch aus, »ist wahrscheinlich kein Mörder.«

Willenbacher starrte sie nur finster an. »Ach komm. Jetzt geht das wieder los. Er war's, er war's nicht, und am Ende war er's doch. Wieso suche ich mir dann einen Wolf nach dieser blöden Pistole?«

»Die brauchen wir auch«, sagte Bettina. »Aber vor allem brauchen wir den Jugoslawen.«

Sie erzählte, was sie eben drinnen in der Kneipe erfahren hatte. Darauf wollte Willenbacher sofort zur Villa Achtkapp aufbrechen.

»Nein«, sagte Bettina. »Wir haben Achtkapps Auto, und der rennt uns nicht weg, solange Baring einen guten Hauptverdächtigen abgibt. Wir müssen erst mit der Wirtin vom *Sonnenhof* reden.«

»Willst du jetzt etwa noch mal zurück ins Tal?«, maulte Willenbacher. »Weißt du, wie's da aussieht?«

Bettina sah auf die Uhr. »Ich will nach Hause«, erklärte sie dann. »Ach Gott! Schon zehn!«

»Und wir können nicht mal Überstunden abfeiern«, sagte Willenbacher düster.

»Du gehst zum Arzt und zeigst ihm deine Backe, und dann melden wir Gefahrenzulage an«, sagte Bettina.

Willenbacher seufzte. »Lass uns erst mal heimkommen. Ich hab gehört, die Straßen sind dicht.«

Bettina

Ein Schiffchen fuhr im Mondenschein
dreieckig um das Erbsenbein,
vieleckig groß,
vieleckig klein,
der Kopf muss stets beim Haken sein.

Es war noch dunkel, als Bettina am nächsten Morgen ihr Büro betrat.

»Tina!«, rief Willenbacher über seine Zeitung und seinen Morgenkaffee. »Was ist los? Hast du dir einen Wecker gekauft?«

Bettina schälte sich aus ihrem Schal. »Meine Kinder haben bei der Tagesoma übernachtet, da musste ich mal keine Socken und Nuckel suchen.«

»Willst du wissen, was in der Zeitung steht?«

Bettina bekam einen Schreck.

»Nix von dir, Bolle, du warst eine Eintagsfliege. Aber der Schwanck hat ein Porträt in der *Rheinpfalz*.« Willenbacher drehte seine Zeitung um, damit Bettina es sehen konnte. »Hat er auch verdient, wo er doch die Kirchheimer gefunden hat.«

»Ach komm«, sagte Bettina und sah nicht hin. »Steht da was über den Baring?«

Willenbacher schüttelte den Kopf. »Den haben sie rausgehalten. Oder sie wissen noch nichts von ihm.«

»Und unser Herr Hauptkommissar? Was sagt der?«

»Ist noch nicht hier«, sagte Willenbacher mit Blick auf die Uhr. »Es ist doch erst halb acht. – Aber Dr. Lee hat eben für dich angerufen.«

»Wieso?«

»Er macht die Obduktion von der Kirchheimer schon heute Vormittag. Das hat der Schwanck durchgesetzt. Damit die Angehörigen nicht noch länger warten müssen.«

»Mist«, sagte Bettina, plötzlich übellaunig.

»Er hat Recht«, sagte Willenbacher.

»Ja, ich weiß.«

»Wenn du willst, fahre ich hin.«

»Danke, leider muss ich das machen«, sagte Bettina. »Sonst kriege ich noch mal einen Anpfiff.« Sie wand sich den Schal wieder um.

»Der Termin ist erst um zehn«, sagte Willenbacher gemütlich.

»Ja, aber wir wollen vorher noch ins Tal.«

»Wir?«, protestierte Willenbacher. »Ich bin noch nicht mit der Zeitung durch und habe noch Kaffee.«

»Den gibt's im *Sonnenhof* auch«, sagte Bettina. »Du willst doch auch diesen Djathtas finden.«

»Haben wir das nicht schon?«, murrte Willenbacher.

Bettina fuhr. Sie mied die Autobahn, auf der sich allen Nachrichten zufolge in der Nacht menschliche Dramen abgespielt hatten, weil Hunderte Fahrer stundenlang feststeckten. Nun war dort angeblich geräumt, doch Bettina nahm noch einmal die schönere Strecke, die sie am Abend zuvor zurückgekommen waren, über Land. Der Tag dämmerte früh und hell herauf, denn der Schnee, der hier in der Rheinebene selten fiel und noch viel seltener liegen blieb, erzeugte einen mächtigen Widerschein. Das Tal sah aus wie ein Eispalast, die Bäume bogen sich schwer unter der weißen Pracht, nun kam sogar ein wenig Morgensonne hervor und zauberte Lichter auf die Höhenzüge und Glitzer auf das Weiß. Schließlich erreichten sie den *Sonnenhof*. In seinem Untergeschoss brannten Lichter. Bettina hielt auf dem leeren Besucherparkplatz, schaltete den Motor aus und blickte den Gasthof an. Hier, das fühlte sie, würde es guten Kaffee geben. Willenbacher schien Ähnliches zu denken. Ziemlich munter öffnete er seine Tür und sprang hinaus in den Schnee.

»Branco!«, rief die *Sonnenhof*-Wirtin Marlene Schwarz, und das Geschirr um sie bebte leicht unter den Schallwellen, die dieser Ausruf erzeugte. Sie hatte den Besuch der NPP noch nicht ganz verwunden. »Hat unser Branco sich etwa mit Radikalen angelegt?«, fragte sie fast ängstlich.

»Die Verbindung halte ich für unwahrscheinlich«, sagte Bettina. »Aber vielleicht hatte der Herr Djathtas selbst Ressentiments? Gegen Amerikaner zum Beispiel?«

Schwarz verschränkte die Arme. »So politischen Mist dulde ich nicht in meinem Haus. Wir haben hier viele amerikanische Gäste, die sind sehr willkommen bei uns. Und davon abgesehen haben wir auch eine Menge ausländisches Personal. Die müssen sich bei mir vertragen, und das tun sie auch.«

»Und der Herr Djathtas«, sagte Willenbacher. »Hat er sich mit allen vertragen?«

Schwarz verzog das Gesicht und begann hinter ihrer Theke zu stöbern. Sie war sehr luftig gekleidet, trug ein bunt bedrucktes kurzärmeliges Shirt über nur dreiviertellangen Hosen, schien aber nicht zu frieren. Ihre Haut schimmerte im wärmsten glatten Braunrosa. »Dieser Branco, der hat mich vielleicht Nerven gekostet.« Konzentriert blickte sie von Willenbacher zu Bettina, wie jemand, der nicht richtig sehen konnte, dann fand sie ihre Brille, ein getigertes Modell mit getönten Gläsern, und setzte sie auf. »Graue Haare hat er mir gemacht.« Sie griff sich die Kaffeetassen, die sie soeben gefüllt hatte, und brachte sie an den Tisch, an dem Willenbacher und Bettina saßen. Es war der einzige freie, auf allen anderen standen noch umgedrehte Stühle. Marlene Schwarz setzte die Brille wieder ab. »Kochen konnte er«, erklärte sie. »Nur deswegen hab ich ihn überhaupt behalten. Aber deshalb hatte der Herr auch Allüren.«

Bettina nippte an dem Kaffee und ließ sich befriedigt in ihrem Stuhl zurücksinken. »Darf ich rauchen?«, fragte sie.

»Aschenbecher steht vor Ihnen.«

Bettina zündete sich eine Zigarette an und zog. »Ah«, machte sie. Das war mal eine Morgenbesprechung.

Schwarz drehte einen Stuhl vom Nachbartisch um und stellte ihn auf. »Er konnte schlachten«, sagte sie. »Darin war er super. Die Tiere haben ihm vertraut. Wenn Sie ein Schwein in Stress versetzen, bevor Sie es töten, dann schmeckt es furchtbar. Bei Kälbern und Hühnern ist es nicht so extrem, doch Schweine …«, wieder landete ein Stuhl auf dem Boden, »zu denen muss man lieb sein. Aber heutzutage kriegt man ja bloß noch dieses billige Quälfleisch, deswegen kennen Sie wahrscheinlich den Geschmack von einem richtigen Schnitzel gar nicht.« Sie hielt in ihrer Arbeit inne und sah Bettina und Willenbacher auffordernd an. »Sie müssen eben mal kommen, wenn wir Schlachtfest haben. Da werden Sie sehen, was das für ein Unterschied ist.«

»Ja«, sagte Bettina, und: »Herr Djathtas hat das gern gemacht? Schlachten?«

»Das war sein Beruf«, sagte Schwarz, zog die Brauen etwas nach oben und griff sich wieder einen Stuhl. »Bei dem war jedes Fleisch zart. Meine Gäste jedenfalls legen da Wert drauf.«

»Er hat hier bei Ihnen gewohnt?«, fragte Bettina.

»Ja. Das tut fast die Hälfte meiner Angestellten.«

»Wie lange war er bei Ihnen?«

»Zwei Jahre.«

»Er ist aus dem ehemaligen Jugoslawien?«

Schwarz hielt wieder inne. »Mazedonier, aus Tetovo. Also eigentlich Albaner, hat er jedenfalls selber immer gesagt.« Sie schüttelte den Kopf. »Ich kenn mich da nicht aus. Aber da kommen die ganzen Kriege her, wenn Sie mich fragen. Von diesen Leuten, die im einen Land wohnen und zu dem anderen gehören wollen.«

Bettina überging das Thema Krieg und welche Umstände daran schuld waren. »Obwohl Herr Djathtas ein begnadeter Metzger war, hat er Ihnen graue Haare gemacht.«

»Das können Sie aber singen!«

»Was hat er getan?«

»Er ist zu spät und am Ende gar nicht mehr zur Arbeit erschienen. Er war dann immer im *Dolce Vita*. Manchmal ist er auch betrunken hergekommen und hat die Frauen in der Küche belästigt.« Die große Wirtin hielt inne. »Ich bin nicht für dieses Gepiense mit sexueller Belästigung und so, ich sag den Frauen, wehrt euch und fertig, hinterher zu kommen und zu flennen ist nicht in Ordnung, die können ja alles behaupten. Und ich muss dann wegen einer beleidigten Spülfrau meinen besten Koch rausschmeißen! Aber«, Schwarz wandte sich wieder ihren Stühlen zu und drehte im Eifer des Gefechts zwei auf einmal um, »der Branco war schon schlimm, wenn er getrunken hatte. Dabei war er in Mazedonien verheiratet! Und zuletzt hat er sich sogar eine Tussi hier mit aufs Zimmer gebracht, die hat da gewohnt! Ich hab ihm gesagt, das kann er nicht machen, ich schmeiß ihn raus, wenn er hier ungefragt Leute wohnen lässt. Egal wie gut er kocht!« Aufgebracht fuhrwerkte sie mit den Möbeln herum. »Dann ist er einfach gegangen, kurz vor dem Wurstmarkt, das war eine Katastrophe, also echt. Können Sie sich das vorstellen, September! Die Bude ist gerammelt voll, ich hab eine Warteliste für die Zimmer, tausend Buchungen fürs Restaurant und dann noch das Tagesgeschäft, und der kommt einfach nicht mehr, ich dachte, ich werd wahnsinnig.«

»Was haben Sie getan?«, fragte Bettina.

»Na was, ich hab zwei Tage selbst gekocht und dann jemand Neues eingestellt.«

»Hat er sich irgendwie verabschiedet?«, fragte Bettina.

»Ach!«, schnaubte Schwarz und wandte sich ab.

»Nicht mal im Streit?«

Schwarz schüttelte den Kopf.

»Hat er alle seine Sachen mitgenommen?«

»Er hat ein Riesenchaos hinterlassen«, brauste die Wirtin auf. »Mitsamt der Luftmatratze von seiner Freundin!«

»Sind Wertsachen zurückgeblieben?«

»Nein. Der hatte immer alles bei sich. Der wollte bar bezahlt werden und hat sein ganzes Geld in der Tasche mit sich rumgetragen, als gäbe es keine Banken.«

»Wann haben Sie ihn das letzte Mal gesehen?«

Schwarz dachte nicht lange nach. »Das war am Freitag, als der Wurstmarkt angefangen hat. Er war morgens hier und hat da gesessen«, sie deutete auf Bettinas Platz, »und Kaffee getrunken und geraucht.« Sie blickte Bettina und ihre Zigarette kurz und irritiert an. »Ich hab ihm erklärt, was ich bestellt habe und wie die Tagesmenüs aussehen sollen. Er hat zugehört und zu allem Ja und Amen gesagt und dann ist er aufgestanden und gegangen.«

»Hat er gesagt, wohin?«

»Dass er was erledigen muss.«

»Sie haben sich nicht gestritten?«

»Nein. Na ja, ich hab mit ihm geschimpft, aber nicht mehr als sonst auch.«

»Weswegen haben Sie geschimpft?«

»Na wegen allem. Er hatte wieder mal einfach blaugemacht. Und sich auch noch geprügelt. Es war das Trinken. Das hat ihn ruiniert.«

»Er hat sich geprügelt?«

»Ja, am Dienstag davor. Er war nicht da, fast den ganzen Abend, und als er kam, war er ganz zerschunden. Ich hab ihm noch gesagt, nächstes Mal soll er sich montags schlagen, da haben wir Ruhetag.«

»Hat er gesagt, mit wem er sich gestritten hat?«

»Nein.«

»Oder warum?«

Die Wirtin schüttelte den Kopf.

»Hat er mal über Thilo Achtkapp gesprochen?«

»Achtkapp, der Winzer?«

»Ja.«

»Nein, was sollte der Branco denn mit dem?«

»Tja, das fragen wir uns auch«, sagte Bettina.

»Ist Ihnen je die Idee gekommen, dass Herr Djathtas nicht freiwillig gegangen ist? Dass ihm vielleicht etwas zugestoßen sein könnte?«, forschte Willenbacher weiter.

»Nein«, machte Schwarz und knallte einen Stuhl auf den Boden. Dann drehte sie sich um. »Ja. Aber wissen Sie, es war Wurstmarkt, und ich war schrecklich wütend, weil ich drei Nächte lang durcharbeiten musste. Ich hab ihn gehasst. Ich dachte, er lässt mich absichtlich im schlimmsten Betrieb sitzen.« Sie trat an den Tisch der Polizisten heran. »Das war mein erster und zweiter und auch dritter Gedanke. Er hatte sich am Ende einfach unmöglich benommen. Jetzt, wo Sie da sitzen, weiß ich nicht mehr, was stimmt. Damals aber wollte ich von dem Kerl nichts mehr hören. Einfach gar nichts mehr.« Schwarz dachte einen Moment nach und fragte dann: »Wieso will die Polizei das eigentlich alles wissen?«

»Wir haben eine Leiche gefunden«, sagte Bettina.

»Der Knochen da am *Wilden Mann*?«

»Noch eine.«

»Wo denn?«

»Im Brunnen vom *Dolce Vita*. Gestern Abend erst. Die Vermisste.«

Schwarz sank auf die Bank und starrte Bettina an. »Also stimmt es doch. Meine Jagoda, die in der Küche schafft, hat es mir heute früh erzählt, da hab ich ihr gesagt, sie soll keinen Blödsinn reden.« Sie stand wieder auf. »Was hat die Vermisste denn in dem Brunnen verloren?«

Bettina und Willenbacher sahen sich an. Das war eben die Frage.

»Noch mal zu Branco«, sagte Bettina. »Er hat kein Gepäck mitgenommen?«

»Nein. Sein Zimmer war voll dreckiger Wäsche.«

»Hatte er ein Auto?«

»Nein. Aber er hat meins benutzt«, fügte sie fast schuldbewusst hinzu.

»Aber nicht an diesem Freitag, von dem wir reden.«

»Doch, klar, er war ja mein Koch. Er musste einkaufen, manchmal zumindest. Oder Leute abholen, das macht, wer gerade Zeit hat. Er hat es auch privat genommen, für seine Sauftouren, deswegen hatten wir unter anderem Streit.« Sie senkte den Kopf. »Aber ich hab ihn nicht umgebracht.«

Darauf ging Bettina nicht ein. »Haben Sie gesehen, wie er weggefahren ist?«

»Ja. Nein. Er hat sich den Schlüssel genommen und ist rausgegangen. Wie er weggefahren ist, habe ich allerdings nicht gesehen.«

»Haben Sie anschließend nicht Ihr Auto vermisst?«

»Nein.«

»Aber, Frau Schwarz, wenn Herr Djathtas wegfuhr und nicht wiederkam, was war dann mit dem Auto?«

Marlene Schwarz saß einen Moment bewegungslos da. Dann nestelte sie an ihrem Ausschnitt, wo die Brille hing. Sie setzte die Gläser auf und betrachtete Bettina genau. »Das ist eine gute Frage«, sagte sie.

Schwarz hatte sich eine pinkfarbene Skijacke übergeworfen, um die Bettina die Wirtin augenblicklich beneidete, weil sie so hübsch warm und mollig aussah, doch Schwarz benutzte das Kleidungsstück nur als eine Art Umhang. Sie stand da und fuchtelte mit ihren bloßen Armen, als sei der Schnee, der sie umgab, ein sonniger sommerlicher Gletscher. »Da«, sagte sie und wies auf die vordere Ecke des Parkplatzes. »Da hat es gestanden. Der Schlüssel hat gesteckt. Das hat Branco oft gemacht. Ich bin als fast wahnsinnig geworden deswegen. Ich meine, das Auto hat Aufkleber und alles, aber was weg ist, ist weg.« Sie verschränkte die Arme und schenkte dem dunkelblauen Touareg einen liebevollen Blick. Es war schon ein hübsches Auto, da mochte ein Dieb den *Sonnenhof*-Aufkleber in Kauf nehmen, wenn man es ihm sonst leicht machte und einfach den Schlüssel stecken ließ.

»Ganz am Ende vom Parkplatz«, sagte Bettina. »Schnauze nach vorn oder nach hinten?«

»Vorn«, sagte Schwarz.

»Also der Fahrer wurde beim Aussteigen vom Haus aus nicht gesehen.«

»Wurde er nicht«, bestätigte Schwarz nachdenklich.

»Wann haben Sie das Auto wieder benutzt?«

Schwarz dachte nach. »Ich glaube, am selben Tag noch, nachmittags. Genau. Da bin ich noch in die Stadt gefahren, um jemanden vom Bahnhof abzuholen.«

»Sie gucken nicht zufällig regelmäßig auf Ihren Kilometerzähler?«

Schwarz schaute Bettina fast belustigt an. »Wenn ich grade sonst nichts zu tun hab.«

»Also nie.«

»Kann man sagen.«

»Was haben Sie mit Herrn Djathtas' Sachen gemacht?«

»Die stehen hier noch irgendwo rum. In einer Plastiktüte.«

»Können wir sie haben?«

»Natürlich.« Schwarz wandte sich wieder ihrem Haus zu. Der Himmel über dem Schnee war strahlend blau.

»Hatte Herr Djathtas noch andere Bekannte außer den Männern vom *Dolce Vita*?«

»Er hat immer viel erzählt.« Schwarz rieb sich die bloßen Arme. »Vom Krieg. Er war so 'n Soldatentyp, einer, der immer mit Männern rumhängt. Wahrscheinlich ist es ihm überhaupt nicht aufgefallen, dass er seine Frau schon jahrelang nicht mehr gesehen hatte. Der hat von ihr geredet, als lebte sie auch hier und würde ihm jeden Abend Essen kochen. Er hatte eine große Familie in der Heimat. Und hier kannte er mit Sicherheit auch viele Leute.«

»Und was war das für eine Frau, die er hier wohnen ließ?«

»Ach!«, machte Schwarz bei der Erinnerung daran. »Ich weiß nicht!«

»Haben Sie die gesehen?«

»Ich glaube. – Ein ziemlich junges Ding!«

»Sie wissen es nicht genau?«

»Das hier ist ein Hotel«, sagte Schwarz würdig. »Wir haben fünfundzwanzig Zimmer und fünfzehn Angestellte. Und es war Hauptsaison. Da rennen auch Restaurantgäste durchs Haus. Aber ja, ich glaube, ich habe sie gesehen.«

»Wie hat sie ausgesehen?«

»Jung. Lange Haare. Dunkel.«

»Haben Sie die Frau gekannt?«

»Nein.«

»Wie kamen Sie überhaupt drauf, dass Herr Djathtas Damenbesuch hatte?«

Schwarz blickte Bettina von der Seite an. »Jagoda hat's mir gesteckt.«

»Und dann?«

»Hab ich Branco drauf angesprochen, und er hat's nicht abgestritten. Aber auch nicht zugegeben. Ich hab ihm gesagt, dass es mir egal ist, was er in seinem Privatleben macht, aber wenn jemand längere Zeit in meinem Haus campiert, dann will ich das wissen. Allein aus rechtlichen Gründen. Meine Gäste müssen sich auch alle korrekt anmelden. Ob er sie wirklich woanders untergebracht hat, weiß ich nicht, aber zumindest hat er sein Matratzenlager umgeräumt. Ich hab nachgesehen.« Letzteres sagte die große Wirtin ziemlich grimmig.

»Und wann war diese Frau da?«

»Kurz bevor er uns verlassen hat.«

Sie erreichten die Tür zur Gaststube. Schwarz öffnete und trat aufatmend ins Warme. Drinnen versuchten Bettina und Willenbacher, ihren Kaffee zu bezahlen, doch die Wirtin wurde regelrecht ungehalten über dieses Ansinnen. Sie ließ die beiden stehen und verschwand in einem dunklen Gang hinter der Eingangstür, der vermutlich absichtlich so düster gehalten war, damit er nur vom Personal überhaupt wahrgenommen wurde. Bettina folgte zögerlich und stieß auf eine abwärts führende Treppe, die Marlene Schwarz in dem Moment schon wieder hochstieg. Sie trug einen großen Plastiksack.

»Hier«, schnaufte sie. »Das sind Brancos Sachen.«

Bettina nahm den Sack in Empfang und konnte ihn kaum heben. »Danke.«

Mit einem Blick auf Bettinas weit schmächtigere Statur und Willenbacher, der zwar besser im Futter, aber eben klein war, schulterte Schwarz den Sack wieder. »Ich bring ihn nach vorn«, verkündete sie.

»Vielen Dank.« Bettina zögerte. »Eins noch, Frau Schwarz, haben Sie eine Schusswaffe? Eine Pistole? Oder einen Revolver?«

Die Wirtin stapfte schnaufend vorwärts. »Nein«, sagte sie.

»Und Ihre Angestellten?«

Nun blickte Schwarz kurz herüber. »Der Branco war ein Kriegsveteran, jedenfalls hat er immer so geredet. Von daher … Aber zurückgelassen hat er keine. Und eigentlich erlaube ich das nicht. Das kommt mir nicht ins Haus. Waffen sind Gift. Wenn man erst mal eine hat, dann benutzt man sie auch.«

* * *

Die Dürkheimer Polizeiwache lag etwas einsam am Rande des leeren Wurstmarktplatzes direkt neben der halb renovierten Talstation einer kleinen Seilbahn, die auf einen Berg führte, der ohne diese Bahn vermutlich nur halb so interessant gewesen wäre. Irgendwann in einem anderen Leben war Bettina mal dort hochgewandert, aber das war, als die Seilbahn noch fuhr und die Welt noch in Ordnung war und ein rechtschaffener Wanderer mitleidig lächeln konnte über die Damen in Pumps, die unbedingt am Teufelsstein Schörlchen trinken mussten. Diese Zeiten waren lang vorbei. Die Seilbahn gab es nicht mehr, die Bergstation war abgebrannt, nur ihre Talstation lag vorwurfsvoll und halb renoviert in Winterruhe. Bettina hielt direkt daneben und nötigte Willenbacher, ihre Beute – den schweren Sack – gleich mit auf die Wache zu schleppen. »Müller ist bestimmt noch da«, sagte sie. »Der hat mit seinen Leuten hier in Dürkheim übernachtet. Die werden bei der Berg sitzen und Kaffee trinken.«

Genauso war es. Sieben Spurensicherer standen mit Kaffeetassen bewaffnet im Hinterzimmer der Wache um einen Schreibtisch herum, der so adrett aufgeräumt war, dass er nur Berg selbst gehören konnte. Ein Teller mit Weihnachtsplätzchen stand in seiner Mitte.

»Morgen«, grüßte Bettina. »Mhmm, Zimtsterne.«

»Alles selbstgebacken«, sagte Müller mit einem anerkennenden Blick in Richtung der Kollegin Berg, die mit übereinandergeschlagenen Beinen und frisch geföhnten Haaren hübsch aufrecht auf ihrem Stuhl saß.

»Von meiner Oma«, beeilte sie sich zu sagen.

»Lecker«, sagte Bettina kauend. »Frau Berg, gibt's hier einen Platz, wo wir mal ein paar Sachen sichten können?«

Berg blickte den sperrigen Sack misstrauisch an. »Was haben Sie denn da?«

»Die persönliche Habe des Toten aus dem Wildschweingehege«, sagte Bettina lässig, und Schweigen trat ein. Manchmal mochte sie ihren Beruf doch ganz gern. Der Kollege, der direkt neben dem von Willenbacher in der Mitte des Raums abgestellten Sack gestanden hatte, wich ein wenig zurück, und alle starrten das große Plastikding an.

»Wer soll das sein?«, fragte Berg sofort.

»Branco Djathtas. Koch vom *Sonnenhof*. Verschwand am achten September drei Tage nach einer Prügelei mit einem Unbekannten.«

Berg blickte ungläubig. Dann sagte sie triumphierend: »Ich wusste es.«

»Es ist noch überhaupt nicht sicher«, dämpfte Bettina ihre Euphorie. »Wir wissen nur, dass er verletzt war und nicht mehr hier lebt. Alles andere müssen wir schnellstmöglich herausfinden. Kümmern Sie sich um die Melderegister, Frau Berg?«

»Gern.«

»Der Thilo Achtkapp«, sagte Bettina, »soll vorläufig nichts erfahren. Nur damit Sie Bescheid wissen. Wir werden seine Mutter so lange hier behalten, wie es geht, bis morgen vielleicht. Zum Haftrichter können wir dann auch noch. Der wird sie vermutlich freilassen, aber wir haben einen Tag, um getrennte Aussagen aufzunehmen und Herrn Djathtas zu checken. Vor allem seine Verbindung zu Thilo Achtkapp. Die ist nämlich noch hauchdünn. Aber vielleicht«, sie klopfte auf den Sack und sah Müller an, »findest du ja hier was.«

»Haare für den DNA-Vergleich«, sagte er mit einem Blick auf die Klamotten, die sich durch das Plastik undeutlich abzeichneten.

»Das auch, aber es muss jetzt vor allem schnell gehen. Guck dir seine persönlichen Schriftstücke an, falls da welche sind, und wenn du sie nicht lesen kannst, besorg dir einen mazedonischen Übersetzer. Djathtas war mazedonischer Albaner.«

»Okay.«

»Vielleicht gibt es hier ja überhaupt eine mazedonische Gemeinde. Da könnte man sich mal erkundigen, Will, machst du das? Landsleute kennen sich doch meistens untereinander.«

»Alles klar.«

»Gut, dann geh ich mal zur Frau Achtkapp.«

»He, Frau Boll«, sagte Müller da, »willst du gar nicht wissen, was mit deinen Autos ist?«

»Hast du die etwa schon untersucht?«

Müller lächelte. »Sie sind jetzt in Ludwigshafen bei den Kollegen, die machen die Feinheiten. Ich hab sie mir nur grob angeguckt. Aber der Benz ist von innen frisch geputzt. Der Hyundai nicht. Würde zur Achtkapp-Theorie passen.«

Sie sahen sich alle an und nickten. Dann gingen sie an ihre Arbeit.

Marta Achtkapp sah übernächtigt aus. Sie trug die Haare offen, was für Bettina sehr merkwürdig aussah, fast wie eine Blöße, obwohl es ja genau genommen das Gegenteil war. Auf den zuvor so glatten Wangen der Gefangenen zeigten sich schwache Spuren von uralten Aknenarben. Ihre schwarze Kleidung war ziemlich zerknautscht und machte sie sehr schmal. Sie war eine Frau, bei der das Schmale irgendwie ein unnatürlicher Zustand war, dachte Bettina, weil es jedes Mal von neuem auffiel. Doch ihre Nase war aristokratisch und ihre Augen groß und klar wie zuvor.

»Wo ist Thilo?«, fragte sie sofort, als Bettina in ihre Gewahrsamszelle trat. »Meinen Sie, ich könnte ihn mal sprechen? Ich brauche was Frisches zum Anziehen, da will ich niemand Fremdes schicken.«

»Wir werden sehen, was man da machen kann«, sagte Bettina verbindlich. »Würden Sie bitte mal mitkommen, ich habe ein, zwei Fragen an Sie. Wenn Sie möchten, können Sie Ihren Anwalt dazuholen, aber es wird nicht lange dauern.«

Achtkapp erhob sich von ihrer schäbigen Liege, drehte die Haare mit der Linken auf dem Hinterkopf zusammen und steckte ihre Spange hinein. »Werde ich dann entlassen?«

»Ich fürchte, das muss der Haftrichter entscheiden. Ich möchte jetzt nur ein, zwei kleinere Punkte mit Ihnen besprechen.«

»Wann kann ich den Haftrichter sehen?«, fragte Achtkapp heiser.

»Morgen«, sagte Bettina und zog bedauernd die Nase kraus. »Die Gerichte sind schrecklich überlastet zurzeit.«

»Kann ich einen Kaffee kriegen?«

»Na klar«, sagte Bettina. »Soviel ich weiß, ist sogar noch Weihnachtsgebäck da.«

»Gut«, sagte Achtkapp bestimmt. »Ich will meinen Anwalt dabeihaben.«

»Das ist ihr gutes Recht«, sagte Müller, der einen Raum mit einem langen Tisch bekommen hatte und darauf Djathtas' knittrige Hemden stapelte. »Sie könnte auch einfach gar nichts sagen.«

»Der lässt sich ganz schön Zeit, der Herr Anwalt. Ich hab auch meine Termine – nicht, dass ich da übermäßig gern hin will. Obduktion.«

»Aber das ist doch interessant«, sagte Müller spontan. Bettina sah ihn an und verschränkte die Arme. Müller war unheimlich. Das war er einfach. Nun zog er einen Rucksack aus der großen Plastiktüte. Er war groß, schäbig und bestand aus blauem Segeltuch. Müller öffnete ihn, blickte hinein und pfiff durch die Zähne. »Schau mal, Frau Boll.« Er hielt eine rosa Strickjacke hoch.

Bettina trat rasch heran. »Die ist von einer Frau«, sagte sie, stellte sich neben Müller und spähte selbst in den Rucksack.

»He«, sagte Müller. »Du hast keine Handschuhe.«

»Entschuldigung«, sagte Bettina. »Nun mach schon. Ich will wissen, von wem das ist.«

»Und ich will es ordentlich machen«, sagte Müller stur. Bedächtig nahm er ein verwaschenes Sweatshirt aus dem Gepäck. Dann eine weiße Bluse. Und noch eine. Und so ging das weiter mit allen möglichen weiblichen Kleidungsstücken.

»Ist was Geschriebenes drin?«, fragte Bettina ungeduldig.

Müller knurrte nur.

»Eine Frau«, sagte Bettina und begann auf und ab zu laufen.

»Die hat Djathtas besucht und bei ihm gewohnt. In seinem Zimmer. Wieso? Und warum hat sie ihren Rucksack dagelassen?«

»Cherchez la femme«, sagte Müller obenhin.

»Vielleicht konnte sie ohne Branco nicht mehr aufs Zimmer«, überlegte Bettina laut. »Vielleicht musste sie fliehen.«

»Vielleicht ist sie unsere Leiche«, sagte Müller nüchtern. »Denk doch mal andersrum. Sie war bei ihm, er hat irgendwas mit ihr gemacht, das er nicht sollte, dann hat er ihre Überreste bei den Schweinen entsorgt und ist getürmt.« Er hatte ziemlich viele Klamotten ausgeräumt und ordentlich ausgebreitet. Nun holte er etwas anderes hervor. »Ein Block«, sagte er. »Nein, drei.« Er öffnete den obersten. »Da hätten wir was Geschriebenes.«

Bettina griff danach, doch Müller zog ihr das Fundstück weg. »Handschuhe«, sagte er. Und: »Da hat jemand Schreiben geübt.«

Bettina stellte sich neben ihn und schaute mit ihm auf die aufgeschlagene Seite. »Susi« stand da, zwanzig Mal »Susi«, fein säuberlich untereinander, und noch eine Seite und noch eine. Dazwischen hatte jemand komplette Alphabete gemalt, zittrig und mit Bleistift. »Ein Kind war das nicht«, sagte Bettina fast andächtig, dieser Fund war bedeutsam, das fühlte sie, auch wenn sie ihn überhaupt noch nicht verstand.

»Aber wer würde sonst Schreiben üben? – Wie schreiben die eigentlich in Mazedonien?«, fragte Müller nachdenklich. »Ist das nicht ein Nachbarstaat von Griechenland? Haben die überhaupt unsere lateinische Schrift?«

»Ich weiß nicht«, sagte Bettina. »Susi«, las sie laut. Und wiederholte es. »Susi.« Dabei klopfte sie Müller auf die in den weißen Schutzoverall gehüllte Schulter.

Er zuckte zurück.

»Entschuldigung«, sagte Bettina zerstreut. »Aber das ist gut. Das ist wirklich –« Damit verließ sie unvermittelt den Raum. Zurück blieben nur ein Tisch voll Zeug und ein ziemlich verwirrter Spurensicherer.

Willenbacher hockte umgeben von Papierstapeln am Telefon und sagte geduldig: »Mazedonien. Das ist ein kleiner Staat auf dem Balkan, gehörte mal zu Jugoslawien. Ja. Kennen Sie nicht? Okay. Wiederhören.« Er knallte den Hörer auf die Gabel zurück, das hatten sie noch, hier auf der Dürkheimer Polizeidienststelle: Telefone mit Gabeln. »Keine Sau«, sagte er, »kennt Mazedonien.«

»Weißt du zufällig, was die für eine Schrift benutzen?«, fragte Bettina.

Willenbacher seufzte theatralisch. »Ja. Irgend so eine kyrillische Sonderform. Ich kann mit denen nicht kommunizieren. Ich verstehe sie nicht, wenn sie reden, und schreiben kann ich ihnen auch nicht. Da brauchen wir Dolmetscher.«

»Später«, sagte Bettina. »Hör mal, Will, in deinen ganzen Papieren, hast du da was über die Pflegerin vom alten Achtkapp? Eine Susi? Die war doch auch vom Balkan. Hat der Baring gesagt.«

»Der Balkan ist groß«, sagte Willenbacher ungnädig.

»Guck halt mal nach.«

»Nein, ich habe keine Susi. Ich habe nur die Angestellten aus den Gaststätten. Und da ist kein Mazedonier dabei.«

»Gut, dann ruf diesen Verwalter an und lass dir Susis Adresse geben. Ich will mit ihr reden.«

»Wenn sie Mazedonierin ist«, knurrte Willenbacher, »wird das kompliziert werden.«

»Nein«, sagte Bettina mehr zu sich. »Die kann Deutsch in Wort und Schrift.«

Willenbacher blickte irritiert auf, doch in dem Moment öffnete sich die Tür und ein kalter Windstoß wehte einen großen attraktiven Mann herein, der Bettina missgelaunt ansah. »Guten Morgen«, rief Anwalt von Seltz. »Können wir bitte gleich anfangen? Ich bin etwas in Eile.«

»Kein Problem«, sagte Bettina freundlich, ohne seine Laune dadurch wesentlich zu verbessern. »Hier entlang.«

Sie setzten sich in ein kleines Kämmerchen, das kaum größer war als ein normaler Kleiderschrank, doch alle anderen Räume waren belegt. Marta Achtkapp nahm unter dem Fenster Platz, ihr Anwalt daneben, und Bettina setzte sich mit dem Rücken zur Tür. »Kommen wir gleich zur Sache«, sagte sie zu Achtkapp. »Was hat Herr Baring gesagt, als er Sie gestern angerufen hat?«

Die Gefragte blickte zu ihrem Anwalt. Er saß neben ihr und sah nun weit freundlicher aus, verbindlich und tröstend. Aufmunternd nickte er seiner Mandantin zu.

»Er hat gesagt, dass er den Schlüssel nicht hergeben kann«, sagte die zögernd.

»Deswegen hat er Sie extra angerufen?«

Achtkapp schoss einen schwer deutbaren Blick auf Bettina ab. »Er sagte, er will nicht auf mich verzichten. Egal, ob es mir passt oder nicht. Er hat mich bedroht. Er hat gesagt, er will demnächst vorbeikommen und unsere Beziehung fortsetzen. Ich sagte darauf, dass ich den Schlüssel zurückhaben möchte.«

»Und dass er die Beziehung fortsetzen will, ist ihm ausgerechnet gestern wieder eingefallen?«

»Er hat mich oft angerufen.« Achtkapp saß sehr aufrecht, doch ihre dunkle Stimme klang melancholisch.

»Hat er Sie schon früher bedroht?«

»Da habe ich ihn nicht zu Wort kommen lassen. Ich habe sofort aufgelegt.«

»Wieso taten Sie das gestern nicht?«

Sie blickte Bettina scharf an. »Weil ich dachte, er hat was mit den Todesfällen zu tun, von denen Sie gesprochen haben.«

»Wieso dachten Sie das?«

»Ich wusste, dass er eine Pistole hat«, sagte Achtkapp ruhig. »Wahrscheinlich so eine, die Sie suchen. Für dieses kleine Kaliber.«

»Woher wussten Sie das?«

»Er hat sie mitgebracht.«

»Das hat meine Mandantin doch schon gestern zu Protokoll gegeben«, sprach von Seltz dazwischen.

Bettina sah ihn nur kurz an. »Wann?«, fragte sie Achtkapp.

»Mehrmals«, antwortete die knapp. »Er hat uns lange Zeit fast täglich besucht. Da hat er sie ein paarmal dabeigehabt.«

»Weswegen?«

Achtkapp dachte nach. »Er wollte sie mir zeigen.«

»Wieso?«

»Er fand das –« Sie brach ab. »Ich weiß es nicht.«

»Fühlten Sie sich damals schon bedroht?«

»Nein«, sagte Achtkapp sofort. »Eigentlich hab ich dieses Interesse für harmlos gehalten.« Ihre blassen Wangen färbten sich rötlich. »Er war ziemlich verdreht. Seine Lebensumstände waren sehr – eng. Er hat noch bei seiner Mutter gelebt. In so einem winzigen Zimmerchen. Damals hab ich gedacht, er will mich nur beeindrucken mit seiner komischen goldenen Pistole.«

»Und hat er es geschafft?«, fragte Bettina süffisant.

Achtkapp schenkte ihr einen langen klaren Blick. »Ich habe ihn bedauert.«

»Wieso?«

»Er ist Tag für Tag gekommen und hat bei uns Klavier gespielt. Ganz wunderbar. Beeindruckend. Irgendwie hat er da eine Energie aus unserer Luft gesogen, was weiß ich. Jedenfalls war er verdammt gut. Zum Niederknien. Aber dann hat er die Pistole von seiner Mutter in einer Zigarrenkiste angeschleppt und sie mir heimlich auf der Couch am Kamin gezeigt wie einen Schatz.« Die Witwe sah Bettina düster an. »Das war die andere Seite. Es war durch und durch traurig und mitleiderregend und pervers. Ich wusste nicht, was ich sagen sollte.« Einen Moment sah sie ganz elend aus. »Ich hatte eine Verantwortung«, erklärte sie heiser. »Ich wusste, dass er exzessiv kifft. Ich hätte ihm das Ding sofort abnehmen müssen. Ich hätte es gekonnt. Er war nicht aggressiv, jedenfalls nicht, solange er durch die Vordertür hereingekommen ist.«

»Er hat Drogen genommen?«, fragte Bettina.

»Na ja, Marihuana.«

»Drogen«, sagte der Anwalt ernst.

»Kiffen macht nicht aggressiv.«

»Aber schizoid, und dann ist alles möglich«, sagte der Anwalt, und es klang, als wüsste er, wovon er sprach.

Bettina nickte. »Inwiefern hat er sich verändert, als er den Schlüssel für die Hintertür hatte?«

»Es fing erst später an«, sagte Achtkapp langsam. »Am Anfang hat er mir geholfen, nach Adrians Tod, das muss man sagen. Vierzehn Tage lang war er großartig.« Sie richtete sich in ihrem Stuhl etwas auf und setzte dann in ganz anderem Ton hinzu: »Ich habe ihm zu viel Macht über mich gegeben. Der Schlüssel und all das. Er brauchte immer Geld. Er hat mich bestohlen, sogar noch, nachdem ich die Beziehung beendet hatte. Er ist in mein Haus eingebrochen und hat mir Geld aus meiner Handtasche geklaut. Mehrmals. Ich habe es gemerkt. Und er ist nachts bei uns herumgeschlichen. Aber dummerweise hab ich gar nichts dagegen getan. Ich hab nur mit der Zeit immer mehr Angst vor ihm gekriegt.« Dazu nickte sie grimmig.

»Sie hatten Angst vor Herrn Baring, aber er nicht vor Ihnen«, sagte Bettina. »Nun ist er tot und Sie leben. Das verstehe ich nicht ganz.«

»Das ist doch klar, dieser Mann fühlte sich allmächtig«, sagte von Seltz sofort. »Ein Stalker, vielleicht im Drogenrausch, mit kleinem Ego, aber sehr aufgeblasen. Solche Leute haben keine Angst, die sind nur beleidigt und wütend. Das ist brandgefährlich.«

»Er hatte keine Waffe dabei«, sagte Bettina schlicht.

Achtkapp biss sich auf die Lippen.

»Kann es nicht vielmehr sein, dass Herr Baring neue Hoffnung geschöpft hat, als Sie gestern endlich wieder mit ihm sprachen? Konnte er vielleicht denken, dass Sie die Beziehung wieder aufnehmen wollten?«

Achtkapp hob leicht die Hände vom Tisch. »Ich war deutlich«, sagte sie fest. »Sehr. Ich hab ihm gesagt, er soll mich in Ruhe lassen. Er soll es nicht wagen, noch einmal in mein Haus zu kommen.« Ihre Hände ballten sich zu Fäusten. »Ich sagte ihm«, fuhr sie leise fort, »zur Not erschieße ich dich. Das war doch wohl drastisch genug.«

Bettina betrachtete sie aufmerksam und sah dann auf die Uhr. »Oh«, machte sie und stand auf. »Ich muss los. Wir werden diese interessante Besprechung später fortsetzen. Jetzt habe ich einen Termin. Eine Obduktion. Die Frau Kirchheimer. Unangenehme Sache. Eklig. Eine Wasserleiche. Das hat keiner gern, aber, tja, es muss nun mal gemacht werden, nicht wahr.«

Der Anwalt runzelte die Stirn und erhob sich ebenfalls. Achtkapp blieb sitzen. Sie wirkte erschöpft.

»Ach, eins noch«, sagte Bettina, »bevor ich's vergesse, Frau Achtkapp, die ehemalige Pflegerin Ihres Mannes, Susi oder so? – Über die muss ich noch was wissen.«

Mit einem dunklen Blick sah Achtkapp auf.

»Wie heißt sie mit vollem Namen?«

»Sudenica Levo«, sagte Achtkapp heiser.

»Und welche Nationalität hat sie?«

Achtkapp räusperte sich. »Mazedonisch.«

Bingo, dachte Bettina. »Wie können wir sie erreichen?«

»Wenn Sie mich nach Hause lassen, suche ich Ihnen die Adresse raus.«

»Danke, wir fragen Ihren Verwalter«, sagte Bettina. »Wie war denn Frau Levos Lebenswandel? Hatte sie viel Kontakt zu Landsleuten?«

»Sie ist eine ruhige, saubere Person«, sagte Achtkapp. »Landsleute von ihr hab ich nie kennengelernt.«

»Was ist mit Leuten aus dem Ort?«

»Weiß ich nicht.«

»Der Koch vom *Sonnenhof* vielleicht? Branco Djathtas?«

Achtkapp blickte verständnislos. »Der ist mir kein Begriff.«

»Gut, danke erst mal«, sagte Bettina und griff nach der Türklinke. »Wie sieht Frau Levo denn aus?«

Achtkapp wandte den Blick nicht von Bettina. Ihre Hand wanderte unwillkürlich zu der Strähne, die ihr aus dem Knoten gerutscht war. »Schlank«, sagte sie. »Lange Haare.«

* * *

Die Villa war leer. Die Bullen waren nicht wiedergekommen, obwohl sie es am Vorabend angekündigt hatten, und vermutlich kam das Haus Thilo deswegen so verlassen vor.

Er stand in der Halle und nahm den Raum wahr wie ein Fremder, wie die Polizisten ihn gesehen haben mussten. Er fragte sich, ob sie den kleinen Mohren bemerkt hatten, der in einem schattigen Eck der Halle auf der Tapete kniete, um einen Papageien zu füttern. Vermutlich nicht. Diese Beamten waren nur mit Projektilen und Fasern und Fingerabdrücken beschäftigt. Aber ihre Anwesenheit hatte bewirkt, dass alle Räume irgendwie anders aussahen. Enger. Ein Museum, dachte Thilo. Er würde seine Mutter überzeugen, ein Museum daraus zu machen. Der Gedanke gefiel ihm. Als Museum wäre diese aufgedonnerte Bude gut, denn bewohnbar war sie nicht, noch nie gewesen. Und seine Mutter würde das nun auch einsehen. Denn sie hatte das denkmalgeschützte Parkett mit dem Blut ihres Liebhabers getränkt, und dieser große Blutfleck war aus dem alten Holz nicht zu entfernen. In gewisser Weise war es wie mit dem Mohren. Wenn man ihn übermalte oder von der Wand riss, dann wäre er immer noch da, denn die Vögel auf den Tapeten und die Bäume im Park sahen allesamt aus, als würden hübsche rührende Mohren für sie sorgen.

Wobei Thilo selbst eigentlich der Letzte war, der Hand an den kleinen Kerl gelegt hätte. Der war ja sein Bruder. Thilo konnte den Mohren nicht dafür hassen, dass er bloß da war. Nicht mal dafür, dass er so demütig kniete und seinen Teil zum kolonialen Flair der Halle beitrug. Der Junge tat vielleicht etwas Dummes, aber er war immerhin da. Er zeigte Thilo. Er war das, was Generationen von Achtkapps sich gewünscht hatten: das exotische Element, das ihren armseligen Bauernleben überhaupt erst Sinn verlieh. Das war es, was Adrian folgerichtig geheiratet und dann auch konsequent in seinem Testament verraten hatte: der schwarze Sohn. Die einzige Darstellung eines menschlichen Wesens im ganzen Haus. Die zeigte ihn. Und nun war er von der Wand gestiegen und Herr über die Treppen und Fluchten.

Thilo Achtkapp stand in der Halle seines Adoptivvaters und

dachte, dass er dessen Namen ablegen würde. Achtkapp hatte ihm nie gefallen. Er würde mit dem Rauchen aufhören und mit dem Essen, und dieses blöde Winzerstudium würde er endlich ganz aufgeben. Dann würde es ihm besser gehen. Er lächelte dem Mohrenkind an der Wand zu. »Du hast es geschafft«, sagte er laut.

Da klingelte es an der Tür.

Es war von Seltz, dieser dämliche wichtigtuerische Anwalt. Er sah Thilo ernst an und trat ohne Aufforderung ins Haus. »Ich muss mit Ihnen sprechen«, sagte er. »Sofort.«

* * *

Das Schlimme war, dachte Bettina, als sie zusah, wie Dr. Lee den bläulichen aufgequollenen Körper der Claudia Kirchheimer systematisch untersuchte, dass die Tat des Mörders noch gar nicht vorbei war. Er hatte sie nur nicht selbst beendet. Kirchheimers Leiche war bereits nicht mehr intakt, sie war, euphemistisch ausgedrückt, unschön, und sie roch sogar in dem kühl temperierten Sektionsraum ziemlich schrecklich, doch bald würde es noch viel schlimmer kommen. Da würde Dr. Lee die Haut anritzen und aufschneiden und dann würde man nur noch Fleisch sehen und wie er mit einem Ding, das aussah wie eine große Rohrzange und am Ende vielleicht sogar eine war, alle Rippen einzeln zerbrach, um an die Innereien zu kommen. Bettina hasste Obduktionen. Sie hasste diesen Rollwagen mit den silbernen Bestecken. Vor allem aber hasste sie den Ablauf im Tisch, diese kleine Verbindung zur Kanalisation, weil die nichts anderes bedeutete, als dass man es hier mit Müll zu tun hatte, mit etwas, das eklig war und womöglich infektiös, etwas, das aufgeschnitten und geschändet und dann wegdesinfiziert werden musste.

»Das hier ist interessant«, sagte da Dr. Lee, und sogar sein Assistent beugte sich ein wenig vor, weil der Doktor es mit dieser gewissen Gespanntheit sagte. »Hier. Sehen Sie?« Er hob Kirchheimers nach wie vor feucht aussehende Haare an. »Eine Wunde am Kopf. Ist natürlich ausgewaschen, deshalb haben wir sie nicht gleich gesehen. – Wollen Sie auch schauen, Frau Boll?«

Bettina trat höflich ein Stück näher. Besser, sie sah sich die Befunde an, solange die Leiche noch ungeöffnet war, dann hatte sie zumindest einmal Interesse geheuchelt. »Hm«, machte sie.

»Da. Platzwunde. Hat lange Form. Von einem harten Gegenstand. Metallrohr oder so.« Dr. Lee sah Bettina mit seinen schwarzen Mandelaugen an.

»Da fällt mir ein, ich muss noch unsere Taucher in den Brunnen schicken«, sagte die. »Für den Fall, dass da noch mehr entsorgt wurde. Also Indizien. Ich geh mal eben raus auf den Flur.«

Dr. Lee lächelte orientalisch. »Bis gleich«, sagte er.

Als sie zurückkam, war Dr. Lee schon bei den Innereien. Bettina nahm auf dem kleinen Notschreibtisch ganz am Rand des Raumes Platz. »Keine Vergewaltigung, keine Schusswunden«, rief Dr. Lee ihr zu. »Bis jetzt.«

»Gut«, sagte Bettina und baumelte bewusst munter mit den Beinen und bemühte sich, ihren Blick über dem schreiend dunklen Rot in der Mitte des Raums verschwimmen zu lassen. Claudia Kirchheimer war jetzt geöffnet und wurde ausgenommen. Es hatte etwas von einer surrealistischen Installation, ein weißer Raum, grelles Licht, zwei grünlich gekleidete Gestalten mit allen möglichen zusätzlichen Gummiaccessoires, Handschuhen, Schürzen, Häubchen, die sich routiniert um das Rohe, Blutige auf dem Tisch bewegten und Stücke davon herumtrugen und sortierten. Es roch entsetzlich. Zu Barings Obduktion, das schwor Bettina sich, würde sie Willenbacher schicken, egal was Härting dann mit ihr machte. Zwei solche Termine konnte sie nicht in einer Woche durchstehen.

»Tödliche Verletzungen waren bloß am Kopf«, sagte Dr. Lee nach einer Weile konzentrierten Wühlens im Roten. »Hier im Rumpf ist alles normal. Aber so ein starker Schädelbruch ist auch ausreichend, um jemanden zu töten. – Wollen Sie Röntgenaufnahmen sehen?«

»Ja«, sagte Bettina erleichtert, alles, was von gewässertem Fleisch ablenken konnte, war gut.

»Liegen da hinten bei den persönlichen Sachen der Toten«, sagte Dr. Lee und wies auf einen Tisch, der gemeinerweise ganz am anderen Ende des Raumes lag. Lauernd beobachtete er, wie Bettina sich an seinem Arbeitsplatz vorbeidrückte. »Polizisten lieben doch Blut«, sagte er.

»Ich nicht«, erwiderte Bettina, und dann war sie schon drüben. Das Röntgenfoto zeigte das, was Dr. Lee bereits geschildert hatte: mehrere lange Bruchstellen.

»Hat sich nach vorn gebeugt, als es passierte«, sagte Dr. Lee. »Schläge sind tief am Hinterkopf.«

»Was war das für eine Waffe?«, fragte Bettina.

Dr. Lee zuckte die Achseln. »Baseballschläger«, sagte er, »Eisenstange, Wagenheber, wir wissen es nicht.«

»Haben Sie keine Splitter?«, fragte Bettina.

»Nein. Kann Mann oder Frau getan haben. Je nachdem, was es war. Die Stelle überm Nacken ist empfindlich. Ist schon Kraft nötig, da den Knochen zu brechen, aber nicht übermäßig viel.«

Bettina hob das Röntgenbild zwischen sich und den aufgeschnittenen Körper. Dann sah sie sich, mehr um sich abzulenken, die Kleidungsstücke der Toten an. Claudia Kirchheimer hatte sehr hübsche Unterwäsche getragen. Ein Stringtanga und ein schwarzer BH aus Seide mit Spitzenbesatz. Darüber eine Designerjeans und ein kostbarer Strickpulli in vielen bunten Farben, dazu eine teure Lederjacke, dicke Strümpfe und ziemlich breite, aber superschicke Wanderschuhe. Ihre Taschen hatten nicht viel enthalten, eine Euromünze und einen gefalteten Zwanziger, einen Labellostift und ein kleines Döschen Natreensüße. Dafür aber kein Schal, keine Mütze, keine Handschuhe.

»Warm angezogen war sie nicht«, sagte Bettina.

»Aber schön«, sagte Dr. Lee. »Deshalb ist Sache mit Fingernägeln ja so komisch.«

»Was ist mit ihren Fingernägeln?«, fragte Bettina und drehte sich unvorsichtigerweise spontan um.

Dr. Lee lächelte sie an. »Habe ich nicht erwähnt? – Da waren Sie vermutlich draußen. Frau Kirchheimer hatte schrecklich dreckige Fingernägel. Ganz außergewöhnlich, würde ich behaupten. Für Frau von ihrem Schick.«

Bettina trat einen Schritt näher. »Aber sie lag doch über eine Woche im Wasser.«

»Eben«, sagte Dr. Lee. »Blut ist dabei abgespült worden, Dreck hingegen nicht. Muss also echt schmutzig gewesen sein.«

»Darf ich mal sehen?«, fragte Bettina.

»Bitte«, sagte Dr. Lee.

Sie trat dicht an den Untersuchungstisch heran, dachte an ihren Metzger und daran, dass sie Fleisch aß, und an Rosen und auch an eine Zigarette, und dann sah sie nur noch die Hand. Diese war schrecklich dick und bläulich, auch die Fingernägel hatten das lange Bad nicht im Originalzustand überstanden. Aber sie waren noch ganz gut erhalten. Es waren vergleichsweise lange Nägel, echt und kunstvoll rosa und an der Spitze weiß lackiert. Trotz des langen Wasserbads war nur wenig Lack abgeplatzt. Vor anderthalb Wochen mussten sie perfekt ausgesehen haben. Und doch war diese zweifellos teure Pracht überall schwarz umrandet. Unter den Nägeln steckte ebenfalls schwarze Substanz.

»Was ist das?«, fragte Bettina, zog Handschuhe an und hob die Finger der Leiche hoch.

»*French Manicure* heißt das«, wusste Dr. Lee. »Trägt meine Frau auch.«

»Nein, ich meine den Dreck.«

»Ist wahrscheinlich Ruß«, sagte Dr. Lee. »Müssen wir noch genau untersuchen, aber eigentlich ist nur Ruß so fein und färbt so schwarz.«

»Ruß«, wiederholte Bettina und beugte sich achtlos über die geöffnete Bauchhöhle, um sich auch die andere Hand anzusehen.

»Die andere ist genauso«, sagte der Assistent.

»Alles schwarz«, sagte Dr. Lee.

»Sie hat im Ruß herumgegraben«, sagte Bettina, ging um den

Tisch, hob Kirchheimers Linke und betrachtete sie genau von allen Seiten. »Das ist ja der Hammer. Unglaublich.« Sie sah Dr. Lee an und lächelte. »Ruß.«

Er lächelte zurück. Frag Dr. Lee, hieß das.

Bettina zog ihre Handschuhe aus. »Ich muss sofort weg.«

»Moment«, sagte Dr. Lee. »Nicht so schnell. Ich hab da noch was für Sie. Ein Bonbon.«

* * *

»Kapier ich nicht«, sagte Thilo Achtkapp unfreundlich zu von Seltz. Er stand mit dem Anwalt in der Halle, denn Stehen konnte Thilo ziemlich gut, im Gegensatz zu den meisten anderen Menschen, denen dabei sehr schnell unbehaglich wurde.

So ging es auch Herrn von Seltz, der ohnehin lang, dünn und nervös war. Und wie Thilo befriedigt feststellte, betrachtete er es zudem als schlimmen Affront, so in der Halle abgefertigt zu werden. Zumal er in einer wichtigen und offensichtlich ungeheuer heiklen Mission hier war: »Die Polizei wird möglicherweise zu der Einsicht gelangen oder ist es schon, dass Herr Baring, den Ihre Frau Mutter unglücklicherweise – hm, erschossen hat, gar nicht an den Vorfällen in Ihrem Schweinegehege schuldig ist. Und auch nicht am Tod der Claudia Kirchheimer.«

»Nur weil Bela keine Waffe dabeigehabt hat?«

»Bei näherem Hinsehen ist das ein recht schwerwiegendes Argument.«

»Aber er ist hier eingebrochen. Und er hat immer mit seinem was weiß ich wie goldenen Browning geprahlt.«

»Vor Ihnen auch?«, fragte von Seltz mit einem seltsamen Blick.

»Der Typ war nicht ganz dicht«, sagte Thilo achselzuckend. »Der war gefährlich. Meine Mutter hat es genau richtig gemacht.«

Von Seltz betrachtete Thilo unruhig. »Ich weiß nicht, ob die Polizei davon restlos überzeugt ist«, sagte er in merkwürdigem Ton. Dann seufzte er und sah zur Tür. »Ich wollte Sie das nur wissen lassen, für den Fall, dass es Sie interessiert.«

Thilo wollte nachfragen, wovon die Polizei denn stattdessen überzeugt sei, doch von Seltz hob abwehrend die Hände.

»Vielleicht sollten wir es einfach dabei belassen«, sagte er und bewegte sich langsam in Richtung Ausgang. »Das Thema ist recht unerfreulich. – Ach ja.« Er war schon fast an der Tür. »Ihre Mutter lässt noch ausrichten, dass die Polizei vermutlich den Einwandererstatus einer gewissen Susi überprüfen wird. Sie möchten sich bitte keine wilden Geschichten ausdenken, falls Sie gefragt werden. Am besten halten Sie sich an die Wahrheit, auch in Bezug auf die – Prügelei.« Bei dem Wort zuckte von Seltz kaum merklich zusammen. »Sie müssen ja nicht gleich damit herausplatzen, aber Sie werden zugeben müssen, dass es um Schwarzarbeit ging.« Zweifelnd sah er Thilo an. »Was sie meint, ist: Lassen Sie sich nicht erschrecken. Das ist das Wichtigste. Bleiben Sie gefasst.« Damit trat von Seltz fluchtartig den Rückzug an.

Als die Tür hinter ihm ins Schloss fiel, zündete sich Thilo mit leicht zitternden Händen eine Zigarette an und schaute zu dem kleinen Mohren hinüber. Der war so hübsch und schlank und wohlproportioniert. Glatte nackte Haut, kluges Lächeln. So warst du nie, sagte Thilo sich böse. So wärst du höchstens gern gewesen. Nicht mal das hast du geschafft. Das Leben ist immer viel schmutziger, dachte er. Viel, viel schmutziger als es sein sollte.

* * *

»Bonbon nennen Sie das?«, fragte Bettina vorwurfsvoll. »Das ist eine verdammte Komplikation!«

»Es wird Sie weiterbringen«, orakelte Dr. Lee. »Das muss es. Denn es ist Wahrheit, und die Wahrheit ist, was wir suchen.«

»Hm«, machte Bettina. Der einzige Vorteil, den sie momentan an Dr. Lees Entdeckung erkennen konnte, war, dass sie nicht von blutigem Fleisch umgeben war. Sie stand mit dem Doktor an einem langen Rollwagen, der normalerweise dem Transport von Leichen diente, und blickte ihre Knochenfunde an, die Dr. Lee entsprechend ihrer Lage im menschlichen Körper auf der Liegefläche angeordnet hatte. Das war zwar wesentlich subtiler als Claudia Kirchheimers Leiche, aber mit dem blutbespritzten Pathologen davor mindestens ebenso schaurig, vor allem, wenn man wusste, dass die kleinen Knochenfragmente in der Mitte Teile von zerschlagenen Wirbeln waren. Auch das bewusste Hüftbein lag da, dann eine halbe Elle und einige kleine Knöchlein im Bereich der Hände und Füße.

»Ist mir gestern schon aufgefallen«, sagte Dr. Lee. »Einzelne Knochen haben einfach nicht richtig zueinandergepasst. War bei der Fundlage nicht ungewöhnlich. Ist halt ein Puzzle. Heute Morgen aber habe ich mir alles noch mal angesehen. Und da habe ich es gefunden.« Er wies stolz auf vier kleine Knöchelchen, die Bettina ausschließlich aufgrund ihrer Anordnung auf dem Wagen als Handknochen identifizieren konnte.

»Was ist daran besonders?«, fragte sie.

Dr. Lee rückte drei der kleinen Knochen etwas auseinander. »Gibt da einen Spruch für arme Studenten, die Namen von allen Knochen auf einmal für Klausur lernen müssen«, sagte er. »Hab ich in Heidelberg gelernt. Kennen Sie vielleicht, Sie hatten ja auch Anatomie.«

»Da hab ich gefehlt«, sagte Bettina.

»Dachte ich mir schon«, sagte Dr. Lee mit hochgezogenen Brauen. »Ist bedauerlich, aber zum Glück haben Sie ja mich.«

»Eben. – Was ist mit den Knochen?«

»Handwurzelknochen«, sagte Dr. Lee, »sind charakteristisch für den Menschen, also auch ohne Genanalyse erkennbar. Keine Wildschweinknochen. Kein Reh, kein Eichhörnchen.«

»Gut«, sagte Bettina.

»Und«, sagte der Doktor, »liegen eng beisammen und passen bei jedem Menschen genau ineinander. Vor allem vier davon. Kopfbein, Mondbein, Dreieckbein und Hakenbein. Die bilden eine Art Raute.« Er fügte die drei Knochen wieder zusammen, und nun sah Bettina auch, wie eng sie aneinanderpassten.

»Das sind Dreieckbein, Mondbein und Kopfbein«, sagte er. »Und das ist die Stelle, an die ein Hakenbein gehört. Sehen Sie?«

Bettina nickte.

»So geht auch Spruch: ›Der Kopf muss stets beim Haken sein‹. Jetzt nehmen wir gefundenes rechtes Hakenbein, gehört theoretisch genau hier rein. Passen Sie auf.« Dr. Lee legte das Hakenbein in die Lücke und sah Bettina triumphierend an.

»Es ist zu groß«, sagte sie.

»Steht über«, sagte er. »Gehört definitiv nicht in diese Hand.«

Bettina sah den großen Koreaner an und seufzte. »Können Sie sich vorstellen, dass mir niemand, wirklich *niemand* diese Leiche bei den Wildschweinen geglaubt hat? Was ich mir alles angehört habe, sogar von den Kollegen! Und jetzt kommen Sie und sagen, es sind zwei.«

Dr. Lee lächelte. »Das Leben ist bunt«, sagte er.

»Eine große und eine kleine Person?«, fragte Bettina.

»Ja, aber erwachsene Menschen«, antwortete Dr. Lee. »Sonst wäre Verknöcherung bei den Handwurzeln nicht abgeschlossen. Mann und Frau, wenn Sie mich fragen.«

»Ein Paar«, sagte Bettina.

»Sieht so aus.«

Bettina starrte die Knochen an und fühlte sich einen Moment sehr mutlos. Zu diesem Fund passte keine ihrer bisherigen Theorien. Sie schüttelte den Kopf und trat einen Schritt zurück. »Wiedersehen, Dr. Lee. Ich muss jetzt mit Willenbacher reden.«

Draußen auf dem Flur des Unikrankenhauses schaltete sie sofort ihr Handy ein, obwohl das auf dem gesamten Gelände verboten war. Doch hier in der Pathologie würden kaum Beatmungsgeräte oder Herzschrittmacher kollabieren. Sie rief Willenbacher an. »Will«, rief sie ins Telefon. »Würdest du was für mich tun?«

»Kommt drauf an«, war die lapidare Antwort.

»Aktiviere mir bitte diesen Förster, den Wingerter. Ich bin in einer Stunde da. Bis dahin brauche ich auch einen Durchsuchungsbeschluss fürs *Kehrdichannichts.*«

»Was?!«, sagte Willenbacher. »Den krieg ich nie. Was willst du da überhaupt?«

»Die Kirchheimer war da«, sagte Bettina. »Wenn wir reinkommen, kann ich's mit einer einzigen Materialprobe beweisen. Sie hat die ganzen Hände voll Ruß. Und das *Kehrdichannichts* ist der einzige Ort weit und breit, wo sie sich so dreckig gemacht haben kann. Sie war dort und hat Feuer gemacht. Darauf wette ich ein Monatsgehalt.«

»Ich sehe, was sich machen lässt«, sagte Willenbacher.

»Sag Müller Bescheid, der muss mit. Er soll seinen Zauberkasten mitnehmen. Wir brauchen Proben von der Asche dort im Ofen.«

»Okay«, sagte Willenbacher zögernd. »Was Sudenica Levo betrifft …«

»Ja?«

»Sie war wahrscheinlich nicht ordnungsgemäß angemeldet«, sagte er.

»Sieh mal an.«

»Ja, nicht? Wir können nicht die geringste Meldung von ihr finden. Sie ist vielleicht nicht mal legal hier im Land.«

»Es geht voran«, sagte Bettina. Dann sah sie jemanden auf sich zukommen. »Entschuldigung«, rief sie ins Telefon. »Da ist jemand. Ich muss Schluss machen.« Sie unterbrach die Verbindung und sah fragend den großen, unglücklich aussehenden Mann an, der nun direkt vor ihr stand.

»Kirchheimer«, sagte er. »Kennen Sie sich hier aus, gehören Sie dazu?«

»Herr Kirchheimer«, sagte Bettina, steckte ihr Handy weg und ergriff seine Hand. »Boll, ich bin jetzt die leitende Ermittlerin in Ihrem Fall. Mein Beileid.«

Kirchheimer atmete durch. »Ist sie hier?«, fragte er leise.

»Ja, aber *Sie* sollten nicht da sein. Die Obduktion ist noch nicht richtig beendet. Sind Sie zur Identifizierung gekommen?«

Kirchheimer nickte.

»Sie müssen mindestens noch eine halbe Stunde warten«,

sagte Bettina bedauernd. »Gehen Sie doch so lange noch einen Kaffee trinken.«

»Das kann ich nicht«, sagte Kirchheimer nervös.

»Ja«, sagte Bettina. Dann fiel ihr etwas ein. »Warten Sie hier«, sagte sie. »Ich gebe mal eben drinnen Bescheid. Sie könnten mir vielleicht bei etwas helfen.«

»Das sind ihre Sachen«, sagte Kirchheimer mühsam gefasst, als sie gemeinsam in einem Nebenraum des Sektionssaals vor einem Tisch mit den Kleidungsstücken seiner Frau standen. Ihre Sachen waren kurzfristig hier hereingebracht worden. Das Zimmer diente eigentlich der Aufbewahrung medizinischer Gerätschaften. Es stand voller gläserner Schränke und roch durchdringend nach Desinfektionsmittel. Der große Mann neben Bettina zitterte und fasste alles an und schluchzte unterdrückt, und sie wusste, dass er sofort hier raus musste. Eigentlich wäre es ihre Aufgabe, ihn auch noch draußen zu betreuen. Eigentlich müsste sie ihm heiße Getränke spendieren und für ihn da sein, bis seine Frau so vernäht war, dass er sie ansehen konnte. Stattdessen stand sie hier und wollte ihm Informationen abpressen.

»Fällt Ihnen irgendetwas besonders auf?«, fragte sie.

Er schüttelte stumm den Kopf.

»Fehlt etwas?«

Er packte den schmutzigen Pullover und drückte ihn an sich. Es brach Bettina fast das Herz.

»Herr Kirchheimer«, sagte sie. »Bitte.« Sie nahm ihm das Kleidungsstück wieder ab. »Schauen Sie noch mal. Ist das alles, was Ihre Frau trug?«

»Ja.«

»Fehlt vielleicht ein Feuerzeug oder so?«

Kirchheimer schüttelte den Kopf.

»Handschuhe?«

»Der Schal«, sagte Kirchheimer plötzlich. »Sie hatte einen Schal.«

»Schneebruch«, sagte Wingerter nur, als er den Jeep mitten im Winterwald anhalten musste und plötzlich aus dem Auto sprang, um einen ganzen umgekippten Baum aus dem Weg zu räumen.

»Ist vielleicht gar nicht so ungefährlich hier«, sagte Willenbacher mit einem Blick hoch ins weiß beladene Geäst und stieg ebenfalls aus. Müller, der mit Bettina hinten saß, schnallte sich ab.

»Komm, wir Mädels bleiben sitzen«, sagte Bettina, die keine Lust hatte, dicke Hölzer zu stemmen.

»Was willst du denn da an diesem Waldhaus«, fragte Müller, dem die Bezeichnung Mädel sichtlich nicht gefiel, der aber trotzdem nicht aussteigen wollte, er fingerte so unentschlossen an der Tür herum.

»Ich will wissen, weshalb die Kirchheimer gestorben ist«, sagte Bettina.

»Glaubst du wirklich, das kannst du da sehen?«, fragte Müller. »Du warst doch schon dort, oder?«

»Ja«, sagte Bettina. »Aber da hatte ich dich nicht dabei.«

Und da hörte Müller auf, unmotiviert an seinem Türgriff herumzunesteln. Er sank in seinen Sitz zurück und wartete hübsch brav, bis der Baum weggeräumt war und sie zum *Kehrdichannichts* weiterfahren konnten.

Unter dem vielen Schnee sah das Haus aus wie ein altbayerisches Postkartenmotiv. Noch vor der Tür zog Bettina Müller beiseite und sagte: »Pass auf. Da drin ist kürzlich jemand gewesen. Er hat sich an einem alten Kohleherd ein Feuer gemacht und irgendwelche Möbelreste verfeuert. Fußspuren sind keine da, aber wir hatten letztes Mal schon den Eindruck, dass dort jemand gewischt hat. Was ich wissen will, ist, ob Frau Kirchheimer wirklich da war und was sie gemacht hat. Und ich will vor allem, dass du diesen Kohleherd untersuchst. Der sieht sehr seltsam aus. Irgendwas ist mit ihm.«

»Was denn?«, fragte Müller, der inzwischen die fast kniehoch mit Schnee bedeckte Löwentreppe erklommen hatte.

»Er ist verbeult«, sagte Bettina.

Müller starrte sie ungläubig an und stapfte mit den Füßen auf, um den Schnee abzuschütteln. »Zeig mir das Ding mal«, sagte er.

Das Ding stand unverändert buckelig in der Küche. Die runden oberen Einsätze hoben sich immer noch aus der großen Platte hervor, und an der Wand sah man nach wie vor die Rußspur der Stichflamme. Müller stand eine ganze Weile davor und sagte nichts. »Das war ein heißes Feuer«, äußerte er sich endlich.

Dann packte er seine Sachen aus und war nicht mehr ansprechbar, bis er sämtliche Wischspuren am Boden vermessen hatte, was Bettina unglaublich ungeduldig machte. Sie tigerte rauchend in der verlassenen Gaststube umher, immer den Förster Wingerter im Schlepp, der nach ihrem letzten Treffen in der Bücherei gewesen war und nun noch viel mehr interessante Sachen über das *Kehrdichannichts* wusste: »… Fledermäuse«, sagte er gerade. »Da müssten Sie aber mal im Sommer kommen, im Winter halten die Ruhe, da sehen Sie nichts von denen.«

»Das ist auch gut so«, sagte Bettina fröstelnd.

»Das muss nachts richtig unheimlich sein.«

»Glaub ich.«

»Und diese Löwen da vor dem Tor«, sagte Wingerter dann, als Willenbacher ebenfalls aus der Küche gejagt worden war und sich zu ihnen gesellte, »das sind ja eigentlich Hunde. Ich habe in der Bücherei die Kopie einer alten Handwerkerrechnung gesehen, und da steht eindeutig –«

»Frau Boll«, rief es da aus dem Nachbarraum.

Bettina schnippte ihre Zigarette in hohem Bogen weg. »Komme!«

Müller stand versonnen lächelnd am Herd und hielt einen schmutzigen Stofffetzen hoch, ohne den Blick von der vorsintflutlichen Kochstelle zu wenden. »Schau mal«, sagte er über die Schulter.

»Was ist das?«

»Achtung Spuren«, schnauzte Müller.

»Tschuldigung.« Bettina stakste vorsichtig auf den Kollegen zu. »Zeig her.«

»Lag unterm Ofen«, erklärte Müller und reichte Bettina einen rußigen, aber ungeheuer schön gewebten und leichten Schal, der an den sauberen Stellen in allen möglichen Brauntönen schimmerte und mit winzigen türkisen Stichen verziert war.

»Der gehört bestimmt der Kirchheimer«, sagte Bettina sofort. »Müller, das ist spitze. Jetzt haben wir den Beweis.«

»Hat irgendwer beim Putzen übersehen«, sagte Müller ein wenig verlegen. »Hat ausgesehen wie ein alter Lappen.«

»Wo war er?«

»Direkt hier unterm Ofen«, sagte Müller. »Jemand hat sich die Finger daran abgewischt. Und ein Stück abgerissen, um Feuer zu machen.« Er wies auf die offene Ofenklappe, hinter der Bettina rein gar nichts erkennen konnte außer tiefer Schwärze. »Da drin war das.« Müller hielt ihr eine Tüte mit einem winzigen angekohlten Stoffstück hin, das zu dem Schal passte. »Und das.« In der nächsten Tüte waren glatte, lange Holzsplitter, vermutlich von einem Möbelstück.

»Was ist mit dem Ofen?«, fragte Bettina.

»Da hattest du ein gutes Auge«, sagte Müller, »denn der ist tatsächlich das Verrückteste.«

»Warum?«

»Weil es nicht normal ist, dass sich ein Herd so verzieht«, sagte Müller. »Guck mal. Die Lade vom Aschekasten ist ganz verklemmt, die kriegt man gar nicht mehr raus.« Zur Illustration zerrte Müller daran.

»Kommt das von der Feuchtigkeit?«, fragte Bettina.

»Nein, eben nicht. Metall rostet in der Nässe, sonst nichts. Ein Herd dieser Größe verformt sich nur dann, wenn er lange Zeit viel zu heiß befeuert wurde. Und ich meine nicht das Feuerchen aus Wolle und Kleinholz. Das Höchste, was da passieren kann, ist, dass innen die Schamotteverkleidung um das Feuerloch platzt, wenn sie vorher zu lange Feuchtigkeit ziehen konnte, aber das würde solche Verwerfungen nicht erklären. Das hier war ein intensives, langes Koksfeuer mit einer großen Menge Brandbeschleuniger.«

»Dürkheim ist ja berüchtigt für seine Brandstifter«, sagte Bettina langsam.

Müller schüttelte den Kopf. »Die Bude steht noch«, sagte er nüchtern. »Das hier war was anderes. Da hat jemand was verbrannt, das er loswerden wollte.«

»Müller«, sagte Bettina froh, »du bist ein Schatz. Genau das wollte ich hören. Und was?«

»Weiß ich nicht«, sagte Müller. »Es ist nichts mehr übrig.«

»Wie, nichts, gar nichts? Das kann doch nicht sein, hast du mal in dem Aschekasten geguckt?«

»Ja«, sagte Müller. »Der ist super aufgeräumt. Genau wie die Küche geputzt ist.«

»Mist«, sagte Bettina. »Was würde so ein Feuer denn verbrennen? Mit einer derartigen Hitze?«

»Alles«, sagte Müller.

»Auch Knochen?«

»Na klar. Vielleicht keine Zähne. Aber sonst was du willst. Weiche Metalle, organische Gewebe, Stoffe, Leder, Gummi, alles weg.«

»Schuhe?«

»Ja.«

»Was ist mit Schmuck? Gold?«

»Restlos fort.« Müller schüttelte den Kopf. »Das Einzige«, sagte er, »wovon ich mir vorstellen könnte, dass es übrig bleibt, wären vielleicht Reißverschlüsse.«

»Wieso ausgerechnet die?«

»Die werden aus Stahl gemacht. Reißverschlüsse dürften so eine Hitze überstehen.«

»Also könnte Frau Kirchheimer hier gesessen und beim Feuermachen einen Reißverschluss gefunden haben.« Bettina schüttelte den Kopf. »Würdest du dich an so was stören?«

»Ja«, sagte Müller ernst, »aber das ist wahrscheinlich was anderes.«

»Ich würde mich nicht dran stören«, sagte Bettina. Sie rief Willenbacher und fragte den.

»Vielleicht hat sie was anderes entdeckt«, sagte er, erfreut, endlich auch in die Küche zu dürfen. »Etwas, das durch den Rost gefallen ist, bevor es ganz verbrannt werden konnte. Was Kleines.«

»Einen Knochen«, sagte Bettina.

»Einen Zahn«, sagte Müller.

»Einen plombierten Zahn«, sagte Willenbacher.

Bettina blickte ihren Kollegen bewundernd an. »Stimmt«, sagte sie. »Das wäre ihr bestimmt verdammt komisch vorgekommen.«

* * *

»Halbes Hähnchen mit Pommes rotweiß?«, fragte Jaqueline zur Begrüßung.

»Ein ganzes«, sagte Thilo düster. »Und Krautsalat. Und ein Mixery.«

Jaqueline warf ihm einen Blick unter halbgeschlossenen Lidern zu, griff mit beiden Händen in den Eimer, der neben der Friteuse stand, und ließ eine extragroße Ladung Pommes ins Fett fallen. Thilo stand an ihrem Tresen neben einem anderen dicken Typen, und Jaqueline stellte ihm eine hohe rotblaue Getränkedose hin.

»Ärger?«, fragte sie, als sie das Huhn vom Bratdorn nahm.

»Hunger«, knurrte Thilo.

Jaqueline nickte wissend und nahm die Geflügelschere zur Hand. »Da hat jemand nach dir gefragt«, sagte sie und blickte ihren anderen Gast misstrauisch an. Der starrte stumpf in die grenzenlose Öde jenseits seiner Bierdose. Sie beugte sich vor. »Bullen«, flüsterte sie laut. »Haben hier gestanden mit dem Elms, weißt du, diesem Arsch von Hausmeister, der mich schon seit Jahren wegekeln will. Aber das schafft er nie. Ich hab Freunde.«

»Hm«, machte Thilo, der Jaqueline zwar seine Geschichten erzählte, an ihren aber nicht wirklich interessiert war. Den Hausmeister kannte er nicht. »Was für Bullen?«

»So eine aufgedonnerte in Röckchen und Schühchen und eine Rothaarige und ein kleiner Knubbeliger.«

Thilo trank einen Schluck Colabier und schaute auf sein Huhn. »Was wollten sie denn?«

»Die haben da vorn gestanden, also konnte ich sie nicht verstehen«, bedauerte Jaqueline und wies mit dem Kinn in ihren Vorraum. »Dann haben die Rote und der Kleine noch zusammen hier gegessen und gedacht, sie könnten mich aushorchen über dich. So ganz scheinheilig, weißt du, hier mal eben nett zu Abend essen und dabei Fragen stellen. Über Rechtsradikale und so. Mit wem du dich prügelst. Was weiß ich. Ich hab ihnen gesagt: Fragen Sie ihn selber.« Sie nickte, schnitt das Huhn auseinander, drapierte beide Hälften auf einem Plastikteller und häufte dann Krautsalat auf einen anderen.

Thilo nahm noch einen Schluck und seufzte. »Ich geh weg«, sagte er.

Jaqueline blickte auf. »Wohin denn?«

»Weg«, sagte Thilo dumpf.

»Zurück nach Berlin?«, fragte sie und schaute ihn mit ihren kohlschwarzen Augen an. Sprich dich ruhig aus, hieß dieser Blick, du gehst ja doch nicht. Nie und nimmer. Hier stehen sie bei mir, alle, die wegwollten. In meiner Bude und essen meine Hähnchen.

»Nein«, sagte Thilo.

»Aber das wolltest du doch schon lange.«

»In Berlin«, sagte Thilo, »hatte ich einen Freund. Der hat auf demselben Flur gewohnt. Ich hab ihn immer gekannt, mein ganzes Leben. Wir waren echte Kumpel.«

»Und?«, fragte Jaqueline.

»Jetzt sitzt er im Knast.«

»Das hat aber doch mit Berlin nix zu tun«, sagte Jaqueline und reichte Thilo die Teller mit Fleisch und Salat über die Theke.

»Doch. In Berlin kannst du als Schwarzer nur mit 'm Messer im Sack auf die Straße. Jedenfalls da, wo wir gewohnt haben. Da hätte ich nie Abitur gemacht. Mein Abi hab ich nur, weil's hier so scheiße langweilig ist.« Thilo trug die Teller zu einem Stehtisch.

»Siehst du«, sagte Jaqueline, »hat doch auch was genützt.« Mit spitzen Fingern hielt sie dann eine dünnwandige Plastikschale voller heißer Pommes hoch. »Ey«, sagte sie zu ihrem anderen Gast. »Reich das mal rüber. Schnell. Es ist heiß.«

Der andere blickte kaum auf. »Bin doch net dem sein Nescher«, knurrte er in Richtung Thilo, der rasch wieder herantrat, warf ihm einen dümmlichen Blick zu und grinste ein bisschen.

Jaqueline schaute missbilligend. »Hast du sie?«, fragte sie Thilo.

»Hmm.«

Sie ließ die Schale los. »Aber in den Knast kommen«, sagte sie, »kannst du hier auch.«

Das Huhn lag Thilo schwer im Magen und der Nescher auch, das war so eine Sache, dagegen musste man eigentlich gleich was machen, dem Typen eine reinziehen, ihm sein Bier übern Kopf schütten, sich mit ihm hauen und Jaquelines Bude zerlegen oder so. Leider fiel ihm so etwas immer erst eine Sekunde zu spät ein, und dann war's eben auch schon rum. Dann noch zu kommen und zu sagen: Du hast da vor zwei Minuten Neger zu mir gesagt, und es ist mir zwar erst jetzt aufgefallen, ärgert mich aber trotzdem, das kam eben einfach nicht so gut. Schlimm war nur, dass es ewig nachbrannte, wenn man so etwas nicht gleich erledigte. Man dachte tagelang drüber nach und konnte es nicht vergessen. Thilo bog in die Einfahrt zu seiner Villa ein und vergaß es doch. Denn dort vor dem Eingang standen Polizisten, die Rothaarige und der kleine Knubbelige. Sie spazierten an der Tür vorbei, spähten ins Eingangsvestibül und nun hatten sie ihn gesehen. Irgendwie hatte er sie ja auch erwartet.

»Herr Achtkapp«, sagte Bettina. »Gut, dass Sie da sind. Wir müssen mit Ihnen reden.«

Der junge Mann machte ein abweisendes Gesicht und steuerte auf den Hauseingang zu. Bettina schloss sich ihm sofort an.

»Was ist das für ein Auto?«, fragte Willenbacher mit Blick über die Schulter. »Der Porsche, mit dem Sie gekommen sind?«

»Das Auto meiner Mutter«, sagte Achtkapp mürrisch und sperrte die Tür auf. »Was wollen Sie?«

Drinnen in dem großen Gebäude war es warm. Achtkapp trat ein wenig Schnee von seinen Schuhen, schaltete Licht an, zog seine Jacke aus und trat in die Halle. Bettina folgte ihm. »Sudenica Levo«, sagte sie. »Erzählen Sie uns von ihr.«

»Da müssen Sie meine Mutter fragen«, erklärte Achtkapp abweisend.

»Sie war die Pflegerin Ihres Vaters, nicht wahr?«

»Ja.«

»Mazedonierin?«

»Nehme ich an.«

»Wie kam sie in Ihren Haushalt?«

»Als mein Vater krank wurde, hat er sie eingestellt.«

»Wie lange war sie bei Ihnen?«

»Anderthalb Jahre.«

»Haben Sie ein Bild von ihr?«, fragte Willenbacher, der nun auch in die Halle getreten war.

»Nein«, sagte Achtkapp. »Sie war –« Er brach ab.

»Was denn?«

»Nichts.«

»Wir würden gern Ihre Unterlagen über Frau Levo einsehen«, sagte Bettina. »Arbeitsvertrag, Gehaltsabrechnungen und so weiter.«

Achtkapp schwieg und starrte sie an.

»Sie war hier schwarz beschäftigt, nicht wahr?«, sagte Bettina.

»Sie war eine dumme Schlampe«, sagte Achtkapp heftig.

Bettina und Willenbacher sahen sich an.

»Herr Achtkapp«, sagte Bettina freundlich, »da in Ihrem Haus ein Verbrechen geschehen ist, dessen Untersuchung noch andauert, ist es mir erlaubt, alles mitzunehmen, was ich für relevant erachte.«

Achtkapp guckte verständnislos.

»Sie suchen mir jetzt ein Bild von Sudenica Levo, oder ich

nehme Ihren Computer, sämtliche Tagebücher und Fotoalben und Kameras und was mir sonst noch in die Finger fällt mit auf die Wache, haben Sie das verstanden?«, fuhr sie ihn an.

Achtkapp zuckte zurück. »Ja«, sagte er etwas ängstlich. »Moment. Ich gucke mal.«

»Wir kommen mit«, erklärte Bettina.

Thilo Achtkapps Zimmer lag im Parterre an dem Flur mit den kleinen Leuchten im Parkett, und es war erstaunlich aufgeräumt, fand Bettina, für einen jungen Mann in seinem Alter. Der Raum war niedrig, aber groß und sehr ansprechend ausgestattet mit demselben hellen Holzboden, weiß gekalkten Wänden und einem breiten Bett unter einem langen, schmalen Fenster. Eine Reihe wohlgepflegter Grünlilien zierte die Fensterbank. Rechterhand stand neben einem Bücherregal eine uralte verkratzte und vermackte Schulbank, darauf ein Computer, den Achtkapp mit einem Knopfdruck hochfuhr. Er klickte sich durch ein paar Menüs, und schon fing am anderen Ende des Raums ein Gerät an zu summen. »Wird gedruckt«, sagte er.

»Wieso war sie eine Schlampe?«, fragte Bettina.

Achtkapp schüttelte den Kopf und schwieg und sah sehr unglücklich aus.

»Haben Sie sich wegen ihr mit Branco Djathtas geprügelt?«

Er sah auf. »Sie hat immer so verdammt rechtschaffen getan«, sagte er. »So als wär sie ein echt guter Mensch.«

»Und das war sie nicht?«, fragte Bettina sanft und sah mit halbem Auge zu, wie Willenbacher ein Blatt aus dem Drucker nahm. Er hielt es hoch und nickte.

»Nein«, sagte Achtkapp.

»Okay«, sagte Bettina förmlich. »Herr Achtkapp, würden Sie uns freundlicherweise auf die Wache folgen? Ich glaube, dort haben wir mehr Ruhe, um das alles zu klären.«

Achtkapp sah sie argwöhnisch und ängstlich an. »Wollen Sie mich etwa festnehmen?«

»Sie sollen uns nur ein wenig helfen.«

Achtkapp senkte den Kopf und sagte nichts mehr. Als sie in die

Halle zurückkamen, bemerkte Bettina, wie der junge Mann den Kopf wandte. Sie folgte seinem Blick. Auf einem Stück der seidenen Vogeltapete, sehr versteckt im Schatten einer Tür, kniete ein kleiner schwarzer nackter Junge. Er beugte sich etwas nach vorn und lächelte einem Wesen zu, das im Schatten verschwamm.

Achtkapp stand schon an der Tür. »Brauche ich einen Anwalt?«, fragte er bang.

»Nein«, sagten Bettina und Willenbacher wie aus einem Munde.

Bettina schob ihm den Teller mit Weihnachtsplätzchen hin, Achtkapp blickte finster und holte seine Zigaretten hervor. Ob er rauchen durfte, fragte er nicht. Bettina thronte auf Anna Bergs ergonomisch geformtem Hocker und beneidete Willenbacher, der sich einen hölzernen Drehstuhl aus der Wachstube hereingeholt hatte. Achtkapp saß, die Ellenbogen auf den Knien, auf einem Stuhl in der Mitte des Raums. Bettina hatte wieder keine Lust, mit dem jungen Mann zusammen zu rauchen. Bei ihm sah es einfach zu gierig aus. Sie nahm sich einen Zimtstern, legte ihn aber neben sich auf die Tischplatte und sagte: »Frau Levo war noch nicht alt, wie?«

»Dreißig«, sagte Achtkapp achselzuckend und es klang wie hundert. Dabei sah er selbst eigentlich zu verbraucht aus, um sich eine derartige Verächtlichkeit leisten zu können.

Bettina klopfte mit einem Stift auf den Computerausdruck, der vor ihr lag, er zeigte einen gutaussehenden, aber ziemlich eingefallenen Mann von vielleicht sechzig Jahren in einem weißen Bett und eine schlanke dunkelhaarige Frau, die daneben stand und lächelte. »Sie war attraktiv.«

»Na ja«, machte Thilo. Er blickte Bettina aus seinen dunklen Augen argwöhnisch an. Seine Haut glänzte fettig, und er rauchte hastig.

Bettina schaute eine Weile zu und zündete sich dann doch eine an. »Wie sind Sie überhaupt auf die Idee gekommen, eine Illegale einzustellen? Ihre Eltern hätten sich doch eine richtige Pflegerin leisten können?«

Achtkapp zuckte die Schultern. »Haben Sie mal mit Reichen zusammengelebt?«, fragte er in einem Ton, als müsste er froh sein, einen Platz unter der nächsten Brücke zu finden. »Die tun alle so, als hätten sie nix.«

Bettina blickte ihn an und lächelte sanft.

»Alle außer mir natürlich.« Er grinste schief. »Adrian war einfach so. Wir hatten renoviert, die Ernte war schlecht, und Susi hat ihm unheimlich gut gefallen. Fragen Sie doch meine Mutter.«

»Wie gut Frau Levo Ihrem Vater gefallen hat?«

»Nein, das meine ich nicht. Was Sie denken. Wäre auch technisch gar nicht möglich gewesen, Adrian war fertig. Die beiden haben sich einfach gemocht«, erklärte Achtkapp. »Mein Vater konnte ohne sie bald gar nicht mehr sein. Als sie drei Monate bei ihm war, da war er fast tot, es ging ihm furchtbar schlecht, reden war überhaupt nicht drin, nur schreiben konnte er, wenn man ihm ein bisschen geholfen hat. Die rechte Seite war ja nicht gelähmt. Es musste nur jemand den Block halten. Da hat er durchgesetzt, dass wir Sudenica aus ihrer Abzockeragentur loskauften, sonst hätte sie wechseln müssen. Das war bei denen so üblich. Immer nach drei Monaten. Er hätte dann eine andere gekriegt, das wollte er nicht. Es hat dreißigtausend Euro gekostet.« Kaltschnäuzig fügte er an: »Vermutlich hätten wir sie auch für die Hälfte gekriegt.«

»Wie haben Sie dieses Geschäft abgewickelt?«, fragte Bettina.

Achtkapp schniefte. »Über Ebay.«

»Bitte?«

»Der Typ, mit dem ich telefoniert habe, hatte noch Sudenicas Pass. Den brauchte sie natürlich zurück, aber er hätte ihn nie einfach hergeschickt. Wir wollten ihm andererseits kein Geld ohne Sicherheit überweisen. Also hat er –«

»… den Pass bei Ebay eingestellt?«, unterbrach Willenbacher.

»Ein Bild von einem alten Taunus«, sagte Achtkapp.

»Dafür kriegt man dreißigtausend Euro?« Bettina richtete sich etwas auf.

Willenbacher grinste ihr zu.

»Ich weiß nicht. Wir haben *SofortKaufen* gemacht. Dann habe ich mit *PayPal* gezahlt, das ist so ein Sicherheitssystem. Die behalten das Geld auf einem Treuhandkonto, bis der Käufer signalisiert, dass die Ware eingegangen ist.«

Bettina starrte den jungen Mann an. Wieder was gelernt. »Dreißigtausend Euro.«

»Da war sie dann schon nicht mehr so billig.« Thilo zuckte die Achseln. »Aber das war typisch für Adrian. Er fand es toll zu sparen, aber wenn er wollte, konnte er auch klotzen.«

»Haben Sie die Kontonummer noch?«, fragte Bettina. »Und die von dem Telefon?«

Achtkapp blickte treuherzig und schüttelte den Kopf.

Bettina seufzte. Ich krieg sie raus, dachte sie. Der Tipp mit Ebay war schon genug, mit ein bisschen Recherche konnte sie vielleicht sogar eine Schleuserbande ausheben. Schließlich musste man bei Ebay alle möglichen Daten hinterlegen. »Sudenica muss Ihrem Vater sehr dankbar gewesen sein.«

»Tja.« Achtkapp zuckte die Achseln. »War sie. Immer fröhlich. Die hat gesungen beim Bettenmachen. Und sie hat stundenlang mit ihm geübt, schreiben, Fuß aufstellen, essen, all das. Ich dachte immer, ich würde platzen, wenn mich eine so belagert.« Er schüttelte den Kopf. »Aber Adrian hat das gebraucht. Vielleicht mach ich es sogar auch mal so. Ich such mir eine Susi, rette sie vor der Mafia und höre ihr dann beim Singen zu, schlimm genug, wenn einen alle anderen verzweifelt anstarren. Mein Vater war ja nicht senil oder was. Sein Kopf hat noch funktioniert. Und seine Krankheit hat lang gedauert. Da will man sich auch nicht ununterbrochen leidtun.«

»Wie kam Frau Levo mit Ihnen aus?«

»Gut«, sagte Achtkapp.

»Ich dachte, sie wäre eine Schlampe?«

Achtkapp blickte misstrauisch. »Ich glaube, ich sollte doch einen Anwalt haben.«

Bettina lächelte ihm zu. »Möchten Sie festgenommen werden?«

»Natürlich nicht.«

»Wieso wollen Sie dann einen Anwalt? Sie sitzen ganz einfach hier bei uns und reden.« Sie lächelte wieder. »Es steht Ihnen frei zu gehen.«

Achtkapp blieb sitzen. Er sog heftig Rauch ein, dabei hielt er die Zigarette so in der hohlen Hand, dass es aussah, als hätte er sich irgendwas Verbotenes mit reingedreht.

»Als Adrian tot war, hat sie ihr wahres Gesicht gezeigt«, sagte er. »Die hat mich ganz übel und link abgezogen. Die wusste, dass es bei uns was zu holen gibt. Da hat sie mir einen Typen geschickt, um mich verprügeln zu lassen. Sie war eine Schlampe. Aber ich hab ihr nichts Böses gewollt. Dazu war sie mir auch viel zu langweilig.«

»Kannten Sie den Mann? Der Sie verprügelt hat?«

»Wie er heißt, weiß ich nicht. Ich wusste, dass er hier irgendwo arbeitet.«

»Branco Djathas?«, sagte Willenbacher fragend.

Achtkapp schüttelte den Kopf. »Nie gehört.«

»Sudenica hat die Schlägerei angestiftet?«, erkundigte Bettina sich stirnrunzelnd.

»Klar, wie soll denn ein Fremder sonst auf so eine Idee kommen?«

»Das ist aber doch ein merkwürdiges Verhalten für eine ehemalige Angestellte und Vertraute Ihres Vaters«, sagte Bettina.

»Das können Sie laut sagen.«

»Hatten Sie mal Streit mit ihr?«

»Nein.«

»Ihre Mutter?«

»Glaub ich nicht.«

»Gab es Spannungen? Eifersucht? Hat Ihre Mutter das enge Verhältnis Ihres Vaters zu Sudenica gestört?«

»Richtig toll hat sie's nicht gefunden«, sagte Achtkapp. »Manchmal war sie traurig deswegen. Aber für sie war eigentlich die Krankheit von meinem Vater schlimmer. So furchtbar munter wie Susi hätte sie nie sein können.«

»Wie ist diese Prügelei mit Herrn Djathtas abgelaufen? Wo sind Sie sich begegnet?«

»An der Saline«, sagte Achtkapp und hustete plötzlich, als hätte er Rauch verschluckt. »Er ist auf mich zu und hat mir voll eine reingehauen. Ich hab kaum gesehen, dass er da war, und schon hatte ich seine wichsmäßige Hand im Gesicht. Gesagt hat er gar nichts. Er hat einfach gehauen. Sofort.«

»Er hat nichts gesagt?«

»Dann schon.«

»Was denn?«

»Scheiß-Ami hat er gesagt, Scheiß-Nigger, dumme Sau, Arschloch, fick dich, dann hat er mich scheiße am Kopf getroffen. Ich war am Boden. Kurz weggetreten. Ich –« Achtkapp schniefte plötzlich und wischte sich über die Augen.

Bettina starrte ihn an. »Haben Sie das überhaupt schon mal jemandem erzählt?«

Er hustete rau. »So direkt nicht.«

»Okay. Alles in Ordnung? Weiter.«

»Dann hat er seinen Schuh –« Achtkapp schluckte und griff sich an den Hals.

»Ja?«

»Er hat seinen Fuß auf meinen Hals gestellt. Er hatte Stiefel mit so Eisenbeschlägen.«

»Und dann?«

Der junge Mann biss sich auf die Lippen. In einem ganz anderen, verächtlichen Ton sagte er nun: »Er wollte Geld. Fünfzigtausend. Für Sudenica, hat er gesagt. Er wusste, dass sie schwarz für uns gearbeitet hat. Er wollte uns erpressen.«

»Hoppla«, sagte Bettina. »Fünfzigtausend.«

Willenbacher blickte skeptisch. »Da wären Sie ja mit einer Selbstanzeige billiger weggekommen.«

»Haben Sie eine Ahnung«, versetzte Achtkapp.

»Also wenn Sie erwischt werden, da zahlen Sie erst mal alle veruntreuten Sozialabgaben«, überlegte der kleine Kollege, »außerdem die Differenz zum ortsüblichen Lohn und die Kosten für die Rückreise. Und dann noch ein Bußgeld. Da käme man vielleicht wirklich auf so eine hohe Summe. Und wenn der Richter richtig schlechte Laune hat, könnte er Ihnen eine

Freiheitsstrafe aufbrummen, aber das kriegen eigentlich nur die Wiederholungstäter.«

Bettina legte den Kopf schräg. »Sudenica hätte sich doch nicht selbst angezeigt, von allen menschlichen Verpflichtungen Ihnen gegenüber einmal abgesehen.«

»Er hat damit gedroht«, beharrte Achtkapp. »Und für sie wär's ein guter Deal gewesen, falls sie zurück nach Hause wollte. Wenn sie uns angezeigt hätte, wäre sie abgeschoben worden und hätte noch Geld obendrauf von uns gekriegt. Wie Sie gesagt haben. Die Differenz zum ortsüblichen Lohn. Keine fünfzigtausend, aber sie konnte nur gewinnen.«

»Haben Sie gezahlt?«, fragte Willenbacher.

Achtkapp schüttelte den Kopf.

»Was haben Sie stattdessen unternommen?«

Der junge Mann schniefte und schaute auf seine Schuhspitzen. Er saß sehr statisch, fand Bettina. Seine Gesten waren raumgreifend, doch wenn er nicht selbst sprach, dann bewegte er sich gar nicht. Er zappelte nicht. Er reckte nicht das Kinn, er wippte nicht mit dem Fuß, er ruckelte nicht mit dem Stuhl, und dennoch hatte sie das Gefühl, dass er sehr angespannt war.

»Nichts«, sagte er.

Bettina und Willenbacher tauschten Blicke. Sie beugte sich vor. »Gar nichts?«, fragte sie sanft.

»Nichts«, wiederholte er.

»Bis jetzt habe ich Ihnen fast alles geglaubt«, sagte Bettina freundlich. »Aber das halte ich für ein Märchen.«

»Geldeintreiber leben gefährlich.« Willenbacher verschränkte die Arme. »In der Branche macht man sich schnell Feinde.«

»Der hatte keine Lust mehr«, sagte Achtkapp mit einem kleinen bösen Lächeln. »Ich hab ihm nämlich auch eine verpasst.«

»Bevor oder nachdem er seinen Fuß auf Ihrer Kehle hatte?«

Ein starrer dunkler Blick traf Bettina. »Danach«, spuckte der junge Mann aus. »Stimmt, ich hatte das Gefühl, er wär gern noch länger so stehen geblieben, aber vermutlich hatte er was vor. Er ist weggerannt. Nur zu langsam. Der dachte, ich würde jetzt weinend nach Hause gehen. Das war ein Fehler. Schließlich war er ein alter Sack und konnte mich nur umhauen, weil ich so überrascht war. Ich hab ihn mir dann geschnappt und –« Er schniefte wieder, warf seine Zigarette auf den Fußboden und trat sie aus. »Damit war die Sache für mich erledigt. Ich hab nie wieder von ihm gehört.«

Die Tür öffnete sich. Kollegin Berg, die hereinschaute, bekam einen Hustenanfall. »Nein!«, rief sie. »Das können Sie aber nicht machen. Hier ist Rauchen verboten! – Frau Schwarz und Frau Meier, die ich für die Identifizierung herbestellen sollte, sind jetzt da. – Und der Herr von Seltz auch.«

Bettina und Willenbacher erhoben sich gleichzeitig.

»Der von Seltz«, sagte Bettina, »möchte bitte hier drin warten. Wir kommen gleich.«

Thilo schaute in sein Päckchen: Es waren nur noch fünf Zigaretten drin, das hier konnte noch ewig dauern, und seine Nikotinversorgung würde vermutlich niemanden interessieren, daher war es wohl besser, wenn er sich die Glimmstängel einteilte. Andererseits würde von Seltz sich über Rauch in der Bude ärgern. Bestimmt sogar sehr. Also zündete Thilo eine weitere Zigarette an und empfing den langen Anwalt seiner Mutter mit einer Rauchwolke und einem provozierenden Blick unter halbgeschlossenen Lidern hervor.

»Abend«, sagte von Seltz und hüstelte.

Thilo sagte nichts.

Von Seltz wanderte im Zimmer herum. »Weswegen sind Sie hier?«, fragte er schließlich. »Hat man Ihnen etwas vorgeworfen?«

»Ich helfe nur der Polizei bei ihren Ermittlungen«, sagte Thilo dumpf.

Von Seltz wandte sich ihm zu. »Bitte sagen Sie es, wenn Sie Hilfe brauchen«, sagte er, und das klang fast besorgt.

Arsch, dachte Thilo. »Na klar«, sagte er und blies eine Rauchwolke in die Luft.

»Das ist sie«, sagte Jagoda Meier, die mit ihrer Chefin Marlene Schwarz gekommen war und klein und rothaarig und knittrig aussah. Hier auf der Wache fühlte sie sich sichtlich unbehaglich. Aber sie wollte helfen. Sie schaute das Bild noch einmal genau durch ihre Brille an. »Genau das ist die Frau, die bei Branco gewohnt hat.«

»Wie lange hat sie bei ihm gewohnt?«, fragte Bettina.

»Eine Woche. Vielleicht länger«, sagte Jagoda. »Ich weiß nicht mehr genau.«

»Wissen Sie auch wann?«

»Na, ganz am Ende, der ist doch mit ihr abgehauen.«

»Wie kommen Sie darauf?«

»Na, sie hat bei ihm gewohnt, dann waren sie plötzlich beide nicht mehr da, was würden Sie denn da denken?«

Jedenfalls nicht an ein Happyend, dachte Bettina und ging den Anwalt holen.

»Sagen Sie mal«, wandte sie sich an von Seltz, als sie mit ihm auf dem Gang stand und zusah, wie Willenbacher in Richtung Gewahrsamszelle marschierte, »Sie sind doch der Familienanwalt der Achtkapps.«

»Ja.«

»Sie kennen das Testament von Adrian Achtkapp?«

»Natürlich.«

»Was steht drin?«

Von Seltz lächelte. »Das werde ich Ihnen nicht sagen.«

»Sie wissen, dass ich ein Recht habe, es einzusehen.«

»Und Sie wissen, dass ich ein Recht habe, auf Ihren offiziellen Besuch zu warten. Sie können das Papier gern in meiner Kanzlei anschauen.«

»Ich möchte nur wissen, was es mit dieser merkwürdigen ersten Version auf sich hat«, sagte Bettina. »*Mohrengrete* und *Wilder Mann*.«

Von Seltz zuckte zusammen und fasste Bettina schärfer ins Auge. »Wo haben Sie das denn her?«

Sie lächelte ihm zu.

»Das ist schon lange nicht mehr aktuell«, sagte von Seltz unwillig.

»Klingt ein bisschen unsensibel«, sagte Bettina. »*Wilder Mann.*«

Von Seltz sah sie ziemlich hochnäsig an. »Herr Achtkapp hatte einen leiblichen Sohn. Unehelich. Den hat er selten getroffen, aber immer als Universalerben gesehen. Er musste sich erst an den Gedanken gewöhnen, dass sich mit seiner Heirat und Thilos Adoption auch in der Erbfolge was änderte. Das *Wilder-Mann*-Testament ist vor diesem Hintergrund entstanden. Ich habe Herrn Achtkapp meine Bedenken dargelegt, vor allem in Hinblick auf seine wirklich gute Beziehung zu Thilo. Die war den Kalauer nicht wert. Herr Achtkapp mochte seinen Adoptivsohn, auch wenn Thilo – schwierig war. Nicht unbedingt ein Vorzeigekind. Aber Herr Achtkapp hatte als Vater auch nicht unbedingt ein gutes Gespür. Er hielt die erste Testamentsversion sogar für großzügig. Wir haben es dann aber doch geändert.«

»Wann?«, fragte Bettina.

»Vor vier Jahren. Herrn Achtkapp war seine neue Familie inzwischen wichtiger, und das wollte er auch ausdrücken. Wir haben das Testament verträglicher formuliert. Das Vermögen wurde jetzt nach seinem Tod prozentual aufgeteilt, und der leibliche Sohn ist eine Art stiller Teilhaber. So ist es gerecht und allen ist gedient.«

»Brachte die Korrektur auch einen finanziellen Vorteil für die Achtkapps?«

Von Seltz blickte Bettina mit vornehmer Verachtung an und sagte: »Ja. Es ist ja auch seine Familie. Ich sage immer, man soll das Geld dahin tun, wo auch das Herz ist. Manchmal dauert es eben, bis man sich sicher ist. Herr Achtkapp war jedenfalls sehr froh über seine Regelungen. Kurz vor seinem Tod hat er noch einen Termin mit mir vereinbaren lassen, um sich das Testament ein letztes Mal anzusehen.«

»Tatsächlich?«

»Das wollen viele Leute kurz vor ihrem Tod. Er fühlte vermutlich, dass es nicht mehr lange dauern würde.«

»Er hat es sich nur angesehen?«

Von Seltz blickte sie herablassend an. »Er wollte«, sagte er. »Er ist am Tag vor meinem geplanten Besuch gestorben.«

»Aha«, sagte Bettina. Und setzte hinzu: »Vielleicht wollte er ja doch ein kleines Legat für eine besonders verdiente Hausangestellte einfügen?«

Von Seltz beugte sich etwas zu ihr herab und senkte die Stimme. »Ich sage Ihnen bestimmt nichts Neues damit, dass einer gewissen Hausangestellten ein Legat in einem offiziellen Testament nichts genützt hätte. Diese Angelegenheit wird Herr Achtkapp anderweitig geregelt haben.« Er blickte verbindlich. Dann sah er Marta Achtkapp aus ihrer Zelle treten und sein Gesicht straffte sich. Die Mandantin kam. Hoch erhobenen Hauptes ging er ihr entgegen.

»Leider«, sagte Bettina und setzte sich wieder auf den Platz neben der Tür, »haben die Kollegen hier immer noch keinen anderen Raum frei. Es ist etwas beengt, aber wir werden auch nur noch ein paar Fragen klären müssen.« Sie rückte zur Seite, um Willenbacher Platz zu machen, der musste direkt an der Tür sitzen. Dann sah sie auf ihren Notizblock. »Das wollte ich Ihnen noch sagen. Ihr Termin beim Haftrichter ist morgen Nachmittag, drei Uhr. Wir bringen Sie pünktlich hin.«

Achtkapp rutschte ein wenig auf ihrem Stuhl herum. »Mein Sohn ist hier?«

»Ja.« Bettina schaltete routinemäßig den Kassettenrekorder ein.

»Was hat Thilo gesagt?«, fragte Achtkapp unruhig. »Hat er einen anständigen Rechtsbeistand?«

»Er braucht keinen«, sagte Willenbacher. »Er ist nicht verhaftet.«

»Er hilft uns nur«, setzte Bettina hinzu.

»Er ist ganz allein hier?«, fragte Achtkapp. Ihre Wangen sahen hohl aus. Ihre Haare wirkten stumpf.

»Glauben Sie, Ihr Sohn braucht einen Anwalt?«, fragte Bettina freundlich.

»Nein«, antwortete Anwalt von Seltz sofort.

»Gut«, sagte Bettina. Das Licht kam aus einer grellen Energiesparlampe, an der Seite standen ein paar Ordner auf einem verstaubten Regal. Draußen war es längst dunkel. »Ihr Sohn«, sagte sie, »hatte eine Auseinandersetzung mit einem Mann namens Djathtas. Von diesem Streit wissen Sie. Herr Djathtas hat Ihren Sohn verprügelt und eine Geldforderung an ihn gestellt. Er wollte fünfzigtausend Euro. Für die Verheimlichung der Tatsache, dass Ihre Pflegerin Sudenica Levo eine illegale Einwanderin und Schwarzarbeiterin aus Mazedonien war.«

Achtkapp sah Bettina klar und etwas gelassener an. »Das waren mafiöse Methoden.«

Bettina schüttelte den Kopf. »Die Details haben was Dilettantisches. Angeblich war Herr Djathtas allein, er war nicht bewaffnet, und er hat Schläge eingesteckt, das passiert einem Mafioso so gut wie nie. Vor allem aber ist Herr Djathtas mit seinem gefährlichen Wissen einfach verschwunden.«

Achtkapp bewegte unwillkürlich das Kinn, doch sie sagte nichts.

»Und mit ihm«, setzte Bettina hinzu, »Frau Levo, die Pflegerin Ihres Mannes. Sudenica. Ihr Mann nannte sie Susi.« Sie beugte sich vor. »Können Sie uns von ihr erzählen?«

Achtkapp lehnte sich zurück. »Susi.« Es klang eine Spur genervt. »Tja. Susi war tüchtig.«

Bettina legte die Fotografie von Sudenica Levo und Adrian Achtkapp auf den Tisch. »Ihr Ehemann hatte sie gern.«

»Ja.«

»Warum?«

Achtkapp seufzte. »Er war auf sie angewiesen«, sagte sie mit ihrer dunklen Stimme. »Sie hat ihm die Windeln gewechselt. Das ist drastisch ausgedrückt, aber so war es nun mal. Und – es bleibt einem nicht viel anderes übrig, als den zu mögen, dem man so ausgeliefert ist.« Sie schob eine Strähne hinters Ohr. »Ansonsten würde man verrückt. Eine Art Stockholm-Syndrom. Der Ohnmächtige liebt den Starken.«

»Liebte Ihr Mann seine Pflegerin Susi?«

Achtkapp verzog die Mundwinkel. »Sie war hübsch«, sagte sie etwas abfällig.

»Heißt das ja?«

»Adrian hätte Sudenica vor seinem Schlaganfall nicht mal bemerkt. Sie war albern und schrecklich hausbacken.«

»Wer hat sie denn eingestellt?«, fragte Bettina sanft.

»Adrian.« Achtkapp sah plötzlich unglücklich aus. »Tja. Ich weiß es nicht. Vielleicht war er verliebt.«

»Wie war er überhaupt in der Lage, jemanden zu engagieren?«

»Erst hatte er einen sehr leichten Schlaganfall. Danach konnte er die linke Hand nicht mehr richtig bewegen. Das hat ihn tief geschockt, aber mehr im sportlichen Sinne. Er dachte, mit Bewegung und gesundem Lebensstil wird er wieder der Alte. Ein Freund hat ihm Sudenica empfohlen. Sie sollte ihm bei der Reha helfen. Aber drei Wochen später bekam er den richtigen Schlag und wurde ein Pflegefall.« Achtkapp schüttelte den Kopf. »Im Zustand meines Mannes war eine neue Liebe eigentlich nicht drin. Er war schwer krank. Er konnte nicht allein essen oder trinken, er konnte gar nichts allein. Wenn er sich verständigen wollte, musste ihm jemand den Block hinhalten zum Schreiben. Mit Sudenica verband ihn nur das Praktische. Dass sie eben wusste, wie er seine Kartoffel auf die Gabel gespießt haben wollte.«

Auch eine Form von Liebe, dachte Bettina etwas sehnsüchtig. »Und wie stand Sudenica zu ihm?«

»Er war ihr Baby. Sie hat ihn rund um die Uhr bewacht. Ich musste mir Aufgaben für sie ausdenken, wenn ich mal allein mit meinem Mann sein wollte.«

»Er hat sie aus einer Schlepperorganisation freigekauft«, sagte Willenbacher.

»Dafür hat sie ihn angebetet«, sagte Achtkapp dumpf.

»Das klingt aber nicht, als wäre er ausgeliefert und hilflos gewesen«, sagte Bettina.

»Er musste nichts tun«, erklärte Achtkapp. »Er hat uns nur seinen Wunsch mitgeteilt. Er wollte Sudenica behalten, sie hat

Thilo und mir gesagt, wie das zu bewerkstelligen war, und wir haben es genau so gemacht.« Sie sah aus, als ob sie das bedauerte.

»Wie haben Sie selbst sich mit Sudenica verstanden?«, fragte Bettina.

»Gut«, sagte Achtkapp mit ironischem Unterton.

»Sie hatten nie Streit?«

Achtkapp legte den Kopf schräg. »Wir hatten unsere Zwistigkeiten. Sudenica war davon überzeugt, dass sie meinen Mann mit strenger Diät und vielen Gebeten wieder auf die Beine bringen kann. Das klingt großartig und war auch sehr gut gemeint, aber in der Praxis hatten wir deshalb Reibereien. Wenn ich den besten Tropfen aus dem Keller geholt habe, weil ich dachte, mein Mann soll ihn trinken, bevor er stirbt, hat sie ihm das halbe Glas Wein wieder ausgeredet. Oder gleich weggeschüttet. Adrian war Diabetiker. Das wurde erst im Krankenhaus entdeckt, als es zu spät war.« Achtkapp seufzte, dann hob sie das Kinn. »Das Ende gehört eben auch dazu«, sagte sie. »Sudenica hat es uns weggenommen, Adrian und mir. Sie hat sich dazwischengedrängt mit ihrer Küchenmedizin.«

»Und wie starb Ihr Mann dann tatsächlich?«

»An einem heißen Tag«, sagte Achtkapp heiser. »Es war schwül und gewittrig. Unheimlich.« Sie schluckte. »Er ist einfach eingeschlafen. Nachmittags. Er wusste es. Er hat mich an dem Morgen schon so angesehen, so von ganz weit weg … Sudenica wollte ihn zum Abendessen wecken, und da –« Sie brach ab.

»Was passierte dann?«

»Ich habe den Arzt angerufen und Thilo, der war aber noch in Heilbronn. Ich – Bela ist dann gekommen«, sagte sie leise.

»Wann hat Sudenica Sie verlassen?«

»Am nächsten Tag«, sagte Achtkapp.

»Das ist schnell.«

»Der Vorteil einer nichtbürgerlichen Existenz.«

»Wohin ist sie gegangen? Zu ihrer Agentur doch bestimmt nicht.«

»Ich weiß nicht«, sagte Achtkapp.

»Haben Sie Sudenica rausgeschmissen?«, fragte Bettina.

»Nein«, sagte Achtkapp, »das Arbeitsverhältnis war beendet. – Es waren auch plötzlich so viele Leute im Haus«, setzte sie etwas lahm hinzu. »Die sollten Sudenica nicht unbedingt zu Gesicht kriegen.«

»Haben Sie Ihre Pflegerin danach noch einmal gesehen oder gesprochen?«

Achtkapp schüttelte den Kopf.

»Okay«, sagte Bettina, dachte kurz nach und klopfte leicht mit der Hand auf den Tisch. »Was ich immer noch nicht verstehe, ist dieser Erpressungsversuch. Fünfzigtausend Euro, das ist einfach verdammt viel.«

Achtkapp blickte düster. »Was soll ich da sagen? Ich kann es Ihnen nicht erklären. Thilo hat gesagt, dass sie fünfzigtausend will.« Plötzlich sah sie auf. Ihr Blick traf Bettina ungefiltert, sie schien erschrocken. Doch der Eindruck war sehr flüchtig. Schon war das schöne ungeschminkte Gesicht wieder ernst und beherrscht.

»Das kann Thilo ebenso gut einfach erfunden haben«, sprach jedoch von Seltz schnell und ahnungsvoll. »Sie wissen all das nur von ihm, nicht wahr? Aber vielleicht brauchte er ganz einfach selber Geld und –«

»Hören Sie auf!«, unterbrach Achtkapp fast zu heftig.

Bettina verschränkte die Arme. »Ihr Sohn hat uns vorhin einigermaßen überzeugend dargelegt, dass eine Anzeige sehr ärgerlich gewesen wäre. Vielleicht hätte Sie das sogar eine ähnliche Summe gekostet, aber dann wäre die Sache wenigstens überstanden gewesen. Oder haben Sie etwa gezahlt?«

»Nein«, sagte Achtkapp tonlos und blickte vor sich auf den Tisch.

»Haben Sie es in Erwägung gezogen?«

»Er hat Thilo halb totgeschlagen«, sagte Achtkapp heiser. »Drei Tage nach der Beerdigung seines Vaters. Dieser widerliche – dieser Schläger.«

»Aber wieder drei Tage später wurde dieser Schläger am *Wilden Mann* getötet«, sagte Bettina. »Vermutlich gemeinsam mit

Sudenica Levo. Wir haben dort Knochen von zwei verschiedenen Personen gefunden. Und eine Hülse, die in einen Browning Buck Mark Gold passen würde. Eine Waffe, die in Ihrem Haushalt kursierte.«

Achtkapp seufzte unwillkürlich.

»Frau Achtkapp, hatten Sie wirklich Angst vor Bela Baring?« Bettina beugte sich vor. »Oder wollten Sie uns vielleicht nur einen passenden Täter liefern? Als Ersatz?«

Sie sahen sich an. Etwas schwer Deutbares lag in Achtkapps Augen. Da klopfte es an der Tür. Bettina schrak zusammen.

»Oh nein«, sagte Willenbacher.

Es klopfte wieder.

»Unglaublich«, knurrte der kleine Kollege. Er erhob sich, rückte seinen Stuhl fort und öffnete die Tür. »Es geht jetzt gerade nicht«, schnauzte er in den Gang.

Müllers leise Stimme ertönte. Er sprach eine Weile auf Willenbacher ein, dann drehte der sich um und sagte zu Bettina: »Kannst du mal, Frau Boll, ich glaube, das möchtest du wissen.«

»Wir haben die Spur«, platzte Müller draußen gleich aufgeregt heraus. »Wir haben sie. Ich wusste, dass wir da was finden würden, an diesem Auto. Dieser Mercedes von dem Achtkapp war so sauber. So unwahrscheinlich sauber.«

»Was für eine Spur?«, fragte Bettina.

»Blut«, sagte Müller wichtig. »Im Motorraum. Da muss man aber auch erst mal drauf kommen.«

»Im Motorraum?«, wiederholte Bettina verwirrt.

»Ja, hinten ist alles blitzeblank sauber. Da wurde die Leiche transportiert. Das ist klar. Vorne wurde aber auch geputzt. Und das hat den Kollegen stutzig gemacht. Er hat den Motorraum noch einmal ganz gründlich unter die Lupe genommen und kleine Spritzer gefunden. Am Öleinfüllstutzen.« Müller lächelte triumphierend. »So ein Motorraum ist eben verwinkelt, auch bei den neuen Mercedessen mit ihren Superabdeckungen. Da übersieht man eher mal was.«

»Wieso im Motorraum?«, fragte Bettina, die mit dieser Information immer noch nichts anfangen konnte.

»Weil – ich sag dir, was passiert ist: Die Kirchheimer sitzt mit dem Mörder im Auto. Er hält an, erzählt ihr was von Motorproblemen, steigt aus und bittet sie, ihm zu helfen. Sie tut es, beugt sich über den Motorblock, und er erschlägt sie von hinten. Passt haargenau zum Schädelbruch des Opfers.«

Bettina starrte den Kollegen an. »Es ist frisches Blut.«

»Ja.«

»Wie wahrscheinlich ist es, dass da einfach einer verletzt rumgewerkelt hat?«

»Es sind Spritzer. Keine Tropfen.«

Sie sahen sich an.

»Danke«, sagte Bettina. »Vielen Dank.« Damit klopfte sie an die Tür des kleinen Vernehmungsraums und bat Willenbacher heraus.

Thilo hatte es nicht geschafft, sich auch nur eine Zigarette aufzusparen. Dafür war das Büro nun voller Qualm und er nervös und kribbelig. Als die Kommissarin mit ihrem Kollegen zurückkam, stürmte dieser sofort zum Fenster und ließ eisige Luft herein. Thilo fröstelte.

»Haben Sie was dagegen, wenn wir das Gespräch aufzeichnen?«

»Nein«, sagte Thilo zögernd, nicht sicher, ob er doch etwas dagegen haben sollte. Die Kommissarin stellte rasch einen kleinen schäbigen Kassettenrekorder vor ihm auf den Tisch und drückte die Aufnahmetaste. Dann setzte sie sich und erzählte dem Gerät die Uhrzeit, den Ort, an dem sie sich befanden, und Thilos Namen. Ihren eigenen wiederholte sie auch. Dafür, dass sie Boll hieß, war sie verdammt mager, fand er.

»Haben Sie zurzeit eine feste Freundin?«

Was sollte das denn jetzt? »Nein«, sagte er.

Boll hob die Brauen. »Sie hängen gerade ein bisschen durch, wie? Der *Wilde Mann* ist nicht ganz Ihr Ding. Ihr Studium haben Sie auch abgebrochen.«

»Und?« Du Beamtin hast es grade nötig, dachte Thilo. Nun holte sie ein Päckchen Zigaretten hervor und bot ihm plötzlich brüderlich eine Kippe an. Wie durchsichtig. Zuckerbrot und Peitsche. Aber die Zigarette nahm er schon. Wieso auch nicht.

»Ihr Stiefvater hat ein merkwürdiges Testament gemacht, haben wir gehört. Eine Art Kalauer über Ihre Hautfarbe.«

»Das hat er wieder geändert.«

»Haben Sie ihm das übelgenommen?«

»Wieso denn?« Thilo inhalierte tief. »Schwarze haben schließlich auch ein Recht drauf, verarscht zu werden.«

Die Kommissarin sah ihn merkwürdig an. »Wir müssen noch einmal auf diese Geldforderung zurückkommen«, sagte sie. »Auf Ihre Auseinandersetzung mit Herrn Djathtas. Das mit den fünfzigtausend will mir einfach nicht in den Kopf.«

Dir müsste nur mal einer ordentlich genug draufhauen, dachte Thilo. So wie mir. Dann hättest du's schnell kapiert.

»Herr Achtkapp, könnten Sie versuchen, sich genau zu erinnern, was Herr Djathtas Ihnen gesagt hat? Lassen Sie sich ruhig Zeit. Wir wollen es ganz exakt wiedergegeben haben.«

Da kannst du lange warten, dachte Thilo. An diesen Mist wollte er nicht einmal denken.

Die Polizisten sahen ihn gespannt an.

Er stieß eine große Rauchwolke aus.

Die Boll zündete sich auch eine Zigarette an.

»Ich hab ein paar Schläge auf den Kopf bekommen«, sagte Thilo endlich. »Ich kann mich gar nicht mehr richtig erinnern.«

»Vorhin haben Sie sich noch ganz gut erinnert«, sagte die Boll. »Ami, Nigger, dumme Sau … das wussten Sie alles noch.«

In dem Moment kam alles wieder. Das Bild dieses Abends im September stand klar vor Thilos Augen, er war allein an dem hohen hölzernen Gradierbau gewesen, nur zum Rauchen, die Nacht war stickig, aber schon ein bisschen kühl. Und plötzlich, aus dem Nichts, tauchte dieser Jugoslawe auf, stürzte sich auf ihn und schlug wild auf ihn ein. Schimpfte, gab wirres Zeug von sich. Wirklich dummes Zeug. Da war Thilo aber selber wütend geworden, und zwar richtig, verdammt wütend. »Er hat gesagt, er will fünfzigtausend.«

»Und weiter?«

»Weil er sonst verrät, dass wir eine Schwarzarbeiterin beschäftigen.«

»Sonst hat er nichts gesagt?«

»Ich konnte nicht so richtig gut aufpassen«, sagte Thilo. »Ich hatte seinen Schuh auf dem Hals.«

»Herr Achtkapp«, befahl die Kommissarin streng, »versuchen Sie's mal.«

Er schüttelte den Kopf.

Bettina seufzte innerlich. Sie sah zu Willenbacher hinüber, der zuckte nur die Achseln.

»Okay«, sagte sie zu dem widerspenstigen jungen Mann, »dann denken Sie zwischendurch mal an was ganz anderes. Während dieser Suche nach der vermissten Frau Kirchheimer, was haben Sie da getan?«

»Ich war im *Wilden Mann*«, sagte Achtkapp unwillig. »Von zehn Uhr morgens bis eins, oder nein, zwei Uhr nachts.«

»Durchgehend?«

»Ja. – Nein, ich bin in die *Mohrengrete* gefahren, weil der Kaffee ausgegangen ist. Die Suche hat ja erst abends richtig angefangen, da machen wir sonntags normalerweise schon zu. Die Vorräte vom Wochenende hatten wir aufgebraucht.«

»Wann sind Sie losgefahren?«

»Gegen sechs.«

»Und wann zurückgekommen?«

»Etwa eine halbe Stunde später.«

»Haben Sie Zeugen für diese Fahrt?«

»Die Leute aus der Küche von der *Mohrengrete*.«

»Aber unterwegs waren Sie allein?«

Achtkapp verschränkte die Arme. »Ich hab den direkten Weg genommen. In der *Mohrengrete* haben mich mindestens fünf Leute gesehen. Und davon abgesehen können Sie all Ihre Kollegen hier fragen, ob es an dem Abend Kaffee gab oder nicht.«

»Was war mit dem anderen Personal aus dem *Wilden Mann*?«

»Die haben aufgeräumt und dann auch bei der Suche geholfen.«

»Und Sie?«

»Ich bin dageblieben.«

»Und haben den *Wilden Mann* bis nachts um zwei nicht mehr verlassen?«

»Ja.«

»Gibt es dafür auch Zeugen?«

Achtkapp stieß eine große Rauchwolke aus. »Da waren doch andauernd Leute«, sagte er.

Fast immer, dachte Bettina. »Herr Achtkapp, wir haben in Ihrem Mercedes frische Blutspritzer gefunden, die mit großer Wahrscheinlichkeit von Claudia Kirchheimer stammen. Können Sie sich das erklären?«

Der Junge schwieg und presste die Lippen fest aufeinander.

»Der Zeitrahmen für Frau Kirchheimers Verschwinden ist eng. Nachts um vier schon hat jemand beobachtet, wie sie in den Brunnen des *Dolce Vita* geworfen wurde. Ihren Mörder hat sie am *Kehrdichannichts* getroffen. Dort hat sie Spuren hinterlassen. Wir haben uns umgehört. An diesem Abend sind noch drei andere Suchmannschaften zum *Kehrdichannichts* gekommen. Die haben niemanden gesehen. Frau Kirchheimer muss früh aufgegriffen worden sein.«

Thilo schüttelte langsam den Kopf.

»Alle Geländewagen«, sagte Bettina, »die an diesem Abend zur Verfügung standen, wurden benutzt. Also auch Ihr Mercedes. In einem Auto ist so eine Suche um ein Vielfaches effektiver. – Wer ist in Ihrem Geländewagen durch den Wald gefahren, während Sie in der Gaststätte gearbeitet haben, Herr Achtkapp?«

Der Junge schwieg immer noch.

»Wofür«, fragte Bettina plötzlich scharf, »waren die fünfzigtausend?«

»Dass Susi schwarz war«, flüsterte Achtkapp.

Da war er. Jetzt hatte sie ihn beinahe. »Herr Achtkapp«, sagte

Bettina wieder sanft. »Was hat Herr Djathtas gesagt? Sagen Sie's uns. Nur den Wortlaut. Einfach nur den.«

Achtkapp starrte auf seine Hände. »Er hätte mich töten können. Er hätte bloß mit vollem Gewicht auf meinen Hals steigen müssen. Er hat absolute Scheiße gelabert. Was weiß ich, wie lang er schon weg ist aus Jugoslawien, dass man ihn nicht aus dem Land werfen kann. Ich hab nur gedacht, das ist ein Irrer und ich bin tot. Er hat mich angespuckt. Er hat gesagt: Ich zeig dich an und deine Mutter auch. Die feinen Achtkapps haben 'ne Illegale im Haus. Ausbeuter. Und dass meine Mutter eine Schlampe ist. Dass sie ihn umgebracht hat, wegen der Kohle und ihrem Liebhaber. Fünfzigtausend wollte er. Ich wusste nicht, was er meint. Er hat sich so schwer gemacht, es hat verdammt wehgetan. Für Sudenica, hat er gesagt, als Wiedergutmachung. Fünfzigtausend.«

»Dass sie ihn umgebracht hat«, wiederholte Bettina.

Er erhob sich wütend. »Sie hat niemanden umgebracht!«, rief er. »Das war doch nur O-Ton Susi! Das hat die schon gesagt, wenn meine Mutter nur mal einen Wein aufgemacht hat. Oder für Adrian was aus dem Restaurant reinschmuggeln wollte. Zickenkrieg halt!«

Bettina sah ihn mitleidig an. »An dem Tag, als Ihr Vater starb, Herr Achtkapp, da waren Sie gar nicht zu Hause, nicht wahr?«

Er schlug mit der flachen Hand auf den Tisch. »Das ist verdammt hirnrissig! Mama hat Adrian geliebt! Sie hat wahnsinnig abgenommen, seit er krank wurde! Sie trägt nur noch schwarze Klamotten! Wieso hätte sie das überhaupt machen sollen? Er war ja sowieso schon fast tot!«

»Das«, sagte Bettina, »hat er vermutlich anders gesehen.«

Als Achtkapp fort war, widerwillig heimgegangen in seine große Villa, saß Bettina eine Weile einfach nur da.

»Und jetzt?« Willenbacher riss wieder die Fenster auf.

Bettina betrachtete fröstelnd den Kassettenrekorder. »Jetzt gehen wir seine Mutter noch mal verhaften.« Sie erhob sich schwerfällig. »Das wird ein schwerer Brocken. Keine Zeugen mehr da, sind alle tot.«

»Sie muss gestehen«, sagte Willenbacher.

»Das fürchte ich auch«, sagte Bettina dumpf.

»Musst sie halt ein bisschen kitzeln.«

Die Tür öffnete sich, und eins der Fenster schlug zu. »Ist das kalt geworden«, sagte Müller, der hereinkam. »Hier riecht's ja furchtbar.«

»Pokerrunde«, sagte Willenbacher obenhin.

»Ich will nicht wieder stören«, sagte Müller vorsichtig, »aber ich hab da was.«

Er hielt einen unscheinbaren Schreibblock in der Hand. Nach wie vor trug er seinen weißen Overall und Handschuhe, er war ein Mensch, dachte Bettina melancholisch, der von seiner Umwelt immer durch eine dünne Plastikschicht getrennt bleiben würde. »Zeig her«, sagte sie.

Er hielt ihr sein Fundstück hin. Es war einer der Blöcke aus Sudenicas Rucksack. Die aufgeschlagene Seite war dicht beschrieben, die Schrift nicht sehr leserlich, doch man konnte ein System erkennen. »Hier«, sagte Müller, stellte sich neben sie und wies auf eine Stelle. »Da. Dort fängt's an. Schau: *War der Pianist wieder da?«,* entzifferte er. *»War er allein mit M.?«*

»Was ist das?«, fragte Bettina, plötzlich hellwach.

Willenbacher kam ebenfalls heran. »Das ist kein Übungsheft von Sudenica.«

»Nein, das ist was anderes.« Bettina nahm Müller den Block ab.

»Du brauchst Handschuhe«, schalt er sofort.

»Stell dich nicht so an.« Bettina blätterte. »Das ist der Hammer.« Sie hielt Willenbacher den Fund hin. »Schau dir das an. Was steht da? *Bitte keinen Fisch heute.* Und das?«

»Ich will mein anderes Kissen«, las Willenbacher.

Müller schüttelte den Kopf und wies auf eine andere Stelle. »Da. Lest das.«

»Wieder drei Stunden am Klavier«, las Bettina laut. *»Gestern vier. Dem müssen doch die Finger wehtun.«*

Müller machte ein finsteres Gesicht, weil sie sich nicht an die Handschuhregel hielt, aber den Stolz konnte er doch nicht ganz unterdrücken. »Das ist der Block, auf den dieser alte kranke Herr geschrieben hat, wenn er was wollte«, sagte er. »Seine Pflegerin hat ihn aufbewahrt. Die beiden anderen sind ähnlich, aber das hier ist, glaube ich, der jüngste. – Und interessanteste«, fügte er nonchalant an.

Bettina las und blätterte. »Da«, sagte sie. »Das ist – Und hier. Da steht alles. – Das reicht für U-Haft. Das Verhör werden wir später machen«, sagte sie zu Willenbacher. »Da werden wir uns richtig vorbereiten. Ich will das hier erst ausgewertet haben.« Sie lächelte Müller an und gab ihm spontan einen Kuss auf die Wange. Weil er gut war. Und weil er so aufreizend eingemummelt und plastikverhüllt war.

Er schnappte nach Luft.

»Danke«, sagte Bettina und las weiter. Willenbacher hingegen sah grinsend zu, wie Müller in seiner weißen Verpackung langsam errötete.

Susi

Es war ein nebliger und recht warmer Morgen einige Tage später, als Willenbacher und Bettina sich ausnahmsweise nicht im Büro trafen, sondern auf dem Parkplatz vor der JVA Frankenthal.

»Hast du alles?«, fragte Bettina nervös. Dass sie gleich von allen möglichen Gefängnismenschen, den Schließern und Wärtern und Gefangenen begutachtet werden würde, behagte ihr nicht.

»Alles«, sagte Willenbacher und stapfte wohlgemut auf das vergitterte Tor zu.

»DNA-Analysen? Zeugenaussagen?«

Er blieb stehen. »Wir gehen nur zu einem Verhör«, sagte er.

»Ich hasse Gefängnisse.«

Darauf schüttelte Willenbacher nur verständnislos den Kopf. »Guck«, sagte er. »Da ist auch der von Seltz. Pünktlich. – Na los, du zeigst es ihr, Bolle. *Showtime.*«

Der kleine düstere Verhörraum mit den zerkratzten Wänden und dem abgestoßenen Holztisch schien Bettina wie das Herz des Gefängnisbaus, die allerinnerste Kammer. Erst als sie da drin war, fühlte sie sich nicht mehr nervös. Das schäbige Mobiliar beruhigte sie irgendwie. Und dass der Tisch etwas wackelte, auch. Sie brauchte das Provisorische, um zu funktionieren.

»Frau Achtkapp«, sagte sie, als diese hereingeführt wurde. »Guten Morgen.«

»Morgen«, grüßte Achtkapp zurück. Als Untersuchungsgefangene trug sie noch eigene Kleidung, einen schwarzen Rollkragenpulli und eine ebensolche Hose. Ihre Haltung war die einer vornehmen Bürgersfrau, die durch widrige Umstände in Kalamitäten geraten war. Unverzüglich nahm sie Platz. Von Seltz und Willenbacher setzten sich ebenfalls, und der Wärter verließ den Raum.

Bettina rückte Papiere zurecht. »Wir haben jetzt die Ergebnisse der Genanalysen. Es ist tatsächlich Frau Kirchheimers Blut in Ihrem Auto.«

Achtkapp schien das wenig zu interessieren. Sie saß still und machte ein gedankenverlorenes Gesicht.

»Und Ihren Wagenheber haben wir auch gefunden. Im Brunnen des *Dolce Vita*. Mit schwachen, aber ausreichenden und vor allem passenden Blutspuren. Damit ist erwiesen, dass Sie Frau Kirchheimer erschlagen haben.«

Achtkapp schwieg und wirkte fast selbstvergessen.

»Das ist längst nicht gewiss«, widersprach von Seltz für sie. Sein weißes Hemd war fleckenlos, seine Krawatte dem Anlass entsprechend dunkel. »Mit diesen mageren Indizien ist überhaupt nichts bewiesen.«

Bettina beugte sich etwas vor zu Achtkapp. »Als Sie Frau Kirchheimer getötet hatten, haben Sie ihre Leiche da in den Kofferraum geladen und weiter an der Suche teilgenommen? Haben Sie Claudia Kirchheimers Ehemann in die Augen gesehen und gesagt, tut mir leid, am *Kehrdichannichts* war sie auch nicht?«

Achtkapp zitterte plötzlich leicht. Bettina hatte das Gefühl, dass sie kurz zu ihr durchgedrungen war.

»Kriegt man von so was nicht Alpträume?«

»Meine Mandantin hat nicht das geringste Motiv«, sagte von Seltz sofort. »Allein deswegen ist diese Verdächtigung haltlos. Frau Achtkapp ist der Vermissten niemals begegnet. Und die hat sich nur verirrt.«

»Aber ins falsche Haus«, sagte Bettina.

»*Kehrdichannichts*«, präzisierte Willenbacher.

Von Seltz musterte ihn mitleidig. »Ich weiß, Sie haben da einen Schal und glauben, in dem Herd wären irgendwelche Spuren vernichtet worden. Aber Spuren wovon, frage ich Sie.«

»Von den Morden an Branco Djathtas und Sudenica Levo.«

»Das ist grotesk. Meine Mandantin war Frau Levo wohlgesonnen. Sie hat sie aus einem Menschenhändlerring freigekauft, mehr brauche ich wohl nicht zu sagen. Und Herrn Djathtas kannte sie nicht.«

»Die beiden haben sie erpresst«, sagte Bettina. »Frau Levo hat die Achtkapp'sche Villa ganz außerordentlich plötzlich verlassen, obwohl sie nicht gewusst hat, wohin. Zu ihrer Agentur konnte sie kaum zurückwollen. Sie ist also entweder rausgeschmissen worden oder geflohen. Denn sie hat etwas gewusst. Von den Umständen, die zu Adrian Achtkapps Tod führten.«

»Ja«, versetzte von Seltz. »Da haben Sie eine kleine Aussage dazu. Etwas, das der junge Herr Achtkapp während einer heftigen Prügelei gehört haben will. Da fragt man sich doch eher, ob er das erfunden hat, um von eigener Schuld abzulenken.«

Bettina schüttelte den Kopf. »Frau Levo ist bei ihrem Landsmann Branco Djathtas untergekrochen. Dem hat sie ihre Geschichte erzählt, und vermutlich wollte er ihr helfen. Djathtas hat einen recht plumpen Erpressungsversuch gestartet. Doch Frau Achtkapp hat den durchaus ernst genommen. Überhaupt war der Überfall auf ihren Sohn vielleicht nur eine Absichtserklärung. Die wirklichen Verhandlungen kamen wohl später. Einer von beiden meldete sich bei Frau Achtkapp. Sie schlug den *Wilden Mann* als Übergabeort vor, man traf sich, und sie erschoss ihre Erpresser mit einer geliehenen Pistole. Frau Achtkapp entkleidete die Leichen, warf die Körper den Schweinen vor und verbrannte die Kleidung im Ofen des *Kehrdichannichts*. Und später vielleicht auch Knochen. – Haben Sie auch Knochen verbrannt, Frau Achtkapp?«

Die Angesprochene rührte sich nicht.

»Frau Achtkapp kannte das Haus«, sagte Bettina. »Sie hat es besichtigt und hätte es beinahe gekauft. Als sie die verräterische Kleidung zu vernichten hatte, erinnerte sie sich wieder, dass es dort oben in dem einsamen *Kehrdichannichts* einen alten Ofen gab. Der war für ihre Zwecke wunderbar geeignet. Sie hat unbehelligt ihr langes, heißes Feuer gemacht. Aber beim Aufräumen danach hat sie etwas übersehen. So war es, Frau Achtkapp, nicht? – Frau Kirchheimer hat in dem Ofen herumgegraben und irgendeinen mysteriösen Rest entdeckt. Als Sie die Verirrte aufgriffen, hat sie Ihnen den Fund gezeigt. Weil er so merkwürdig war. Helfen Sie uns, Frau Achtkapp. Was war es? Ein plombierter Zahn? Ein Schmuckstück?«

Achtkapp schwieg.

»Sie müssen einen verdammten Schrecken bekommen haben. Ausgerechnet an diesem Abend, wo es unten am *Wilden Mann* von Polizisten nur so wimmelte, findet eine harmlose Wandersfrau zufällig den Beweis, den Sie übersehen haben. Sicher hätte sie ihn unverzüglich und sensationsgeil allen vorgeführt. Was haben Sie da getan, Frau Achtkapp?«

Momentan zupfte diese nur abwesend an ihrem Haarknoten herum. Eine nussbraune Strähne fiel ihr ins Gesicht.

»Sie hielten den Wagen an einer einsamen Stelle«, sagte Bettina. »Sie täuschten vielleicht eine Panne oder einen Motorschaden vor. Dann haben Sie Frau Kirchheimer gebeten, Ihnen bei der Reparatur zu helfen. Sie öffneten die Motorhaube, Frau Kirchheimer beugte sich drüber und dann haben Sie die unschuldige Frau erschlagen. Mit Ihrem Wagenheber.«

»Das ist absurd«, sagte von Seltz. »Sie können Indizien herumschieben, soviel Sie wollen, was fehlt, ist das Motiv. Und am allerverrücktesten ist Ihre Idee, dass Frau Achtkapp ihren Mann umgebracht haben soll. Das ist völlig lächerlich. Dafür gibt es nicht den geringsten Beweis.«

»Doch.« Bettina griff in die Jutetasche, die sie unter dem Tisch abgestellt hatte. »Wir können sehr wohl etwas nachweisen. Mit Hilfe einiger hochinteressanter Dokumente aus Sudenica Levos Nachlass. Die waren äußerst ergiebig.« Sie holte die drei abgegriffenen Schreibblöcke hervor. »Kennen Sie das?«, fragte sie Achtkapp.

Die starrte entsetzt auf die Papiere. Entrückt wirkte sie nicht mehr.

»War der Pianist wieder da?«, las Bettina von dem obersten Blatt ab. *»Er hat zwei Stunden lang gespielt. Granados. Offenbach. Liebeslieder. In meinem Haus.«* Sie sah auf. »In meinem Haus.«

Irgendwie schien Achtkapp größer geworden zu sein. Sie funkelte Bettina aus wachen Augen an.

»War er wieder da?«, las Bettina weiter. *»War er allein mit M.?«*

»Was ist das?«, fragte von Seltz ernstlich alarmiert.

Willenbacher wies auf die stumme Witwe. »Das ist der Block, auf den ihr Gatte geschrieben hat. Seine gesamte Konversation mit Sudenica. Die hat das aufgehoben. Stehen interessante Sachen drin.«

Von Seltz blickte rasch zu seiner Mandantin, und was er sah, schien ihm nicht zu behagen. Er streckte die Hand aus. »Darf ich mal?«

»Moment«, sagte Bettina, »bei den wichtigeren Stellen waren wir noch nicht.« Sie blätterte um. »Hier. *Anderthalb Stunden Chopin. Unerträglich. Warum tut sie mir das an?«* Sie legte den Kopf schräg. »Da ist er noch halbwegs auf Ihrer Seite, Frau Achtkapp. Und traurig über Ihre Entfremdung. *»M. sieht mich nur noch verzweifelt an. Bin abstoßend.* Das hat er dreimal unterstrichen.«

Achtkapp sank in ihren Stuhl zurück.

»Aber fünf Seiten weiter«, Bettina suchte die Stelle, »heißt es schon: *Schumann. Den ganzen Nachmittag. Du hast Recht. Sie interessiert sich nur fürs Geld. Ich war blind.«* Bettina klopfte mit ihrem Stift auf den Block. »Jeden Tag hat Ihr Mann mitgerechnet und aufgeschrieben, wie lange Bela Baring bei Ihnen gespielt hat. Am Anfang eher beiläufig, doch dann steigerte er sich rein.« Sie las: *»Meine Ehe war ein Fehler.«*

Achtkapp atmete rascher als zuvor.

»Ihr Mann war sehr krank.« Bettina blickte ernst. »Aber er wollte nicht sterben. Er hatte noch Kraft. Die Eifersucht hat ihn angetrieben. Er hat trainiert. Hier. *Konnte linken Daumen steuern. Müde.* Oder: *Heute wieder aufrecht gesessen, Füße auf der Erde. Werde wieder laufen. Da wird die gucken.«* Bettina wiegte den Kopf. »Ihren Namen schreibt er nie. Nicht ein Mal. Anfangs ›M.‹ und später sehr oft ›die‹. Am Ende nennt er Sie nur noch so.«

Achtkapp biss sich auf die Lippen.

»Für Sudenica dagegen hatte er sogar Kosenamen.« Bettina suchte in dem Block herum. »Sie wird ständig erwähnt. *Du bist gut zu mir.* Hier: *Brauche dich.* Oder: *Danke. Du Liebe. Kleines. Susi.* Immer wieder *Susi.* Den Namen hat er seitenweise geschrieben.«

»Diese Frau war eine Plage.« Jetzt zitterte Achtkapp heftig. »Wie sie mit ihm geredet hat! So leise! Sie hat geflüstert, dass ich nichts mitkriegen konnte. Immer an seinem Bett, immer neben ihm, immer gegen mich. Sie hat ihm vorgerechnet, wie ich sein Geld verprasse. Und mir hat sie erzählt, wie sie mein Wohnzimmer einrichten würde, wenn es ihres wäre, ganz naiv!«

»Du brauchst einen deutschen Mann.«

Achtkapp stemmte ihre Arme auf den Tisch. »Ich hab sie aus der Sklaverei freigekauft. *Ich,* nicht Adrian. Thilo hat es gemanagt, und ich habe gezahlt. Ich wusste, dass er diese Frau braucht. Das hat mich nicht gestört. Die beiden hätten von mir aus noch Jahre so weiterleben können, er in seinem Bett und sie auf dessen Kante. Ich hab mich dran gewöhnt. Es hat mich traurig gemacht, ausgeschlossen zu werden, aber viel schlimmer als die Krankheit selbst war es auch nicht.« Sie ließ sich in den Stuhl zurückfallen. »Ich hätte diese kleine Mami nie ersetzen können. Mit ihren Kräutertees und ihrem Getue. Ich bin einfach nicht so eine Glucke. Aber ich wollte ihr nichts Böses. Ich hab sie Adrian von Herzen gegönnt.«

Bettina schüttelte den Kopf. »Das war vielleicht am Anfang. Aber irgendwann kippte die Situation. Da haben Sie gedroht, Sudenica zu verpfeifen.«

»Nein«, sagte Achtkapp.

»Sie wird dich nicht verraten. Sie kann dich nicht den Behörden ausliefern. Ich erlaube das nicht.«

»Ich hatte das nicht vor. Vielleicht habe ich mal so etwas gesagt, wenn sie mich besonders genervt hat, aber ich hätte das nie getan.«

Bettina klopfte mit ihrem Finger auf den Block. »Wie auch immer, in dem Moment ist Ihrem Gatten erst richtig klar geworden, wie sehr er Ihnen ausgeliefert war. Erst hat er sich nur über Ihren Hausfreund geärgert, dann entwickelte er mit Sudenicas Hilfe eine fette Paranoia, und am Ende kriegte er richtig Angst. Für Sie wäre es ein Leichtes gewesen, seine Susi zu verraten. Ein Telefonanruf, und sie wäre abgeschoben worden. Aber diese Frau war sein Tor zur Welt. Sie war seine Hand und sein Mund. Er konnte es sich nicht leisten, sie zu verlieren. Dann hätte ihm vielleicht nie wieder jemand einen Block hingehalten. Alles hätte mit ihm geschehen können.« Sie suchte nach einer Stelle und zitierte: *»Ich gehe nicht ins Heim. Dort sterbe ich.* – Ihr Mann wusste, dass Scheidung in seinem Zustand keine aussichtsreiche Option war. Davon abgesehen hätte ihm ohne seine Eifersucht vielleicht sogar was gefehlt, schließlich trieb die ihn an. Möglicherweise wollte er die Verhältnisse im Haushalt gar nicht ändern. Genau darum aber musste er etwas unternehmen, um sich Susi zu sichern.« Wieder schlug sie nach. *»Wir werden ihr drohen. Ruf meinen Anwalt an. Nenn dich Achtkapp. Er soll herkommen. Mit meinem Testament.«* Bettina wandte sich an den Anwalt. »Herr von Seltz, erinnern Sie sich noch, Sie hatten einen Termin mit Adrian Achtkapp. Sie sollten ihn besuchen und ihm sein Testament nochmals vorlegen. Damit er beruhigt sterben kann.«

Von Seltz warf seiner Mandantin einen schuldbewussten Seitenblick zu. »Ja«, sagte er.

»Wissen Sie, wer diesen Termin mit Ihnen vereinbart hat?«

»Da müssen Sie meine Sekretärin fragen«, erwiderte er kühl.

»Nehmen wir mal an, rein hypothetisch, Herr Achtkapp hätte sich das Testament von Ihnen aushändigen lassen und vernichtet. Was wäre dann geschehen?«

»Nun«, sagte von Seltz unruhig, »das kommt natürlich ganz darauf an.«

»Hatte Herr Achtkapp noch Gewalt über sein Vermögen?«

»Na ja, theoretisch schon, aber er war nicht mehr geschäftsfähig in dem Sinne. Seine Frau beziehungsweise ein Verwalter führten die Geschäfte kommissarisch. Das war mit einer Vollmacht geregelt.«

»Was passiert im Normalfall, wenn ein Testament zerstört wird?«

»Dann tritt das vorige in Kraft«, sagte von Seltz unwillig.

»Aber in diesem Fall wäre das durchaus mit Erfolg anfechtbar gewesen«, setzte er hinzu.

Bettina sah auf den Block. *»Du nimmst das Testament und passt gut drauf auf«*, las sie. *»Such ein Versteck dafür. Lass sie es nicht finden. Solange du es hast, kann sie dich nicht rauswerfen und mich nicht abservieren.«* Sie klappte den Block zu. »Ihr Mann, Frau Achtkapp, starb am Nachmittag des neunundzwanzigsten August. Am nächsten Tag hätte er sein Treffen mit Herrn von Seltz gehabt.«

Achtkapp begann zu weinen, in tiefen, verzweifelten Schluchzern. »Ich wollte ihm nichts tun. Das war so infam! Ich wollte ihn nie in ein Heim stecken und ich hätte ihm auch seine Susi nicht verpfiffen. Ich war nicht so! Ich wollte nur –« Sie atmete schwer und kämpfte die Tränen nieder. »Ich wollte ihn wiederhaben«, sagte sie heiser. »Ich wollte ihn zurück. Aber er hat mich gehasst.« Sie wies mit der Linken auf ihren Anwalt, ohne ihn anzusehen. »An dem Tag hat seine Sekretärin mich angerufen, um einen Termin zu bestätigen, den ich angeblich gemacht hätte. Aber von dem wusste ich gar nichts, und ich wäre zu der vereinbarten Zeit normalerweise nicht im Haus gewesen. Ob wir wirklich das Originaltestament wollen, fragte sie, oder ob nicht doch eine Kopie genügt. Ob Änderungen vorgesehen sind. Ich bin aus allen Wolken gefallen.« Sie schluckte. »Also habe ich Susi einkaufen geschickt und bin hoch zu Adrian.«

»Was geschah dann?«, fragte Bettina.

»Wir hatten unseren eigenen Block.« Achtkapp war ihrer Stimme nicht ganz mächtig. Sie räusperte sich heftig. »Susi hatte ihren immer unter Verschluss. Allein das …« Sie schluchzte auf. Von Seltz reichte ihr ein Taschentuch. »Auf unserem Block stand fast gar nichts drauf.« Sie schnäuzte sich. »Ich habe Adrian gesagt, dass ich das traurig finde. Ich habe ihn gefragt, was er mit seinem Testament vorhat und wieso ich davon nichts weiß. Ob etwa seine Susi unter meinem Namen diesen Termin ausgemacht hat. Aber er hat mich nicht mal angesehen. Er hat sich weggedreht. Geschrieben hat er schon gleich gar nichts. Das hat mich wütend gemacht. Ich hab ihm gesagt, dass er mir verdammt noch mal vertrauen soll! Es war ja kaum mehr erträglich! Dieser kalte Krieg! Diese Susi hat mit ihrer Häme systematisch unsere Ehe zerstört! Ich habe ihm gesagt, dass ich einfach jeden Tag Magenschmerzen habe und dass mir Bela doch völlig egal ist! Der konnte Klavier spielen, sonst nichts! Ich habe ihn nur ermutigt, um meinem Ehemann zu zeigen, dass ich überhaupt noch da bin.« Tonlos fügte sie an: »Ich habe ihm gesagt, dass ich ihn liebe. Das habe ich ihm gesagt.«

»Hat er Ihnen geantwortet?«, fragte Bettina.

»Ja.«

»Was?«

»Hure.« Ihr Atem ging nun ganz ruhig. »Ich habe sein Tageskissen genommen. Ich habe ihn zum Schweigen gebracht.«

Charlotte

An dem Morgen, als die Titelseite der Zeitung erstmals nicht mehr mit Wildschweinen bebildert war, erreichte Charlotte Inthoven ein aufgeregter Anruf.

»*Dolce Vita*«, rief es laut aus dem Hörer. »Frau Inthoven, sind Sie das? Von der *Blaumühle*?«

Ich sollte mich umbenennen, dachte Charlotte. Inthoven von der Blaumühle, das klang doch sehr hübsch. Und bei den Talbewohnern würde ihr Name dann endlich keine Irritation mehr auslösen. ›Inthoven, wer ist das denn?‹ – die Zeiten wären vorbei.

»Ja, von der *Blaumühle*«, sagte sie. »Toni vom *Dolce Vita*«, fügte sie trocken an. »Nett, dass Sie anrufen.«

»Ja«, sagte Toni. »Hier ist ein Herr Arpp, Klavierstimmer, der sagt, Sie haben ihn geschickt?«

»Oh«, sagte Charlotte sehr peinlich berührt. »Stimmt. Ihr Klavier, Toni. Es war ein bisschen … unharmonisch.« Sie spürte, wie sich ihre Wangen röteten. »Ich wollte Ihnen nicht zu nahe treten, ich dachte, vielleicht nehmen Sie die Wartung als kleines Einstandsgeschenk von mir an.« Was redest du da, dachte sie. Und fügte noch hinzu: »Das war natürlich alles, bevor Ihr – hm – Pianist erschossen wurde.«

Aus dem Hörer hörte sie nur eine Art Schnaufen als Antwort. Dann sagte Toni: »Wollen Sie ihn spreche?«

»Nein!«, rief Charlotte.

Darauf blieb es am anderen Ende lange still. »Herr Arpp?«, fragte sie schließlich ahnungsvoll.

»Möchten Sie, dass ich dies morsche Klavier von Herrn Valentini stimme, oder wollten Sie mich nur herumschicken?«, fragte Arpp eisig.

»Stimmen Sie es«, sagte Charlotte verlegen. Ihre Ohren glühten. »Bitte stimmen Sie es. Und schicken Sie mir die Rechnung.« Wie hoch sie auch sein mag, fügte sie innerlich hinzu.

»Nein«, sagte Arpp, »ich hab keine Zeit für lange Korrespondenz. Ich komm heute Abend vorbei.«

»Oh«, sagte Charlotte. »Ja. – Natürlich. Bitte kommen Sie.«

»So gegen acht«, knurrte Arpp.

»Das passt mir gut«, sagte Charlotte flach und fragte sich, warum es ausgerechnet Mittwoch sein musste, der einzige Tag unter der Woche, dessen Abend ihre Tochter Nini außer Haus verbrachte, bei ihrem Volleyballtraining. »Ich erwarte Sie.«

»Gut«, sagte Arpp.

»Schön«, sagte Charlotte.

»Also bis heute Abend, Frau – Inthoven.«

»Ja.«

Bettina wurde zum Chef bestellt, zum wiederholten Mal in dieser Woche. Härting saß hinter seinem aufgeräumten Schreibtisch, trug einen steifen eisgrauen Anzug, und Frau Horst-Riegel von der Pressestelle schritt prüfend um ihn herum wie um eine halbfertige Betonskulptur. Sie ruckelte ein wenig an dem Hibiskus, der das ganze Fenster verstellte, und sagte zu Bettina nur zerstreut Hallo.

»Guten Morgen«, grüßte Bettina.

»Frau Boll«, rief Härting und wies auf einen Stuhl. Sein Jackett sah teuer aus, fand Bettina. Es schimmerte so kostbar. Das war wohl Seide.

»Bitte räumen Sie nichts um«, sagte Horst-Riegel sofort, als Bettina sich setzte. »Wir geben gleich ein Interview.«

Homestory bei Härting, dachte Bettina, sagte es aber nicht.

»Morgen fahr ich nach Hamburg«, erklärte der Hauptkommissar leicht herablassend. »Ich hab mich endlich breitschlagen lassen. Zu dieser Freitagabendtalkshow. Die gucken Sie doch auch, Frau Boll.«

»Immer«, sagte Bettina, der Härtings viele neue Termine natürlich kein Geheimnis waren. Er hatte keine fotogenen Sommersprossen, und seine Haare waren nicht so üppig wie ihre, doch er war der Chef. Bei der Polizei zählte das noch was. Und wenn es um Fernsehauftritte ging, war es Bettina sogar recht, wenn er sich vordrängte. Allein der Gedanke, ihr Büro so keimfrei aufzuräumen, wie Härting es neuerdings dem Image zuliebe tat, verursachte ihr Beklemmungen.

Nun räusperte sich der Hauptkommissar. »Schön. Haben wir noch Zeit, Frau äh –«

»Zehn Minuten«, genehmigte Horst-Riegel.

Härting legte die Hände über seiner Schreibunterlage so geschmeidig zusammen, dass Bettina der Verdacht kam, er habe das vor dem Spiegel geübt. »Was ist jetzt mit dem Fall Achtkapp?«

»Gelöst«, sagte Bettina irritiert, das war schließlich überhaupt der Grund, weswegen Härting nach Hamburg durfte.

Er beugte sich vor. »Aber doch nicht ganz.«

»Wir haben ein Geständnis. Reicht das nicht?«

»Wie ich höre, will diese Witwe widerrufen.« Härting seufzte. »Sie haben sie da bei Ihrem Verhör gut drangekriegt, Frau Boll, aber die Beweislage ist mager. Und das ist ein Medienfall.« Sanft strich Härting über den edlen Stoff seines Anzugs. »Es wäre einfach besser, wenn wir gerade die Wildschweinsache zweifelsfrei gelöst hätten. Man weiß ja gar nicht, was man sagen soll, wenn man gefragt wird.«

»Das überlassen Sie mir«, sagte Horst-Riegel sofort. »Ich mach Ihnen ein Skript.«

»Pah«, machte Härting leise und sah Bettina komisch an. Die merkte zuerst nicht, was er wollte, dann erkannte sie, dass dies die Härting'sche Variante eines verschwörerischen Blicks war. »Skript!«

»Das werden Sie hübsch auswendig lernen«, sagte Horst-Riegel und zwinkerte Bettina zu.

Die erhob sich. »Tja dann.« Sie wandte sich zur Tür. So viel konkurrierende Anbiederung war ihr unheimlich.

»Wo wollen Sie denn hin?«, fragte Härting.

Bettina blieb stehen.

»Jetzt passen Sie mal auf, Frau Boll –«

Es klopfte, sofort öffnete sich die Tür und ein Mann mit einer großen Tasche in der Hand spähte herein. »Da ist es«, rief er zurück in den Flur. Dann trat er in Härtings Allerheiligstes und reichte Bettina, die ihm zuallernächst stand, die Hand. »Keller«, stellte er sich vor. Etwas verlegen machte er bei Härting und Horst-Riegel die Runde und sagte: »Ich bin nur der Fotograf.«

»Ah«, machte Härting, der sich schon in Positur geworfen hatte. Ein bisschen von seiner Haltung behielt er aber bei. »Frau Boll«, rief er Bettina zurück, die unauffällig verschwinden wollte. »Nicht so schnell.« Beim Sprechen blickte er statt ihr den Fotografen an. »Wir halten hier neben der Pressearbeit immer den normalen Betrieb aufrecht.«

Bettina wandte sich zurück.

»Was ich noch sagen wollte«, sagte Härting in Richtung des Herrn Keller. »Was ist denn mit dieser Waffe?«

»Was meinen Sie?«, fragte Bettina.

»Na die Tatwaffe im Fall Achtkapp. Die Pistole, von der Sie immer sprechen. Die Sie nicht finden können.«

Bettina verschränkte die Arme.

»Die brauchen wir«, erklärte Härting vollmundig. »Das wollte ich Ihnen schon die ganze Zeit sagen. Suchen Sie nach der Waffe. Wir brauchen was Handfestes vor Gericht. Das ist eleganter. Zum Anfassen, verstehen Sie?«

Bettina nickte.

»Also bitte.« Damit war sie entlassen.

Bettina murmelte »Wiedersehen« und drückte sich zur Tür hinaus. Draußen stieß sie fast mit einer hennaroten jungen Frau zusammen. Sie trug eine schäbige Jeansjacke und einen Schal über dem Arm, ihre breiten Stiefel waren sandig, und sie roch gleichzeitig nach Rauch und frischer Luft. In ihrem Schlepp trottete ein kleiner bunt gekleideter Mann. »Erster Hauptkommissar Härting?«, fragte sie Bettina.

Die wies stumm auf die Tür, aus der sie selbst soeben gekommen war, und starrte dem Paar hinterher. Der Rauchgeruch der Frau weckte in ihr die Lust auf eine Zigarette. Suchen Sie die Waffe! Als ob sie das nicht gleich als Allererstes gemacht hätte, an der noch warmen Leiche Bela Barings. Denn mit seinem Browning in der Hand wäre der tatsächlich eleganter gestorben. Sicher hatte ihn Marta Achtkapp mit der Pistole bestellt. Sie hatte danach gesucht. Sonst hätte sie nie so quälend lange neben der

Leiche gestanden, bis ihre Sohlen ganz voll But gesogen waren. Und Bela Baring hätte einen wunderbaren Täter für diesen Medienfall abgegeben. Leicht überspannt, nicht sehr bürgerlich, lebte noch bei seiner Mutter. Und dann hatte er als brillanter Musiker sogar noch was Schillerndes, Kultiviertes. Ein erlegter Mörder, mit dem alle zufrieden gewesen wären. Nach dem Motiv hätte da keiner lang gefragt. Vielleicht nicht mal sie selbst.

Bettina schritt durch den Flur zurück zu ihrem Büro. Was Bela Baring damals im verregneten Garten des *Dolce Vita* wohl gewollt hatte? Er war zu ungewohnter Zeit gekommen, hatte ein kurzes Gespräch mit ihr und war umgekehrt. Sie hatte seine Pläne gestört. Doch was hatte er vorgehabt?

»Bolle«, rief es da aus ihrem Büro. »Bist du das?« Willenbacher erschien im Türrahmen. Er war ausgehbereit angezogen und trug Bettinas Jacke überm Arm. »Komm.«

»Wohin?«

»Ins *Dolce Vita.*«

»Wieso?«

»Das rätst du nie.«

Es herrschte Tauwetter. Die Straßen waren trocken, aber die Wiese rund um die Wirtschaft hatte sich in einen einzigen Sumpf verwandelt. Das *Dolce Vita* sah kleiner aus in dem hellen Licht, fand Bettina. Und schäbiger. Drinnen jedoch war alles, wie sie es in Erinnerung hatte, die Beleuchtung dämmrig, der Geruch ein bisschen muffig.

»Ah«, rief Valentini ihnen schon entgegen. »Gut, dass Sie gekomme sind, Signorina. Ich habe gleich Sie angerufe. Ich wusste, dass es Sie interessiert.« Mit den Augen wies er zu einem mürrisch aussehenden Mann, der im anderen Raumteil am Klavier gewerkelt hatte und nun herüberkam.

»Sie sind bei der Polizei?«, fragte der Bettina misstrauisch.

»Das ist unsere leitende Ermittlerin«, sagte Valentini strafend, als sei das ein Titel, den man auf Lebenszeit erwarb.

»Boll, Kripo Ludwigshafen. Und mein Kollege Willenbacher.«

Valentini wies auf den Herrn und sagte kühl: »Mein Klavierstimmer.« Wie man sagt: mein Zimmermädchen.

»Arpp«, sagte der Klavierstimmer. »Ich habe im Klavier etwas gefunden, das da nicht hingehört.«

»Herr Valentini sprach von einer Waffe?«

»Genau.« Gleichzeitig mit Valentini zeigte Arpp auf einen Tisch, auf dem eine zerknitterte Plastiktüte lag. Bettina rollte sie auseinander und sah, dass lauter Liebespaare darauf abgebildet waren. Eine H&M-Tüte voller Filmküsse. Dickes Kreppband klebte daran.

»Das war ganz zusammengeklebt und innen befestigt«, sagte Arpp. »Im Klavier. Rechts. Neben den kurzen Saiten.«

Bettina öffnete die Tüte. Alle schauten mit ihr hinein. Innen lag golden glänzend eine lange elegante Pistole.

»Der Browning Buck Mark Gold«, sagte Willenbacher andächtig. »Das ist Barings Waffe.« Schon hatte er Gummihandschuhe parat und streifte sie über. So nahm er das Fundstück vorsichtig heraus. »Schick, was?«

»Stylish«, sagte Bettina.

Willenbacher schaute den Wirt anerkennend an. »Vielen Dank, Herr Valentini, für Ihren prompten Anruf.« Er wog die Pistole in der Hand und grinste. »Jetzt werden wir endlich befördert.«

»Zumindest hat unser Hauptkommissar mal was zum Anfassen«, sagte Bettina. »Das wird ihn für eine Weile glücklich machen.«

Sie strich die Tüte mit den Liebespaaren glatt. Und plötzlich wusste sie, wie Bela Baring ausgesehen hatte, als sie ihm in dem nassen Garten begegnet war. Er hatte nicht gefährlich gewirkt, und auch nicht verrückt. Er war beschwingt gewesen. Ein bisschen fiebrig. Verliebt. Er hatte seiner Liebsten die Pistole bringen sollen, doch die Gelegenheit zur Bergung war schlecht gewesen. Da hatte er die Waffe in ihrem Versteck belassen und war so hingegangen. Baring wollte zu einem Date. Das war alles. Und zu einem Date brauchte man keine Pistole.

Danke

an meine Eltern,
die immer wussten, dass ich nicht aus Zucker bin

an meine Tante Dr. Maria Blandfort
für medizinische Beratung

an Kriminalhauptkommissar »Schnully« Walter
für Polizeiinterna

an die Bewohner des *Kehrdichannichts*,
die kein Ausflugslokal betreiben

an Dr. Dong-Hoon Lee
für persönliches Erscheinen

an meinen Cousin Andreas Dehio
für seinen Auftritt als Feuerwehrhauptmann

an meine ganz besonders geschätzte Schriftstellerkollegin
Sieglinde für schöne Spaziergänge,
für alles, was sie mir über Wildschweine erzählt hat,
und für ihre wunderbare Geduld

an meine Agentin Petra Hermanns

an Ariadne

an meine Freundin und Kollegin Madeleine Giese

an alle, die Kuchen gebracht,
Suppe gekocht und Kinder gehütet haben

an Peter

und an meine Freundin und Luxuslektorin
Ulrike Wand

Die hoffentlich wenigen sachlichen Fehler können nur mir und nicht den hier aufgeführten Informanten angelastet werden.

Ulrikes Best Shots

Text: »Und was tust du jetzt?«, lächelte Charlotte.
Lektorin: Keine Sätze lächeln lassen.

Text: Der Kopf über dem Zaun wurde ein wenig schräg gelegt.
Lektorin: Bitte nix Passives mit noch lebenden Körperteilen, das klingt nach Kettensägenmassaker.

Text: Sie griff zurück und zog Charlotte neben sich.
Lektorin: Klingt nach Zauberkunststück, als ob sie sie hinter dem Rücken versteckt gehalten hätte.

Text 1: So sprach sie also in ein winziges, unters Kinn geklemmtes Ding.
Lektorin: So kann sie schlecht reinsprechen, sie muss es eher zwischen Schulter und Ohr klemmen.
Text 2: Sieglinde klemmte das Telefon wieder unters Kinn.
Lektorin: Sie hat es dort seit der ersten Nennung nicht weggenommen, insofern klemmt es da noch (zur genauen Position siehe Anmerkung oben).

Text: Willenbacher trug die Haare kurz rasiert, seit sie ihm oben ausgingen.
Lektorin: Klingt, als wüsste man genau, dass es sich mit den anderen Haaren aber anders verhält.

Text: Sie hatte eine weiße Stoffserviette um die Hüften gebunden
Lektorin: Die hätte nicht einmal die Größe eines Geschirrtuchs, und selbst ein solches kriegt auch ein sehr schmaler, extrem kleinwüchsiger Erwachsener nicht so ohne Weiteres um die Hüfte. Auch nicht, wenn er es diagonal nimmt. Und auch nicht, wenn er statt der Hüfte die Taille nimmt.

Text: »…«, sagte Bettina, sich deutlich bewusst, dass der Wunsch der Vater ihrer Argumentation war.

Lektorin: *da fehlt was, vielleicht »der Logik« o. Ä. einfügen*

Autorin: *Wieso, für mich klingt's logisch. Der Wunsch kann auch Vater eines Gedankens sein.*

Lektorin: *Na eben, da kommt's ja her. Für mich fehlt halt der Gedanke, kriege Wunsch und Argumentation nicht in diese direkte Vater-Kind-Beziehung. Aber lass es ruhig erst mal so, vielleicht gewöhn ich mich ja dran.*

Ariadne bringt tolle subversive Krimis von deutschen Autorinnen

»Christine Lehmann schreibt mit Herz und, eine Rarität im D-Krimi, (Wort-)Witz.« Tobias Gohlis, *Die Zeit*

»Lehmann ist den meisten deutschen Krimischreibern stilistisch haushoch überlegen. Man kann sich diesen Sound nicht antrainieren. Bei Lehmann beruht er auf Menschenkenntnis, Lebenserfahrung, Selbstironie und Belesenheit.« *Perlentaucher*

»Einsam, aufsässig und notorisch respektlos – ein klarer Fall von hardboiled woman.« *Konkret*

Christine Lehmann
Harte Schule

Ariadne Krimi 1157 · ISBN 978-3-88619-887-0

Lisa Nerz, Zeitungsreporterin mit beträchtlicher Erfahrung und guten Verbindungen, trägt gern Männerkleidung und genießt es, ihre arrogante blonde Volontärin zu triezen. Als die Meldung hereinkommt, dass auf einem Stuttgarter Schulhof ein ermordeter Lehrer liegt, nimmt die narbengesichtige Journalistin die Fährte auf und folgt ihr bis in allerhöchste Kreise, wobei sie Kopf und Kragen riskiert ...

Ein knallharter Whodunnit, der zynisch und treffsicher das Lebensgefühl heutiger Jugendlicher auf den Punkt bringt.

Höhlenangst

Ariadne Krimi 1161 · ISBN 978-3-88619-891-7

Tief und dunkel sind die berühmten Höhlen der Schwäbischen Alb. Doch das kann eine Journalistin vom Kaliber der narbengesichtigen Lisa Nerz nicht schrecken – wenn Gerüchte von Mord und Korruption umgehen, steckt sie ihre Nase auch ins finsterste Fledermausnest. Auf der Suche nach einem Staatsanwalt, einer Leiche, die eben noch da war, und ein bisschen Liebe nimmt Lisa Nerz waghalsige Klettertouren auf sich und entreißt dem unterirdischen Labyrinth die Wahrheit.